U0369576

南开大学外国语学院学术论丛

总主编　阎国栋

日本现代文学研究

——昭和、平成的文学

吴　艳　著

南開大學出版社

天　津

图书在版编目(CIP)数据

日本现代文学研究 ：昭和、平成的文学 / 吴艳著
. —天津：南开大学出版社，2023.1
(南开大学外国语学院学术论丛 / 阎国栋总主编)
ISBN 978-7-310-06291-1

Ⅰ. ①日… Ⅱ. ①吴… Ⅲ. ①日本文学－现代文学－文学研究 Ⅳ. ①I313.065

中国版本图书馆 CIP 数据核字(2022)第 126752 号

日本现代文学研究——昭和、平成的文学
RIBEN XIANDAI WENXUE YANJIU
—— ZHAOHE、PINGCHENG DE WENXUE

南开大学出版社出版发行
出版人:陈 敬
地址:天津市南开区卫津路 94 号 邮政编码:300071
营销部电话:(022)23508339 营销部传真:(022)23508542
https://nkup.nankai.edu.cn

河北文曲印刷有限公司印刷 全国各地新华书店经销
2023 年 1 月第 1 版 2023 年 1 月第 1 次印刷
230×170 毫米 16 开本 17.5 印张 2 插页 244 千字
定价:86.00 元

如遇图书印装质量问题,请与本社营销部联系调换,电话:(022)23508339

总 序

阎国栋

时光荏苒，暑往寒来。在度过百年华诞校庆之后，南开大学外国语学院的学术成果以崭新的面貌、崭新的课题，继续以丛书的形式为学科建设添砖加瓦。

南开外语学科是我国历史最为悠久、专业最为完备、学术积淀最为深厚的外语学科之一，在海内外拥有良好的知名度和美誉度。在出席 1919 年 9 月 25 日南开大学开学典礼的不到 10 名教师中，就有两位是英文教师，她们是司徒如坤教授和美籍教师刘易斯（Lewis）女士。南开初以“文以治国，理以强国，商以富国”的理念设文理商三科，所有课程分为文言学、数理、哲学及社会科学、商学四组。各科学生前两年不分系，第三年开始选择专修组。其中文言学组包括国文、英文、法文、德文、日文五学门。也就是说，南开在建校之初便设立了四个语种的“外语专业”。20 世纪二三十年代在南开任教的外语老师，除英文教授司徒如坤、刘易斯、司徒月兰、万德尔（Van Gon）和楼光来外，还有日文教授曾克熙、李宗武，法文教授白芝（Baise）、刘少山、许日升和德文教授崔子丹、段茂澜（陈省身先生的德文老师）等。学生在哪个专修组中所修课程获得 50 绩点（类似现在的学分），便可以哪个学门（专业）的身份毕业。在 1923 年毕业的第一届学生中，就有黄肇年和马福通两位同学以英文专业毕业生的身份毕业。

1931 年，南开大学成立英文系，毕业于美国内不拉斯加大学并享有“桂冠诗人”之誉的陈逵教授任系主任，次年由柳亚子先生之子、美国耶鲁大学博士、著名学者柳无忌先生接任。1932 年底，美国加利福尼亚大学硕士司徒月兰女士来南开任教。1937 年抗日战争全面爆发后，英文系随学校南迁昆明，与清华大学外国语文学系和北京大学外国文学系组成著名的西南联合大学外国语文学系。

1949 年，中华人民共和国成立后，南开大学英文系获得新生。1949 年增设俄文专业，英文系遂改名为外文系。1959 年，周恩来总理回母校视察，在外文系教室与师生亲切交谈，全系师生受到莫大鼓舞。1972 年外文系增设日语专业。1979 年成立俄苏文学研究室，次年成立英美文学研究室，后来又先后成立了日本文学研究室和翻译中心。

1997 年 10 月，南开大学外国语学院成立，由原外文系（包括英语、俄语和日语三专业）、国际商学院的外贸外语系、旅游学系的旅游英语专业和公共外语教学部组成。2002 年经教育部批准增设法语专业，2003 年增设德语专业，2010 年增设翻译专业，2014 年增设西班牙语专业，2017 年增设葡萄牙语、意大利语专业，2019 年增设阿拉伯语专业。自此，学院的本科专业涵盖了联合国工作语言（英语、法语、俄语、阿拉伯语、西班牙语）和“一带一路”沿线国家的主要语言，基本具备了更好地服务国家与社会，为南开大学的国际化助力的学科基础。

2021—2022 年，英语、日语、俄语、意大利语专业相继成为国家级一流本科专业建设点，翻译、德语、法语、西班牙语和葡萄牙语专业入选一流本科专业建设点。2022 年，经学校批准，学院与原公共英语教学部实现深度融合，建立公共外语教学部，自此，“十系一部”（英语系、俄语系、日语系、法语系、德语系、翻译系、西班牙语系、葡萄牙语系、意大利语系、阿拉伯语系及公共外语教学部）的新发展格局最终形成。

2017 年，南开大学拔尖人才培养计划“外语专业与人文社科专业双向复合国际化人才培养项目”正式启动，实现了“外语+专业”和“专业+外语”人才培养模式的实质性创新，使南开大学在高素质国际化人才培养方面走在了全国前列。

在研究生培养方面，1980年我国实行学位制度以后，南开大学英语语言文学学科和俄语语言文学学科获批硕士学位授予权；1986年，日语语言文学学科获批硕士学位授予权。1990年，经国务院学位委员会批准，英语语言文学学科获得博士学位授予权。2003年，获批外国语言学与应用语言学硕士学位授予权。2007年，获批英语翻译硕士专业学位（MTI）授予权。2011年，国务院学位委员会批准学院外国语言文学学科为博士学位授权一级学科，俄语和日语学科获批博士学位授予权。2014年，获批日语翻译硕士专业学位（MTI）授予权。2015年起，南开大学—格拉斯哥大学联合研究生院开始招收翻译与专业实践硕士研究生，由中英双方共同授课和培养。2017年，增设德语语言文学专业硕士点，2021年，增设国别和区域研究方向硕士点，2022年增设法语语言文学专业硕士点，增设MTI俄语口译和法语笔译。自此，学院形成了全方位多领域的高层次外语专业人才培养体系。

近年来，学院始终坚持立德树人的根本立场，发扬南开外语学科的优良传统，不忘初心使命，团结全院师生，锐意进取，努力谋求更快更好的发展。学院主动对标国家需要，积极为扩大改革开放、“一带一路”倡议、构建人类命运共同体、讲好中国故事服务；以“外语专长，人文素养，国际视野，中国情怀，南开特色”之培养理念实现“涉外事务的从业者，国际问题的研究者，人类文明的沟通者，语言服务的提供者”的人才培养目标，努力将学院建设成为中国复合型国际化人才的培养基地和样板。

学院持续推动国际化人才培养，已与美国、英国、加拿大、日本、德国、法国、俄罗斯、乌克兰、奥地利、西班牙、葡萄牙、意大利、巴西、埃及等国的高水平大学建立了密切的合作关系，仅院级交流项目就多达30余项，大大开阔了学生的国际视野，显著提升了学生的跨文化交际能力。学院与英国格拉斯哥大学、布里斯托大学、伦敦大学亚非学院以及日本金泽大学的联合研究生院项目也相继启动，持续为本科毕业生提供更多更好的留学深造资源。

学院以服务国家战略为指导思想，进一步深化基础研究，加强应用研究，促进外国语言文学学科与其他学科的融合，大力开展跨学科和跨文化研究，加强国别与区域问题研究。为了整合学院学术力量，激发教师的学术活力，凸显南开外语学科优势和特色，学院不断完善科研管理机制，于 2016 年组建 7 个跨语种研究中心（语言学研究中心、外国文学研究中心、翻译学研究中心、区域国别研究中心、中华文化国际传播研究中心、外语教育与教师发展研究中心以及东亚文化研究中心）。各中心在组织申报各类各级科研项目、举办国内国际学术会议、邀请国内外知名学者讲学和推动国际学术合作方面做了大量工作。近十年来学院先后获得数十个国家社科基金和教育部人文社科基金立项，其中包括三项国家社科基金重大项目。

经过长期的积淀和持续努力，学院在语言学、外国文学、翻译学、跨文化研究、国别和区域研究以及文学和社科文献翻译等领域凝聚了一批优秀的学者，取得了丰硕的成果。在语言学领域，学院在音系学理论和中国少数民族语言音系及形态、“赋权增能”型外语教学理路与实践模式以及外语教育学学科构建等方面的研究形成了鲜明的南开特色。在外国文学研究领域，美国文学地理和空间、俄罗斯戏剧、大江健三郎以及中外文学关系等方面的成就为学院赢得了新的优势。在翻译学科领域，学院在中华典籍外译、术语翻译数据库、中国翻译思想史、本地化和语言服务、中外诗歌翻译等方面一直保持着领先地位。与此同时，以国际汉学研究、欧洲问题研究、美国问题研究、俄罗斯问题研究、拉丁美洲问题研究、日本问题研究为重点的国别与区域研究方兴未艾，正在不断丰富着外语学科的内涵。

这套“南开大学外国语学院学术论丛”将收录学院教师除国别与区域研究方向以外的优秀学术成果，其中的每一部著作都是南开外语人为促进外语学科发展和中国学术繁荣不断努力前行的见证。

2022 年 9 月 18 日于天津

自序

在浩如烟海的世界文学长河中，日本文学以其清丽婉约、醇厚隽永为世人所瞩目。特别是在近现代文学史上，诺贝尔文学奖获得者川端康成和大江健三郎的出现，使日本文学成为世界文学的重要组成部分，也使亚洲文学逐渐在世界范围内步入了读者视野。从文学理念到创作风格迥异的二者都让世界认识了日本文学之美。前者让世界看到了神秘的东方之美，“东”与“西”之差异；后者则让世界看到了豁然的思想之美，“东”与“西”之共通；前者是“日本的”，后者是“人类的”。瑞典文学院认为川端“忠实地立足于日本的古典文学，维护并继承了纯粹的日本传统的文学模式”；对大江的评价是“以诗的力度构筑了一个幻想的世界，浓缩了现实生活与寓言，刻画了当代人的困扰与怅惘”。

一国之文学是反映该国历史、文化、政治和经济等诸要素的“百科”学。从这个层面上讲，文学又是解读一个国家、一个社会的大辞典，文学史也是一部反映社会全貌的“通史”。因此，要想研究、洞悉日本近现代化的进程，日本文学是不可或缺的一把钥匙。

自德川幕藩体制解体、明治政府诞生以来，日本迈入了近代。在经济上加速了资本主义化的同时，日本也开始着手创建成熟的近代社会。然而，明治维新并非一场自下而上的庶民革命，权力的移交虽然带来了政治体制的改变，但是封建色彩依旧浓厚，“王政复古”的君主政体确立了天皇的绝对权威。在国内近代化条件尚不完备的情况下，急于通过武力与西方比肩、称雄亚洲的野心使日本走上了军国主义的不归路。在距今一个多世纪的时间里，日本先后发动中日甲午战争、日俄战争、侵华战争、太平洋战争，虽然战争的掠夺加速了资本的积累，推进了资本主义进程的发展，但是穷兵黩武也使日本整个社会千疮百孔。1945 年的“战败”成为日本现代化进程中的转折点。战败后的日本虽然陷入了极度的贫困和混乱，然而新宪法的颁布带来的是思想的革新和公民权的拓展。其后的日本在数十年里，走过了战后的百业待兴、经济增长等必经之路，最终成长为世界经济强国。

这样的时代背景左右着近代以来日本文学的走向。每一个历史时期的社会变故，都使日本文学创作及其受众的主体——知识阶层受到历练，从而使文学也随着时代的大潮跌宕沉浮。文学是历史的忠实镜鉴，它折射出的是日本向现代化迈进过程中的社会众生相。

近代的日本文学，经历了明治时期长达四十四年的孕育，体现着明治年代特有的与旧时代决裂的“文明开化”和“脱胎换骨”。这一时期产生的浪漫主义彻底告别了以往的古典主义，而作为西欧舶来品的自然主义文学思潮又被赋予了本土特质，其衍生出的“日本式自然主义”给日本近代文学乃至现代文学都留下了“难以治愈的后遗症”。其后，积淀不过十五年的大正文坛，被理想主义、现实主义与社会主义思潮各自割据一方，革命的文学与文学的革命分庭抗礼，大家辈出。及至长达六十二年的昭和文坛，在战前出现短暂的文艺复兴与繁荣后，历经战争时期的文坛沦陷与战后的负重前行，文学整体显现出实验性与探索性，政治性与社会性以及前卫性，凸显了那个跌宕沉浮的时代特征。与以上三个时代相比，跨世纪的平成文学呈现出的则是截然不同的风貌。

在日本学界，一般将明治维新看作日本近代文学的起点，尽管这一阶段包含了从幕末到明治初年的一段过渡时期（从近世到近代)。而对于日本文学的近、现代之划分历来有两种观点，其一是把“无产阶级文学”和“新感觉派”作为分水岭，将其后的文学称为现代文学。这种划分方法是将明治、大正时期看作文学的“近代”，而将“昭和”视为“现代”的开始；其二是以侵华战争为界线，来做“战前战后”的划分，战前为近代文学而战后为现代文学。本书力求将昭和以来的文学脉络按照历史年代梳理得当，兼顾学界两种观点。在整体结构上，倾向于前者，从昭和时期的文学开始论述解析；而在文学特征的把握上则偏向于后者，单独辟出第一、二章完整地讨论战前的昭和文学，第三、四、五章阐述战后的昭和文学以及平成文学，通过介绍近、现代文学表现出的不同风貌和特质对二者加以区分。为将跨越整个昭和时期的近代和现代部分以及平成以来的文学条理化，笔者将本书分为“战前的昭和文学”“战争时期的昭和文学”“战后的昭和文学”“经济高速增长时期至昭和末期的文学”以及“平成的文学”等五个章节，来对昭和以来的日本文学进行阐述归纳。如果从文学特征上加以概括的话，可从昭和以来的文学中总结出三大特色：其一，至战败为止的昭和文学于动荡不安之中一路从昭和初年的复兴、繁荣，走向战前的抗争和战中的妥协；其二，战后的昭和文学一直在试图寻找和创造新的价值；其三，平成文学不拘一格，在精神食粮的地位不断被撼动的危机中呈现出多样化的倾向。笔者将这三大特色融入五个章节，力求使昭和以来的文学发展样貌清晰化。

本书在撰写过程中，把握“全面性、深入性、准确性、时代性”四大原则，力求全面介绍各个时期的流派、思潮、作家、作品以及文坛实态；深入探讨不同时期的文学思想及作品特征；结合历史背景准确进行各个时代的划分；贴近时代脉搏，拓新研究领域，掌握最新文学动态。具体说来，与过往的日本文学研究论著相比，本书体现了如下特征：

一、避免孤立地探讨文学问题，而是结合史实，将文学置于时代的大环境中进行考察，旨在突出文学的时代性。

二、为客观体现各个时期的文学概貌，论述范围不仅涉及小说，也涉及诗歌、评论。特别是较为详细地介绍了昭和以及平成时期的文学评论界，旨在把握各个时期的文学走向。

三、开拓了新的研究领域，详尽介绍并分析了迄今学界鲜有涉及的“平成文学”，对其文学形态的多样性和复杂性进行了探索。

四、学术性与趣味性兼容并蓄，力求做到严谨而不失生动。在论述之余，为行文需要，适当引用了名作中的名篇名句，旨在为学界同行提供参考，也为日本文学爱好者提供鉴赏空间。

在撰写本书的过程中，笔者参阅了诸多先学的著作，附于篇末，在此一并致谢。

学识所限，疏漏在所难免。敬请同行专家和广大读者对本书的不足之处予以指正。

2022 年春

于三余书屋

目　录

第一章　战前的昭和文学——转型期的近代文学 ······ 1

一、大正文学向昭和文学的过渡——无产阶级文学 ······ 4

二、大正文学向昭和文学的过渡——新感觉派文学 ······ 14

三、昭和初年的文坛
——新兴艺术派、新心理主义和文坛新人 ······ 32

第二章　战争时期的昭和文学——成熟期的近代文学 ······ 52

一、转向文学的出现 ······ 52

二、文艺复兴 ······ 66

三、战争时期的文学 ······ 76

第三章　战后文学——蹒跚起步的现代文学 ······ 94

一、战后文学的起步 ······ 94

二、新日本文学会和《近代文学》派 ······ 113

三、民主主义文学运动的开展 ······ 125

四、战后派文学（第一次战后派作家） ······ 130

五、战后派文学（第二次战后派作家） ······ 143

六、第三新人的文学 ······ 164

第四章　经济高速增长时期至昭和末期的文学 ······ 178

一、昭和三十年代（1955—1964）的文学 ······ 178

二、昭和四十年代（1965—1974）的文学 ······ 208

三、昭和五十年代（1975—1984）至
昭和末期（1985—1989）的文学 ······ 223

第五章　平成文学的特征 …… 240
一、20 世纪 90 年代前期的平成文学 …… 240
二、20 世纪 90 年代后期至 21 世纪以来的平成文学 …… 252
三、跨越边界的平成文学 …… 257
参考书目 …… 264

第一章　战前的昭和文学
——转型期的近代文学

昭和的历史是日本历朝历代中最长的一段历史，前后长达六十二年[①]。其间发生了侵华战争、太平洋战争，日本经历了战败后的重建以及发展成世界经济大国的四十余年的励精图治。文学就是历史的见证，它明鉴了这段惊心动魄的历史。在其漫长的历史发展过程中，文学随着时代的大潮而跌宕沉浮，波澜万象，历经苦难、隐忍、繁荣以及多样化的转变而不断成长。

明治以来，在政府实施的所谓“殖产兴业”政策的驱使下，日本对外战争频发。发动甲午战争、日俄战争和加入第一次世界大战，为日本在世界列强中争得了一席之地，战争掠夺加快实现了日本资本主义的超速发展。

第一次世界大战历时四年（1914—1918），其间日本虽也卷入战争，却如隔岸观火，毫发无损。不仅如此，工业也借机得以发展。但是构建在半封建体制之上的、尚处发育期的脆弱的资本主义此时已破绽百出，在出现了短时期的繁荣景象后，很快便开始了难以自愈的经济危机。大量中小企业破产，失业人口激增，与此同时资本的集中使社会贫富分化现象也日益严重，阶级矛盾激化。1918年，由于米价的暴涨，贫民揭竿而起，爆发了历史上闻名的“米骚乱”（抢米）事件。这一事件波及全国，历时两个月之久，最后发展成以工人、农民为主力的前所未有的民众暴动，最终暴动遭到了军队的镇压。当时的寺内正毅内阁也因该事件而倒台。

---

①“昭和”这一年号，使用时间为1926年12月25日—1989年1月7日，是日本各年号中使用时间最长的，共六十四年，但由于开始时是年底、终结时是年初，所以若严格计算则为六十二年又十三天。

第一次世界大战在一定程度上启发并加强了日本国民的民主主义思想和斗争意识，俄国十月革命的影响也使日本国内的政治空气日渐浓厚。第一次世界大战后，无产阶级文学作为一股文艺思潮出现在世界各国，在大正初年的日本文坛上，越来越多的作家和评论家开始将目光转向劳动阶层，转而对资产阶级的个人主义开始进行反思和批判。早在明治时期开始的以木下尚江和儿玉花外等人为核心的社会主义文学，以及大正时期以大杉荣、荒畑寒村、宫岛资夫、宫地嘉六等人为核心的劳动文学就已经为左翼文学的成型奠定了基础。1921 年 10 月，小牧近江、金子洋文、今野贤三等人创刊了文艺杂志《播种人》，它成为日本无产阶级文学的萌芽。这一时期的无产阶级文学，之所以被确切地定义为“劳动文学”，是因为还没有明确的革命目标，作品大多是朴素地再现被压迫者的生活，自发地与剥削阶级进行对抗，而没有上升到自觉进行阶级斗争的觉悟高度。

日本政府从大正时期开始采取的所谓富国强兵的政策，其实就是与世界列强为伍，企图通过外侵达到扩张的目的。这种国策的实施以及早期资本主义原始积累时期对劳动者的榨取，使日本的社会问题愈发严重。同时，社会主义思想和人道主义的正义观念随着西学东渐也开始在人们心中树立。1923 年，有岛武郎和 1927 年芥川龙之介的自杀造成文坛上的震动，加之 1928 年私小说的大家葛西善藏的去世，都预示了文学上的新旧世代的交替。大正时期文坛上曾活跃的崇尚理想主义的白桦派、追求知性和理性的新思潮派，到了大正末期已失去了领率文坛的力量，取而代之的是超越流派和思想的私小说、心境小说。当社会开始动荡并即将出现重大变革之时，以私小说为代表的、与社会相脱节的传统现实主义文学开始遭到文坛及大众的质疑，它显然与新时代的脉动不相适宜。

1923 年 9 月，在东京及其周边地区发生了 7.9 级的大地震，房屋或倒塌严重，或烧成灰烬，人员伤亡惨重，灾民露宿街头、无家可归。这就是史上闻名的“关东大地震”。资料显示有 10 万人在这次地震中丧生，70 万栋房屋遭到破坏。这场灾难使处于整个世界经济萧条之中的、本已濒临危机的大正时期日本经济雪上加霜。农村的饥荒、城市的贫困导致了社会的动荡不安，工人斗争和农民运动此起彼伏。震灾后日本当局以维持治安为由，对社会主义者和朝鲜侨民进行了残酷的打压。1922 年成立的、被当局定为非法组织的日本共产党也遭到了镇压，许多共产党人和进步人士被逮捕或被杀害，社会主义运动遭遇挫折，《播种人》也随之遭受了被废刊的命运。但即便遭到了如此严重的外力破坏，无产阶级文学的潮流在文坛上依旧渐成气候。无产阶级文学在意识形态领域对传统的现实主义文学进行否定，是追求以工农大众为主题的革命文学。在震灾的第二年也即 1924 年，《文艺战线》创刊，成为左翼文学运动的重要阵地，声势日趋壮大。

另一方面，在欧洲文坛上，从 20 世纪初到第一次世界大战后，资本主义矛盾的深化、传统文化的没落以及战争带来的危机感，使未来派、达达主义和表现主义等新的文艺思潮和改革运动空前盛行。这些西欧的前卫艺术给很多日本作家固有的文学意识带来了巨大的冲击。而震灾就像一条导火索，使这些受欧洲前卫艺术运动影响的作家，以追求文学的彻底革命为目标，在文学的方法和形态上积极探索，试图否定长期以来占据文坛主流的、因循自然主义文学传统的私小说、心境小说，力图颠覆传统、推陈出新，掀起了“新感觉派”文学运动。在《文艺战线》创刊的同一年，杂志《文艺时代》应运而生，这份杂志是由当时的艺术派作家们创办的，这些作家大多是菊池宽主办的杂志《文艺春秋》培养起来的新人作家。形成这一运动的特定背景还有大正后期的都市文明和机械文明的飞速发展。

在文坛上，新感觉派的非意识形态化和崭新的艺术手法与左翼文学形成鲜明对照。无产阶级文学力求通过以马克思主义世界观为指导的社会革命来克服当时日本社会的诸多矛盾，而新感觉派文学则试图采用新感觉的表现方法和 20 世纪西方文学的新思想来体现现代人内心的不安和机械文明的发展带给人类的挑战。无论是前者的革命文学，还是后者的文学革命，二者在创作思想和创作手法上虽然都是对立的，但他们有一个共同的目标，那就是否定传统派文学。在某种意义上，两者都属于“激进”的、“前卫”的文学，前者是体现在创作理念上，而后者则体现在创作手法上，二者都站在了文坛传统势力的对立面。在这两派的强势夹击之下，特别是面对来自无产阶级作家的尖锐批判，文坛上的传统势力竭力主张“文学本身不存在阶级”。而对于新感觉派的文学主张，传统派则认为过分偏重于技巧，是对西方现代主义的盲目模仿。在这些新文学出现之前，长期以来占据文坛的是以岛崎藤村、田山花袋、德田秋声、正宗白鸟为代表的自然主义文学、私小说以及谷崎润一郎、永井荷风的耽美主义文学。特别是在关东大地震前夕，活跃在文坛的是志贺直哉、武者小路实笃的白桦派，芥川龙之介、丰岛与志雄、久米正雄的新思潮派，葛西善藏、广津和郎、谷崎精二、宇野浩二的奇迹派以及新早稻田派的作家们。在新文学面前，传统派的作家们逐渐趋于沉默。传统文学的主流杂志《白桦》也在震灾后停刊，走向低潮的传统派文学与前两者的对峙使大正末期的文坛呈现出三足鼎立的局面。

一、大正文学向昭和文学的过渡——无产阶级文学

《文艺战线》由小牧近江、金子洋文、中西伊之助、前田河广一郎、青野季吉、平林初之辅等十三人共同创刊，初期的理论指导者是左翼理论家青野季吉。1925 年，包括《文艺战线》同人在内的多个左派文学组织成员共同结成了“日本无产阶级文艺联盟”（简称“普罗艺”），暂时实现了具有多种倾向和个性的左派文学者的空前大团结。在他们的结盟纲领中，“为了无产阶级解放运动，我们站在艺术的共同战线上”被放在了首位，在这个前提之下，保留了“个人的思想及行动是自由的”立场。不久，正如左翼社会活动家福本和夫的“分离结合”理论所预言的那样，无产阶级组织历经了几番分分和和，其后不断地进行改组和重建。1926 年，非马克思主义成员从《文艺战线》退出，“日本无产阶级文艺联盟”改组成马列主义的

艺术团体——“日本无产阶级艺术联盟”。但之后由于内部斗争激烈，1927 年该联盟再次分裂而导致部分人退出，退出者组织了“劳农艺术家联盟”（简称“劳艺”），仍以《文艺战线》为核心期刊。但半年后由于理论上的分歧，部分成员再次离开，转而成立“前卫艺术家同盟”（简称“前艺”）。1928 年“日本无产阶级艺术联盟”与“前卫艺术家同盟”合并，成立了“全日本无产者艺术联盟”（简称“纳普”），创办了核心期刊《战旗》。这样，经过多次的分裂与重新组合，先后诞生的以《文艺战线》为核心期刊的“劳农艺术家联盟”和以《战旗》为核心期刊的“全日本无产者艺术联盟”成为无产阶级文学发展的两大重镇，前者以社会民主主义为宗旨，后者以激进的马克思主义为指导思想。由于政治见解的不同，两派之间日渐相互对立、剑拔弩张。后者逐渐成为无产阶级文学运动的主流派。

从大正时期就兴起的无产阶级文学运动在昭和初期得到了蓬勃发展，成为推动文坛的一股强大力量。日本无产阶级文学始终追求的是革命与文学的统一，激进的思想、跳出个人狭隘圈子的社会意识以及传统文学所不具备的热情，这使它获得了新的读者层的支持。作品中对下层劳动阶级的鲜活的描写给读者带来了强烈的冲击力和新鲜感，也使无产阶级文学在 1928 年、1929 年前后迎来了它的鼎盛时期。这场无产阶级文学运动培养了众多作家，也产生了大量的作品。这种繁荣的局面一直持续到 1934 年“日本无产阶级作家同盟”被迫解散。其间，四一六事件（指 1929 年 4 月 16 日，日共党员在全国范围内开始遭到通缉）曾使日本共产党组织遭到毁灭性破坏，但这未能阻止无产阶级文学运动的蓬勃发展。然而在九一八事变后，这场文学运动遭到了残酷镇压，逐渐走向低潮直至销声匿迹。作家们或转向、或封笔，间或有人逆风前行，在法西斯专制下走迂回路线，坚持无产阶级革命宗旨的创作，但这只限于极少部分的作家。在当局的高压下，无产阶级文学直到战后才以新民主主义文学的形式重新得到继承和发展。

《文艺战线》派与《战旗》派

如前所述，青野季吉作为《文艺战线》派的理论指导者，他和平林初之辅为初期的无产阶级文学运动做出了卓越的贡献。青野和平林都是早稻田大学毕业的文艺评论家，都曾为《播种人》的同人。青野在早期的论文《〈调查〉的艺术》（1925）中就强调了积极把握现实及其相关的思想的重要性。在《自然生长和目的意识》（1926）中，他指出，只再现无产阶级的生活只能算作家个人的满足，并非自觉意识到无产阶级斗争目的的阶级行为，他主张要将朴素的、自发的劳动者文学有意识地提高到社会主义的、无产阶级的艺术高度。其后《文艺战线》派的左翼社会民主主义的政治立场遭到了来自对手《战旗》派的质疑。《文艺战线》派的代表作家主要有叶山嘉树、黑岛传治和平林泰子等。这一派别在理论方面与《战旗》派相比一直处于劣势，对手强大的作家阵容也削弱了这一派别的影响。随着黑岛传治等作家后来加入《战旗》派，加之又发生了平林泰子的退出等事件，《文艺战线》派逐渐偃旗息鼓。

而《战旗》派的大本营“全日本无产者艺术联盟”在成立之初，就明确了追求共产主义、把革命派知识分子和日共组织联结起来的方针，成为日本共产党直接影响下的革命文学组织。这一派别的理论家是藏原惟人、中野重治和宫本显治。藏原惟人毕业于东京外国语学校俄语专业，曾赴苏联考察，深受苏共革命的影响，回国后，陆续发表了《现代日本文学和无产阶级》《马克思主义文艺批评的标准》《无产阶级艺术运动的新阶段》等理论性文章，并翻译苏联文献，介绍马克思主义思想。在他的著述中，对日本无产阶级文学运动从原理到方法都进行了全面的分析，在理论上为运动的发展起到了指导性作用。他在《战旗》的创刊号上发表的题为《通向无产阶级的现实主义之路》的文章中，提出无产阶级文学必须是前卫的文学、是战斗的文学、是党派的文学，作家必须站在无产阶级的立场，用阶级的观点来创作。在政治与艺术的关系上也把政治摆在了高于艺术的位置上。政治高于一切的观点，也在无产阶级文学者中成为激烈争论的话题。日后这一命题在无产阶级文学者圈内以及圈内与圈外之间多次引起讨论，成为了一个永恒的课题。《战旗》派的理论从根本上决定了日本无产阶级文学的发展方向，它的旗下集结了众多知名作家，其中代表人物有小林多喜二、德永直、中野重治、林房雄、桥本英吉、宫本百合子和佐多稻子等。

《文艺战线》派的代表作家

叶山嘉树是这一时期无产阶级文学的代表作家，也是《文艺战线》派的主笔。他 1894 年生于福冈县，中学毕业后来到东京，虽考入早稻田大学预科，但中途退学。后在横滨开始了为期六年的海员生活。其间开始参加罢工运动，并受到苏俄文学的影响。其后还在名古屋的水泥厂工作并做过新闻记者。他积极参加劳工运动，1922 年因为名古屋共产党事件遭到逮捕。在狱中，他以自身做低级海员的体验，创作了《卖淫妇》（1925）、《海上生活的人们》（1926）等早期作品，确立了作家的地位。20 世纪 30 年代，无产阶级文学运动遭日本当局镇压后，叶山开始了一边谋生一边写作的生活。叶山于 1945 年参加“满蒙开拓团”赴中国东北，战败后在回国的途中病逝。

《水泥桶里的信》（1926）是他根据自己做水泥厂工人的一段经历创作的短篇小说，据说是在劳动现场写就的。作品的主人公松户与三是一个水泥工人，分秒不息地劳作。一天，他在工作快要结束时在水泥桶里发现了一个木盒子，打开后一封女人来信跃然眼前。原来女人的男友在做工时被卷入粉碎机，就葬身于松户搅拌的水泥里，女人请制作这水泥的工人一定告诉她这水泥将被用于何处。看完信后，在孩子们的吵闹声中，身处同样命运的松户一边喝着酒麻醉自己，一边骂骂咧咧地看着妻子腹内孕育着的第七个孩子。

> 我是 N 水泥厂缝制水泥袋的女工。我男友的工作就是把石子放入粉碎机。十月七日早上，在放进一块巨大石头的同时，他和那块石头一起掉进了机器里。（省略）

他的骨头、肉连同灵魂都被切得粉碎，我男友的一切都化成了水泥。[1]

作品生动地描写出底层劳动者的凄惨命运，控诉了剥削阶级的敲骨吸髓，同时将一个女性的爱恋、悲愤和坚强通过书信的形式表达出来，成为无产阶级文学的先驱性作品。

长篇小说《海上生活的人们》也是一部左翼文学的杰作，讲述低级海员在运输煤炭的货船里不堪非人的劳动折磨、愤而起身反抗的故事。运输煤炭的货船“万寿号”在行船途中遇上风暴，船员受伤。船长坐视不管的冷酷，平日里船长和高级船员的飞扬跋扈以及对下级船员的欺压敲诈，这一切都激起众怒，大家联合起来向船长提出七条要求，船长被迫答应。但当货轮驶入横滨港时，等待他们的却是海上警察的缉捕。这部作品也给小林多喜二的《蟹工船》以重要启示。

叶山嘉树的作品常常能够超越政治理念，不受意识形态的束缚，通过朴素的呐喊来表达对统治者的愤怒。在日本无产阶级文学作品当中，政治性强、革命性高于文学性、艺术价值居于次席的作品为数不少。而叶山的作品却善于将立场和倾向融汇在描写中，以其独特的表达方式折射出隐含的阶级意识，《海上生活的人们》被誉为日本无产阶级文学发展的重要成果。

《文艺战线》派的另一代表作家黑岛传治出身贫寒，他的作品着重描写他所熟悉的贫农生活，如反映故乡小豆岛贫苦佃农悲惨生活的《铜币两钱》（1925）、《猪群》（1926）和《泛滥》（1928）等，都再现了农民悲苦的现实生活和反抗精神。因此黑岛被称为“农民作家”。第一次世界大战时，他应征入伍。随后，他创作了规模宏大的反战题材小说《雪橇》（1926）、《盘旋的乌鸦群》（1928）等，都以他在第一次世界大战中随军远赴西伯利亚的亲身经历为题材，作品具有鲜明的反战、反军国主义的思想。所以黑岛也被称为“反战作家”。《盘旋的乌鸦群》描写去远方驻防的一个连队在茫茫雪原中行

① 引用文由笔者译自原作。全书同。

进，大雪让他们迷失了方向，最后全连冻死在雪海中。春天来了，乌鸦成群在这些士兵的尸体上空盘旋。作品揭示了士兵的悲惨命运，进而揭露了战争的罪恶。1930 年，他创作了唯一的一部长篇小说《武装起来的城市》，因其反帝、反战的内容，出版后即遭到当局的封杀。作品以被侵略军占领的中国为背景，讲述了日本资本家、在华的日本无业游民如何压榨和歧视中国劳动者并与中国军阀相勾结的故事。作家再现了在华日本人内部不同阶层之间的分化与矛盾，并成功地塑造了有良知、有正义感的日本人形象，描写了他们与普通中国百姓之间的交流。在他的作品中，看不到小林多喜二等无产阶级作家的作品中所惯有的直白鲜明的政治思想和阶级观点，也没有程式化和口号式的革命论调，取而代之的是扣动人心的朴素语言和忠于现实的描写。

一向以反叛形象而著称的平林泰子也是这一派别的重要作家。她高中毕业后立志参加社会主义运动，从长野县来到东京，为生活所迫曾作过售货员、女佣等，最初倾向于无政府主义。她早期的创作有短篇小说《嘲笑》（1926）等，多以她自身失败的婚姻生活为描写对象，并赋予主人公以叛逆的个性。她的《在诊疗室》（1927）是一篇自传性质的作品，得到川端康成、片冈铁兵的认可，她从此开始了一个无产阶级作家的生涯。该作品描写的是在日本殖民统治下的中国东北，丈夫作为无政府主义者被逮捕入狱，而患病待产的“我”将在看守的监视下，在诊疗室生产。孩子出生后因吃了含有病菌的母乳即刻死去。“我”拖着病弱的身体走向牢房，心中默念着“女人，你要相信未来。如果你深爱你的孩子，因为这份深爱，请你发誓战斗吧”。作品刻画了革命女性不屈的姿态。其后作者发表了短篇小说《夜风》（1928）、《殴打》（1928）、《非干部派日记》（1929）、《酱油工厂》（1929）和《铺轨列车》（1929）等作品。无论是战前还是战后，她的作品表现的都是一个女人在与社会进行抗争，直至遍体鳞伤也一往无前。作品的场面描写大多壮怀激烈，语言激越有力，充满了无产阶级文学的豪放和悲壮感。

《战旗》派的代表作家

小林多喜二是《战旗》派理论的忠实实践者。他于1903年生于秋田县一个贫农之家，在亲戚的资助下完成了高等商业学校的学业。毕业后，他一边在银行工作，一边热心学习社会科学，同时萌发了对文学创作的兴趣。他景仰志贺直哉、喜欢陀思妥耶夫斯基，逐步开始尝试写一些人道主义的小说。他初期的创作多为一些伤感之作，在接触社会主义、马克思主义思想之后，走上了无产阶级文学之路。1931年小林加入日本共产党。小林是一个激进的革命派，作为无产阶级文学运动的先锋，一直活跃在运动的第一线，直至1933年被特高警察以违反《治安维持法》为名逮捕，不久被拷打致死。

在藏原惟人的推荐下，小林最初在《战旗》上发表的《一九二八年三月十五日》（1928）引起关注，随即遭到了当局的查禁。这部作品以日本当局首次镇压革命运动的历史事件的日期为标题，再现了当时警察对革命者残酷的审讯场景以及革命者不屈不挠的姿态，揭露了强权对自由的践踏。作品体现的阶级观点和集体意识受到了推崇。这部作品使当时尚无名气的小林受到瞩目，同时也验证了无产阶级文学自身存在的价值。翌年，他创作了初期无产阶级文学的代表作品《蟹工船》[①]。作者在创作之前，经过了大量缜密的调查，作品披露了当时日本与苏联围绕渔业作业权发生对峙的背景下，蟹工船在日本海军的保护下侵入苏联领海捕捞，资本家联合官方势力在船内工人身上榨取剩余价值的实态。作品以现实主义的手法再现了蟹工船内工人们非人的劳动状态。最值得肯定的是作品赞扬了工人的集体斗争精神和阶级觉悟。这部作品确立了小林作为无产阶级文学的代表作家的地位，被誉为无产阶级文学中的里程碑式作品。

《蟹工船》描写了在蟹工船严酷的工作环境中，来自压迫者的剥削和被压迫者的反抗。

---

① 蟹工船是指在北部海域捕蟹，且装有能够在船里直接将蟹加工成罐头或其他加工品的设备的轮船。实际上就是一个船上的螃蟹加工厂。从大正末期到昭和初期，捕蟹是支撑国家经济的产业，大批劳工被带到船上劳动。

"走，下地狱去吧。"

两个人靠着甲板扶手，望着像舒展开的蜗牛一样傍海延伸的函馆的街道。

作品在开头就交待了工人们把去船底工作比喻成下地狱，工人们拥挤在被称为"粪壶"的肮脏的轮船最底部，在严酷的环境中劳作。1929 年，蟹工船"博光号"从函馆出港，在帝国海军的保护下向位于苏联东部、太平洋上的一个半岛进发。途中遭遇暴风雨，但是船上的主事者为了提高捕获量，竟无视四百多名船员的生命。船员被残酷虐待，患脚气病的渔夫死去。船员在愤怒中由开始的怠工发展到罢工，在即将胜利之时，海军驱逐舰前来将九名运动领导人押解而去。虽然最后反抗以失败告终，但是斗争换来了船员们的团结和觉醒。作品同时还探寻了垄断资本榨取行为背后的国际经济和军事背景。

1929 年末，小林被银行解雇，开始全心投入文学创作和革命运动。他创作了《为党生活的人》（1933）、《不在地主》[①]（1929）、《工厂细胞》（1930）等。1931 年，小林加入了当时尚被视为非法组织的日共，与宫本显治等一起开展革命运动直至被捕。小林多喜二的贡献在于把日本共产党的理论有机地融入作品中，唤起了劳动民众的觉醒和奋起，将单纯朴素的自觉意识上升到了集体抗争的高度。但在政治挂帅的创作思想主导下，他笔下的人物不免流于概念化、符号化，极易变成为理论服务的工具。

在此对《战旗》派的其他主要作家也做一概述。

德永直出身贫苦，1899 年生于熊本县的一个佃农家庭，母亲在地主家做女佣，他小学六年级时中途辍学。其后从事过各种体力劳动，饱尝苦难。后来他开始关心和思考社会问题。来到东京后，他曾在印刷厂做排字工，成为领导工会运动的核心人物，后由于罢工斗争失败而被开除。1929 年，他根据自己的这次斗争经历创作了长篇小说《没有太阳的街道》，成为《战旗》派的代表作家。他曾加入

① 不在地主是指不在自己拥有的土地上居住的地主。

日本无产阶级作家同盟，后对组织内部的政治至上主义进行批判，并退出该同盟。在20世纪30年代日本当局制造的白色恐怖下，德永在思想上一度产生动摇，发表过《创作方法上的新转换》（1933）等文章。1937年他在杂志上刊登了《没有太阳的街道》的绝版声明，表现出其彷徨苦闷的心理，但同年他又在作品《八年制》（1937）中提出了日本当局延长义务教育年限并将成本负担转嫁给贫困家庭的问题，其另有短篇集《劳作的一家》（1938）等作品。战后德永直参与了创建新日本文学会的工作，并加入日共，还就个人之前的信仰动摇行为公开发表自我批评。德永战后的重要作品有缅怀亡妻的《我妻安息》（1948）和描写共产党领导工人斗争、农民运动的《静静的群山》（1949—1954）等优秀作品。

《没有太阳的街道》描写了印刷厂工人的罢工斗争经过。作品规模宏大，人物从财阀巨头、议员、警察到工人、社会底层百姓，笔触伸向了社会的各个层面。与小林多喜二的《蟹工船》不设特定主人公的群像描写方法相反，《没有太阳的街道》以妇女部的干部高枝和她的妹妹加代的故事作为主线。作品在开篇描写了大正末年，大同印刷厂的工人和家属因为抗议厂方解雇工友而开始罢工，他们四处散发传单寻求支持。与此同时，资方总经理却欲借此机会根除左翼工会，做出了解雇全体工人、关闭工厂等卑劣的对应举动。在被逼无奈之下，年轻的工人宫地在总经理的宅邸纵火未遂，与恋人加代告别前去自首。此时宫地对加代怀有身孕毫不知情。不久高枝和加代也被拘留，待被释放时加代已奄奄一息，不久即命归黄泉。于是，高枝开始了复仇的行动。作者在这部作品中尽量做到使每个场景的描写都通俗简洁，显然其意图在于使劳动阶层的读者便于阅读。作品的名字是形容印刷工和他们的家人居住的贫民窟，位于太阳（公平正义之光）照射不到的地方。因为是作者的切身经历，因此作品的真实性和作家的劳动者身份都提高了作品的价值。该作品使德永直成为无产阶级文学的代表作家。这部作品其后被译成多国文字，与小林多喜二的《蟹工船》共同成为世界无产阶级文学的代表作。

桥本英吉1898年出生于福冈县，也是工人出身，做过矿工、印刷工等等，后因组织罢工被印刷厂开除。他最早受横光利一的影响开始文学创作，后转而成为无产阶级作家。早期的大部分作品内容都取材于他自身的经历，如《童工的愿望》（1928）、描写矿工生活的《一九一八年的记录》（1929）、《矿井》（1934）等。20世纪30年代也曾多次被捕，在二战期间，还创作过历史小说《忠义》。

宫本百合子1899年生于东京的一个建筑师家庭，曾在日本女子大学英文系学习，中途退学。虽然自幼生活优越，但是宫本百合子总是想极力靠近底层百姓的生活。十七岁的时候她就创作了处女作《贫困的人群》（1916），在坪内逍遥的力荐下发表在《中央公论》上，引起关注。1919年曾随父赴美，并于翌年结婚，但这场婚姻在短时间内就以失败告终。这段经历在她其后创作的长篇小说《伸子》（1926）中得以体现。作品塑造了打破陈旧的传统婚姻观念、追求人格自由的年轻女性伸子的形象。伸子不顾家庭阻力，毅然走进门第悬殊的婚姻；当她忍受不了另一半的自私与狭隘时，又再次勇敢地从婚姻中走出来。这部作品也成为早期无产阶级文学的先驱作品。在完成该部作品后，她和挚友汤浅芳子一道奔赴苏联。汤浅是为了追求自己酷爱的苏联文学，百合子却意在通过此行来进行自我改变。她们在苏联滞留长达三年之久，这段生活对百合子后来的人生有着不可估量的影响。回国后她首先加入了无产阶级作家同盟，其后又加入了日本共产党，并和《战旗》派的评论家宫本显治再婚。在30年代日本当局镇压左翼人士时，多次被迫中止创作，夫妻二人也曾双双被捕入狱。其间创作过的作品有《一九三二年的春天》（1932）、《时时刻刻》（1932）、《小祝的一家》（1934）等，她的作品乐观向上，体现了坚定的共产主义信念。她虽先后五次被捕入狱，但始终都不曾屈服于法西斯的残酷迫害，在众多无产阶级作家中，成为抵抗运动的先锋人物。战后，她积极参加民主主义运动，进入作家的多产时期。

佐多稻子1904年生于长崎，家境贫寒，自幼丧母，从孩提时代起就失学做童工，尝遍生活之苦。战前在堀辰雄等人的影响下，开始参加无产阶级文学运动，作为马克思主义的追随者，她一直站在无产阶级革命运动的前列。她的处女作《写自牛奶糖工厂》(1928)就取材于她的个人经历。作品描写了还在上小学的广子为生活所迫，开始在奶糖工厂做童工。幼小的她由于动作慢只能拿三分之一的薪水，稍稍迟到便连一天的工资都领不到。后来转到一家荞麦面条店做工，在这里她收到了来自故乡的学校老师的信。老师在信中言辞恳切地希望她想方设法筹集学费，争取小学毕业。

> 信寄到荞麦面条店时，她已经开始了做小工的生活。打开信还没读完就握着信跑进了厕所。她又重新读了一遍，但昏暗中字迹模糊不清。就这样在昏暗的厕所里什么也不做，蹲在那里，她哭了。

这里描写的是一个少女无助的悲哀。这篇作品确立了佐多稻子作为一个无产阶级作家的地位。她的作品风格朴素，战后的作品内容也多描写她的坎坷人生，其中包括她的婚姻生活、战争以及转向时期的曲折经历。

二、大正文学向昭和文学的过渡——新感觉派文学

如前所述，在左翼刊物《文艺战线》创刊四个月后，与无产阶级文学相对立的杂志《文艺时代》也于同年诞生。评论家千叶龟雄将集结在这一刊物旗下的艺术派作家称为“新感觉派”。[①]这一派别受早在第一次世界大战前就在欧洲兴起的前卫艺术运动的影响，与关东大地震后在日本文坛盛行一时的达达主义思潮、未来派和表现派的艺术运动相呼应。所谓的前卫艺术运动，就是以否定传统的艺术观念为宗旨的一场艺术革命，在法国表现为立体派，在意大利表现为未来派，在德国则以表现派为核心。第一次世界大战和俄国十

① 长谷川泉．近代日本文学思潮史．东京：至文堂，1961．

月革命的战火将旧有的传统和文化模式付之一炬，20 世纪初叶，新一代的作家和诗人在文字和语言上向权威发起挑战，达达主义思潮就是在这种背景之下产生于法国随后影响欧洲的艺术运动。它反对一切传统的权威、道德、习俗和艺术形式，不让语言和文字受任何束缚，尊重创作的自发性和偶然性。他们的作品被及时介绍到日本，如新感觉派诞生之前，诗人堀口大学翻译的达达派作家保罗・莫朗的小说《夜开门》等就给日本文坛带来过前所未有的震撼。很快，流行于欧洲的这种前卫艺术在大正末年也营造了日本文坛的相应氛围。关东大地震使东京这座留有江户余韵的古城瞬间化为乌有，但是，这也预示着作为政治、经济和文化中心的一个新的近代化城市即将在震后的废墟上拔地而起。新的事物等待着破土而出。这种特定的背景也促成了文坛上新感觉派的诞生。新感觉派试图采用 20 世纪新的文学方式来冲破明治以来的传统文学表现手法的窠臼，其作品不以塑造典型的人物形象为主旨，而是创造一种新的印象和感觉，将城市生活和机械文明现象描绘出来，在感觉和表现方法上下功夫。它向权威发起挑战的姿态在当时具有强烈的冲击力。当时日本文坛的所谓权威，就是构建在现实主义基础之上的自然主义、私小说和心境小说。高见顺曾回忆当时还是高中生的自己“手捧《文艺时代》的创刊号是何等的激动。……我们年轻一代一直追求的、渴望的文学第一次出现了”[①]。它的非思想性和重技巧性与同样引导昭和初期文坛的无产阶级文学形成了鲜明的对比。

这一派别的代表作家有横光利一、川端康成、片冈铁兵、中河与一、岸田国士和今东光等。作为“新感觉”理论的旗手，片冈铁兵和川端康成分别在《文艺时代》撰文阐释了有关文学的新观点。如片冈铁兵的《写给青年读者》、川端康成的《新锐作家的新倾向解说》等都成为新感觉派的理论支柱。他们主张，创作应该服从于主观感觉，首先从客观事物中引发出主观感觉，再反过来以此种感觉来描写客观事物，描写主观感觉中的客观世界，赋予描写对象以生

① 高见顺．昭和文学盛衰史．东京：讲谈社，1965．

命，凭借感性来表达理性，进而以全新的文学表现形式来传播现代精神。《文艺时代》的杂志名称是由川端康成提议的，他在发刊词中主张，作家的责任必须是使文艺全新化，进而从根本上将意识全新化。传统的程式化描写早已使人厌倦。他还在《文艺时代》1924年第12月号中对该刊物的使命做出了形象的比喻，“一枝蔷薇可能不为人所知，但同样距离，一束蔷薇就会引人注目。我们愿以新的时代精神推动文学界，这本杂志就是我们为这种精神献上的花束”。横光利一在他的《新感觉论》（1925）中也主张要丢弃自然主义文学所确立的近代文学创作手法，新文学需要特殊的、快节奏的描写方法。这些新作家试图把握一种全新的感觉、一种全新的感受事物的方法。

尽管新感觉派的作家们踌躇满志，但是作为一场文学革命，新感觉派并没有强大的理论基础和统一的思想，他们崇尚西方现代主义，但全盘的接收必然会掺杂消极的因素。他们否定日本传统文学形式，全盘的否定也就影响了对其中积极因素的继承。他们虽然摈弃了自然主义的写实手法，想开拓出一条新的文学之路，却只停留在了技法的实验和对创作形式的追求上。因此新感觉派的描写难免流于失去内涵的感觉主义、装饰主义，成了一场名副其实的“技术革新”。但值得肯定的是，这一派别的作家们在没有坚实的理论做后盾的前提下，各自进行了大胆的实践，弥补了理论上的先天不足。他们的作品比起他们的理论显得更有分量。虽然将这一派别的作家统称为新感觉派，但他们的“感觉”其实各有不同。即使最突出的两个代表作家的作品也是风格迥异。横光利一认为对事物的认识就是悟性和感性的结合，他崇尚的是重视悟性的文学，即具有象征性的文学。而川端康成则追求一种无意识中的意识化，开辟出了独特的东方美的境界。

这场运动持续的时间并不长，1927年，在合计发行了三十二期后，《文艺时代》停刊。在运动后期，《文艺时代》也受当时处于鼎盛时期的无产阶级文学的影响，出现了左倾倾向，甚至开始刊登一些左翼作家的作品，如叶山嘉树的《谁是凶手》就在《文艺时代》上连载数期。组织内部也产生了分歧，如主要作家片冈铁兵、今东光等转型成为了无产阶级作家。不仅如此，连一直支持该流派的年轻作家们，如武田麟太郎等也相继站在了左翼的一边。横光利一和川端康成转向了新心理主义，而中河与一等则开始倾向于形式主义。但不可否认的是新感觉派给予文坛的巨大影响力，当时就连无产阶级文学在创作手法上也或多或少受到了新感觉派的影响，这种影响在叶山嘉树、林房雄等人的作品中是有迹可循的。对于凝集了川端才华的《感情装饰》，连无产阶级文学的代表作家中野重治也称之为好书，认为至少作品是美的。[①]因此新感觉派的诞生对于大正文学向昭和文学的过渡和转型起到了积极的作用。

在新感觉派文学的兴盛时期，在主要作家当中，也产生了很多脍炙人口的佳作。如横光利一的《静静的罗列》《春乘马车》《花园的思想》，川端康成的《伊豆舞女》《银色的满月》《春天的景色》《梅花的雄蕊》，中河与一的《青菜上的刺绣》《冰冻的舞场》，片冈铁兵的《钢丝绳上的少女》《色情文化》，今东光的《瘦新娘》等，都是这场文学运动结出的丰硕成果，具有重要的历史纪念意义。经过各自的潜心探索，这一派别的代表作家横光利一写出了《上海》（1928—1931），川端康成则完成了《浅草红团》（1929—1930）。但自此以后，在他们的作品中便再也看不到这种“新感觉”的尝试了。《文艺时代》停刊后，作家们也从追求外在的感觉转而开始探寻内在的精神，横光开始转向新心理主义的探索，而川端则醉心于日本传统美的建构。但这场运动的非马克思主义、非无产阶级的文学指导思想被其后兴起的新兴艺术派、新心理主义所继承并发扬。虽然在文坛上各方对新感觉派发起的这场“文学的革命”评价不一，但是它所提倡的现代文学创作应具有的独特的思维模式以及颇具探索性的艺术手法，在日本文学史上应该说是具有划时代意义的。

横光利一与《苍蝇》

横光利一1898年生于福岛县，中学时喜欢夏目漱石和志贺直

① 长谷川泉．近代日本文学思潮史．东京：至文堂，1961．

哉，后热衷于西方文学。曾进入早稻田大学预科班，但因神经衰弱长期缺课而被除名。从这个时期起，他开始了文学创作的生涯，不断给各个杂志投稿，其间结识了一些文学界人士。特别值得一提的是1920年他与菊池宽的相识。后者不仅肯定了他的才能，还介绍他与川端康相识并成为盟友，这给他后来的文学之路以极大的影响。横光在创办《文艺时代》以前，就与文学同人一起创办过文学期刊，其后作为菊池宽主持的《文艺春秋》成员，发表了《苍蝇》（1923）、《太阳》（1923）、《碑文》（1923）等，正式登上文坛并致力于文学创作手法的革新。《文艺时代》创刊后，作为新感觉派的旗手，连续发表了《脑袋和肚子》（1924）、《静静的罗列》（1925）、《拿破仑和顽癣》（1926）等颇有影响的作品。在文体上，横光一方面受到志贺直哉的深刻影响，另一方面又受到一战后欧洲新文学的影响，在文体和思考方式上力求开拓出一片新境地。

他在作品的描写手法上大胆创新，作品中充满了象征和暗示，常常通过瞬间的自我感觉来反映客观事物，给当时的文坛带来了前所未有的新鲜感。

比如，在《苍蝇》中，有这样的描写：

马衔着一根枯草，在寻找着驼背的车夫。

在这里作者没有使用惯常的“人寻马”，而是采用“马找人”。在《太阳》中，有着“他捡起小石子朝树林里扔去，树林透过几片松叶将月光撒落一地”之类的句子，在他的作品中，类似这样的拟人手法比比皆是。在《脑袋和肚子》中，作者更是将特快列车疾速行驶，不停靠小站的光景描写成“正午时分，特别快车满载着乘客全速奔驰。漠视了石子般散落在沿线的小站”，这样新颖别致的描写，已经有别于传统文学的单纯而直接的叙述手法，充满了动感。横光后来创作的《春乘马车》（1926）更是通过题目就可以看到作者在修辞上的用意。这部短篇描写了主人公在全心照料患肺病妻子的过程中，每一天都在妻子的责备中度过，被病妻的种种任性所折磨。这样的生活使他感到疲累。

主人公为了引起妻子的食欲，把刚从海里打上来的各种鲜鱼摆放在窗外，一一讲给她听。

> “这是鮟鱼，它是在海里跳舞跳累了的丑角。这是对虾，虾是戴着盔甲倒下的武士。这条竹荚鱼呢，是被暴风吹上来的树叶。”
>
> “我不想听这些，念圣书给我听听。”

尽管如此，对妻子怀有深情的他依然一如既往，寸步不离妻子左右，直到妻子临终，他把一束豌豆花捧至妻子床前。

> “这花是乘着马车，沿着海岸最先来播种春天的。”妻子从他手里接过花束，用双手抱在胸前，接着将苍白的脸埋在亮丽的花束中，恍惚地合上了眼。

作品的情节固然引人入胜，但比起情节来，读者的目光显然更容易被这一行行不同寻常的文字所吸引，这无疑体现了作者对事物敏锐的感受力和观察力。

横光是“新感觉派”的灵魂人物。在创作上他是一个勇敢的实验者，在理论上他积极倡导作家在创作时应该尊重主观感觉，重视悟性活动。对于“主观感觉”这个概念，他在《新感觉论》中做了如下定义：所谓主观，即认识事物客体的活动能力。而所谓认识，当然是指悟性和感性的综合体[①]。以这种创作思想为前提，他的作品体现出的是一个象征主义的艺术世界，将无生命的客体有情化、直觉化。新感觉派的理论和作品在昭和初年文坛上的一片左翼氛围中显得特立独行，尤其是在《文艺时代》自身开始左倾化之后，横光试图从理论上质疑无产阶级文学的文学性。在该杂志停刊的前一期，他发表了题为《作为文学的无产阶级文学的没落和新感觉派》一文，指出不能把政党文学的革命论等同于文学论，认为无政府主义的文学主张是再朦胧不过的。横光的质疑立刻遭到了来自对方阵

① 日本文学研究资料刊行会．横光利一和新感觉派．东京：有精堂，1980．

营的反击。无政府主义诗人壶井繁治在《文艺时代》的终刊号上发表的《横光利一君的朦胧性》一文，对横光的文学论进行了批驳，认为从超阶级的立场对文学进行定论是错误的。新感觉派最终因其理论的薄弱和片面，随着《文艺时代》的停刊而走到尽头。1928年，横光在《文艺春秋》上撰文评论平林泰子的作品《殴打》，认为其内容虽然老套，形式上却有新感觉派的风格。它之所以具有文学的吸引力，受读者欢迎，正是因为在描写手法上注重了形式主义的缘故。由此他得出结论，认为这部作品推翻了无产阶级的理论家平林初之辅和藏原惟人的“内容决定形式”的理论。一石激起千层浪，横光的发难引来了艺术派作家的支持和左翼作家的反驳，这场争辩逐渐演变成两大阵营之间的对峙，引起了一场关于“形式主义文学的争论”。这场争论一度趋于白热化，但是终究不是意识形态领域里革命与反革命之间的对立，由此也可以看出新感觉派文学单纯追求文学实质的特征。然而这场争论无疑使双方的对立迅速升级。

1928年横光造访中国，回来后创作了长篇小说《上海》，作品以1925年在上海发生的爱国反帝运动“五卅运动”为背景，以生活在虚无当中的理想主义者参木、他的朋友甲谷以及美貌的共产党员秋兰等几个人物为核心，生动地再现了动荡不安的上海。在完成这部作品之后，横光一改以往的新感觉派手法，转而显现出一种写实主义和心理主义的倾向。此后，他陆续创作了《鸟》（1930）、《机器》（1930）、《寝园》（1930）、《家徽》（1934）等作品，都是用意识流等心理主义的手法来描写处于社会动荡中的知识分子消极苦闷的心态。如《机器》虽然是以第一人称“我”的方式来讲述，却通过细腻的心理描写将“我”客体化。该作品描写的是在一个制作名签的工厂，围绕厂主发明的生产机密在“我”和其他两个工匠间展开的心理战。作品运用了大量独白式的心理描写，情节引人入胜，丝丝入扣。作品得到了小林秀雄的赞赏。对作品体现出的“相对心理主义”，伊藤整给予了至高的评价，伊藤整描述他刚读到这部作品时的感受为激动得“透不过气来”[①]。

1935年横光发表了评论文章《纯粹小说论》，在文坛引起一定反响和争议，受到来自诸多方面的批评。在文章中他阐述了纯文学和通俗小说之间的关系，并于同年发表了小说《家庭会议》，对自己提倡的理论加以实践。作品以股票交易所为背景，刻画了那些被金钱所左右的人们。1936年横光游历欧洲，其间构思了晚年的巨作《旅愁》（1946），作品以名门之后矢代与天主教徒千鹤子之间的恋爱为主线，刻画了主人公周围的日本人、法国人和中国人的种种心理。前半部分主要以巴黎为场景，充满了异国情调，而作品的后半部分则展开了主人公归国后的情节。作品着重描写了东方与西方、天主教与日本神道等在现实中的对立与调和。作品中蕴含着旅欧期间作者的淡淡乡愁，道出了当时知识分子的迷茫和困惑。这部作品可谓横光毕生的集大成之作，但遗憾的是，作者不幸早逝，使这部作品成为未完成的遗作。

《苍蝇》是横光早期的代表作，也是横光新感觉理论的实践作品。这篇小说是和成名作《太阳》同一时期发表的。作品通过客运马车的翻车事件，用象征性的手法描写了马背上的苍蝇和人这两种生命在这一事件中所遭遇的截然不同的命运。由于车夫的瞌睡，马车载着车夫连同六名乘客从悬崖坠落。弱小的苍蝇在强大的人类被不可预知的“偶然”所左右时，目击并躲过了这一悲剧。

> 马车朝山崖的顶端逼近。戴着眼罩的马顺着它视野里的路开始顺从地拐弯，但是，在那一时刻，它想不到自己的身体和车身的宽度。一只车轮已跨出路面。突然，马被马车拽住，瞬间（马背上的）苍蝇飞了起来。于是它看到了和马车一起坠下山崖的马，还有坠落时那松松垮垮的肚皮。人和马同时发出哀嚎。河滩上，人、马还有马车的碎片挤压在一起，沉默着一动不动。只有大眼苍蝇此时却奋力振动着已歇息多时的翅膀，在蓝天里悠悠然向远处飞去。

---

① 长谷川泉. 近代日本文学思潮史. 东京：至文堂，1961.

作品中，作者用了大量的拟人和比喻，把马车夫和六名乘客以及贯穿始终的旁观者——苍蝇刻画得惟妙惟肖。作者曾称初期的这些作品的文体是长年与传统文体表达方式相抗争的结晶。[①]

川端康成与《雪国》

川端康成1899年出生于大阪，他身世坎坷，在出生后的两三年内相继失去父母，开始和祖父母一起生活，八岁时又失去祖母，与双目失明的祖父相依为命。这种寂寞的生活止步于十六岁时又失去祖父这个最后的亲人，川端成为名副其实的形单影只的孤儿，其后他辗转被收养至亲戚家。幼年的经历对川端孤僻性格的形成和后天的创作产生了决定性的影响。在他的作品中"孤儿"情结一直贯穿始终，于清冷之中寻找人情的温暖、追求美的所在正是源于这种情结。

川端文学的构成复杂多样，他的创作分为多个时期。他少年时代熟读日本古典名著，平安时期的文学对川端的影响尤为深刻。类似《枕草子》所体现出的"日本美感"已根植于他的内心世界，这种古典之美对于日后川端追求的纯粹而独特的、臻于完美的"日本感觉"起到了至关重要的作用。川端从高中时代就尝试文学创作，将少年的体验缀章成文，曾尝试给学生杂志投稿。二十岁时，他在高中的校友会杂志上发表了根据自己的恋爱经历创作的处女作《千代》。

考入大学后，川端结识了菊池宽，自此与菊池结下了不解之缘。他不仅在创作上得到菊池的赏识，生活困窘的他还蒙受菊池的多方关照，后者还介绍他与横光利一相识。其时菊池与芥川龙之介、久米正雄等实力雄厚的中坚作家在文坛上正当活跃。川端的文学活动得到了菊池的支持，在他的首肯下，川端和石浜金作、铃木彦次郎等学友一起致力于《新思潮》杂志的第六次复刊工作。《新思潮》本是1907年由小山内薰创办的杂志，半年后废刊。其后谷崎润一

① 浅井清．研究资料现代日本文学．东京：明治书院，1980．

郎、后藤末雄等人再次发刊，接下来的每一次复刊都以东京大学学生为核心，使该杂志得以传续和发展。川端在第六次复刊的《新思潮》上发表了描写马戏班女艺人的《招魂祭一景》，得到了菊池宽和久米正雄的好评，首次得到的这种肯定对川端来说无疑具有不同寻常的意义。1923 年，菊池宽等人创办了《文艺春秋》，旨在培养文学新人和加强文坛内部的交流，起初以刊登随笔为主，后逐渐发展成综合期刊。川端和横光等文坛新人都成为该杂志的成员。大学期间，出于对文学的喜爱，川端从英文系转到了国文系。这一时期川端初登文坛，同时经历了恋爱的挫折，这些经历对其后的创作也产生了深刻的影响。

第一次世界大战后，各种风潮与新思想传到日本，包括美国式的享乐主义和苏联革命的传播带来的无产阶级思想，以及战后在欧洲戏剧、美术和文学领域兴起的达达主义、表现主义和未来派等，都给日本文学界带来了前所未有的冲击。1924 年川端大学毕业，和横光利一等一起创办《文艺时代》，掀起了艺术派文学的新潮流——新感觉派运动。在新感觉派作家当中，川端可以算作另类作家。他的言论不似横光利一般激烈，作品也不似横光那样“极端”。相比于横光利一、中河与一等追求小说结构和形式外在革新的作家，川端更多的是沉浸在作品内在的感觉构建当中。因此，通观川端文学的整体特征，除了在作者早期的作品中可以看到他在文字表达上所做的“新感觉派”式的刻意尝试外，传统的抒情性仍然是其大部分作品的基调。

川端初期的代表作《伊豆舞女》以一种全新的感觉和优美的抒情性展现了独特的意境，成为青春文学的代表作并引起广泛关注。《伊豆舞女》讲述了高中生“我”苦恼于自己扭曲的孤儿性格，不堪内心的忧郁，只身一人去伊豆半岛旅行。中途与一行江湖艺人相遇，有感于底层艺人的质朴人性，特别被其中的年少舞女深深吸引，遂与一行人为伴。在与艺人的共处中，“我”作为一个“好人”被他们所接受，对于“我”来说，这无异于得到了一般意义上的“世间”的认可，使“我”对自己有了新的认识。与少女之间产生的那种似有若无的朦胧之爱，使“我”在与艺人们依依惜别之后无限伤感惆怅，“我”那颗孤寂的心在少女纯净的灵魂和鲜活的生命力的感召下得到了拯救。整篇作品优美抒情，充满了青春的感伤和旅愁。这一时期的《伊豆归来》《海之雄蕊》等伊豆题材作品大多取自他高中时代的一次伊豆之旅，关于这次旅行的目的，川端曾这样分析道：“我自幼与旁人不同，是在不幸和不自然中长大的。因此确信自己已成为一个偏执、乖僻的人，总是把胆怯的心封闭在小小的壳里，……顾影自怜又自我厌恶”[①]。这段记忆给这一时期的川端文学的形成带来了至深至远的影响，感伤、孤寂和旅情成为作品的主题，体现了作者对爱的渴望。《伊豆舞女》也决定了川端文学的日后走向，它所构筑的“美”的世界由以下元素构成：其一是少女纯洁无瑕之“美”，其二便是主人公的忧伤感怀之“美”，而这两种元素之间更是相扶相依、彼此承接。首先主人公被少女纯洁无瑕之“美”所吸引，遂产生爱恋。但这种恋情飘逸而朦胧，结局是无疾而终。爱的终结维护了少女的圣洁之美，而同时又带来主人公的忧伤之美。这种“美”的塑造手法在《雪国》中也依稀可见。当然衬托着这两个元素的是川端作品中不可或缺的日本式的自然之“美”。

> 道路九曲八弯。在快到天城岭的时候，密密的雨线染白了杉树林，以惊人的速度从山脚下追赶而来。

这是《伊豆舞女》的开篇文字，形象、逼真。令人联想起《雪国》一开始的景物描写。

> 穿过两县交界处的长长隧道就是雪国了。夜光之下，大地一片白皑皑的。

川端笔下的“美感”既不凄美，也不算瑰丽，但有着一种淡定自若的恬然和从容。川端对“美”的超乎寻常的敏感也为他赢得了“魔术师”的称谓。横光利一曾形容川端在观察事物的时候是在与事

---

① 川端康成．日本文学全集：川端康成集（二）．东京：集英社，1967．

物的灵魂对视。因此川端笔下的“美”的世界通常是深层的，是灵动的。

同一时期，川端还尝试创作了系列超短篇小说，收入小说集《感情装饰》中。评论家千叶龟雄将其命名为“掌中小说”，实则为微型小说或可称为小小说。横光曾评价这些小说是“用剃须刀刃刻出的花朵”。[①]在这些作品中，作者着意摆脱惯常的自然主义描写手法，从全新的角度剖析事物和人物的心理。作品幽默、睿智，充满诗意而又蕴含着对人性的审视。

在以上这些早期作品当中，可以清晰地看到作为新感觉派作家的川端受到了来自欧洲的新文学的影响，他的作品虽然不似横光作品给文坛以强烈的“冲击力”，却明显地有别于他人而独具另类的“感觉”。如这一时期创作的《春天的景色》《石榴》等即表现出作者着意追求“新感觉”的独具匠心之处：

> 一片片竹叶似蜻蜓展翅，嬉戏在阳光之下。阳光洒落在竹叶上，像透明的游鱼，游向他的心。——《春天的景色》
>
> 一夜的秋风刮落了石榴树的叶子。除了树下没被覆盖，树周围遍地落叶。君子拉开木窗，看见光秃的石榴树，惊讶不已。落叶围成的圆圈更令她觉得不可思议。秋风扫落叶，本该满目狼藉的…… ——《石榴》

此处作者运用的象征手法和跳跃的语言感觉使文字有了生气，从而形成独特的审美趣味。

他后来发表的描写东京浅草风情的作品被称为“浅草系列”，如《浅草红团》《浅草姐妹》等。这一时期他还创作了新心理主义风格的《水晶幻想》等作品。从这部作品中，可以明显看出作者在尝试将西方的意识流手法引入小说。如前所述，20 世纪 30 年代前后，欧洲的种种文艺思潮的流入已经给日本文坛带来至深影响，艺术派作家们在积极推进西方新文学方面尤其不遗余力。他们着力推介西

① 市古贞次，等. 精选日本文学史. 东京：明治书院，1998.

方作家、诗人和作品，如19世纪法国象征主义诗人阿尔图尔·兰波、20世纪法国意识流大师马赛尔·普鲁斯特以及爱尔兰作家詹姆斯·乔伊斯等。这些西方作家在小说创作上的新的理念、技巧和方法给这些艺术派作家以崭新的提示，一些作家开始在作品中着重探索潜意识和深层心理的描写。川端在《水晶幻想》中将人物的心理活动、包括无意识活动都当作主要的观照对象，通过表现人物的主观感觉和印象，使读者直接进入人物的心理活动。作者使用了意识流小说惯用的时序倒错、自由联想等手法，使"意识"在时空间游移跳跃。短期内对西方文学的模仿正是川端文学日后走向成熟的一个必经过程。

川端常常自我审视的"孤儿性格"在其1933年创作的短篇小说《禽兽》中得以深刻体现。性格孤僻的主人公在内心欲远离纷繁复杂的人情世界，沉溺于"无情"的动物世界里，终日与小鸟、小狗为伴，用冷彻的目光越过动物来透视人类。在表现孑然一身的主人公精心照料烧伤了脚的小鸟时，作者有如下的描写：

> 他将书房的门锁上，一个人躲在里面，把小鸟的两只脚放在自己的嘴里温暖着。嘴里的触觉几乎使他伤心落泪。不一会，他掌心的汗润湿了小鸟的翅膀，唾液也使小鸟的脚趾柔软了些许。那脚趾似乎脆弱得稍稍动作粗鲁一些就会被折断，他小心翼翼地试着把一根脚趾伸展开来，用自己的小拇指握住。又重新把它含在嘴里。

这段描写突出了主人公对动物的呵护，在这段场景描写的背后是作品潜在的孤独感和哀伤感。在这篇作品中，作者想要阐明的是，比起人与人之间的责任以及由此衍生的种种烦恼来，人在动物身上可以任意塑造自己的理想，从而能通过人为的、甚至是畸形的饲养行为来实现自己的既定目标。比起人性的种种丑陋来，与动物的交流反而体现着一种悲悯的纯洁，也是人逃避"世间"的极好方式。这再次表明少时的经历形成了作者的人生观，也决定了他的文学创作主题。

《雪国》是川端文学生涯的巅峰之作，是最能体现川端文学特征的集大成之作品，也是川端毕生追求的“日本之美”的结晶。同时作为日本近代文学的经典之作，《雪国》被译成多国文字。该作品最早发表于1935年，以《暮色之镜》《清晨之镜》《故事》《徒劳》《芒之花》《火枕》《拍球歌》等独立的短篇形式，几年间陆续在《文艺春秋》《改造》等刊物上登载。后被整理为长篇小说，以《雪国》之名发表。战后川端续写了该作品，1948年出版了《雪国》的完整版本。作品的主人公岛村，是个在东京从事舞蹈艺术研究、衣食无忧的中年文人。为了摆脱终日无所事事的虚无感，隆冬时节去山里旅行，来到上越——被作者称为“雪国”的地方。在温泉旅馆，他结识了为给未婚夫行男治病而沦为艺妓的驹子，岛村被没有风尘之感的驹子所吸引，同时也觉察到驹子对自己的依恋。岛村先后共三次来到雪国。而当他知道在悉心照料行男的叶子正是在第二次来雪国的火车上给他留下深刻印象的雪国少女时，愈发觉得叶子的可贵和可爱。最后行男病逝，叶子也在一场大火中丧生。与作者初期的代表作《伊豆舞女》相比，《雪国》显然更加成熟而完整。但两部作品却有着异曲同工之妙，虽然都以男女之爱为主线，却难以将它们定性为纯粹的爱情小说。它没有起伏的情节和大起大落的感情悲喜，书中飘逸着的淡淡情愫衬托在大自然的美景之下，更似抒情的叙事散文。

作者描写岛村首次在火车上邂逅叶子的场景宛若一幅美丽的画卷：

> 镜子（车窗）外是掠过的黄昏景色，映在镜子上的影像和镜子就像电影里的双重叠影一般是流动着的。剧中人和背景毫无关联。而且人物的空澄透明和暮色的朦胧融合在一起，描画出一个远离俗世的象征性的世界。特别是当姑娘（叶子）的脸上映现出远山灯火的一刹那，岛村的心几乎被这无以言表的美震撼了。

暮色中，映照在车窗玻璃上的叶子的头影和车窗外不断变幻的景色交相辉映，衬托出叶子的冰清玉洁之美。真实与虚幻彼此映衬，虚实结合，动静相依，这段描写凸显了作者对美的准确把握。

在作者的笔下，两个女人都是在全力地活着、全力地爱着，无论是泼辣的驹子还是善良的叶子，两个女性选择的人生道路都是悲壮的。驹子沦落风尘，却憧憬纯真之爱，对岛村的爱果敢而执著。而她们的所有作为在岛村看来虽然是“美”的，却是“徒劳”的。驹子对岛村的无望之爱、对行男的尽责，叶子对行男的不渝之情等等最终都归结于“虚无”二字，是于事无补的。包括岛村倦怠、颓废、无所作为的生存状态以及在驹子的爱情面前的退却，都反映出作者自身“生死无常”的人生观。这种“虚无”与《禽兽》的世界也是相通的。

川端笔下的主人公们总是人在旅途，在远离现实的世界里发现真爱，并带着哀伤再次回到现实世界中来。这种非现实的世界或者体现为《伊豆舞女》中主人公与流浪艺人的结伴之旅，或者类似《雪国》里的“长长的隧道”另一端的冰雪世界，这类设计赋予作品以超现实性。无论是《伊豆舞女》中的年少舞女，还是《雪国》中的驹子、叶子都是作者心目中的女性美和爱的化身，但这种美的感受是在虚幻之中完成的。作者自《伊豆舞女》问世以来确立的抒情、唯美的风格在《雪国》中发挥到了极致。

虽然《雪国》的续篇是作者在战后完成的，但《雪国》代表不了川端在战后的创作风格。战争后期，川端曾作为海军报道员在后方目睹过年轻的生命一个个成为炮灰，体会了战争的残酷和在极限状态下的生命之轻。战后，经历了战灾的川端更深地沉浸在悲哀当中，横光、菊池这些挚友、恩师相继离世，世事无常，生命陡然即逝。在他看来，在劫后余生里只有回归日本传统才会得到心灵安澜——“战后的我一味回归到日本自古以来的哀伤之中”[①]，随之他更加逃避现实，其作品在原有的清新、幽寂、冷艳的基调之上，独自追寻颓废之美、虚无之美。他战后的代表作《千只鹤》《山音》和

① 川端康成．哀愁．东京：细川书店，1949．

《睡美人》等都以感官刺激和变态的性心理描写为主要风格。

《千只鹤》写了两代人之间错综复杂的感情纠葛。主人公菊治生长在茶道世家，父亲生前在茶道界颇有名望，私生活却放浪不羁，与自己的女弟子栗本智佳子有染，后又与茶界好友的遗孀太田夫人姘居。父亲死去四年之后，在智佳子举办的茶会上，智佳子欲把美丽的稻村雪子介绍给菊治，菊治却意外地与携女儿文子前来的太田夫人邂逅，并与这个年长自己二十岁的女人坠入一种莫名的情爱之中。他虽被雪子的美貌所吸引，却无心与之交往；相反他完全倾倒于太田夫人的美艳和毫不拘泥的言谈举止，似乎感受到了真正的女人魅力。而太田夫人却欲从菊治身上寻找当年菊治父亲的影子，最后因内心的负罪感而自杀。女儿文子为母亲与菊治父子两代人之间的关系而苦恼不堪。在与文子的来往中，菊治惶恐地发现，正像太田夫人曾经从亡父移情于自己一样，自己也正从太田夫人移情于文子。而文子在终于陷入与菊治的"孽缘"后离家失踪。作品触及了一个道德世界的禁忌，即违背人伦的男女之爱。川端的后期作品常常表现出这种超伦理性，即对伦理的大胆践踏，在虚拟变异的性爱世界里恣意流连。如前所述，川端在战后即宣称从此只歌颂日本的悲哀和日本的美，在这个意义上，《千只鹤》鲜明地反映出了作者的上述心境。该作品获得了第八届（1951年度）日本艺术院奖。他随后创作的《山音》和《睡美人》，体现了同样的"悖德"主题，更突出了川端文学由来已久的超现实性和虚幻的氛围。

《山音》也和《雪国》一样，虽然是长篇小说，但同样由先后发表的几个独立短篇构成。《山音》的主人公尾形信吾年过六旬，双目昏花、记忆力减退，身边友人的相继去世让他意识到自己的年衰力竭。儿子婚后移情别恋，女儿也因夫妻感情不睦携子回家。娴雅而有主张的儿媳对于信吾来说是在"黯淡的孤独中能看到的一线微光，是这个阴郁的家庭的一扇窗"。作品围绕着发生在这个家庭里的种种风波，描写了暮年将至的老人对死的预感和恐惧，对战后社会以及家庭现状的无奈。同时作品提出了老年人与性的问题。作品多次通过信吾的梦境来描写老人的性幻想，摇曳在老人和儿媳之间的微妙的精神之爱是作品的主题。作品在现实与梦境的交替中体现出的，依然是川端作品里一贯浸透着的日本古典的抒情之美，各个章节都衬托以春夏秋冬的四季景色。《山音》获得了第七届（1954年度）野间文艺奖。作为战后的代表作，战争留在川端心头的阴影在《山音》中得到了最深的体现。作品中的每一个人物都背负着战争过后的沉重压力，这些人物精神上的麻痹、颓废乃至堕落正是人死而复生之后的失落感的体现。

《睡美人》将《山音》提出的问题进行了深化，通过离奇的情节再次对老人与性的问题做了大胆的假设，故事荒诞不经。现实与回忆、年迈与青春、生与死在这里对照出的都是"美与丑"的世界。芥川龙之介在自杀前曾经说过："我现在居住在一个像冰一样剔透的、病态的神经世界里。……只是自然于我比任何时候都显得更加美丽。……但是自然之所以美丽，是因为她映现在我的临终之眼里"[①]。川端曾以这个《临终之眼》为题发表过评论[②]，曾经映现在芥川临终之眼中的自然之美同样也映现在川端眼里。特别是他晚年的作品，无不流露出对美的眷恋和美之将逝的惆怅。

川端可以说是女性美的崇拜者、歌颂者，准确地说是美的探索者和缔造者。作者理想化的女性几乎在每一部作品中都会出现，但是晚年的川端在歌颂这种美的同时，更多抒发的是自身步入晚景后的悲凉之感。虽然川端自始至终都在构筑美的世界，但是综观川端文学的走向，不难发现其各个时期的不同特征。从《伊豆舞女》时期到《雪国》时期，再到《千只鹤》时期，其创作风格从清丽、美妙到隽永、虚无，再到颓废、扭曲，不断发生着质的变化。其间虽有另类作品出现，但作品总体在不变的静谧、抒情、唯美的意境之下，呈现出的是上述消沉、悲凉的变化趋势。

战后，川端接替志贺直哉任日本笔会的会长，与国际文坛开始加强交流。其后还被推任为世界笔会的副会长，在他任期内，很多

---

① 芥川龙之介．现代日本文学大系43：芥川龙之介集．东京：筑摩书房，1968．

② 川端康成．川端康成全集：第13卷．东京：新潮社，1970．

日本文学作品在国外被翻译出版，受到了广泛关注。

1968年，川端以《雪国》《千只鹤》和《古都》三部代表作获得诺贝尔文学奖，成为继泰戈尔之后又一位获得文学奖的亚洲作家。在授奖仪式上，川端以《我在美丽的日本》为题发表演讲。他引经据典，包括大量日本古典名句和佛家禅语，同时通过道元、一休和良宽等日本历史上的僧人的诗歌，表达了日本人的审美意识和自己晚年的艺术观、生死观。首先，他开篇引用的是镰仓初期的禅僧道元的《四季歌》，“春之花、夏之杜鹃、秋之月、冬之雪”，在让世界感受日本文化和日本自然之魅力的同时，将自己对自然的感悟融入其中。其次，他引用日本室町时代的汉诗人、高僧一休的“入佛界易、入魔界难”的名句，正体现了他晚年的创作思想，在他后期的作品里可以看出作者在“魔界”里的苦苦求索和挣扎。文中引用的另一名句是临济宗初祖、唐朝的临济义玄大师的“逢佛杀佛、逢祖杀祖”，这更是作者晚年在创作天地里如入无人之境的写照，作者意图用特殊的文学手法去震撼读者心灵。此外，川端还触及了《伊势物语》《源氏物语》和《古今和歌集》等日本古典名著，强调了古典文学中蕴含的日本人的精神传统。在篇末，川端对自己的文学如此定义：

> 有的评论家认为我的作品是虚无的。但我觉得不能套用西方的“虚无主义”一词。因为精神源头是不同的。道元的四季歌也题为《本来面目》，虽然讴歌四季之美，却蕴含着深刻的禅宗之理吧。①

1972年，川端以煤气中毒自杀的方式从滚滚红尘中解脱，离开了他笔下的至美世界。在他逝去的一年多前，三岛由纪夫剖腹自杀，他曾担任葬仪委员长。

川端文学将西方现代主义手法有机地融入了日本古典文学的民族精神之中，其突出的贡献在于用独特的方式诠释了日本的传统之美。

---

① 川端康成．川端康成全集：第28卷．东京：新潮社，1977．

三、昭和初年的文坛
——新兴艺术派、新心理主义和文坛新人

1927年，《文艺时代》在创刊不到三年后停刊，新感觉派解体。这个大正时期曾站在无产阶级文学杂志《文艺战线》对立面的刊物，造就了新感觉派，培养了一批文坛新人。该杂志停刊后，以反对无产阶级文学为共同目标，以维护纯文学为准则的艺术派作家们集结起来，于1930年组织了“新兴艺术派俱乐部”。所谓的新兴艺术派，是一个现代主义文学流派，也被称为艺术近代派。在同一时期，还有浅原六朗、龙胆寺雄、中村武罗夫、川端康成、尾崎市郎等人的“十三人俱乐部”，以及由此衍生出的舟桥圣一、今日出海等人的“蝙蝠座”，阿部知二、井伏鳟二、雅川滉等人的“文艺都市”，永井龙男、堀辰雄等人的“文学”等非左翼文学社团。这些文学组织以《不同调》《近代生活》《文艺都市》等杂志为据点，共同形成了与无产阶级文学相对抗的反对激进左派的强大阵营。

以龙胆寺雄为代表的“新兴艺术派俱乐部”由三十二名作家组成，几乎汇集了所有非无产阶级作家，他们被统称为“新兴艺术派”，其主流作家基本上都是中村武罗夫任总编辑的《新潮》杂志的成员。与提倡纯粹的文学技术革新的新感觉派不同，新兴艺术派在形成伊始，就提出了明确的政治主张。在“俱乐部”成立之前，中村武罗夫就曾在1928年6月发行的《新潮》上撰写过名为《是谁践踏了花园》的评论文章，在这篇以“不要主义的文学，要个性的文学”为副标题的文章中，中村将目标直指无产阶级文学。他将文学园地喻为一个大花园，而将无产阶级作家抨击为穿着泥鞋闯入花园的肆意践踏者，视无产阶级文学为“虫蛀的肮脏的红花”。“艺术立足于‘美’，立足于包含各种复杂意义的‘美’之中，是在人类感情和文化上盛开的鲜花。有红也有黑，有紫也有白。盛开的花各有各的美丽。是谁闯入这个花园并只留下虫蛀的肮脏的红花，将其他美丽的

花朵用肮脏的泥靴肆意践踏？”[①]文章批判无产阶级文学者排除异己，把文艺当作激进思想的宣传工具和阶级斗争的手段，并指出支配人类生活行动的不是主义和思想的力量，而是个性的力量。雅川晃也于1930年在他的《艺术派宣言》中公开抨击无产阶级文学，宣称它的谬误在于“不是从艺术的角度出发，而是利用强权主义歪曲艺术价值的可变性”。他们将新兴艺术派的理论定位于“对艺术的正确认识”上，把使文学远离政治看作艺术派的必然使命。

新兴艺术派的文学被称为色情的、猎奇的和无意义、无责任的小资产阶级情调的文学，技巧性地再现都市风情和社会表象成为这一流派作家的主要写作风格，追求享乐主义成为作家的价值观。正如后来片冈良一在《近代派文学的轮廓》中指出的那样，新兴艺术派的不足之处在于将文学游戏化[②]。以马克思主义的文学观来看，新兴艺术派的文学是自我陶醉乃至逃避主义的，是格局狭隘而偏重技巧的，甚至表现了城市文化的颓废和不健康的一面，比如描写摩登女性或有闲阶层妇女的放纵生活、自由性爱等等。该流派作家的作品虽然大多乏新可陈，但有些代表作品，如龙胆寺雄的《流浪的时代》《公寓里的女人们和我》等却也不失其艺术特色，充满了都市文学的成熟氛围。虽然缺乏对生活的正确认识和批判现实的精神，但作品随处可见的自然随性和洒脱不羁也不失为一种写作风格。如《流浪的时代》就塑造了一个桀骜不驯、言行放浪的率性少女魔子的形象。正如川端康成对《流浪的时代》所做出过的评价那样，如果有了某种思想上的成见和精神上的执念的话，作品反而失去了其原有的味道。这一时期活跃的其他作家还有浅原六郎、中村正常和吉行英介等。

抵御无产阶级文学是新兴艺术派的政治理念，而他们的文学理念虽然标榜的是要强调艺术的自律性，却只停留在“要对艺术具有正确的认识”这样一个模糊而抽象的概念上，并没有一个明确的文

---

① 三好行雄. 近代日本文学史. 东京：有裴阁，1975.

② 伊藤整，等. 日本现代文学史（二）. 东京：讲谈社，1979.

学主张。该流派虽然反对无产阶级文学，却没有一个足以替代马克思主义的强大理论做后盾。同时，它也缺乏创作思想与风格的统一性，作品大多表现了昭和初年的颓废的社会风气，而在对“文学表现人生”这一文学真谛的追求上，则体现出了消极的人生态度。因此，俱乐部在经历了短期的表面繁荣、昙花一现后便自然消亡。在俱乐部成立一年后，主要作家分流，借用道格拉斯经济学理论反对马克思主义科学原理的浅原六郎、久野丰彦等组成的所谓“新社会派”和伊藤整等追求“新心理主义”的人马，分别形成了追求通俗和崇尚艺术的两大派别。

新兴艺术派没有留下什么脍炙人口的佳作，但值得瞩目的是那些加入这一组织的文坛新人，如井伏鳟二、梶井基次郎、舟桥圣一、嘉村礒多、堀辰雄、林芙美子和阿部知二、牧野信一等个性派作家。这些新作家各具特色，井伏作品的幽默伤感，梶井作品的短小精悍，堀辰雄和伊藤整所表现出的新心理主义倾向以及小林秀雄的文学评论的独特视角，都成为这一时期文坛上的新动向。

井伏鳟二与《鲵鱼》

井伏鳟二1898年出生于广岛县一个世代为地主的富裕家庭，中学时代曾立志当画家。考入早稻田大学后，开始写小说，他这一时期的习作大多以动物为题材，深受当时流行的19世纪后期诞生于法国的象征主义的影响。其后他从大学法文学科退学，也中断了在美术学校的短期学习。1923年，他与朋友一起创办了同人杂志《世纪》，因为关东大地震，该杂志只出版了一期就遭遇了停刊的命运。在这唯一的一期上井伏发表了《幽闭》，这篇井伏学生时期的习作成为他日后的成名作《鲵鱼》的雏形。大学时期，井伏结交了对他的文学生涯影响至深的朋友青木南八，青木是个聪明温厚又才华横溢的优秀青年，既受同学信任又得老师赏识，却不幸于毕业前夕患病去世。井伏早期的数篇作品都是为了追思早逝的挚友而作。在《鲵鱼》中，他寄托了对青木的怀念，描写了青春期的孤独和哀愁。这一时期，井伏开始师从佐藤春夫。

1926年，他与同人又创办了杂志《阵痛时代》。但是由于20年代后期的文坛被强劲的无产阶级文学风潮所左右，该杂志的同人也转而投身于无产阶级文学运动，更将杂志改名为《战斗文学》，这种左倾使崇尚艺术、远离主义主张的井伏鳟二无所适从，遂声明退出。1929年他将《幽闭》进行改写，并更名为《鲵鱼》。这篇作品深受契诃夫作品的影响，笔调诙谐奇妙、揶揄自如，成为他早期作品的代表作。井伏始终视垂钓为一大乐趣，这也使他对鱼类的观察细致入微。

> 鲵鱼很悲伤。
>
> 它试图从它居住的岩洞里游出来，但脑袋却堵在出口处出不去。对它来说这个永远的家——岩洞，它的门实在是太窄了，而且洞内昏暗。强行地要尝试出去的话，它的大脑袋只能会像瓶塞一样塞住出口，证明它的身体在整整两年里已快速发育。这足以使它狼狈而又忧伤。

作品讲述的是一条鲵鱼在溪流中的岩洞里优哉游哉地过了两年。当它想出去时，脑袋已经长得硕大无比堵住了出口，几次努力突围都无功而返，还遭到了鳉鱼和小虾的嘲弄。鲵鱼成为岩洞里永远的囚徒，绝望令它忧伤而孤独。偶然游进岩洞的青蛙成为鲵鱼报复的对象，鲵鱼堵住洞口使青蛙陷入同样境地。日复一日，彼此间的争吵逐渐变成倦怠的唉叹，敌意也化为和解。作品以低次元的动物寓指高次元的人，喻示人的孤独、傲慢和卑微，这种寓意的转换深远而独特。作者在谈到创作动机时曾说过是受了契柯夫的作品《赌》的启发，想写出一种“从绝望到彻悟”的过程。

他后来写的作为新兴艺术派丛书之一的作品集《深夜与梅花》和作为新锐文学丛书之一的《怀旧的现实》确立了他在文坛上的地位，在艺术派作家中，他的作品开始以荒谬、幽默的风格而著称。井伏登上文坛时正值左翼文学的鼎盛时期，井伏文学也被贴上了“空洞的文学”等标签。他的小说以随笔风格居多，尤为特别的是，在他的笔下，无论是动物还是人物，往往滑稽而悲哀，悲喜结合，泪中带笑，笑中有泪。透过这种描写的表象，能探视出作家对人性和社会的冷静观察以及对现实的敏锐批判。在《丹下氏宅院》(1931)等作品当中，作者对底层百姓寄予了深切的同情，这部作品得到了评论家小林秀雄的赞赏，小林曾在《文艺春秋》上撰文驳斥对井伏作品的类似“小市民根性的表现”“毫无意义的文学”等种种不公平的评价。对井伏作品表面平实朴素，内里却复杂多样、富于想象的特性给予了肯定。

1937年井伏发表的《约翰万次郎漂流记》获第六届直木奖。该作品是纪实性小说，记录了幕末・明治时期的语言学家约翰万次郎的传奇经历。约翰万次郎（中浜万次郎）是渔夫的儿子，十四岁时在一次出海中意外遇险，漂流海上，后被美国船只救起，在美国接受教育。十年后回国，侍从幕府，专事翻译、航海、测量等工作。后成为开成学校教授。类似题材的作品还有作者在战后创作的《漂民宇三郎》。该作品也讲述了一个情节曲折的漂流故事。天保九年(1838年)，日本船富山号在从松前回江户的航行中遭遇强风，在海上漂流了六个月，后被美国捕鲸船营救，在夏威夷登陆。其后历时四年半船员们终于回到了松前城下，在江户接受幕府调查六年有余。船员十一人中两人饿死，两人病逝，一人自杀，只有六人生还，其中一人留在了夏威夷岛，即作品的主人公——时年十八岁的宇三郎。其后宇三郎在当地成婚，以经营表店为生。作者将船员们在漂流中的哀叹、绝望、反目、嫉妒和自私等种种人性中的丑陋和阴暗面刻画得淋漓尽致，这部作品获得第十二届艺术院奖。这类题材给了作者以最大的想象空间，字里行间都可以读出挥洒自如的谐趣和艺术性。此外，其1939年创作的《多甚古村》也颇得好评。作品以日记的形式，通过一个驻扎在乡村的年轻警官的眼睛，看到了发生在一个海滨小村庄里的各种故事。作者以一贯的诙谐幽默记述了朴素而平凡的百姓生活，描绘了一幅人生百景图。同时他也呈现了战争前夕已进入非常时期的日本的人情世态，真实地反映了老百姓对爆发在即的战争的抵触和奉献的两面性。如果说井伏的早期作品有“私小说”的印迹，作者的创作手法也有些“心境作家”的特点的话，那么作为其中期作品代表的《多甚古村》丰富了井伏文学的内涵，在井伏作品原有的趣味性和传奇性的基础上，增添了大众性和现实性，描写对象开始转向了庶民百姓。站在庶民的高度描写百姓的智慧已形成固定的风格并贯穿于井伏笔下的悲喜剧。

战争期间井伏被征入伍，曾作为陆军战地记者赴新加坡一年；复员后为躲避战火辗转流散至各地，尝遍战争之苦。因此，他在战后创作的作品充满了对战争的愤慨和对战败后的日本的忧虑，增加了批判现实的力度。战后他创作了《佗助》《今日休诊》《遥拜队长》等中、短篇和《火车站前的旅馆》《珍品堂主人》等长篇小说，这些作品中不乏力作，特别是《今日休诊》获得了第一届读卖文学奖，作品通过描写休诊日前来医院的患者们的种种样态，展现了战后日本庶民生活的一隅。小说笔调轻松洒脱，是井伏作品中最平易、也是最大众化的一篇。《遥拜队长》则以作者在战争期间的战地见闻和个人体验为素材，把一个小山村作为舞台，描写了一个脑部受过伤的中尉，他复员后旧疾时常发作，动辄举着棍棒召集村民发号施令，命令突击前进，招致村民的嘲弄和同情。作者通过展现一个旧军人在和平时代的可笑疯狂举止，用这种“异常”来喻示同样的疯狂行为在战争时期的“正常”，进而披露战争的可悲与可怖。1966年井伏发表的《黑雨》获野间文艺奖。《黑雨》站在一介平民的角度，再现了“原子弹爆炸”给普通百姓带来的灾难，印证百姓命运被其左右的残酷性，在“原爆文学”中占有重要位置。同年，井伏鳟二获得了文化勋章。

井伏文学一贯被称为“伤感”的文学。他的作品无论是历史题材还是现实题材，描写的大都是百姓哀愁的生活现实，但辛辣的讽刺内含其中，在幽默之中透着淡淡的悲哀。

梶井基次郎与《柠檬》

梶井是少数生前无名、死后其价值却得到肯定的作家之一。战后他与中岛敦、太宰治被并称为“三神器”。

梶井在高中时代曾立志当一名工程师，他喜欢夏目漱石和谷崎润一郎的作品，热衷于音乐。但他自幼不幸身染肺结核，终生都被病魔缠身，死神无时无刻不在他身边徘徊。在死神的阴影下，他希图从文学中探寻出一条实现自我之路，因此立志当一名作家。高中毕业后，梶井进入东京帝国大学英文系学习，1925年在东大就读期间，他与高中时代的伙伴中谷孝雄、外村繁等共同创办了杂志《青空》，发表了《柠檬》《在有城堡的城里》《泥泞》《路上》等作品。

处女作《柠檬》在发表的当时，并没有引起任何反响，直到作者逝后才终于成为其代表作。《柠檬》的主人公“我”是一个“心怀不祥之感”、身体病弱的无所事事的高中生，这种“不祥之感”令“我”心中充满焦躁和厌恶。一天，在京都的水果摊上买了一只柠檬后，“我”的心情豁然开朗。

> 那只柠檬的冰凉无法形容。那时我因为肺病总是发烧。事实上为了向所有的朋友显示身体的热度而特意和他们握手，我的手比谁的都热。因为热的缘故吧，从握着的手掌向全身浸透的那种冰凉别样舒服。
>
> 我不住地把那只果实凑近鼻子，它的产地加利福尼亚出现在想象中。在汉文中学过的“卖柑者之言”中的“扑鼻”一词也隐约浮现在脑海里。深深地吸入一大口甘甜的空气，对于从未尽情呼吸过的我来说，竟觉得身体里和脸上血潮上涌，周身清爽似体健之人。
>
> 在一个叫“丸善”的商店里将一向钟爱的美术书籍兴味索然地一本本从货架取下，摞在一起想堆成一座幻想的城堡，“我”把柠檬放在那摞美术书上，离开商店。幻想着柠檬就是一颗炸弹，不久会引爆整个丸善商店。
>
> 环视四周，柠檬的色彩将周围错杂的颜色协调而安静地吸入它那纺锤形的身体里，异常鲜明。（中略）“走吧。对，离开吧。”我快步走出商店。
>
> 走在街上，一种蠢蠢欲动的奇怪感觉令我脸上挂着笑意。把那个金光闪闪的恐怖的炸弹装在丸善货架上的恶棍正是我，

十分钟后如果以丸善的美术货架为爆炸源发生大爆炸，该多么有趣呀。

我热衷于这种想象。“那样一来那个令人压抑的丸善也就毁于一旦了。”

这篇作品视角冷静、风格揶揄，决定了梶井后来作品的基调——凭借着幻想和错觉希望瞬间改变阴郁的青春，在倦怠中期待着周围世界会发生翻天覆地的变化。整部作品充满了迷茫和彷徨。梶井的大部分作品风格深受志贺直哉的影响，以个人的生活实录寄托心境，具有私小说的性质。

1926年后梶井病情加重，开始在伊豆温泉疗养地疗养，创作了《一种心情》（1926）、《K的升天》（1926）和《雪后》（1926）等作品。其间蒙受了川端康成的知遇之恩，并结识了前来疗养的宇野千代、广津和郎、萩原朔太郎等作家。这一时期他开始阅读法国诗人、象征派诗歌先驱夏尔·波德莱尔的作品。梶井的作品整体上体现出作者对诗歌的偏好，他的作品与其称为小说，莫如称为散文诗。梶井是一个勤奋的作家，似乎一直在与死神争分夺秒，在他短暂的生涯里创作了近二十篇珍贵的短篇。

在散文诗《在樱花树下》中，作者幻想在樱花树下埋有死尸。盛开的樱花在作者面前展现令人难以置信的美。这种美令他不安，并使他联想到在树下埋有狗猫和人的尸体。樱花树外在的美和隐藏在其表层下的丑在对比中杂糅成作者潜意识里的祥和。梶井的作品给读者两大印象，其一是幻想描写，类似前述的《柠檬》《在樱花树下》；其二是心境描写，如《在有城堡的城里》《冬蝇》等等。《在有城堡的城里》的写作背景是1925年梶井的同父异母之妹八重子因患结核性脑膜炎去世，梶井自身也因病情加重而郁郁寡欢。姐姐婚后的住地三重县的自然美景令前来养病的梶井获得了暂时的身心之安宁。自然景物和身边发生的事都在作者平和的注视之下，作品中流露的安详心态令人感觉似乎作者已经大病初愈。《冬蝇》同样是一篇精巧的心境小说。在伊豆疗养的作者在旅馆的房间里发现了一只垂死的苍蝇，在寒冷的冬季里苍蝇虚弱无力、奄奄一息。三天后，作者出门归来，苍蝇已然死亡。在这只冬蝇的身上，作者似乎看到了自己的影子，感到了生命的无常和脆弱。梶井文学几乎没有社会背景和所谓的人物纠葛，在他的所有作品中，作者自己身处病中的心境常常与周围景物相吻合，触景生情，对“生”的危机感和对“死”的恐惧感在梶井的笔下竟然交汇出散文诗般幽冥的意境。

> 但是不知为什么我一直远远地望着那个人影在黑暗中消失。那个人影随着背后光亮的变暗一点点消失了，只留在视觉里，留在黑暗中的想象里。——终于连那想象也骤然中断了。那时，我面对无尽的黑暗感到了一丝战栗。想象着自己也会继他之后同样绝望地在黑暗中消失，一种莫名的恐怖和激动从心底油然而生。

这是他在疗养期间创作的“伊豆系列”中的另一篇《苍穹》中的片段。在梶井的很多作品中都可以看到关于“黑暗”的描写。作者通过这种视觉上的感受来寄托心境，因此他的作品常常对“黑暗”和“光明”显现出异常的敏感，如《一种心情》《K 的升天》和《黑暗中的画卷》等等，在这类描写中，作者对“生”的渴望跃然纸上。

在去世的当年，梶井在《中央公论》上发表了《悠闲的患者》。《中央公论》是具有代表性的综合文学刊物之一，曾是大正时期民主主义言论的自由园地，一向被看作是新人跳龙门的玄关。遗憾的是，对于梶井来说，《悠闲的患者》是这一意义之上的首部作品却也是最后一部作品。在战后出现的“第三新人”作家的创作风格上，可窥见梶井作品给文坛带来的影响。

伊藤整与《鸣海仙吉》

新心理主义文学本是 20 世纪初兴起的利用精神分析学探究人的深层心理如潜意识、本能的一种文艺思潮。最早源于英国，詹姆斯·乔伊斯、弗吉尼亚·伍尔夫、D. H. 劳伦斯，还有法国的马赛尔·普鲁斯特、雷蒙德·哈第盖等都是这一流派的先驱。在日本，率先将这一文艺思潮通过评论和翻译的形式进行介绍推广的是伊藤整等作家，这一西方文坛上流行的文艺倾向，给日本的新兴艺术派所崇尚的现代主义指明了方向。

伊藤整1905年生于北海道，在小樽高等商业学校学习期间，同校的小林多喜二对文学的热爱给当时的伊藤整以很大的激励。上学期间他博览群书，醉心于岛崎藤村的诗歌，毕业后自费出版了第一本诗集《雪映夜路》（1926），记录了作者的青春与爱情。一个文学青年的孤独和激情在他后来的自传体小说《年轻诗人的肖像》（1956）中也得以体现。赴东京求学后，伊藤整开始了小说的创作和对文艺评论的潜心探索，也于这一时期开始致力于西方文学思想的引进，以弗洛伊德的精神分析为理论依据，提倡新心理主义文学。在以往的心理小说中，心理描写都是为了辅助情节发展而进行的，而新心理主义小说着意描写的就是人的精神世界。在当时的文坛上，春山行夫主编的《诗与诗论》、淀野隆三主编的《诗·现实》和堀辰雄等主持的《文学》等杂志都是这一新思潮的发源地。1930年伊藤整与辻野久宪等合译了乔伊斯的《尤利西斯》，淀野隆三等翻译了普鲁斯特的《在斯万家那边》，一时间普鲁斯特的“内心独白”和乔伊斯的“意识流”手法成为一种全新的文学概念。翌年伊藤主编的《新文学研究》创刊，这本杂志成为推介欧洲新文学的园地。其后伊藤又出版了评论集《新心理主义文学》（1932）及第一部小说集《生物节》（1932），在《新心理主义文学》中，伊藤强调文学不能只描写外在现实，新文学应该具备同时表现外在与内在（即心理）现实的能力。这种表现方法不是平面的，而是立体的。他不仅在理论上，而且在创作上也着意对意识流的写作手法进行了大胆的尝试。他的早期作品如《感情细胞的断面》（1930）曾得到川端康成的首肯。在该作品中，作者运用心理分析的手法对恋爱感情进行剖析，心理描写占了大量篇幅。在收入小说集《生物节》的同名作品中，作者也运用了暗示和象征的手法，比起对人物行动的记述来，更多的是对人物意识和心理的刻画。之后，他还以同样的心理主义方法创作了《幽鬼之街》（1937—1938）等作品，成为令人瞩目的中坚作家。

但真正确立了伊藤在文学史上地位的是1941年发表的自传性质的小说《得能五郎的生活和见解》。值得注目的是该作品创作于太平洋战争爆发之年，正值国策文学泛滥之时，这就更体现出了该作品的价值。作品将西欧文学中的心理主义和日本私小说的方法融为一体，以当时的日本社会情态为背景，塑造了一个不为世俗观念所左右，追求幸福生活的知识分子形象。作品没有小说通常具有的连续的情节，结构松散，以主人公——新闻记者纵谈天下大事为主要内容。在主人公的自我调侃中，人性中的利己、虚荣和卑琐的一面被揭示得一览无余。作者用喜剧的眼光观察世态，用宽容的态度看待人性，这种幽默的笔调在战后发表的《鸣海仙吉》（1946—1948）中得到了延续。《鸣海仙吉》被看作是《得能五郎的生活和见解》的战后篇，是伊藤在经历了多年探索之后的一次心得之作，也是把西欧的文学方法和日本的文学传统相结合的又一次试验和艺术升华。《鸣海仙吉》集诗歌、评论和戏曲等形式于一体，通过描写一天之内发生的故事，展示了战败后人们的颓废和社会的动荡。作品把人看成是“思想”和“性”的行为动物，在诙谐中刻画了主人公鸣海仙吉这一大学教师的形象。作者试图批判地分析战后的知识阶层，披露这个阶级人性中的滑稽、空虚和丑陋。作者在题为“致读者”的作品前言中，这样写道：

> 鸣海仙吉是你，也是你。当你想要说一句机灵话时，你是鸣海仙吉。当你想方设法要渡过难关时，你是鸣海仙吉。当你面对心灵的创伤背过脸去想要继续存活下去时，你就是鸣海仙吉。

作者把战后知识分子的众生相汇集在鸣海仙吉这一个人物身上，表达了作者本人对生活和艺术的观点。同时在作品中可以看到乔伊斯的《尤利西斯》对作者的影响。

1950年，伊藤翻译的英国作家D. H. 劳伦斯的《查泰莱夫人的情人》全译本出版后，遭到检察院的起诉，该书被作为“猥亵”书籍没收。其间虽然日本笔会和文艺家协会以及文坛上的有识之士，为最大限度地争取文学出版的自由空间，以“言论自由”“写作自由”为斗争依据，给予了伊藤全面的支持，但这场诉讼历经六年，最终还是获得了“有罪”的判决结果。因为是涉及社会道德批判的敏感话题，查泰莱诉讼在50年代曾轰动一时，成为战后日本的一大事件，在社会上引起广泛关注，其过程在作者1952年创作的纪实小说《审判》中有详细记载。虽然官司败诉，但在战后直至50年代的反对旧道德、与传统伦理相对抗的社会氛围中，在某种意义上依然可以说伊藤整是一个失败了的“王者”。其实，早在30年代，伊藤就翻译了该作品，出版过删节本。还曾发表过多篇关于作者劳伦斯的研究文章，表现出对劳伦斯那反叛、率真的写作风格的拥护，特别是关于“性”，在伊藤的其他作品中也体现了同样的见解。如在前述的《鸣海仙吉》中，作者就把人放在从“思想”到“性”这两个“高次元”和“低次元”的截然不同的行为之间去审视，通过对“性”本质的探讨来解析人的本质。在伊藤看来，《查泰莱夫人的情人》是劳伦斯用“性”在向基督教的清教主义、欧洲传统的禁欲精神宣战，既不是煽情文学，也不是性文学，而是“人”文学。1996年《查泰莱夫人的情人》经过伊藤的次子伊藤礼补译后，由新潮文库发行了新的全译本。

伊藤后来创作的主要小说还有《火鸟》（1949—1953）、《泛滥》（1956—1958）等。《火鸟》以人性的解体为主题，通过一个演员的生活，揭示了人作为一个个体，被强大的权力组织和社会秩序所左右，从而失去选择自由的悲哀。话剧女演员生岛惠美追求纯粹的艺术，向往纯洁的爱情，但身为剧团团长的情人这个现实，使艺术和爱情都被掺进了杂质。在现代社会既成的机制下，人的本心愿望和良心被压抑、扭曲，还不得不在媒体的引导之下生活在现实和内心的双重世界里。作品从社会现实的层面和人的精神层面提出了集体与个人的关系问题。小说在叙述和回忆的结合之中，采用了意识流的表现手法。出版后即成为畅销书。《泛滥》也在伊藤的创作中占有重要地位，通过描写学术界和产业界的丑恶现状，暴露了身处资本主义体制下的知识分子的物欲、情欲和名利欲。《火鸟》和《泛滥》

这两部作品都被改编成电影搬上了银幕。

作为评论家，伊藤整自身的诗人气质和小说的创作体验使他的文学理论也自成体系，除了具备理性之外，还有感性和实证性。他在 1948 年发表的《小说的方法》《逃亡奴隶和假面绅士》以及 1950 年发表的《小说的认识》，都以西方文学为参照物，在对比之中，对西方文学和日本近代文学展开了独到的分析批评。其中他直指日本的私小说作家是“逃亡奴隶”，而西方小说家是“假面绅士”。指出形成日本近代文学主体的私小说远离时代，私小说作家逃避社会，躲进自己的世界，逡巡个人的一小片天地，是对自身软弱人性的姑息。自 1952 年起，他将从事多年的文坛史研究的成果——《日本文坛史》连续十七年连载于《群像》杂志上，获得菊池宽奖。伊藤整把西方文学思潮和创作方法引入日本，确立了新心理主义文学的理论体系，为推动日本文学的发展做出了积极的贡献。

堀辰雄与《圣家族》

新心理主义的另一代表作家是堀辰雄。他深受第一次世界大战后引进的欧洲新文学的影响，如法国先锋派作家和艺术家科克托、哈第盖、普鲁斯特和德国象征主义诗歌大师里尔克等。他特别为天才作家雷蒙德·哈第盖所倾倒。他认为“哈第盖的小说才是纯粹的小说，不含丝毫作家自身的自白成分。而这种没有任何自白的、全属虚构的小说才是纯粹的小说”[①]，所谓创作，就是在虚构基础上的创造。“好的小说就是‘谎言中的真实’。真正的小说家总是为了表现真实而刻意虚伪。”[②]在一般的小说中，情节与人物是互为衬托的，而堀辰雄注重的却是人物的心理解剖，其他一切元素都要围绕这一中心服务。在这种独特的创作方法论的指导下，写出西方文学那样真正的小说是堀辰雄毕生的理想。他一生肺病缠身，十九岁开始为肺病困扰时，又逢关东大地震，此后他抱病坚持完成学业。他自高

① 三好行雄、竹盛天雄. 近代文学 6：昭和文学的实质. 东京：有斐阁，1977.

② 堀辰雄. 日本文学全集 50：堀辰雄集. 东京：集英社，1972.

中时代开始向往文学，和同伴一起创办同人杂志《苍穹》，后结识诗人室生犀星，并师从芥川龙之介，逐渐走上了文学之路。考入东京大学国文学系后，他与中野重治、窪川鹤次郎等创办了同人杂志《驴马》。值得注意的是，这一时期的同道者其后都成为无产阶级文学的代表人物，而只有堀辰雄开辟了自己独特的创作之路。作为一个英年早逝的作家，他的创作活动都集中在战败前。芥川龙之介的自杀给堀辰雄带来了巨大的精神打击，芥川的悲剧也给堀辰雄后来的人生之路带来了很大的影响。

1927 年 7 月 24 日，芥川龙之介服安眠药自杀，结束了三十五年短暂的生命。他的自杀给当时的文坛乃至整个社会带来了强烈的震动。他的死被看作是一个时代结束的象征。无独有偶，翌年私小说的权威人物葛西善藏离世，自然主义文学巨匠田山花袋也在 1930 年辞世。这些文学大家的相继离去似乎昭示了传统文学的衰落，文坛也由此完成了世代交替，文学在真正意义上由大正走向了昭和。

在文学上，堀辰雄以室生犀星、芥川龙之介和佐藤春夫三人为师，其中，芥川龙之介作为堀辰雄初中、高中和大学的学长，一向被堀辰雄视为榜样，而堀辰雄也被芥川龙之介视为得意门生之一。在芥川死后，堀辰雄便着手《芥川龙之介全集》的编辑工作，并以《芥川龙之介论》作为大学毕业论文的题目。对芥川的推崇也成就了他之后的大作《圣家族》。这部作品一向被认为受了雷蒙德·哈第盖的《德尔杰尔伯的舞会》的影响。《圣家族》发表在 1930 年 11 月的《改造》杂志上。《改造》是战前的一本具有代表性的综合期刊，也曾经是新兴艺术派和新心理主义作家的阵地，龙胆寺雄、高桥丈雄、中村正常等都曾经是该杂志有奖征文比赛的获奖作者。在芥川奖和直木奖设立以前，《改造》的有奖征文活动在那些有志于文学的青年心中是极具吸引力的。横光利一的《机器》和川端康成的《水晶幻想》等具有冲击力的新心理主义作品也都发表在这个刊物上，故该刊在当时的文学界占有重要位置。也因此《圣家族》在该刊一经发表，便引起了广泛的关注。

在新心理主义的作品中，前述川端康成的《水晶幻想》、横光利一的《机器》以及伊藤整的《幽鬼之街》都是成功之作，而最具有代表性的还是堀辰雄的《圣家族》。在《圣家族》中，作者把芥川的死和个人的失恋经历相结合，以“生”与“死”为衬托，以爱为主题讲述了两代人的爱情故事。文学青年河野扁理是小说家九鬼的弟子。在老师的遗物中，扁理发现了细目夫人和九鬼之间的恋情。此后，扁理与夫人的女儿绢子相识并发现自己爱上了这个和母亲同样冷漠的女儿。为使自己不致像九鬼那样受到伤害，扁理在苦恼之中与舞女交游，放纵自己。不久扁理彻底摆脱了九鬼的死带来的阴影，向绢子表明心迹，坠入情网的绢子也开始正视自己的感情。三个人物被置于死者九鬼的阴影之下，后来又逐步走出这种阴影，回归到真实的自我。作品围绕着九鬼的自杀展现了周围人的心理活动：

> 死就好像开启了一个季节。在去死者家的路上，汽车愈发拥堵。道路又窄，汽车停的时间比开动的时间还长。
>
> 正值三月天。空气还很冷，但已不是那么令人瑟缩。不知何时，好事之徒们围住汽车想要看清车里的人，把鼻子贴在了车窗上，呼出的热气给车窗蒙上了一层雾气。车里的车主脸上浮着不安的、却像去参加舞会一样地微笑回看着他们。

开篇的这行文字“死就好像开启了一个季节”被作为名句时常出现在评论家的文章里。《圣家族》确立了堀辰雄在文坛上的地位。在堀辰雄的作品中，“死”是一个重要主题。作家自身多次与死亡擦肩而过的经历也使他倾向于在作品中探讨这一主题，而肺病疗养的漫长岁月同样在其后的作品中留下了巨大的投影。如《起风了》《美丽的村庄》和《菜穗子》等都属于所谓的“结核文学”。

《起风了》就取材于作者的自身经历，描写了身患肺病的主人公终日陪伴比自己病情更为严重的未婚妻，在信州的疗养院的生活中，试图在死亡的笼罩下超越“死亡”而看到生的希望。作者本人曾经和未婚妻在肺病疗养期间，在一个看似与世隔绝的世界里，在与不远处的死神的对视中度过了一段短暂而幸福的时光。小说结尾，主人公对恋人的死难以接受，只能在孤独与哀伤中慢慢回到现实。作品的最后一章可以看出受到了里尔克的《安魂曲》的影响。实际上这部中篇就是作者为逝去的未婚妻写的一首安魂曲。作品的名字取自法国诗人、后期象征主义的代表人物瓦莱里的长诗《海滨墓园》中的一句“起风了，要活下去”。这部作品创作于1936年，正是日本准备全面发动侵华战争、日本国内军国主义猖獗的时期。病榻上的堀辰雄耽于西方文学的阅读，《起风了》中通篇的抒情和浪漫令人觉得远离了战争的尘嚣，给当时的年轻人带来了心灵上的慰藉。这种浪漫也源于作者的诗人气质。1933年，堀辰雄曾和三好达治、丸山薰等一道创办过诗刊《四季》，该刊在30年代中期的诗歌运动中曾占有中心地位，因此诗歌的音乐性和抒情性被他有机地融入作品当中。对近代西方文学的借鉴与吸收使堀辰雄的作品有别于日本小说的传统写作手法，纤细典雅而又潇洒清新，常常流露出一种欧洲田园般的诗情画意。其后创作的《菜穗子》（1941）在堀辰雄作品中也占有重要位置，作者耗时七年完成了这部作品的构思与创作。在战争时期的所谓“国策文学”横扫文坛时，《菜穗子》成了纯文学尚且存活的象征。其后堀辰雄表现出对日本传统的回归，创作了取自同名古典文学的《蜉蝣日记》（1937）、取材于《更级日记》的《姨舍》（1940）、取材于《今昔物语》的《旷野》（1941）等，显然作者在对《起风了》以来的作品主题加以深化和拓展。虽然堀辰雄和伊藤整都属于新心理主义流派的作家，但是二人的作品风格却截然不同。同样是心理描写，比起过度注重对人物心理进行理性分析的伊藤整的作品来，堀辰雄的作品则充满了对鲜活情感的挖掘。

小林秀雄与近代文学批评的确立

小林秀雄堪称日本近代文学评论的奠基石和日本近代批评的开拓者。在上大学之前，他就曾加盟同人杂志《青铜时代》，还与富永太郎、永井龙南等创办过同人杂志《天蚕》。他喜爱志贺直哉的作品，这一时期，他的创作以小说为主，如《脑髓》《糖》和《洋南瓜》等，还不曾显露出日后作为评论家的锋芒。1928年，小林从东京大学法文学专业毕业，毕业论文题是《阿尔蒂尔·兰波》。这个法国19世纪的象征派大诗人，对日后小林秀雄文艺批评思想的形成起到了至关重要的作用。1929年，小林以一篇《种种趣向》在《改造》杂志的有奖征文中脱颖而出，在300余篇应征评论文的评奖中，仅次于宫本显治的《败北的文学》（以批评芥川龙之介文学为内容），位居第二。这篇征文获奖稿是他作为一个评论家迈向文坛的第一步。小林秀雄在这篇文章中，以同时代的文学评论为考察对象，以独特的见地将当时盛行于文坛的无产阶级文学、艺术派文学以及大众文学归结为不过是不同种类的“种种趣向”而已，他自己“既不喜欢‘为无产阶级而艺术’，也不喜欢‘为艺术而艺术’”[①]。

> 孩子从母亲那里获知大海是蓝色的，而当这个孩子在品川的海边想要写生时，看到眼前的大海既非蓝色也非红色，如果他在错愕之余将手中的彩笔扔掉的话，那他就是天才。然而那不过只是不曾有怪物问世而已。倘若如此，孩子还会有“海是蓝色”的概念吗？但是住在品川海边的孩子，是不可能抛开品川海去想象大海的吧。

他认为文学就是一种表达作家个性精神的语言，而不应成为宣扬意识形态的工具。这篇文章受法国著名诗人保尔·瓦莱里的影响颇深，瓦莱里既是诗人，同时也是一个伟大的批评家。他曾在《纯诗》一文中对诗学进行定义，批评浪漫主义诗人提倡的所谓灵感论，否定灵感能带来作品的价值，鄙夷用热情来写作，注重创作中理性所起的作用。他的这种否定主观感性、强调客观理性的诗学思想对小林秀雄产生了很大的影响。在《种种趣向》中，小林也阐述了同一观点。

> 人如何才能区分评论和自我意识呢，他（波德莱尔）[②]的评论的魔力在于他清楚地悟到所谓评论就是一种自觉意识。评论

① 伊藤整，等．日本现代文学史（二）．东京：讲谈社，1979.

② 查尔斯-皮耶尔·波德莱尔（Charles-Pierre Baudelaire）是19世纪法国历史上最伟大的诗人之一，他是法国象征派诗歌的先驱者，也被视作后现代派的奠基人。他最主要的作品《恶之花》是19世纪欧洲出版的最具影响的诗集。

的对象无论是自己还是他人都是同一事物，而不是两件事。评论终究不就是用怀疑的态度在评说自己的梦吗！

这段文字尽现小林式评论的原理。同时，在文章的开头，小林对于“评论”行为的难易进行了界定，“人常说‘按照自己的嗜好去评论他人是容易的’。其实，按照尺度去衡量他人也同样并不辛苦。而时刻具备生气勃勃的嗜好、同时又具备活跃的尺度才是最不容易的”[①]。

其后他开始在《文艺春秋》上开设和主持文艺时评专栏，逐渐确立了作为一个评论家的地位，并迎来了他评论生涯的黄金时期。对日本近代小说的反思促使他写出了《私小说论》，与横光利一在同年发表的《纯粹小说论》遥相呼应。

在《纯粹小说论》中，横光指出，纯文学只有具备通俗小说的性质，才会带来真正的文艺复兴。他把文学定义为纯文学、艺术文学、纯粹小说、大众文学和通俗小说等五大概念的复合体，他认为，纯粹小说应凌驾于其他类别之上，是至高无上的文学，但是在日本文坛上，这种所谓的纯粹小说却尚未出现，因此纯文学无论是兴盛也好、衰落也罢，都无关痛痒，甚至莫如任其走向衰亡。

小林秀雄的《私小说论》则从西方自然主义的角度，对明治以后日本小说的变迁和形成过程进行了全面考察。在这篇论文中，作者分四个章节，论述了日本自然主义的形成过程以及它和西方自然主义的区别，分析了大正以后从自然主义派生出来的种种新潮流，并对法国纯粹小说的创始人、诺贝尔奖获得者安德烈·纪德的理论进行了综述。最后进一步对横光利一的新文学展开了讨论。作者试图通过日本小说与法国文学的对比，站在与日本无产阶级文学相关联的角度来解析私小说。

西方自然主义是19世纪后期在法国兴起的、以左拉为代表人物的一种文艺思潮，主张以科学、实证的态度来客观地描写社会现实，福楼拜、莫泊桑的社会小说都是自然主义文学的结晶之作。到了19

① 伊藤整，等．日本现代文学史（二）．东京：讲谈社，1979．

世纪末期，这种社会派的自然主义文学逐渐走入瓶颈，以安德烈·纪德为首的新一代作家受尼采和象征派的影响，扬弃传统的道德与文化，从社会开始回归到个体，解析个人与社会之间的关系，开辟了纯粹小说的新领域。他深邃的思想和清丽的文笔使他被称为20世纪法国文学史上首屈一指的人物。然而在日本，明治维新以后兴起的新文学运动虽然推动了文坛的革新探索，但在社会条件先天不足的情况下，作家对外来的自然主义，只取其皮毛而弃之内涵，形成了独具特色的日本式自然主义。西欧文学中已然“社会化的自我”没有得到移植，而是出现了以心境告白为主题的私小说长期占据文坛的局面。除了受到西学浸润的森鸥外和夏目漱石外，田山花袋、岛崎藤村和德田秋声等都无一幸免落入了“私”的窠臼。虽然大正以后出现了种种与私小说相对抗的文艺思潮，如白桦派、新思潮派等等，菊池宽和久米正雄等也朝通俗文学方向另辟蹊径，但以“私”为重的日本文坛终究是积重难返。在论文中，小林指出被无产阶级文学风潮所淹没是私小说的命运。

> 马克思主义文学的传入和 20 世纪初的新个人主义的传播几乎是同一时期。马克思主义思想给作家在各自的创作方法上赋予了绝对性。使那些无用的技巧上的游戏在无产阶级文学中失去了存在的可能性。对游戏的禁止使作家的创作方法日益贫乏。当然，禁止游戏的方法论多如牛毛，……这种方法论的目的性及其诱惑力是很强的。但是，这种方法的贫瘠已然使私小说的传统消亡。他们实际上征服的是我国的所谓私小说，而不是和他们的文学一起传入的真正的个人主义文学。

小林秀雄在结尾处给出如下结论，“私小说已然消亡。但是私小说还会以新的形式出现吧，只要‘福楼拜的包法利夫人就是我’这样的公式不灭绝”。

与《私小说论》同样堪称力作的是同年发表的《陀思妥耶夫斯基的生活》。这部评传围绕无产阶级文学的转向问题和现实主义问题加以论述。从 1933 年起，小林秀雄开始研究俄国作家陀思妥耶夫斯基的作品，评传《陀思妥耶夫斯基的生活》使他获得了第一届文学界奖。

其后，他的评论对象已不再局限于文学作品，而是开始涉及从绘画到音乐的各个领域，他流连在梵高、莫扎特和巴赫的世界里不断地探寻着美。太平洋战争爆发后，他的评论视角开始远离现代文学，转而潜入古典的传统世界，这一时期他发表了《历史和文学》（1941）、《无常之事》（1942）等作品，特别是后者以锐利的笔锋和缜密的文体描摹出了日本古典艺术的精髓，堪称近代散文的杰作。这种写作风格一直持续到战后。20 世纪 50 年代，他所创作的《梵高的书信》（1951）获第四届读卖文学奖，《近代绘画》（1954）获第十一届野间文艺奖。60 年代以后发表的《思考的启示》和《本居宣长》是小林评论生涯后期评论思想与方法的结晶之作。

在近代日本文坛，作为一个能够对文学界整体施以影响的评论家，小林的思想具有不可忽视的指导作用。他的文学批评确立了日本近代文学评论的方向，向世人证明了好的评论也是优秀的文学作品。正像他曾经为“评论”所下的定义那样，他认为文艺批评原本就是人类热情的一种表达方式，在这一点上，文论与诗歌和小说别无二致，所谓的评论就是把别人的作品当作高汤来煮自己的东西。他已将评论提升为艺术作品的一个种类。

第二章　战争时期的昭和文学
——成熟期的近代文学

一、转向文学的出现

1931年，日本发动九一八事变，侵占了中国的东北三省。其后建立了伪满洲国，扶植傀儡政权。由于国际社会对伪满政府不予承认，1933年日本宣布退出国际联盟，俨然变成了世界孤儿，在军国主义道路上越走越远。1936年发生了由日本军队内部的派系争斗引起的二二六事件。1936年2月26日，日本陆军中深受北一辉[①]法西斯思想影响的皇道派青年军官，纠集了大约1500名官兵发动政变，高呼“昭和维新”“尊皇讨奸”等口号占领首相官邸，杀死了内府大臣斋藤实、大藏大臣高桥是清以及教育总监渡边锭太郎等人，并向陆军大臣提出“兵谏”，要求成立“军管政府”，实行军控的独裁专制。这场军事政变虽然在三天后以失败告终，但是新内阁向军部妥协，很快接受了军部提出的扩充军备、安插军部要员入主内阁等要求，使新内阁成为军部和右翼联手的军部内阁。日本在这个以法西斯军阀为核心的新内阁的带领下，加紧了对外侵略的步伐。1937年，日军蓄意制造卢沟桥事变，借机发动了全面侵华战争。继而在1941年偷袭珍珠港，挑起太平洋战争，直至1945年战败，日本一直处于战争时期。

九一八事变前，随着美国经济的滑坡，经济危机在整个世界范

---

① 北一辉是日本法西斯理论的鼻祖之一，在日本被称为“国家社会主义者”。著有《国体论及纯正社会主义》《日本改造法案大纲》等。他主张建立以天皇为核心的军事集权统治，鼓吹国家改造，推动对外侵略扩张。因二二六事件的牵连被对立派处以死刑。

围内蔓延，日本也未能幸免。在城市，银行的倒闭和中小企业的纷纷破产，使得大量失业者流落街头。而在农村，虽然稻谷丰收，但由于米价的暴跌使得农民依旧食不果腹，农村处于严重的饥荒状态当中，日本经济受到了前所未有的重创。深刻的经济危机激化了社会矛盾，阶级对立日趋明显，导致工农大众揭竿而起。

无论出于政治考量还是经济考量，日本对中国东北三省觊觎已久，急于攫为己有。同时当局迫不及待地要通过对外侵略将这场国内的经济和政治危机转嫁出去。九一八事变以后对中国的全面入侵掠夺，暂时缓解了这场经济危机，使日本短时间内呈现出一种假寐的安定状态。但与此同时，在政治上，当局的法西斯专权气焰嚣张，加重了对左翼分子的清肃和镇压。政局的动荡变化和思想层面的混乱加剧了百姓对未来的担忧。文学对这种社会状态做出了敏锐的反应，因而昭和前十年的文坛呈现出了动摇、迷茫的景况。首先，在当局的血腥镇压下，无产阶级作家相继宣布放弃信仰，即选择“转向”，在苦闷中问责良心，并将其诉诸笔端。于是，这一时期在法西斯当权者制造的白色恐怖下便衍生出了“转向文学”。

九一八事变当年的 11 月，由日本共产党直接领导成立了“日本无产阶级文化联盟”（简称“考普”），意在从组织上实现无产阶级文化诸运动的统一。它集结了当时重要的左翼文化团体，包括昭和初年成立的、曾发起轰轰烈烈的无产阶级文学运动的“全日本无产者艺术联盟”等组织，并创办了《无产阶级文化》《无产阶级文学》等杂志。曾分属于各个团体的中野重治、宫本百合子、壶井繁治、小林多喜二等人被推选为该联盟的中央协议会员，一时间 20 世纪 20 年代末期曾有过的左翼文学的繁荣盛况得以持续。然而，当局在 1932 年以违反《治安维持法》（1925 年为取缔无政府主义和共产主义运动而制定）为由，对无产阶级革命者开始了大规模的镇压和迫害，中野重治、壶井繁治和藏原惟人等领导人以及大批左翼分子被逮捕入狱，日共核心刊物也遭到取缔，大部分共产党人进入了半地下的、恶战苦斗的活动状态。

1933 年 2 月，小林多喜二被捕后遭到当局的严刑拷问，仅不到三个小时便惨死在警署。这一血腥事件令整个社会为之震惊，也给左翼作家带来了沉重打击。同年6月，被当局重判无期徒刑、长期坚持狱中斗争的日共最高领导人佐野学和锅山真亲在狱中联合发出“转向声明”，改变立场。其内容可概括为在天皇制和战争等问题上做出妥协，声明首先倡议建设以天皇制和民族主义为前提的国家社会主义；其次肯定侵华战争，认为九一八事变可能会转化为“日本国民解放战争”；同时宣布脱离共产国际。这份名为《告共同被告同志书》的声明刊登在《改造》杂志的七月号上，文中对革命运动进行反省的同时，对皇室制度赞美有加。这份声明使当时反体制运动的参加者在思想上产生了极大的动摇，为后续大量左翼作家的转向开了先河。此后，除少数文学者（如宫本显治、宫本百合子和藏原惟人等）在狱中拒绝转向、坚守信仰外，大部分左翼作家或为了免遭特高警察的迫害，或因为在运动遭遇前所未有的挫折之时，对过往参加的无产阶级运动产生怀疑，均有了新的抉择。一时间，狱中或狱外总计约九成的日共党员、左翼作家和进步人士都纷纷转向，上至组织的领导，下至思想激进的进步青年，均声明放弃共产主义政治信仰。实际上在此之前，在左翼作家中就已经陆续出现了转向者，如林房雄、龟井胜一郎、武田麟太郎和德永直等。只是在上述声明发表之后，“转向”变成了一种普遍现象。1934年2月，联盟的分支无产阶级作家同盟宣布解散。同盟的解体是其内因与外因相互作用的结果。除了当局的外部镇压之外，同盟成员内部也从根本上发生了意识形态上的变化。党员作家与非党员作家在组织内部的地位差异，以及组织对所有同盟作家在创作活动上的制约（例如对题材和描写手法强求政治化、阶级化，动辄对异己扣以右倾主义的帽子加以批判等）都招致了同盟作家的抵触，众多作家的自动退出也导致了同盟的迅速瓦解。

大部分作家对“转向”表现得迷惘、痛苦和无奈，中野重治在获释后将“转向”视为背叛了党和革命、背叛了人民信赖的可耻行径，并把这种“投降的耻辱”当作终生的烙印。当然，也有林房雄这样的作家把“转向”看作是天皇以慈悲之心为其开辟的一条生路。

在其后漫长的战争时期，面对法西斯军国主义的猖獗，大部分转向作家或积极抵抗、或消极沉默。然而不可否认的是，也有部分转向作家从一个共产主义者摇身一变成为战争的吹鼓手，竭力美化侵略，妄图在理论上使战争正当化、合理化、合法化。以林房雄和龟井胜一郎这两个作家为例。林房雄在大正末年因指导左翼学生运动而先后两次被捕入狱，是当局根据所谓《治安维持法》镇压的首批左翼分子之一。出狱后，他发表了一系列文章提倡文学应该与政治绝缘，然而他后来的言论表现出过激的右翼思想，使他成为转向作家中名副其实的寄身于军国主义的变节者。1964 年，他曾发表过臭名昭著的《大东亚战争肯定论》，否定日本法西斯军国主义的罪行，不遗余力地粉饰战争。龟井胜一郎也曾有过三年的牢狱生活，转向后，一度表现出回归日本古典思想的非政治倾向，但很快他就开始拥护战争并视之为“圣战”，紧锣密鼓地在理论上为战争开道。他还在其论文《关于现代精神之备忘录》（发表于《文学界》1942 年第 10 月号）中叫嚣，“文明之毒在‘和平’的面具下蔓延。比战争更可怕的是和平。……宁要王者的战争也不要奴隶的和平”，完全变成了彻头彻尾的右翼主战者。

而另外一些作家，如片冈铁兵、藤泽桓夫和武田麟太郎等人在转向并创作了一些相关内容的作品后，都转型走上了通俗作家之路。需要补充的是，片冈铁兵最初作为新感觉派的自由主义作家已经历了一次“转向”，即 1928 年初的“向左转”；而这一时期他却是“向右转”，引起了文坛上下的种种非议。然而，片冈当初的“向左转”不过是大部分向往革命的激进青年之典型行为，即曾经崇仰真理，企图用马克思主义来洗刷自己的小资产阶级思想。而在法西斯专制面前知识分子的无力，也成为他们在苦恼中“向右转”的自我注释。在他的《陋巷》（1934）和《痛苦》（1935）等作品中可以看到作者对“转向”的理解和诠释。藤泽桓夫的《世纪病》（1934）和武田麟太郎的《市井事》（1933）、《银座八丁》（1934）也有着共同的转向主题。

无产阶级作家同盟解散以后，转向后出狱的作家们相继发表了以转向为主题的作品，文坛进入了“转向文学”的时代。

左翼作家转向后的创作构成了转向文学这一特殊形式。因其内容大都集中在诉说个人的苦恼、懊悔以及良心的自责和信仰的挫折上，因此转向文学的很多作品首先具有私小说的特性，昭和初年一度被束之高阁的私小说大有卷土重来之势。具有特别意味的是，引导这股潮流的正是曾经竭力抑制私小说传统的无产阶级作家们。在无产阶级文学繁荣时代，工人运动和农民斗争是这些作家的重点题材，在政治挂帅这一无产阶级文学的主旋律之下，作家注重的是作品的政治性和革命性，私小说的“自我”一向是为无产阶级作家所诟病的。但是个人潜在的“自我”被压抑日久，当理想遭遇挫折，作家重新面对“自我”时，这种“自我”便得到了复归，在作品中体现为失败感、自我厌恶、怀疑、不安甚至绝望。村山知义的《白夜》《归乡》，岛木健作的《麻风病》《盲目》，立野信之的《友情》和高见顺的《应忘故旧》，窪川鹤次郎的《风云》、德永直的《枯萎的冬季》以及石坂洋次郎的《不死麦》等即属于这一类型的题材。其中，率先问世的村山的《白夜》和岛木的《麻风病》对后来的同类作品具有一定的导向作用。而另外一部分作品则描写了转向者在转向后的反思，他们试图寻求新的精神归宿，呼唤转向者的社会责任，探索新生之路。如中野重治的《村里的家》、岛木健作的《生活探求》等。此外，如前所述，佐野学和锅山真亲在他们的转向声明中，高调推崇和美化民族主义和民族意识，给大量左翼知识分子和后来的转向文学都带来至深影响。声明中强调，“日本民族牢固的统一性是更好地建设日本社会主义的前提条件之一，不能把握这一点就不是革命家。……把皇室作为民族之统一核心的社会感情是存留于劳动大众之心底的”[①]。这种论调在转向文学的部分作品中得到回应，在这些作品中不乏含有民族主义、国家主义倾向的作品。如村山知义的《白夜》、岛木健作的《苦闷》等，探究其转向动机，似乎都与主人公民族意识的觉醒有关，但这种自我中心的民族主义也很

① 佐野学．佐野学著作集（第 1 卷）．东京：佐野学著作集刊行会，1957.

容易滑向民族自大的陷阱。

转向者和转向文学的出现在文坛内外引起强烈争议。对于转向者的态度和评价多种多样，正如村山知义在《白夜》中所描写的那样，既有憎恶、蔑视、揶揄，也有同情、欣悦、称颂。在文坛上，长久以来被无产阶级文学作为批判标靶的、被称为艺术派的资产阶级作家们，对转向作家的“道德操守”和转向文学的“政治虚伪”展开了攻击。同时，在转向作家中更有林房雄之流调转船头、积极为军国主义造势，愈发招来文坛内外对转向作家的非议。

村山知义与《白夜》

作为转向文学的第一部作品问世的是村山知义的《白夜》。村山知义曾经是一个积极推进左翼戏剧运动的剧作家、导演、舞台美术家、小说家，有人称他为“日本的达·芬奇”。村山曾在东京大学的哲学系学习过，后中途退学去柏林留学，在那里接触到前卫派艺术。虽然他没有接受过正规的美术教育，但很快凭借自己超常的艺术天分在画廊崭露头角，并获得参加国际美术展的机会。在德国期间，他受表现主义艺术影响至深。1923 年回国后，他开办现代艺术展，那些零碎的布片、玻璃和空罐子，甚至高跟鞋都作为艺术品被他赋予了新的含义。其后他和油画家柳濑正梦等一同结成了前卫艺术团体，还创办了杂志。在他的率领下，日本最初的前卫艺术团体，在日本近代美术史上首次以现代艺术的姿态向传统艺术发起挑战。他们在艺术、绘画、戏剧和建筑等造型艺术的诸领域，引入了从德国绘画中吸取的表现主义、未来派、达达主义以及俄国构成主义等欧洲前卫运动的要素，这类作品在视觉上具有意想不到的冲击力，在关东地震后的东京曾引起轰动。1924 年日本第一个话剧剧场“筑地小剧场”落成，这个剧场成为日本话剧运动的发源地。村山知义曾在这里发挥了他作为舞台美术家的才能，在德国表现主义戏剧的代表人物凯泽的话剧《从清晨到深夜》的演出中，他那不同凡响的舞台设计令人耳目一新，极具震撼效应。他的设计为话剧注入了现代艺术的元素。关东大地震后，在日本国内急速高涨的军国主义狂潮中，他组织的前卫艺术团体在持续活动了两年后走向解体。

1925年村山组建话剧团，他那独特的舞台形式打破了传统话剧的种种束缚，令人称奇的新潮气息使当时的观众大开眼界。随着当局外侵步伐的加快，工农革命运动日益高涨，无产阶级思想开始在艺术领域萌芽。村山等一些艺术家也开始倾向于无产阶级戏剧运动，从"艺术的革命"转向了"革命的艺术"。1927年，他创作了话剧《在广场的长椅上》，作品以德国的一个都市广场为舞台，以一条长椅为舞台核心，讲述了先后来到这条长椅边的伤兵、乞丐和娼妇的命运。战争使伤兵的思维狂乱，让乞丐变为强盗，令失去了丈夫、要抚养孩子却无以为生的良家妇女沦为娼妇。剧中安排了另一青年知识分子的角色来述说未来和理想。作品试图将前卫主义和革命思想融为一体。20世纪20年代末到30年代初是日本无产阶级戏剧运动发展的鼎盛时期。村山也组织了话剧团"前卫座"，创作了一些革命现实主义的作品，如1929年创作了取材于中国二七大罢工（京汉铁路工人大罢工）的话剧。他积极靠近共产主义组织，1931年还加入了日本共产党。其后多次被逮捕，转向后成立左翼话剧团，曾把高尔基的《底层》搬上舞台，成为日本话剧界的重要人物。1940年村山再次被捕，度过了三年的牢狱生活。出狱后他被禁止创作，一度前往朝鲜避难。战后回到日本，重返戏剧创作的第一线，成为日本话剧界的主导人物。同时，他创作的小说《忍者》系列也深受读者欢迎，其自传性作品《戏剧的自叙》（1970）也成为反映大正、昭和以来的戏剧、艺术和社会风俗的珍贵资料。

1932年，村山被捕入狱，两年后获释。出狱后根据自身经历创作了《白夜》。《白夜》在村山的作品中是唯一一部以转向问题为题材的作品。作品塑造的主人公鹿野英治是某左翼艺术运动团体的艺术家，妻子法子在一家左翼杂志做编辑。英治曾因热恋一个女演员向妻子提出过离婚，使法子内心受到伤害。法子在政治上对左翼组织的领导人木村壮吉深深信赖，并从心底感受到木村的人格魅力。随着当局对左翼运动的镇压，英治、木村等左翼活动家都被逮捕入狱。木村在狱中视死如归的表现令英治自愧不如，而其他同伴的坚强不屈也令内心早已动摇的他自惭形秽，那些对革命信念始终如一的同志令他由衷钦佩却望尘莫及。在向妻子表明准备转向的想法后，他如释重负。

> “我最终还是决定要转向了。”英治一边对她说一边看着她的脸，她脸上的表情并没有如他所期待的那样发生剧烈的变化，而是片刻注视着他的眼睛，
>
> “再也没有其他选择了吗？”
>
> “嗯，没有了。你就跟大家这么说吧。”
>
> 尔后他感觉到似乎卸下了一个沉重的包袱，将流满泪水的脸侧向一旁。其后过了不久，将至年末时，他被保释出来。

这一切在法子心中都掀起了波澜，在木村入狱前曾多次帮助过他的法子对木村的爱情也与日俱增，而英治在她的心目中不过是一个自私自利的懦弱者，法子决定和英治分手。当英治了解到这一切，虽然烦恼却没有丝毫反感，反而对木村和妻子肃然起敬。作品中描写了人物间大量的书信往来细节，主人公在书信中的大段独白贯穿着人物的心理活动。私小说作家的告白式手法作为日本传统文学上的“陈规陋习”，向来是被无产阶级文学主张所摈除的，而转向作家在放弃了原来的信仰后，大部分旧调重弹，也由此可见私小说在日本近代文学上的烙印之深重。《白夜》中的木村这一角色是一个道德反省者的化身，是转向者在理想受挫后的精神寄托之所在，这种偶像的树立映衬出主人公英治自责和自卑的心态，也代表了当时大多数转向者的心态。

《白夜》首开转向文学之先河，其创作手法和人物构成在转向文学中具有一定的代表性，首先，转向作品中的角色大多以现实中的人物为基础构思而成，现实中的非转向者如藏原惟人、宫本显治和小林多喜二等，在这类作品中常常作为主人公敬畏的对象被偶像化。其次，主人公虽然没有使用第一人称，但是一般显而易见描述的就是作者本人。最后，无论是《白夜》还是立野信之的《友情》，或是窪川鹤次郎的《风云》，所述主题都离不开夫妻间的感情纠葛。主人

公在遭遇信仰挫折的过程中消沉，面对丈夫在政治上的退缩，妻子无一例外都表现出刚毅的个性。无论其是否是真实境况的再现，都从侧面表达出作者的创作意图，即表现作家在“转向”问题上的内心挣扎和艰难选择。

中野重治与《村里的家》

中野重治在高中期间曾发表过短歌、新诗、小说和翻译等习作。考入东京大学后，创办过同人文学杂志《裸像》。在学期间创作的《愚蠢的女人》曾入选《静冈新报》的有奖征文。其后在和堀辰雄等人创办的同人杂志《驴马》上发表了大量诗歌。他的诗歌创作主要集中在大学期间，显露了他作为一个抒情诗人的文学天赋，其才华曾受到芥川龙之介的肯定。他在临近毕业时受林房雄的影响，开始接触马克思主义思想，参加过工人罢工运动，被选为日本无产阶级文学运动的重要组织“日本无产阶级作家同盟”的中央委员，开始了他后来作为一个无产阶级文学家和政治活动家的生涯。他以当时的重要组织“全日本无产者艺术联盟”的核心期刊《战旗》为阵地，发表了大量左翼文学评论，并从此站在了无产阶级文学运动的最前沿。1931年中野加入了日本共产党，在长期的左翼运动生涯中他曾多次被逮捕入狱。1932年，他在第三次被捕后转向，承认了自己的日共党员身份，并宣布退出共产主义运动。

作为一个诗人，比起小说和评论，中野创作的诗歌更能显出他的文学素养。他早期创作的诗歌《黎明前的再见》《帝国饭店》《等着，恶霸地主们》《雨中的品川车站》等都颇有影响力。1931年，他将这些作品结集成《中野重治诗集》出版。这本诗集的前半部分汇集了诗人在大正末年、正值青春年少时期创作的抒情诗作，而后半部分的作品则突出了一个无产阶级文学者的斗争精神，也体现了作者从一个热情奔放的青年诗人到一个坚定的无产阶级文学者的成长过程。其中，《黎明前的再见》（1926）成为中野重治转变为一个无产阶级诗人的重要标志。

黎明将至
我们又会离去吧
怀抱书包
我们又将周密地协商
扎实地工作
明天夜里我们又会寄宿在陌生的地方

这首诗喻示了左翼工作者在白色恐怖下的生活状态，已经不见了他初期作品的浪漫情调，而代之以写实风格。在其后的《帝国饭店》中，他更是以无产阶级的立场和观点，对资产阶级加以揭露和批判。

这里是西方
狗崽说英语
这里是文明的西方
狗崽请我看沙俄歌剧
这里是西方　西方的地摊
是和服和古董滞销的日本市场

诗句朴实无华，凸显了无产阶级文学的特征，增强了诗歌的革命性和艺术性。评论家伊藤信吉曾给予该作品集以很高的评价。在日本无产阶级革命运动处于低潮时期，中野的诗歌和随笔表现出了无奈和抗争的两面性，如诗歌《我不得不叹息》表达了转向的无奈，但同时期的散文《山猫及其他》等又反映出作者不屈不挠的斗志。作者描写被关在笼子里的山猫即使失去自由也圆睁双目、毫不妥协，借以表达自己内心的坚定意志。转向后他创作了以《村里的家》（1935）、《不能写作的小说家》为代表的转向五部曲[①]。但是中野重治的转向与其他作家不同，他是转向后仍然坚持共产主义信仰、积极致力于重振无产阶级文学的少数作家之一。在《关于〈关于文学者〉》（1935）一书中，他对于转向做了如下总结：转向作家由于转

① 其他三部为《第一章》《铃木・都山・八十岛》《一个小记录》。

向而失去的是最有价值的生活，如果以为除此之外还能剩下次等价值和三等价值的生活，那是天真的想法。他们（我们）因为失去了最有价值的生活，也就等于同时失去了次等价值和三等价值的生活[①]。他得出结论说，转向作家若想获得新生，只有原地爬起追求最有价值的生活，除了参加无产阶级革命之外别无选择。战争时期，他在空前紧张的战争势态下，进行了单枪匹马的文学抵抗。在无产阶级作家当中，他与宫本百合子虽然曾被当局强令封笔，但一年后当局势稍有和缓，他就着力创作了自传体小说《与歌告别》（1939）、中篇《空想家与剧本》（1939）等代表性作品。其中，《与歌告别》被平野谦誉为不仅是中野作品中的杰出之作，也是日本现代青春文学的代表作之一[②]。作品描写主人公片口安吾在关东大地震后不满枯燥的学生生活，希求冲破封闭、窒息的环境，转而用青春的热情去勇敢面对急风暴雨，奋起反抗凶暴的强权。该作品是作者的青春写照，作者借此展现战争时期被政治扼杀的年轻人的青春岁月。被封笔的经历本身也证明了中野与其他转向者截然不同的世界观和转向后重拾信仰的行为。

在《村里的家》中，中野再述了转向前后的个人经历。主人公勉次作为日共党员被逮捕入狱，转向后回到了故乡。在这个古老而封建意识浓厚的村庄，他作为一个知识分子，开始接触到了真正的农民生活。对于儿子的转向，忠厚、传统的父亲孙藏表现出了不解，"自从听说你被捕，我们就做好了失去你的准备。又听到你转向的消息，吃了一惊。那么你写的革命之类的不是等于全都成了游戏吗"，"既然喊出了要革命，就要以命来捍卫它"，"不是好与坏的问题，一旦确信了的事情就应该坚持到底"。这些对儿子的质问并非出于父亲的思想觉悟，而是出于一个普通人的道德观和伦理观。面对这些朴素的质疑，勉次无言以对。思想和行动的矛盾使勉次苦闷异常，在经过思想斗争之后，最终内心的抵抗还是使他决定用手中的笔继续

① 红野敏郎，等．近代文学史 3：昭和的文学．东京：有斐阁，1972．

② 第一学习社编集部．日本文学史的研究．东京：第一学习社，1973．

写下去。

《村里的家》堪称转向文学中的一部佳作，是中野重治在那一时期对于无产阶级革命文学的思考之具体写照，这种对文学的执著追求也体现在他后来的文学创作中。战争时期，在当局对文坛的严密监控下，他回归日本近代文学传统，写出了评论《斋藤茂吉笔记》（1940）、《对森鸥外的思考》（1944）、《〈暗夜行路〉杂谈》（1944），等等。作为无产阶级作家，对传统文学的思索至少标志了中野个人在文学观点上的成熟。在战败前夕，他曾被征入伍。战败当年重新加入日共，致力于“新日本文学会”的创立，并成为该组织的中坚人物。这一时期，他与《近代文学》派的荒正人、平野谦就“政治与文学”这一论题展开了争论，关于这一时期中野的思想主张有待后章详述。战后，在日共成为合法化组织之后，1947 年他还以日共党员身份当选为参议院议员，但在其后的岁月中，他曾于 1950 年和 1964 年两次被日共开除党籍，他政治生涯的坎坷直接反映了战后日共组织内部斗争之激烈。战争结束以后，在积极参与政治活动的同时，中野又重新开始了他旺盛的文学创作，《入冬》和《五勺酒》都是在战败转年发表的作品。1947 年，他因为撰文介绍毛泽东的文艺讲话而受到驻日美军当局的警告。

中野激进的政治观念常常与他的诗人气质相冲突，因此，他的作品时而显露出二者的矛盾。同时，他的作品大部分都具有自传性质，除了上述几部小说之外，《鹌鹑的家》（1941）、战后发表的《五脏六腑》（1954）、《梨花》（1959）、《甲乙丙丁》（1965）等也大都是作者个人的生活实录，读者常常可以在其中看到他的自我反省和对日共的批评。这也从侧面使读者了解到日本共产党的发展历史。1969 年，《甲乙丙丁》获野间文艺奖。

岛木健作与《麻风病》

岛木健作生于北海道。他自幼丧父、生活拮据，为生活所迫曾做过各种工作维持生计。在东北帝国大学曾学习过一年，其间积极参加学生运动。后致力于农民革命运动。1927 年岛木加入日共，被捕后转向，并创作了一系列的转向作品。可以说是转向文学成就了在此之前默默无闻的岛木。起初作为一个左翼运动的积极参与者，岛木和文学并无渊源。而在无产阶级文学走向衰亡之时，岛木却登上了文坛。中篇小说《麻风病》（1934）是岛木健作的处女作，发表后引起广泛关注。此后他发表了一系列同类作品。《麻风病》的主人公太田是个政治犯，由于结核病的恶化在狱中被隔离，思想上遭遇的挫折和结核病带来的对死亡的恐惧，使太田的精神处于崩溃边缘。在隔离的囚牢里，他遇到了同为政治犯的昔日的组织领导人冈田良造。身患麻风病却信念坚定、不放弃理想的冈田使悲观的太田心生敬畏，却又在内心对自己的懦弱感到绝望。

> 太田在孤寂与郁闷中度过了一天又一天。除了疾病带来的肉体上的痛苦之外，如此下去的话，他想到不久终将有一天会连活着都感到痛苦的。这种预感极为准确。一想到将来的那一刻他的心颤抖了。……人常会遭遇意想不到的事情，有时甚至会感到造化弄人。太田在这样的病牢生活中，偶然遇到以前的同志冈田良造，正值他陷入泥沼、想要寻求解脱的极为痛苦的时候。

如前所述，描写转向者的内省和对强者既钦佩又难以企及的矛盾心理是转向作品的一个共同主题，如《白夜》《友情》《风云》等，而强者的观念性和自觉的原动力正是这些作者所欠缺和寻求的。岛木在另一部短篇《盲眼》中，也描写了革命者古贺的不屈姿态。政治犯古贺在尚未得到宣判之时，由于在浴池中洗脸，被细菌感染而双目失明。在绝望中，听觉、嗅觉的逐步发达使他重新振作起来。在一片黑暗中，他拒绝接受转向的规劝，在内心向往着光明。《盲眼》的创作巩固了他作为一个新人作家的地位。

在处女作发表的当年，岛木的第一部作品集《狱》也得以出版，确立了他在文坛上的地位。其中大部分作品同样着意塑造了非转向者的形象，意在与转向者形成对照。在他撰写的评论中，曾经有这样的文字：“……以前有很多和我们手挽手并肩前行的伙伴，那些最值得我们信赖的人们今天却不在我们面前……想让人们看到他们那不屈的身姿，这确是我的写作动机之一……”[①]岛木的革命斗争体验和入狱以及转向的经历具有一定的代表性。因此他的创作思想也代表了大多数转向文学作家的思想。其后他创作了长篇小说《再建》《生活的探求》。《再建》以农民运动为主题，对以往的不切实际的农民运动进行了反思。如题目所示，作者力图重塑人生，脚踏实地关注农民的现实生活，把曾经的拯救全人类的宏大理想化为点滴之处的努力，希求农民生活得到真正的改善。但该作品因涉及了农民革命运动而被当局禁止出版。《再建》被禁发后的“妥协”之作便是《生活的探求》。作品描写了大学生杉野作为农民的后代，在城市的求学生活中感到空虚。为探求人生的价值，他离开都市回到故乡，在生产劳动中，逐渐体会出人生的意义，重新看到了真实的生活，找回了生活的自信。作品以四国地区的农村为舞台，其中乡村风景的描写浸透着泥土气息。该作品为转向作家和曾经激进的左翼分子打开了人生的另一出口，具有一定的启示作用，得到了中村光夫等评论家的肯定，获北村透谷纪念文学奖。不容忽视的是，该作品由于在文坛内外颇受好评而成为当时的畅销书，作者遂于1938年创作了该作品的续篇。转向后的岛木曾在中国东北、朝鲜和日本各地农村考察，尽管肺病缠身却一直抱病创作，在战争结束的两天之后便离开人世，年仅四十一岁。在他去世后，象征着作者苦斗生涯的作品《赤蛙》（1946）出版。岛木其他主要作品还有《基石》（1944）、《黑猫》（1945）、《土地》（1946）等。

与其他转向作家不同的是，在《麻风病》《盲眼》等转向作品之后，岛木再一次“转向”，将关注点转移到了农民和土地。甚至可以称他其后的代表作为“农民文学”，实现了对转向文学的深化和超越。

---

① 红野敏郎，等. 近代文学史3：昭和的文学. 东京：有斐阁，1972.

二、文艺复兴

日本法西斯政权的镇压使无产阶级文学运动迅速瓦解，1934 年 2 月，无产阶级作家同盟解散。无产阶级文学退潮以后，传统文学的老作家们相继复出。长期以来，由于前者的强势发展和反传统的现代主义风潮的兴盛，在二者的夹击之下，传统文学本已被逼退到文坛的角落里。然而从昭和之初到昭和前十年期间，老作家的创作却出现了空前的活跃。如德田秋声的《化装人物》和永井荷风的《濹东绮谭》等都以市井风俗、人情爱欲为内容，表现了不迎合时局的立场。谷崎润一郎的《盲眼物语》《割芦苇》和《春琴抄》等系列作品表现了对日本传统美的回归倾向。谷崎在这一时期还致力于将古典鸿篇巨著《源氏物语》翻译成现代日语版。岛崎藤村的巨作《黎明前》和志贺直哉磨砺了十六年的长篇《暗夜行路》等，都是在这一时期完成的。

其时，作为文坛的中坚力量，前述的横光利一创作了《家庭会议》，而川端康成的《禽兽》、堀辰雄的《圣家族》、伊藤整的《街道与村庄》以及阿部知二的《冬宿》也都发表于同一时期。其他人包括如里见弴、佐藤春夫、宇野浩二和宇野千代等在大正时期就业已确立了自身风格的知名作家，也都有不少新作问世。

同时，1935 年设立的芥川奖、直木奖两大文学奖项为大批新作家登上文坛提供了机缘，石川达三、太宰治、石川淳、坂口安吾、织田作之助、中山义秀、尾崎一雄、丹羽文雄、北条民雄、冈本佳野子和石坂洋次郎等都开始崭露头角，这些作家在战后大多成了一线的实力作家。另一方面，九一八事变后，对中国的掠夺成为日本国内经济的后援，整个社会暂时步入了稳定发展时期。从 1933 年前后直至 1937 年卢沟桥事变前夕，文坛上呈现出前所未有的繁荣。对传统文学的重新认识和对日本古典的复归，带来了纯文学“复兴”的机运。这一时期被称为“文艺复兴”时期。

老作家的活跃

自然主义文学的代表作家德田秋声的《化装人物》描写了中年作家的一段感情经历。只识糟糠之妻、本与浪漫无缘的主人公却陷入与貌美的青年女子的恋爱中不能自拔。洋气时髦的叶子是一个文学爱好者，离婚后独自来到东京，为了出版自己的作品，在出版商与画家之间逢迎周旋。其后，主动接近刚刚失去妻子的老作家稻村庸三，使其深陷这场感情纠葛之中。然而，叶子在家乡仍有关系暧昧的资助人，同时还传出与年轻学生订有婚约，在沸沸扬扬中又和年轻的革命者同居。稻村在这样的感情游戏中感到疲累，终日徜徉于舞厅寻求精神慰藉，叶子的影子在心里日渐淡漠。然而半年后，被抛弃的叶子又重新出现在稻村的面前。作品中尽现了人在步入中老年后复燃的激情。小说再现了作者的个人体验，成为日本私小说的又一典范之作。

永井荷风的《濹东绮谭》讲述老作家大江匡欲执笔一部以失踪为主题的小说，为构思其背景，散步至花街柳巷，偶遇风尘女子小雪。其后二人日久生情。不久当小雪开始梦想结婚时，老作家回忆起尘缘旧事，在中秋之夜与小雪悄然道别。作品在轻描淡写中对娼妓街的风俗人情刻画入微，把一个心地善良的妓女的憧憬，和一个步入老年的作家的孤独与哀伤的心态把握得恰到好处。对人物心境的描写更突出了心境小说的特性。

唯美主义作家谷崎润一郎继续沉湎于他的超越世俗伦理的“女性崇拜”的世界里，他的《春琴抄》在发表时获得了极高的评价。作品描写了富商之女春琴美貌伶俐，九岁时双目失明，靠琴艺维生。负责照看她的佐助成为她的门下弟子，二人共同生活。某夜春琴遭人陷害毁容，佐助体察春琴的心情，为使美丽的春琴永驻心底，亲自刺瞎双眼为伴。作为弟子的佐助一直恪守礼规，在春琴死后一直生活在对春琴的美好回忆中。佐助亲自刺盲双眼的一幕是该作品的高潮，也是谷崎作品一贯的“女权”“被虐”主题的鲜明写照。

> 那日，她流着泪向他诉说。虽然很难揣度其含义是否为我既然遭遇如此劫难，希望你也能变成盲眼人？但佐助从自己说出的“你说的、你说的是真的吗”这一简短问句中听出了喜悦的震颤。（中略）佐助现在才明白尽管失去了外界的眼，却睁开了内界的眼，啊，这才是师傅生活的世界，这样终于能和师傅生活在同一个世界里了……

《春琴抄》使谷崎作品达到了对女性美顶膜礼拜的极致。从以上这段描写中可以看出，在这部作品中人物对话和叙述浑然一体，展现的是一个古典风格的近代唯美世界。正宗白鸟曾将其评价为“即使圣人再世也难添一笔”[①]的近乎完美的作品。同时，谷崎依然继续着《源氏物语》的白话文翻译，独自致力于传统美的复归。

岛崎藤村的《黎明前》是作者历经八年成就的一部历史小说。小说以幕末维新时期动荡的历史为背景，以自身家族的兴衰史和精神错乱的父亲岛崎正树为原型，探讨了对一般百姓而言的明治维新的含义。主人公青山半藏是政府指定的木曾马龙客栈的第十七代主人。木曾从幕末到明治时期作为连接京都和江户的要道，客栈常常接待幕府官员。善良正直、同情弱者的半藏不满幕府的政治黑暗，以学习本居宣长、平田笃胤的国学为精神寄托。明治维新开始后，半藏迎接过路的官军，将理想寄托于新政权。半藏在东京看到的文明开化景象使他对“近代”产生怀疑。维新并未给百姓带来喜悦，山林的国有化使与之息息相关的村民生活更加艰难，交通的变革也给半藏家的生计带来影响。由于亲自出面为乡亲请愿，他的村长职务也被罢免。失意中半藏面向路过的明治天皇的马车作歌，终于癫狂错乱，后因在寺庙放火而身遭牢狱之苦，五十六岁就走完了短暂的、悲剧性的一生。该作品是岛崎藤村自传系列中的最后一部作品，作者在其中追寻生命的源流，分析了历史变革时期一个知识分子的理想和忧国意识，从而印证出历史的发展和个人之间的关系。作品的名字表达了作者想用“黎明前”来形容从幕末到明治这段历史过

① 第一学习社编集部．日本文学史的研究．东京：第一学习社，1973．

渡时期的意图，喻示日本已步入了近代的黎明期。

志贺直哉擅长短篇，被称为“小说神仙”。《暗夜行路》是他唯一的一部长篇。作品围绕主人公的身世和婚后妻子的出轨带来的烦恼，着重描写了在大自然的陶冶之下，主人公心境的变化。时任谦作是父亲离家期间母亲与祖父诞下的不义之子。这种特殊的身份使他背负着沉重的十字架，而婚后妻子与其表兄的一次偶然过失，给谦作增添了新的苦恼。精神上不堪重负的谦作躲进山里。最后借助大自然的力量克服了内心的怨艾，在自然的怀抱中获得宽容待人的心境，找到了精神平衡的支点。

在20世纪30年代日本酝酿全面侵华的紧张的战前空气里，这些老作家的作品无一不是反时代的、和时局背道而驰的，作品内容本身就构成了对当时整个日本社会战争风潮的抵抗，同时老作家娴熟的创作手法也彰显出日本近代文学的成熟。

文艺复兴中创刊的杂志

这一时期，各类纯文学和商业性质的文学杂志纷纷创刊。艺术派作家和曾经的无产阶级作家以及传统派作家纷纷联手创办同人杂志，曾经“鼎立”的三派形成了暂时的“志同道合”的统一战线。1933年10月，小林秀雄、川端康成、武田麟太郎、深田久弥、林房雄、宇野浩二、广津和郎及丰岛与志雄等八位作家、评论家共同创办了同人杂志《文学界》(1933—1944，1947—1948)，其中，后三位都是大正时代以来的传统作家，而武田麟太郎和林房雄则曾经是激进的无产阶级作家。类似的组合在当时被称为“吴越同舟”，可以从中看出昭和初期割据文坛的三派之间的相互渗透，以及各自在不同程度和方式上的蜕变。同时也表现出作家们超越了各自的立场聚集在一起，力图在动荡的时代捍卫文学自立的姿态。《文学界》的创刊是拉开这场文艺复兴帷幕的序曲，为促进文艺复兴做出了贡献。特别不可忽视的是该刊物对文学新人的扶植，这一时期，新人作家阿部知二、冈本佳野子、北条民雄、太宰治和伊藤永之介等，都有作品在《文学界》上刊出。在文学评论方面，小林秀雄的《陀思妥耶夫斯基的生活》、中村光夫的《福楼拜和莫泊桑》和《二叶亭四迷论》以及舟桥圣一的《岩野泡鸣传》等，在文坛内外也颇具影响力。

其后以龟井胜一郎、中谷孝雄和保田与重郎等为核心的作家们创办了《日本浪漫派》（1935—1938）。日本浪漫派提出的回归日本民族之美等看重传统的主张给当时的年轻一代带来极大影响。该杂志的刊首语充满了豪迈气概，“我们高扬时代的青春朝气，为清除低俗的流行文学，弘扬艺术家高尚之作为，要挺身前行而不左顾右盼”[①]。然而除了在初期刊登了一些该杂志同人探讨日本国学的评论文章和太宰治的《滑稽之最》等小说之外，该刊后来逐渐向右翼偏向。

《文学界》和《日本浪漫派》，虽然二者在创办之初都旨在追求文学的纯粹性，期待纯文学的复兴，但前者在以林房雄和河上彻太郎为骨干后，出现了明显的国粹主义倾向；后者虽然在创办初始就热衷于德国浪漫派的研究，标榜新的浪漫主义和古典的复归，但却逐渐将鼓吹所谓日本精神、在思想上崇尚战争的吹鼓手们集结于旗下，成为战争时期鼓励年轻人为军国主义捐躯、美化死亡的工具。

同一时期的刊物还有舟桥圣一、阿部知二和伊藤整等创办的《行动》（1933—1935）。该杂志同人受法国知识分子的行动派人文主义的影响，提倡行动主义，欲树立新的自由主义精神，在进入战争特别时期后逐渐偃旗息鼓，几个主要创办人也转而加入了《文学界》。

1936年，在局势动荡、右倾主义日渐抬头的社会形势下，以武田麟太郎、高见顺等作家为核心的部分年轻左翼作家不畏当局的压制，与《日本浪漫派》的国家主义相抗衡，以“散文精神”为座右铭，创办了杂志《人民文库》，旨在立足于民、反抗权力。这里的“散文精神”是指广津和郎提倡的不屈、忍耐、执著、不喜不悲的精神。这种散文精神在当时成为抵制战争潮流、对抗法西斯文化专制的思想核心。该杂志陆续刊登了高见顺的《应忘故旧》、武田麟太郎的《井原西鹤》等。《人民文库》派的作家们为了推广自己的理念，在各地举行演讲，展开了抵抗法西斯文化专制的行动。为此《人民

① 长谷川泉．近代日本文学思潮史．东京：至文堂，1961．

文库》受到了当局的监视和警告。两年后，战争空气日益浓厚，加之日本国内整体的严重右倾化，作为战前左翼作家最后阵地的《人民文库》也不得不自动停刊。广津和郎对这场文学运动给予了高度的评价。

上述文学期刊为文艺复兴时期的作家们增添了展现才华、传播思想的阵地，也丰富和活跃了20世纪30年代的日本文坛。

芥川奖、直木奖和文坛新人

芥川奖和直木奖这两大奖项的设置对日本文坛文艺复兴的到来起到了首要的引领作用，二奖也从此成为新作家进入文坛的敲门砖，并至今保持着其权威性。在这个平台上，众多的年轻作家实现了鲤鱼跳龙门的梦想。1935年，经营《文艺春秋》杂志社的菊池宽为纪念旧友芥川龙之介和直木三十五，设立了这两个奖项。芥川奖旨在激励纯文学领域的新人，而直木奖则以无名作家、新人作家和中坚作家为对象，褒奖那些优秀的大众文学作家。两奖的评审委员会都由知名作家和资深评论家组成，在公开发表的作品中甄选出优秀作品进行奖励，两奖自设置起，其评选一直都是每年文坛上的盛事。自首届评奖开始，一年春秋两度的评选把大批新人送上了文坛，1945年曾经出现间断，直到1949年又得以恢复。芥川龙之介的文学成就与文坛地位自不待言，而对于直木短暂的文学生涯，评论者则褒贬不一。在日本，“直木奖”虽无人不晓，但直木三十五的名字却非广为人知。直木三十五原名植村宗一，直木是“植”字的分解，而三十五则喻示年龄。从三十一岁开始，他曾每年以年龄更换笔名，但叫“直木三十五”后就再也没有改变过，据说是因为怕被戏谑为“三十六计走为上”。直木曾就读于早稻田大学，1929年创作的《由比根元大杀记》确立了他作为一个大众文学作家的地位。他写过多部卓有影响的历史题材的小说，如《黄门回国记》和《南国太平记》等，被推崇为大众文学的权威作家、评论家，为确立和发展大众文学在文学史上的地位做出了贡献。在日本家喻户晓的电影《水户黄门》就是根据他的《黄门回国记》改编的。然而他也曾创作过《日本战栗》等军国主义小说，并在战前曾和军部联手策划建立统管言论、限制创作自由的半官半民性质的文联组织——“文艺院”。直木奖的设立肯定了他对大众文学的贡献，而他的贡献在于改变了大众文学的历史。第一届直木奖颁给了川口松太郎的《鹤八鹤次郎》和《风流深川歌》。

芥川奖的首届获奖作品是石川达三的《苍生》。石川达三曾就读于早稻田大学，退学后做记者。1930年，二十四岁的石川夹在九百五十人的移民队伍中，从神户港出发奔赴巴西，虽然只停留数月便回到日本，但日本移民在巴西的生活实态给石川带来了莫大的震动。1935年他根据自己在巴西农场的亲身经历，发表了以移民题材为背景的长篇《苍生》（第一部）并获奖。作为一个社会派作家，他的作品大多批判社会现实，充满正义感。20世纪50年代创作的《风中芦苇》《人墙》《四十八岁的抵抗》，60年代创作的《破碎的山河》《金环蚀》《青春的蹉跎》等无一不触及社会问题，或揭露军国主义迫害，或揭示资本主义经济的发展对“人”的吞噬，或直指与财界勾结的官场黑暗。1969年他获得第十七届菊池宽奖，1975年被选为日本笔会会长，后当选为艺术院会员，足见石川在日本文坛的地位。他在任笔会会长期间，曾在发言中对文学的言论自由问题发表了自己独特的看法。他认为言论有两种自由，即表达思想的自由和表现猥亵的自由。为捍卫前者的自由丝毫不能让步，而对后者则可以妥协。这一发言在部分作家中引起异议，最后不得不辞去会长一职。

20世纪20年代末，日本在经济危机的重创之下民不聊生，为解决贫困人口问题，日本政府颁布了鼓励饥民移民南美的政策。众多农村贫困人口和部分城市饥民在政策的感召下，离乡背井前往巴西谋求生路。《苍生》即描写了这样一个背景之下的移民实态。这些对陌生的土地怀着憧憬的人们，在离开祖国前被安置在神户的“国立海外移民收容所”，在期待与不安中度过了出国前的最后几天。

不仅他们，几乎所有的移民都满怀希望。这种希望带有与贫困苦斗之后的疲惫和自暴自弃，同时还带着鲁莽。刚刚集中

> 到这个收容所时，他们就像被堆积在一起的干枯的落叶一般沉默在孤独与不安中，渐渐地他们幻想着自己将成为奋斗在海外的先行者和广袤土地上的开拓者。

石川笔下的移民在绝望中充满着希望，希望在异国的土地上能找到栖身之地，然而等待他们的是南美艰苦恶劣的生活环境。即便如此，作者在悲叹中仍然赋予作品以乐观的精神。作品中出现了姐弟二人，佐藤夏和弟弟孙市。弟弟在“逃脱兵役”的指责声中屏声敛气，而姐姐为了与弟弟一同前往，舍弃了自己的爱情。二人在异国他乡严酷的条件下顽强生存。这两个角色反映出的正是移民的承受力和隐忍精神。《苍生》体现的社会性和现实主义的粗犷描写手法与同期的太宰治等作家敏感入微的写作风格形成鲜明对照，给文坛带来震动。

同期入围的还有高见顺的《应忘故旧》、太宰治的《滑稽之最》和外村繁的《草筏》。高见顺是一个转向作家，他的《应忘故旧》描写了无产阶级运动遭到镇压后一群左翼知识青年苦闷、颓废的生活。

中山义秀是第七届芥川奖的得主。大学期间曾和横光利一等一起创办过杂志《塔》。1938 年因创作小说《绣球菊》获奖。他以创作历史小说见长，20 世纪 60 年代创作的《咲庵》先后获得了野间文艺奖和艺术院奖。

丹羽文雄也是这一时期出现的文坛新人。他幼时母亲离家出走，1932 年创作了以其生母的经历为内容的短篇《鲇》，从而在文坛引起关注。这一时期发表的《赘肉》《甲壳类》等作品巩固了他作为新人作家的地位。其后转为通俗小说作家。

舟桥圣一是新兴艺术派的作家，师从德田秋声，曾热衷于话剧的创作。作为行动主义和能动精神的提倡者，舟桥 1934 年发表了行动主义文学的代表作《潜入》。描写了一个知识分子从文学的虚无与颓废中奋起，想要正视社会动乱的现实并直接投身其中。战争期间脱稿的《洗染铺伙计康吉》确立了舟桥在文坛上的稳固地位。除历史小说外，他的战后作品中多见对女性爱欲的描写，如《雪夫人绘图》《一个女人的远景》等。60 年代创作的《所爱女人的胸针》获野间文学奖。

石板洋次郎被称为青春小说作家。他在这一时期的创作有《金鱼》《不死麦》和《年轻人》等，特别是第一部长篇《年轻人》获得了第一届三田文学奖，1937 年该作品被改编成电影，同时也成为畅销书。但这部作品因其部分描写被指有辱天皇和帝国军人而遭到右翼团体的攻击，为此他不得已辞去中学的教职。石板的作品充满了青春气息，格调积极向上。他战后创作的《绿色山脉》等也受到年轻读者的欢迎，作品多数被搬上银幕，由此成为流行作家。

出生在朝鲜半岛的北条民雄早年受小林多喜二的作品影响，和友人一同创办过同人杂志，创作过短篇小说。在他二十三年的短暂生涯中的后几年里，他因患麻风病过着与世隔绝的生活。他拜师川端康成，在川端的举荐下，发表了《生命的初夜》(1936)，披露了麻风病人的生活实态，给文坛带来震撼。该作品获得第二届文学界奖。

新人辈出是这场文艺复兴的一大特色，他们的涌现给文坛平添了生机与活力。

旧文学的新发展

传统与反传统并存也是这一时期文坛的一大特征。一方面，在创作手法上个性鲜明，与传统私小说的风格迥然不同的新人作家石川淳以《普贤》获第四届芥川奖，非私小说系列的作家如井伏鳟二、阿部知二和堀辰雄等文坛的中坚力量，也都各自进入了创作的成熟期。阿部知二的《冬宿》、堀辰雄的《起风了》、井伏鳟二的《乔治万次郎漂流记》等作品都达到了他们各自文学生涯的顶点。老作家久米正雄在他的《纯文学余技说》中，虽然依然将私小说的鼻祖志贺直哉尊为纯文学的顶峰，但对当时的流行作品仍以他的尺度冠以“通俗”之名。

而另一方面，私小说在这一时期也得到了继承和发展。除了前面所提的转向文学作家重新回归私小说传统，私小说的权威志贺直哉、宇野浩二等人也依旧笔力健硕之外，第五届芥川奖的得主尾崎一雄，在私小说领域再次从传统文学方法中挖掘出了新的可能性。尾崎曾师从志贺直哉，从他获奖的成名作《快乐的眼镜》（1933）及其被冠以“贫困者的幽默”之名的系列作品，到以观察身边“虫子的种种生态”为主题的描写老年人心态的心境小说，尾崎一雄的所有作品都诙谐轻快，短小精悍，在自然中引人发笑。《快乐的眼镜》以作者本人为原型，描写了一个贫穷的作家在迎娶了年轻的新妻子后，自己的生活发生了天翻地覆的变化，原本多愁易感的苦恼人生在表里如一、单纯乐观的妻子的陪伴下，变得妙趣横生。整篇作品犹如使用了节奏感超强的相声语言，夫妇的对白幽默诙谐，沉重的话题也在这种氛围中被淡化。此外，牧野信一的《淡雪》（1935）也回复到初期私小说的风格。

舍斯托夫式的不安

文艺复兴虽然带来了文坛上一时的繁荣，但在思想领域，如前所述，无产阶级文学运动的消亡不仅给左翼知识分子带来了巨大的冲击。而且给非左翼人士带来了非同小可的强烈震撼。这场巨大的政治“修正”碰上时局的紧张以及民族主义的抬头，一度在思想领域造成了混乱和惶惑不安。特别是当军国主义政权欲掌控文艺领域，作家将被剥夺创作自由时，不仅仅是反体制作家，那些无政府主义者、自由主义者或是个人主义者都失去了赖以生存的文学土壤，从而产生了强烈的危机意识。不安的时代带来不安的思想并由此产生不安的文学。1933 年哲学家三木清创作的《不安的思想与克服》就反映了这一时期人们的内心状态。其后，河上彻太郎和阿部六郎共同翻译了舍斯托夫的《悲剧的哲学》。舍斯托夫是 20 世纪初俄国宗教哲学复兴运动的代表人物，在十月革命后逃亡法国。在这部书中，作者以否定一切真善美的虚无主义观点，旁征博引尼采和陀思妥耶夫斯基的理论，对人性的本质进行了彻底的分析，进而揭露人性的丑恶。这部译著在评论界引起了广泛的关注，颂扬与批判、肯定和否定形成了鲜明的对立。在这场争论中，小林秀雄、正宗白鸟，包括译者本身，甚至无产阶级文学理论家青野季吉也都参与其中，一时间“舍斯托夫式的不安”在知识分子间蔓延。1934年8月，法国文学研究者小松清撰写了《法国文学的一个转机》一文，发表在杂志《行动》上，介绍了法国知识阶层如何应对法西斯专权的人文主义思潮和行动。此外还对同一时期以法国行动主义为代表的、在欧洲文坛兴起的抵制纳粹的一系列反法西斯运动进行了介绍。1933年以法国为首的欧洲和大洋彼岸的美国掀起了大规模的反法西斯文化运动。1934年8月在莫斯科还举行了第一届全苏维埃同盟作家大会，法国的罗曼·罗兰等著名作家出席了会议。会议促成了世界各国作家联手捍卫文学的阵营意识。此后，类似的会议多次举行，形成了全世界文学界的反法西斯统一阵线。小松的用意很明显，意在以此来警醒日本知识界，试图发起捍卫和平与文化的广泛的人民战线运动。一时间在舟桥圣一等人的倡导下，文坛上掀起了对“行动主义文学论”和“知识分子的能动精神”的讨论。然而，在日本，这种启蒙式的尝试最终也不了了之，因为日本文学界还远远不具备孕育反法西斯同盟的土壤。在无产阶级文学运动夭折之后，虽然文艺复兴带来了一派繁荣景象，但作家们仍然是各自为政，同时更缺乏的是知识分子联合民间力量的可能性。

这场文艺复兴只是短时期的昙花一现，它随着日本军国主义外侵步伐的加快和右翼势力的日益抬头而悄然消退。然而，它谱写了日本二战前的昭和文学最为灿烂的篇章。

三、战争时期的文学

1936年日本国内的二二六事件、1937年德意日三国反共协约的签订以及同年日本蓄意挑起的卢沟桥事变，很快吹散了文坛上短时期内相对自由的空气。1936年的西安事变促成了中国国内抗日民族统一战线的形成，日本在国际社会也日益孤立。主战的右翼势力在国内不断制造恐怖事件，大资本的垄断和农村的贫困等，都带来了日本政治和经济上的严重危机，日本帝国主义只有借助侵略战争苟延残喘。特别是卢沟桥事变以后，战争空气日渐浓厚，日本国内局势朝着全面侵华狂飙突进。而太平洋战争开始后，日本当局对思想文化上的管控与钳制达到了令人发指的地步，甚至于人道主义文学也遭到打压和否定，部分左翼作家被强令禁止创作。大部分作家作为战地报道员被派遣到各个战场，国家主义政策驱使之下的“国策文学”应运而生，称颂战争、鼓吹军国主义的报告文学充斥纸面。所谓国策文学，即国家政策指导下的文学。文学在这个特殊的历史阶段开始了史无前例的艰难跋涉。

国策文学

卢沟桥事变的第二年，1938 年 4 月，日本内阁颁布国家总动员法。为配合战争宣传、鼓舞士气，内阁情报部开始大规模派遣作家奔赴战地，久米正雄、片冈铁兵、丹羽文雄、菊池宽、佐藤春夫等都作为从军作家被派往中国，当时这样的文人团队被称为“笔杆部队”。至此日本近代以来树立起的文学独立精神已被摧毁殆尽，文学开始失去了自身应具备的独立性，成为政治的“御用”品，作家成了政治宣传的傀儡。除了奔赴海外，作家们还作为特派员被遣往日本国内各地“考察”，所有的报道和作品需在军部的严格过滤之下才能发表，所有的出版物必须在舆论上为侵略战争鸣锣开道。除鼓吹“东亚圣战”和迎合当局“国策”的跳梁之作以外，凡反映客观现实的真实报道在这样的审查制度下均遭到扼杀。首先没有逃过刀俎的是岛木健作的《再建》和石川达三的《活着的士兵》。

岛木健作的《再建》由于触及了农民革命运动，主张重新在直面现实的基础上构建新的农民革命运动，因而是最先遭到禁发的作品。《再建》以 1928 年发生的三一五事件为背景，描写了该事件后农民运动走向低潮的全过程，当时的劳农党、日本劳动工会评议会等组织被强令解散，农民革命毁于一旦。农民运动的惨败使岛木反省了日本农民革命流于空想的根本缺陷。本来作者还打算续写后篇，遭禁后作者退而求其次，创作了《生活的探求》。

《活着的士兵》的遭遇

1938年年初，石川达三作为《中央公论》的特派员赴沦陷后的中国南京采访，并创作了小说《活着的士兵》，揭露了侵华日军的暴虐行径。石川到达南京时正值日军攻陷南京，开始惨绝人寰的大屠杀之后，手无寸铁的中国百姓在这场劫难中血流成河、尸横遍野的惨状竟成为当时的侵华士兵引以为荣的战功之谈。作者从这些士兵中获得的许多第一手资料，令日本国内报道的关于“大东亚圣战”的所有谎言不攻自破，石川想把“战争的本来面目”客观地传达给每天在国内收听“战况”的日本国民。在作品中，石川以亲自采访接触过的士兵为原型，刻画了几个士兵的形象，描写了他们从一个普通的青年——曾经的职员、教师、医学研究人员或农民甚至僧人——如何蜕变成天良丧尽、杀人不眨眼的刽子手的全过程。特别是他对士兵心理变化的剖析，更是揭露了“人”如何被这场战争妖魔化，再现了这些杀人魔王经历的抵触、犹豫、踌躇和决绝的心理转变过程。士兵从“懦弱”变得“勇敢”，从“不安”变得“坦然”，直至完全丧失人性。其中有个情节，写一个小姑娘守在惨死在日军枪弹下的母亲的尸体旁痛哭，竟因为这悲切的哭声引起日军的烦躁而招致杀身之祸。

> 几个人破门而入。黑黢黢的屋里，……悲泣的小姑娘从傍晚就守在那儿一动不动。平尾上前揪住她的脖领，姑娘紧紧拥着母亲的尸体不肯离去。一个士兵抓住她的胳膊，拽开母亲的尸首，将姑娘推到门外。
>
> 平尾一边发疯般地“啊、啊、啊”地嚎叫，一边举起刺刀刺向姑娘的心脏，接连刺了三刀。另外几个士兵也抽出刀来胡乱地砍向她的头部、腹部。短短的十秒钟，小姑娘就被残害了。身体像棉被一样匍匐在泥地上。血腥难闻的气息一股脑地扑向那些癫狂的士兵。
>
> ……

在被占领土上，无论是生命还是财富，对侵略军来说都是唾手可得之物。

> 士兵们心情极佳。这块大陆上有无限的财富。而且可以任其索取。这些居民的所有权和私有财产就像野果子一样开始任由士兵们随心所欲地攫取。

虽然在这部作品的后记中，作者强调这只是一部小说，并在发表时做了大量的删节，但仍然被当局以违反新闻法、诽谤皇军、扰乱军心为由，在《中央公论》上刊载的当天即遭到禁发，石川本人和相关编辑也因这篇作品而获罪，石川被判监禁四个月、缓刑三年。多年来，作者的创作意图和对该作品的定位一直是文学界和史学界的话题，即作者是否具有反战的创作动机，作品是否可视为反战作品。但值得肯定的是，无论作者的创作动机何在，正如当时的判决书所言，“……即使不是反战意识指导之下的作品，也不能忽视它的影响”。正由于影响深远，所以《活着的士兵》不仅作为一部文学作品，而且作为史料在今天都仍然具有很高的价值。它成为侵华日军烧杀奸淫、公开掠夺、无恶不作的铁证，同时进一步向世界证实了“南京大屠杀”这一不可推翻的史实。

石川的遭遇使作家们的创作风险倍增。但同时，在一片“战争狂欢”声中，战地归来的作家四处演讲，从军作家因被“重用”而倍感荣耀，俨然成了时代的明星。其中以火野苇平创作的“战地文学”系列作品的流行为契机，文坛上国策文学、战争报告文学开始泛滥成灾。以石川达三为例，在那场“笔祸”之后，他再次被派往中国战场“将功赎罪”，他于1939年发表的《武汉作战》，为他“恢复了名誉”并得到当局的肯定。与《活着的士兵》相反，虽然作者一再强调该作品是一部真实的“战史”，但作者一改《活着的士兵》中的真实描写，转而粉饰战争、颠倒黑白，将侵华日军美化成中国百姓的救世主。其后石川还创作了类似内容的作品，由一个独立思考的作家跨进了“御用作家”的行列。战后，石川因在战争期间的表现，曾在“联合国军”公布的被追究战争责任的作家名单上榜上有名。

《麦子与士兵》的“成功”

与石川达三相比，火野苇平堪称“乱世英雄”。如果说石川等人只是特派员身份的作家的话，那么火野苇平、上田广和日比野士朗等则是“士兵和作家”兼于一身的名副其实的军旅作家。火野苇平原名玉井胜则，他最早曾志愿当一名画家。作为一个文学少年，他受夏目漱石的作品影响至深，特别是漱石的《少爷》《吾辈是猫》等给了他文学的启迪。后来他醉心于芥川龙之介、佐藤春夫和北原白秋，高中时代就自费出版过童话集，后来就读了早稻田大学英文专业。火野大学期间创办过同人杂志，发表过诗歌和小说，显示了其文学天赋。在学期间他曾入伍，复员后退学返乡。火野早年受左翼思想的影响接近马克思主义，致力于组织左翼工人运动，遭检举后转向。1937年他再次入伍，随侵华部队被派往中国战场。在成名作《麦子与士兵》发表之前，火野在文坛上只是一个无名之辈，尽管他在参战前创作的《粪尿谭》获得了第六届芥川奖。当时的芥川奖获奖者基本上都是在东京从事创作活动的作家，相形之下，火野作为一个北九州地区的地方作家获奖就显得与众不同。

《粪尿谭》是一部短篇，塑造了一个失意的小人物。主人公彦太郎本是富农的儿子，因家道中落，以掏粪来维持生计，受尽世人奚落。但为了生计，彦太郎只能忍辱负重。尽管他抵押了山林土地、购置了卡车，但很快这一行业被公营化。市里发给的补偿费也被合伙人掠走大半。作品中当彦太郎开着卡车去丢弃已经不能再卖出的粪尿时，与旧怨发生冲突的场面描写得尤为精彩。

> 从粪勺里泼出的粪尿在轰走对手的同时也像下雨般从彦太郎的头顶浇落下来。他不介意地抹着自己的身体，被自己渐渐涌起的胜利气势所打动，他鼓动着被粪尿淋湿的嘴唇开始大喊。你们这帮家伙，你们这帮家伙，我不输给你们，再也不输给你们了。我谁都不怕，我以前为什么那么胆小怯懦？来吧来吧，

> 不管是谁。彦太郎因为初次看清了自己的力量而自信，于是乎渐渐感到自己挺起了胸膛。

虽然在侵华战争开始后，火野成了侵略军士兵的代言人，但是《粪尿谭》这一作品本身所具有的庶民性是不可否认的。作家力图站在庶民的立场为庶民说话，读者从其中可以感受到庶民百姓的呼吸和喜怒哀乐。但也正是由于这种根深蒂固的"庶民性"，当他被军部冠以"大东亚圣战""东亚共荣""解放支那"之名的侵略战争所利用时，他便错误地将这种"庶民性"移植到其后的战记作品中的侵略军身上。将侵略军看作"为国捐躯"的"皇军臣民"，站在"士兵"的立场为侵略军辩护，企图将残忍的侵略军人性化。

耐人寻味的是，在军部的授意之下，这次的芥川奖颁奖竟然有了以下操作：1938年4月，由《文艺春秋》的特派员小林秀雄不远万里远赴中国战地，给时任陆军下士官的火野苇平"火线授奖"，这在芥川奖历史上永远成为了极富"戏剧性"的记载。由此也可以看出当时席卷日本各行各业的战争狂潮之猛烈，连文学也在劫难逃。文学不仅未能幸免于难，而且以笔杆代替枪杆冲刺在前。但成就火野的不是芥川奖，而是其后的"战争文学"。火野在获奖后作为军部的报道员参加徐州会战，并将这一段的从军经历结集为《麦子与士兵》(1938)。在这场会战中，日军遭到沉重打击，未能实现一举消灭中国军队主力的企图。史上著名的、极大鼓舞了中国人民抗战士气的"台儿庄大捷"便是这场大规模防御战中的一场激战。徐州会战中，日军的苦战恶斗可从《麦子与士兵》的描写中窥见一斑。该作品采用日记体，记述了日军士兵在无边无际的麦田里行军作战的生活全貌，通篇充满了作者对侵略军的"敬意"和"同胞之爱"。

> 说一些不雅之事。我边走边小心着不踩到战士们留在田里的粪便，看到那些排泄物大多都呈带血的红色，感到一阵心痛。我们从杭州湾冲上前线之后，身体不觉任何不适，却惊异地发现排便颜色的变化。小便也是赤红色。……我不是医生，所以不能从生理上解释这一现象。但是我现在看到麦田里残留的粪

> 便时，不禁心生感激。我心痛于他们的辛劳，连战士们自己也不会发现，他们的身姿是那样的英勇无畏。

而另一方面，火野完全站在侵略者的立场上表达着对中国士兵强烈的愤恨。

> 那些使我们的战士这般艰苦辛劳、让我们的生命受到威胁的支那兵可恶可憎。我要和战士们一同出击，置他们于死地。

这部来自前线的、出自"一士兵"之手的战地报告一经发表便引起轰动，顷刻成为销量过百万的畅销书。同期虽有上田广的《鲍庆乡》《黄尘》，日比野士朗的《吴淞支流》《野战医院》，林房雄的《上海战场》，林芙美子的《战线》《北岸部队》，尾崎士郎的《悲风千里》等"战记文学"，但是多为站在旁观立场上的随军纪录，而身为士兵的火野身临其境的描述以及在《麦子与士兵》中挖掘"人情"的企图"技压群僚"获得了成功。对于作为这场侵略战争主体的暴虐的军人们，作者对他们的兽性熟视无睹，而大书特书他们身上所谓的人性；作品强调战争的残酷性，却避开纠问发动这场战争的罪魁祸首。《麦子与士兵》恰到好处地迎合了当时的一般日本国民的心理，即急于了解为这场"圣战"出生入死的"皇军"在前线的生活。这部作品使火野成了众民拥戴的"民族英雄"、受举国上下爱戴的宠儿。该作品其后还被改编成同名电影。同年，作者又以惊人的速度创作了《土与士兵》《花与士兵》，构成了"士兵三部曲"。总发行量超过300万册，火野也作为流行作家而风光一时。《麦子与士兵》的成功带来了所谓"战场小说"的热潮，处于国策之下的新闻媒体也对此大加渲染，这使火野苇平从战场归国也成为当时的一大新闻。演讲、座谈、约稿源源不断，他俨然成了一个社会活动家，众人亦皆为之癫狂。太平洋战争爆发后，他更是主动请缨，活跃在各地战场，作为侵略军的马前卒积极报道战况。除了这三部曲之外，在火野的主要作品中，还有《士兵的地图》《海与士兵》和《关于士兵》等士兵系列。在战争刚刚结束时，他就在报纸上发表了随笔《悲哀的士兵》，为他所钟爱的“士兵”们的命运担忧。评论界在战后对《麦子与士兵》的文学性给予了肯定，这种评价应该说也是相对而言的，比起其他同类作品来，《麦子与士兵》除了单一的“纪录”，还加入了对战场生活的细微描写以及作者的感怀。但是作为一部文学作品来说，只能说它是一幅“速写”。这也是国策文学的“通病”。

战后，作为被“联合国军”定罪的“战犯作家”，火野一度被禁止创作，解禁后又重新开始执笔。火野是一个多产的作家，战后著有战争回忆录《青春和泥泞》以及自传体的长篇《花与龙》等。前者记录了日本军队在缅甸战场的惨败经历。在该作品当中，曾与士兵“共生死”的火野流露出对败兵一贯的惺惺相惜。正如他在《麦子与士兵》中所言，“当我中弹倒下，埋骨于支那土地之日到来时，我要一直高呼着亲爱的祖国万岁而死”。火野在战后也始终坚持“士兵无罪”的立场，对于战争和自己在战争时期的行为，并没有在反思中获得正确的认识。在他看来，军国主义、扩张主义、帝国主义等等都和自己无关，也和那些士兵无关。因为一切都是为了祖国。也正是这种愚昧的思想造就了战时的杀人机器。军国主义者利用了在日本长期的封建天皇制统治下，形成的“君令臣死，不得不死；父令子亡，不得不亡”的极端的专制礼教，在战时进行了蒙昧愚化的煽动和教育。

1955 年，火野随日本各界成员（多为左翼）组成的代表团到中国参观访问，回国后写下了纪实作品《红色国度的游客》，作品中流露出作者的挫败感和有保留的自省。1960 年 1 月，火野在苦恼郁闷中自杀，他效仿芥川龙之介，留下写有“不安”字样的遗书后离开了人世。火野作为国策文学的代表人物，他辉煌一时的文学生涯与战争息息相关。他终生背负战犯作家的烙印，是作家本人的悲剧，也是日本文学的悲剧。

除了火野苇平、上田广这样通过战争出名的文人外，在文坛已有成就的作家中，也不乏为这场“圣战”鞍前马后效劳、立下“赫赫战功”的人。女作家中，早先以《流浪记》等作品蜚声文坛的林芙美子，在战争期间的创作与其他国策文学的内容大同小异，大多对侵略军满怀同情和赞美，极力鼓舞士气，宣扬战争美学。1938年，林芙美子作为随军记者跟随长江北岸部队向汉口进发，开始了她的《战线》和《北岸部队》创作之旅。林芙美子在她的《北岸部队》中，竟然绘声绘色地将杀戮的场景描写得充满了悲壮之美。她还创作了诗歌《喜欢士兵》，对"忠烈义勇"的"皇军"的溢美之词跃然纸面，竭力表现对时局的迎合。

在国策文学中，除了以上列举的战记文学外，农民文学（岛木健作的《生活的探求》等）、大陆文学（德永直的《先遣队》等）、海洋文学（大江贤次的《移民以后》等）和生产文学（桥本英吉的《坑道》等）题材形形色色的作品也应运而生。在政府直接和间接的参与下，半官半民的文学组织如"农民恳谈会""大陆开拓文学恳谈会""少年文学恳谈会""海洋文学恳谈会"等接连成立。文人们成了推行国策的使者，在各个行业和地区占领意识形态领域，包括岛木健作、叶山嘉树、桥本英吉在内的转向作家都成了其中的主力。这些在当时被称为"素材派"作家的作品，高调鼓吹各行各业在"国策"的指引下，农民如何忙于增产，渔民如何努力增收，"满蒙开拓团"如何成功殖民等，除了尽显露骨的奉迎之态，大多不具备真正的文学价值。有些作家完全变成了拿着刷笔粉饰战争的工匠。

远离战争的作家

与此相反的是，那些与时局背道而驰的艺术派作家，在这一时期都留下了脍炙人口的佳作，如前述的川端康成的《雪国》、横光利一的《旅愁》、伊藤整的《幽鬼之街》、坂口安吾的《日本文化之我见》、堀辰雄的《起风了》《菜穗子》等等。包括昭和前十年的新人作家太宰治、石川淳等，虽然没有对战争做出批判和抵抗，但基本上做到了文人应有的自律。

石川淳在卢沟桥事变的前一年因《普贤》而获得第四届芥川奖。《普贤》讲述了"我"埋头于撰写中世纪法国女诗人传记，终日以颓废的市井无赖的面目出现，却暗恋着自己的老友庵文藏的妹妹由佳利。某日被特高警察追捕的由佳利出现在"我"的面前，而"我"

也被卷入其中。绝妙的文体和社会批评精神是石川作品的鲜明特征。1938 年，石川发表在《文学界》上的《军神之歌》被认为具有反战思想而遭到当局的禁发，他便转而潜心于《森鸥外》的创作和江户文学的研究。1940 年还发表了第一部长篇《白描》。

太宰治也是在日本侵华战争全面开始后，保持了异常冷静的少数作家之一。他的《富岳百景》（1939）就是在这一时期创作的，“夜来香与富士山很相配”这一名句也出自这篇随笔。作品轻松的风格和诙谐的语调在那个时代令人窒息的战争恐怖中给读者带来了一丝清新的气息。特别是文章的结尾处，“我”（作者）给一对恋人帮忙照相的情节令人读后不禁会意一笑，回味无穷。

> 正中间是高大的富士山，山下面有两朵小小的罂粟花。那是二人穿戴齐整的红外套。两个人凑近紧紧抱在一起，露出严肃认真的表情。我觉得滑稽得不得了。拿着相机的手无法控制地开始抖动。我忍住笑看看镜头，罂粟花终于清晰起来，但焦距怎么都难以对准景物，我把二人的身影逐出镜头，只把整个富士山放进画面，富士山，再见了，承蒙关照。咔嚓。
>
> “好，照好了。”
>
> “谢谢。”
>
> 二人异口同声地感谢我。回家冲洗出来一看定会大吃一惊吧。照片上只有富士山的特写，却哪里都找不到二人的身影。

太宰一贯的自嘲、揶揄的笔调即使在非常时期也没有被战争所改变。

太平洋战争开始后，军部进一步加强了对思想言论的控制。1942 年，在内阁情报局的指示下，作家、评论家相继被组织起来成立了“为开展壮烈的思想战争而献身”为设立宗旨的“文学报国会”和“言论报国会”，会长由德富芦花的兄长、帝国主义的鼓吹者德富苏峰出任。东条英机在祝辞中，公然叫嚣“以思想作炮弹，把笔杆当武器，勇敢地开始出击”，竭尽煽动、胁迫之能事。大部分作家都加入了“文学报国会”，除了那些老牌的国粹主义者，如前述的保田与重郎、林房雄和那些趋炎附势的文人，甚至有些一贯奉行自由主义的作家也纷纷入会。对“违规”的作家和新闻工作者，军部动辄实施出版禁令或抓捕令。在军国主义猖獗一时、不为战争唱赞歌者即被视为反动的特殊时期，文学者已难以做到洁身自好。但这一时期的太宰治依然创作了远离现实的历史题材小说《右大臣实朝》（1943）。主人公“我”侍奉过镰仓幕府第三代将军——源实朝，作品用回忆的形式讲述了实朝在位的后八年的坎坷生涯。每一章节的开头都引用了中世镰仓时期的历史书籍《吾妻镜》中的片断，然后由“我”来进行详细解说。实朝作为诗人，他的个人诗集《金槐和歌集》影响深远。幕府的初代将军源赖朝离世后，幕府的执政者北条义时实权在握。据传在北条的谋划下，实朝最后被侄儿公晓以替父报仇为名杀害。虽然位至将军，但实朝作为一个文人终究不敌玩弄权术的义时。当文人与政治相遇时，政治迫使文人俯首称臣，政治的暴力与文人的无力恰恰是战争时期政治与文学之关系的写照。虽然不能称《右大臣实朝》为“抵抗文学”，但太宰治可谓以自己的方式，坚持做到了不偏离文学者的道德基准。

在内阁情报局和文学报国会的指示下，这一时期太宰治还自拟选题，创作了以鲁迅在日本的留学生活为素材的《惜别》，作品以第一人称“我”——鲁迅昔日的同窗、现今的一个老医生来追述当年在仙台医学专科学校学习时的鲁迅。作品追忆了鲁迅与鲁迅难以忘怀的藤野先生以及“我”之间的交往。作为内阁情报局和文学报国会的指定作品，难免会有“国策”反映其中，而《惜别》客观体现出的正是时局需求的所谓“日中亲善”“大东亚和睦”的主题。但太宰治为了创作该作品收集了大量翔实的资料，情节也大多基于史实。尽管在今天读来，从个别描写和遣词用句中可以读出当年的政治氛围以及作者思想认识上的偏差和局限，但在大量言辞赤裸、拥戴国策的文学中仍不失为一部良心之作。至少作者做到了忠实于自己的文学理念，没有随波逐流。这部作品的发表是在战败之后。战败的前一年，他还发表了重要作品《津轻》。诚然，无论是《惜别》还是《津轻》，太宰这一时期的作品难免带有那个时代的痕迹。但在文坛一片“爱国”“效忠”之声中，在“报国”之作比比皆是的时局下，太宰治却如他本人所言，仅满足于自己的作品能起到一个有趣、好玩的玩具的作用。这也算是他保持文学创作初心的难能可贵之处。

无论是前述的石川淳以“我”为主人公的、具有私小说性质的作品，还是太宰治的历史题材的作品，二者都是与国策文学相对立的。战争时期，私小说和历史小说的创作成为作家寻求创作空间的一种手段，抑或一种迂回战术。私小说作家对身边琐事、个人心理描写的执著，似吹进战时干燥空气中的一丝清凉之风。如尾崎一雄、上林晓、网野菊和伊藤整、外村繁、德永直等，在这一时期都有不凡之作。对历史的回顾也给战时人们疲惫的身心提供了暂时的栖息之地。另外，作家在人物传记的创作中也开辟了新的出路。如武田泰淳的《司马迁》、竹内好的《鲁迅》等等。

竹内好毕业于东京大学的中国文学系，在学时曾和武田泰淳共同创办中国文学研究会，其后一直坚持中国文学的研究，作为中国文学研究者享有盛名。他受中野重治的《斋藤茂吉笔记》的触动，萌发了创作《鲁迅》的念头。作品以一个日本的中国文学研究者的视角，写出了鲁迅这一中国现代思想启蒙家、文学家的文学生涯和精神内涵。1943 年，在该作品脱稿后，竹内被征入伍，赴中国大陆参战直至战败。出征前，竹内把该作品当作遗稿完成；其后作者也一直埋头于对鲁迅的研究。《鲁迅》和《司马迁》成为战争时期文坛上的两部佳作。

中岛敦是这一时期以历史题材的作品而知名的作家。中岛家族与汉学素有渊源。祖父是汉学者，开过汉学私塾，随后由伯父继承。父亲也是旧制中学的汉文学教师。中岛自幼耳濡目染，深得教诲，汉文学素养极高。然而不幸的是，中岛年幼丧母、体弱多病。父亲工作的变动和两任继母的到来，使他的童年生活充满了不安，父子之间也多有隔阂。这样的生活经历对这个喜爱读书的少年来说无异于一种驱动力。高中时代他一边涉猎西欧文学，一边攻读《史记》《左传》等中国古典名著。他从东京大学国文学系毕业后任中学教员，但由于健康的原因，工作时断时续。在卢沟桥事变前夕，他曾前往中国游历。1941 年，中岛辞去教职，来到当时的日属帕劳群岛工作，日本在该岛设立了南洋厅。清新的空气并未治愈中岛的气喘旧疾，他于 1942 年年末去世，时年仅 33 岁，成为文坛上又一个早逝英才。中岛与小说家深田久弥交情深厚，他的成名作《山月记》和《文字祸》两个短篇就是在深田的推荐下，以《古谭》为题，于 1942 年发表在《文学界》上的。

其后中岛还在深田的帮助下出版了以长篇小说《光、风、梦》命名的小说集。中岛作品的文笔和格调均受汉文学的熏陶，典雅脱俗，并间或插有幽默的文笔。他的作品可以分为两大类，一类取材于中国古典名篇，如《山月记》《名人传》《李陵》等，另一类则是与南洋风物相关的人物传记、传说，如《光、风、梦》和《南洋通信》等。即使是偶尔创作的现代题材的作品，也足见作者极高的汉学底蕴，如《狼疾记》，题名就出自《孟子·告子》:“养其一指、而失其肩背、而不知也、则为狼疾人也”。虽然《光、风、梦》曾获第十五届芥川奖的提名，但中岛敦在生前并没有享誉文坛，而是在他离世后，其作品的价值才得到了认可。这一点和梶井基次郎极为相似。主要原因在于除了《古谭》和《光、风、梦》等极少数作品是在他生前发表的之外，像《名人传》《弟子》《李陵》等都是在其去世之后问世的。中篇《李陵》的遗稿在被好友深田久弥发现时，还没来得及冠名，《李陵》是深田代其命名的。作品以中国汉代为舞台，描写了李陵、司马迁和苏武三人的生活轨迹，意在探究人在极限状态下赖以生存的精神依托之所在。

成名作《山月记》取材于唐代传奇《人虎传》，内容离奇。故事讲述陇西的李征少年得志，才华横溢，曾为乡间的秀才。他生性高傲，想以诗作名留千古，选择辞官从文，却久不见起色。落魄之下最终半途而废，不得不重返官场。后来他在偶然间发疯，隐入深山去向不明。一年以后，身为监察御史的旧友在路途中和已变作食人猛虎的李征邂逅。李征向好友诉说源于对诗歌的执著才化身为虎，却仍然割舍不了诗情歌怀，当即在林中吟诵诗作并托付妻儿。月光下，但闻两三声虎啸之后，虎已消失在林中不见踪影。《人虎传》只是一个怪异传说，而《山月记》则描绘出了文人的苦恼、知识分子的悲剧以及作者对文学的执著之念。同时，《山月记》创作于太平洋战争爆发之际，也不难看出作品隐含的更深一层的寓意。即使作者没有借古喻今的动机，仅就纯粹而“洁净”的文学内容而言，就已经和那些御用文人的应时之作有天壤之别了。

除了历史小说和私小说之外，通俗小说也是作家在这一时期的另一避风港。宇野浩二的《不够聪明》、织田作之助的《夫妇善哉》等等都是通俗作品之中的不俗之作。

那些文坛老作家，这一时期的创作虽然都不同程度地受到了当局干扰，却坚守住了自己的艺术阵地。

作家谷崎润一郎在战争时期创作的曾因不合时宜而被当局禁止发表的《细雪》（上卷）在战后才得以出版。据谷崎润一郎在战后的回忆，作者于太平洋战争爆发的第二年，即 1942 年开始动笔写《细雪》，首次发表是 1943 年在《中央公论》的新年号上，接下来 4 月连载一期，而本应在 7 月连载的部分，还在校对印刷中就难以再见天日了。因为该作品违反了陆军宣传部的有关文艺创作必须关乎“政治性”的规定，被停载的理由是“不合时宜”。

在完成了《化装人物》后，德田秋声开始着手最后一部长篇《缩影》的创作，后因遭到情报局的“规劝”而不得不中止。

永井荷风则带着手稿，守护着默默耕耘的成果，辗转各地避难，为战争结束后的厚积薄发做准备。

除了前述的作家们远离战争，沉浸在自己的文学世界里之外，更多的作家用沉默保持了无声的抵抗，如正宗白鸟、志贺直哉和里见弴等。

战争前夕和战争期间，评论界人才辈出，这些新一代的评论家大多都在战后进入了创作的活跃期。这一时期，中村光夫的《二叶亭四迷论》（1936）、三木青的《人生论》（1938—1941）、唐木顺三的《鸥外的精神》（1943）和坂口安吾的《日本文化之我见》（1943）都是评论界的代表作。

抵抗文学的概念

关于“抵抗文学”的说法，在日本学界素有争论。什么样的文学算得上抵抗文学，前述的那些远离战争的作家，他们的作品是否可以被称为抵抗文学？而那些老作家，他们或封笔沉默，或不受军国主义者的蛊惑，沉浸在自己的文学世界里，这种行为又是否可以被称为抵抗呢？战后，在文学界有看法认为，那些自由主义作家本身就对政治漠不关心，疏离时政。他们的所谓“沉默”实际上只是一种“旁观”的姿态。然而，笔者认为这种说法还是有失公允的。回顾昭和战争史以及昭和文坛史，都不难发现这场席卷整个日本的战争风潮有多么狂暴猛烈。不被卷入其中、始终保持低调也需要作家一定的“定力”，而这种“定力”不能单纯以这些作家的自由主义的“散漫”来定义。依笔者看来，把“抵抗文学”这个概念替换成“反战文学”，争议也许就不会产生了。然而问题的症结在于，在日本法西斯一统言论、限制创作和出版自由的“文字狱”年代，真正立场鲜明的反战文学是很难问世的。即使是遭受军部的出版禁令的作品，比如前述的石川达三的《活着的士兵》，虽然暴露了侵略军在战场上的本来面目，但正如学界讨论的那样，是否可以肯定作者是以反战为目的而创作的呢？其他被军部指出影射战争、天皇制或鼓吹革命而被禁发的作品，比如前述的石川淳的《军神之歌》，可以被归类为抵抗文学吗？准确说来，反战思想是存在于部分作家当中的。笔者在前面触及了“素材派”和“艺术派”这两个概念，并分别将其归类到“国策文学”作家和“远离战争的作家”中。荒正人在《战争时期的“艺术抵抗派”》[1]中，对于战争时期的作家，除了处于两极的反战派和法西斯军国主义分子之外，曾提出过“顺从派”的说法，并在此基础上，进一步将其划分为“反顺从派”“非顺从派”“消极顺从派”和“积极顺从派”。可见要想对“抵抗文学”进行定义是复杂而又困难重重的。

---

① 日本文学研究资料刊行会．昭和的文学．东京：有精堂，1981．

诚然，在战争的主基调下，艺术派作家在战争期间或主观或客观的创作和行为就已经起到了抵抗的作用。笔者在前节已有概述，因此在本节中对以上作家不再一一罗列，而只对被军部发出创作禁令的两个作家——中野重治和宫本百合子在这一时期的表现做一回顾。中野重治和宫本百合子是日本全面侵华战争开始以后被军部强令封笔的两个作家。

中野重治作为转向作家，他的抵抗必须和转向结合起来看待。表面看来，“转向”和“抵抗”似乎是相对立的。其实每一个转向者的转向都具有各自不同的含义。就中野的转向来说，应该说与其之前的思想有着不可分割的一致性。笔者在“转向文学”一节中，触及了中野的转向问题，特别探讨了《村里的家》中所体现出的中野本人对转向的见解。文中父亲“孙藏”和“我”这两个形象正是中野思想的具体体现。如前所述，在作品的结尾处，在父亲的质问下，“我”表示“还是想继续写下去”。这是中野对以往树立起来的革命信念进行的再次确认和决心表达。因此同为“转向”，中野重治的转向和林房雄等人的转向当然不可同日而语，和其他转向者也不可相提并论。在中野的转向背后，实际要表达的是对转向的“拒绝”，《与歌作别》《空想家和剧本》等都隐晦地体现出了中野的这一思想。此点前节已有讨论，在此不再赘述。

与中野同时站在抵抗前沿的是宫本百合子。比起中野重治，宫本的斗争方式和姿态更加直接。作为无产阶级作家，她在20世纪30年代曾经多次被捕入狱，在转向风潮之下，她不仅保持了坚定的信念，同时还不丧失斗志，始终没有作出妥协，最后因为患病才被释放出狱。她与狱中的丈夫宫本显治是少数自始至终拒绝转向的作家。

在法西斯当权者剥夺言论自由，文学创作呈现停滞或追风的势态下，宫本百合子主张文学不能脱离现实，作家不能躲进个人的天地。特别是对转向作家，她提出不应该止步于私小说式的良心忏悔，而要直面知识分子自身存在的根本问题；不应该在个人身上追究运动遭受挫折的原因，而要从近代史的角度分析导致革命倒退的根本问题。在左翼文学运动最困难的时期，她始终充满着乐观主义精神。尽管 1938 年开始她就被军部禁止出版任何作品，且这次禁令持续了近一年半的时间，但她依旧笔耕不辍。在研读《资本论》的基础上，她从历史和科学的角度写了大量评论文章，《昼夜随笔》（1937）、《明天的精神》（1940）和《文学的出路》（1941）等多部评论集都发表于这一时期。当时文坛上各种悲观的、盲目乐观的、茫然摸索的、狂热好战的文学论、文化论盛极一时。小林秀雄在《改造》（1937 年 11 月）上发表的《关于战争》等文章中，强调战争是一个未知的全新事态，不是用以往的观念和理论可以解释的，这种生死顺其自然的宿命论在当时也代表了部分文人的想法。林房雄则提出了"大人文学论"，主张文学应该以社会主流的问题为核心，所谓的社会主流就是当权者、军人和资本家。青野季吉的"无产阶级文学乐观论"和高见顺的"文学悲观论"在当时也都具有一定的代表性。针对这种趋势，宫本明确指出文学不可追随民族主义或屈从于法西斯专权，要坚信反战是正义的，而正义的必然会胜利。她在评论《昭和的十四年》（1940）中对战时的文学提出了质疑，并对风起云涌的战地报告文学进行了否定。除了评论，这一时期她还创作了小说《三月的第四个星期天》（1940）等作品，从一个侧面反映被战争左右的百姓生活。太平洋战争开始后，宫本百合子再一次被剥夺了言论自由，直至日本战败才重获这一权利。

除了中野重治和宫本百合子之外，诗人金子光晴、小熊秀雄等也堪称反战的斗士。在他们的作品中，可以看到作者对侵略战争的抵抗和对天皇制的反叛。金子光晴在诗歌《鲨鱼》中，将国家机器比喻为吃人的鲨鱼，用象征的手法来批判将众多年轻的生命推向战场的法西斯当权者。小熊秀雄的叙事长诗则在讽刺和幽默中表达了作者对战争的憎恶。

日军在各个战场上的节节败退，预示着军国主义者已走向了穷途末路。与此同时军部更是加紧了对国内思想言论的控制，甚至到了无以复加的地步。文学作品和新闻舆论被要求只能夸大地虚报战果，必须减少或隐瞒不报败退的事实。1942 年，杂志《改造》因刊登了题为《世界史的动向和日本》一文，被陆军宣传部怀疑宣传共产主义思想而遭遇禁发令，文章的作者——政治学者细川嘉六也被逮捕。作者在文中指出日本追求“东亚新秩序”的建设，不能沿用以往的殖民地支配政策，主张应该学习苏联新的民族政策，支持民族的自由与独立。受该事件的牵连，细川还被怀疑密谋重组共产党。从1943年到1945年的两年间，中央公论社和改造社的数十名相关编辑、记者被逮捕，两名主编被特高警察拷打致死，另外两名也惨死狱中，其他人则一一被定罪。《改造》的总编辑大森直道被迫引咎辞职。这就是有名的“横滨事件”。1944年，在军部的“劝告”下，《改造》和《中央公论》同时停刊。

到了战争末期，因为军部的监视，加之物资的匮乏，一时间连纸张都难以满足出版的需求。杂志报纸不仅被一再要求缩减页数，很多卓有影响的文学杂志也被勒令或自动停刊。文学静待黎明的到来。

第三章　战后文学
——蹒跚起步的现代文学

一、战后文学的起步

1945年8月，日本接受《波茨坦公告》，宣布无条件投降。1945年8月30日，盟军最高统帅道格拉斯·麦克阿瑟到达厚木机场。9月2日，在美国战舰上，当时的日本外务大臣重光葵和参谋总长梅津美治郎分别在投降文书上署名，太平洋战争宣告结束。战败的这一年距日本引以为荣的日俄战争胜利整整四十年，但是，纵观历史，使日本国民真正获得解放并受益的不是1905年的那次胜战，而是1945年的这场败战。而这一年，与日本“旨在建立近代国家”的明治维新运动的开端相距七十七年，正是七十七年后的这场战败带来的巨大变革，推动日本完成了国家的近代化。

长期以来身处军国主义强权统治之下的作家们终于摆脱了束缚与压抑，重新获得了渴望已久的自由。在战争结束后的一片废墟上，文学也渐渐复苏并朝着不同方向发展。战败后的日本文学大致可分为三个发展朝向，即“老作家的文学”“战后派作家的文学”和“民主主义文学”。战争期间未发表任何作品，一直将自己封闭在自我世界里的老作家们在战后开始复归文坛，他们的复出带来了“私小说”和“风俗小说（包括无赖派文学）”的盛行。此外，围绕着战争这个主题，以价值转换为课题的战后派的崛起也格外引人注目。同时，以战前无产阶级作家为核心的左翼进步作家们推动了民主主义文学的发展。

战争的结束同时也是美军占领时期的开始。在远东委员会制订的对日基本政策中，重要的一项便是尊重个人自由和基本人权，特别强调要加强日本国民追求宗教、集会、结社、言论及出版自由的意识。作为改造日本的基本方针之一，除了实现日本的非军事化之外，更重要的是要实现日本的民主化。在民主化、非军事化的改革潮流推动下，日本共产党也重新整合，极具历史意义地首次取得了合法地位。

战后文学在一派民主、自由的新气象中，开始了新的起步。在战争期间，文学杂志几乎都处于停刊或废刊状态。随着占领军的一系列具体改革措施的落实，在战争期间一直处于国家主义统治之下的大众文化呈现了新的局面。众多新老杂志的创刊与复刊，是战后文学起步不可或缺的重要平台。首先创刊并较有影响的是青山虎之助编辑发行的综合杂志《新生》（1945 年 11 月），同月著名的刊物如《新潮》《文艺》等也纷纷复刊。其后，具有较大影响力的《世界》《人间》《展望》等杂志也纷纷登场。其他如《风雪》《综合文化》《文学界》等新老杂志更如雨后春笋般陆续创刊、复刊。在这些文学杂志中，除个别季刊外，规模上大部分都属于较小型的刊物，这与战后纸张的匮乏与质量低劣密切相关。这些杂志在内容上大同小异，但几乎每个刊物都洋溢着同样的热情。这些新老杂志在战后作为老作家们活跃的舞台而为人瞩目。战后的第二年，老牌刊物《中央公论》《改造》等再次亮相。文学刊物的一派繁荣景象除了可以说明作家们久旱逢甘霖，在获得自由后产生了强烈的创作欲望与冲动之外，还反映了长期在军国主义统治之下，处于文化饥渴中的民众被解禁后对精神生活的追求和对文化食粮的渴望。

老作家的复出

老作家的复出是战后文学起步的一个重要标志。众多老作家在战争期间被迫或自发中止创作，搁笔多年后，曾经被封杀的创作欲望与热情奔涌而出、汇成澎湃波浪。

唯美派作家永井荷风在战败后的第二年——1946 年连续发表了《舞女》《勋章》和《沉浮》。这三部作品都是在战争期间，作者在出版无望的情况下创作的。1949 年他发表了《断肠亭日记》，其中写到："庆祝停战的欢宴让众人都不醉不休，夜不成寐。"将战争的结束带给自己的那种解脱感、解放感直白地在作品中释放出来。《断肠亭日记》是作者的日记体作品，作品的名字也取自作者的别号——断肠亭主人。这部作品记录了从大正到昭和年间作者对社会的观察和感受，无论是作为风俗资料还是社会评论，在日后都成了极为宝贵的史料。

同为唯美主义流派的作家谷崎润一郎在战争时期创作的因"不合时宜"而被当局发出禁令的《细雪》（上卷）也得以出版。《细雪》以谷崎润一郎夫人松子和她的姐妹为原型，描写了生长在大阪的一家四姐妹的生活和命运。作品主要以二女儿幸子和丈夫贞之助为中心，围绕着内向憨厚的三女儿雪子的婚事和四女儿妙子个性奔放的生活展开叙述，衬托以京都、大阪、神户地区的传统节日、祭祀活动等风俗文化背景，使整篇作品犹如一幅优美的画卷，展现了传统的日本美，充满了大作的恢宏气魄。谷崎在《源氏物语》的世界里的流连数年，他对传统古典美的描写技法谙熟于心，《细雪》中关于四季及人物造型等的描写在手法上都可以看到《源氏物语》的影子。民俗学者折口信夫称《细雪》为《源氏物语》的"芦屋"[①]卷，可见《细雪》受《源氏物语》的影响之深。

又如正宗白鸟的《战灾者的悲哀》和《变幻的人世》，均以客观的笔触描绘出战争期间及战后的艰苦生活。正宗白鸟在战前与岛崎藤村、田山花袋、德田秋声被称为日本自然主义四大家。他独特的虚无主义的创作风格在这两部作品中得到了很好的体现。

白桦派作家里见淳的《十年》和《精彩的丑闻》、宇野浩二的《相思草》也是这一时期的重要作品。

同属白桦派、久别文坛的志贺直哉发表了《灰色的月亮》和《被侵蚀的友情》。在《灰色的月亮》这部短篇中，作者描写了战败后由

① 日本关西地区的地名。芦屋在该地区以上流社会的集居地而知名，在《细雪》中是四姐妹成长生活的地方。

于营养失调而濒于死亡的一个少年，作品触及了战败后的日本社会现实，保持了以往的现实主义描写手法。

在这些作品中，如《舞女》《细雪》这样的和战后的社会现实毫无关联的作品之所以也能引起反响，受到读者的喜爱，表明了在长期的战争中人们的心灵就像干旱的荒漠，渴求着文学这块绿洲的滋润。

老作家的复出形成了战后文学界的一道特殊风景线。对于这种现象出现的理由，本多秋五在《物语战后文学史》中认为，正因为是长达数年的文学大空位时代的结束期，读者需要的是那些耳熟能详的老作家的名字。……另外中坚以下的绝大多数作家因为战争，都背负着所谓“文学精神”的创伤。在这方面，老作家堪称无瑕或接近无瑕[①]。

关于作家的良心问题，伊藤整在《病患的时代》这篇评论中写道：“战争结束了，我不相信会有不感到自己的良心受了伤的文人，哪怕是一个。但有一点是明确的，那就是每一个老作家在受伤的心里还留有一片树荫。”[②]他认为在战争这个问题上，从严格意义上讲没有一个作家可以无视自己的良心、不做自我谴责。但是和那些或迎合战争谋取名利，或随波逐流委曲求全的作家相比，战争时期一直缄口沉默的老作家们属于保持了清白的极少数。

这些大正时期就已经蜚声文坛的老作家们，虽然未必坚决地对战争进行过抵抗，但至少没有积极参与、配合过，只是在苦闷中保持了多年的沉默。当然有些老作家，如白桦派作家武者小路实笃和评论家保田与重郎仍受到了盟军最高司令部做出的开除公职的处分。其间武者小路实笃发表了《真理先生》，描写了大正年代以来的理想中的人物形象。而保田与重郎在被定名为反动右翼文人后，曾创办杂志《祖国》，匿名发表时评，坚持战前以来一贯主张的“日本精神”论。

---

① 本多秋五．物语战后文学史．东京：岩波书店，2005．

② 松原新一，等．战后日本文学史・年表．东京：讲谈社，1979．

战后重新开始创作活动的还有川端康成、井伏鳟二、阿部知二、高见顺、中山义秀等作家。

川端康成在战后宣称要回归"日本自古以来的凄美"，他把自己作为一个与"美丽的山河"一同逝去的人，在今后不想对日本的哀伤之美以外的东西写只言片语。川端依然沉浸在其独具一格的审美意识里，构筑他的东方式的、虚无的个人世界。《千只鹤》和《山音》等作品都描写了蕴含着诱惑力的寂静之美的世界。

井伏鳟二在战后以其独特的视角来捕捉描写对象，发表了《本日休诊》和《遥拜队长》等，以富于温暖人情味的、幽默而哀伤的笔调表现了战后的日本社会。

高见顺在战后发表的第一个长篇是《在我的心灵深处》。其他较有影响的作品还有田宫虎彦的《雾中》、竹山道雄的《缅甸的竖琴》等。特别是《缅甸的竖琴》体现了作者反战的进步思想。众多的作家经历了战争、战败，随着历史的洪流跌宕沉浮，有些作家虽然还背负着心灵的重负，但在战后都找到了各自的出发点，开始了全新的创作。

老作家的复出，也带来了风俗小说[①]的流行。杂志《小说新潮》成为昭和前十年的作家们活跃的园地。丹羽文雄的《讨嫌的年龄》（1947）、田村泰次郎的《肉体之门》（1947）、石坂洋次郎的《石中先生行状计》（1948）和舟桥圣一的《雪夫人绘图》（1948—1950）等都是这一时期的代表作。

无赖派作家的活跃

除了以上所说的老作家，在战后文坛上活跃的还有当时被称为"新戏作派"、后来被称为"无赖派"的新锐作家们。坂口安吾、太宰治、织田作之助、石川淳、田中英光等作家都属于这一流派，同时被称为新心理主义作家的伊藤整、剧作家三好十郎的创作风格也接近这一流派。这些作家中的大部分都是20世纪30年代中期走上

① 风俗小说指以描写世态、人情和风俗为主的小说。

文坛的所谓“昭和十年代”的作家，在战前没能成为文坛的主流，战争时期也不曾取悦当局，虽然发表了不少艺术性强的优秀作品，但大多怀才不遇。而正是这些作家在战后迅速崛起，成为了时代的宠儿。战后的日本到处是一片破败的景象。乘乱世之机，光天化日之下黑市泛滥、强盗出没。长久以来树立在人们心中的传统道德观念开始动摇。战争时期，军部为蛊惑人心宣扬种种蒙蔽和愚弄国民的“强国”理论，由此灌输给人们的大国国民意识随着战败瞬间崩溃，代之以对一切的怀疑和否定。一时间“胜者”沦为败者，统治者沦为被统治者。坂口安吾在他的《堕落论》中这样写道：“战争结束了。特攻队的勇士不是早已变成了黑市商人、新欢的出现不也会使寡妇又充满了喜悦和希望吗？人是不会改变的。只是又回归到了人而已。”[①]

历史的急剧变化使人们的道德意识、秩序观念受到了强烈的冲击。在这种社会背景下，无赖派作家反对战后的道德风尚，反对传统的文学观，这种姿态对于长期被禁锢在强权统治之下的人们来说，具有极大的吸引力，受到了众多读者的狂热支持。与战后的时代气息相吻合的作品基调，也使他们拥有了广泛的受众。他们的创作风格与江户时代的通俗文学——戏作文学的风格相近，因而被称为“新戏作派”。“无赖派”这一名称最早是由太宰治提出的。战后，他在写给作家井伏鳟二的信中，首次使用了“无赖派”一词，在信中，他自封为“无赖派”，并表明反对战后的风尚。太宰在高中时代就读到当时尚属无名之辈的井伏鳟二的小说《鲵鱼》，读后激动不已，对作品爱不释手，认为发现了被埋没的天才。考入东大后他即去井伏家登门拜访，以后长期师从井伏。井伏鳟二是太宰治最尊敬的作家之一。井伏文学的幽默、哀伤给太宰的创作以很大影响。无赖派作家当中，除田中英光是太宰治的门下弟子外，彼此之间并无流派内部通常具有的连带关系。称这一派作家为“无赖派”是源于他们共有的那种超脱的、反世俗的、自虐的、颓废的“无赖”姿态。

① 坂口安吾．坂口安吾全集 14．东京：筑摩书房，1990．

坂口安吾与《堕落论》

坂口安吾出生在新潟县，原名炳五。中学毕业后做过代课教员，后考入东洋大学印度哲学专业学习。毕业后，创办同人杂志《语言》。1931年发表了《来自秋风中的酒窖》，后又连续发表了《风博士》《黑谷村》等作品，确立了在文坛的地位。战后发表了轰动一时的《堕落论》，主张战后为了生存，彻底的堕落是必要的，是真正的自我拯救之路。他在书中写道：

> 人是堕落的，无论是义士还是圣女。既不能防止这种堕落，也无法通过防止堕落来使人得到拯救。活着、堕落，除此之外真还能有拯救人类的近便之路吗？……不是因为战败而堕落，仅仅因为是人而堕落，仅仅因为活着而堕落。……
>
> 日本这个国家亦如人一般也有堕落的必要吧。必须通过彻底堕落来发现自身，进而得以拯救。借助于政治的拯救是仅限于表面的愚不可及的行为。

坂口安吾在《堕落论》中，提出了力图与战后的社会现实相对应的全新的观念，对战后颓废的日本社会进行了论证，并以鲜明的姿态反抗旧形式的道德。他主张人要彻底堕落，堕落到人生的最底线后方能再生。但是这一主张并非单纯否定道义、劝人们颓废，他要否定的是已然只剩下空壳的所谓美德和秩序，与这种美德和秩序悖逆的行为不是堕落，如果算是堕落的话，毋宁说应该继续堕落，彻底堕落。但同时他也认为，人是不可能彻底堕落的，堕落到人性底线的一定限度，还要再重新树立自己的道德观。

对于被战争时期的种种道貌岸然的伦理道德所欺骗、生活在战后乱世的人们来说，这一理论无疑让他们在破灭中看到了希望，因此这部作品一发表即引起了强烈的反响。经历过战争的大多数人，在战后不得不放弃一直以来所秉承的传统观念，来面对种种倒错的秩序。在当时的社会背景之下，行为及道德准则的混乱使人们迷惘、彷徨。在坂口的理论看来，无论是战争的遗孀还是黑市商人，在刚刚经历过的“战败”这个“残酷”的现实面前，都无法用旧有的观念来解释和应对自身的困境。《堕落论》对诸多社会现象的解析似乎成为战后迷惘的人们在精神上的指路灯。但同时这一理论也有它自身的局限性和片面性。比如在作者所主张的“彻底堕落”之后，人应该怎样重新树立自己的道德观，又怎样像作者所说的那样去“正确地堕落”，等等，文中都没有触及。

《堕落论》中的大胆论调，是坂口独特的文化思想的再一次体现。早在战争时期他发表的《日本文化之我见》中，即对日本文化中的传统美德进行了抨击，指出了其伪善与做作之处。在他看来，像法隆寺等传统意义上的日本美之所在其实毫无意义，即使毁灭也无关痛痒，不如拆掉改建停车场来得更实际。这种与传统文化相对抗的姿态在《堕落论》中也得到了很好的体现。在另一篇《颓废的文学论》中，作者围绕“颓废”这一概念阐释了与众不同的观点。他明确提出不应该把颓废自身当成文学的目的，而他的所谓“颓废”的姿态并非“厌世”，只是一种追求人、人性所带来的必然的生存方式，是想不自欺欺人地活着的一种方法。对于坂口安吾来说，活着才是最真实的，同时也必须真实地活着，即活出真实的自我。坂口的理论并非战后时势的产物，早在战前，他就曾经体验过一段沉沦的生活。对于这种生活，他抱有强烈的依附感，同时又清醒地意识到了“沦落的世界”并非人的久居之地，可以说他的这种生活体验是《堕落论》思想形成的基础。在《堕落论》发表之前的1940年，作者还发表过著名的《文学的故乡》，在该文中，他一方面把“绝对的孤独”看作是文学的故乡，另一方面，又认为“故乡虽然是我们的摇篮，但是一个成人要做的绝不是回归故乡”[①]。

在《堕落论》之后，他又发表了短篇小说《白痴》。在《白痴》中，作者将自己在《堕落论》中倡导的理论借书中人物加以实践，以印证只有通过彻底堕落，才能使人得到拯救。在东京遭受空袭之时，一个对电影工作失去热情的电影导演伊泽与前来逃难的痴傻女

① 坂口安吾. 坂口安吾全集3. 东京：筑摩书房，1999.

人同居，痴傻女人本能地只知道肉欲和对死亡的恐惧。作者在他塑造的这个人物身上，看到了“痴傻”本身意味着的摈弃世俗功利的一种超然，似乎找到了人性的回归点。充满着伪善的社会现状和看不到确定性的未来，都让主人公失去了希望。对于主人公来说，这个“不知道淘米做饭也不懂熬酱汤，只知道竭尽全力排队领取定量供应品，连话都说不利落”“醒来时灵魂在沉睡，沉睡时肉体还在躁动”的痴傻女人是他将自己与这个世界相维系的唯一存在。对于作者笔下的痴傻女人，不能仅仅理解为一个现实中的白痴。在复杂的“战争”和宛如一张白纸的痴傻女人之间，在善于“思考”的主人公和“不会思考”的白痴之间，在痛苦与快乐之间，读者可以感受到巨大的空间距离和反差。与痴傻女人的生活即是作者所说的“堕落”，并在这种堕落中体会“生”的感觉。对作者来说，称痴傻女人为“白痴”，看似嘲弄实则羡慕，《白痴》将人在极限状态下的本能暴露出来，将战争时期人们的苦闷彷徨、茫然若失描绘得准确无误。《堕落论》和《白痴》这两部作品使坂口安吾成了文坛的流行作家。

坂口其他如《外套与蓝天》《石头的想法》《花妖》《在盛开的樱花树下》《去恋爱》等多姿多彩的作品也赢得了众多的读者。《在盛开的樱花树下》中，铃鹿岭的山贼抢夺京城美女为妻，受妻子之命去京都城内，取各色人等之首级献与妻子，供妻子用刚砍下的人头玩耍作乐。不久，在回铃鹿岭的途中，山贼来到一直记挂在心的盛开的樱花树下，背上背着的妻子变成了女鬼，其后，山贼和女鬼都消失得无影无踪，只剩下空旷、虚无的一片空间。作品透过传奇的情节，意在描写处在战后社会一片混乱之中的人性的孤独，反映了作者独特的反抗世俗的精神。1947 年后，坂口显现了他旺盛的创作力，在历史小说、时事评论、随笔、推理小说等诸多方面进行了大胆的尝试而为世人瞩目。他的评论与随笔显示了其多面的才能，如《安吾巷谈》《安吾新日本地理》《安吾史谭》《新日本风土记》等一系列随笔，尽现作者知识的广博。坂口对现实具有敏锐的观察力和强烈的好奇心，这使他的随笔及评论显现出不同寻常的特质。他于 1947 年 9 月起在《日本小说》上连载一年的《不连续杀人事件》还获得了“侦探作家俱乐部奖”。1955 年 2 月坂口安吾因脑溢血猝死。他的人生正如他的文学创作一样，在尽情地熊熊燃烧后落下了帷幕。

太宰治与《斜阳》

太宰治原名津岛修治。1933 年初涉文坛，发表了《回忆》《鱼服记》。太宰治是战争时期少数多产且没有失去基本立场的作家。生长在青森县屈指可数的大地主之家的特殊家庭背景，父亲作为众议院议员、贵族院议员的地位，使太宰治生来就与众不同，这种与众不同让他感到孤独，使他从幼小时期开始就有一种本能的自卑感。在太宰的同学、作家中村贞次郎的回忆中，太宰儿时从未去过街上的公共澡堂，在十几岁以前，优越的生长环境使他只知道自家的浴室，而不知公共澡堂为何物，家中仅佣人就雇有十几个。与其他孩子的距离感让他在人际交往上无所适从，升入高中后，这种孤独而自卑的感觉愈发强烈。在接受了与自己出身阶级为敌的共产主义思想之后，太宰受到了更大的打击。因为自己的出身而没有资格参加革命运动，这使太宰近乎绝望，在升入高中后不久他曾试图自杀。这是他一生当中多次试图走向死亡世界、直至最后仍然以自杀方式离开人世的一个悲剧性的开端。作者这一时期所作的《无尽的地狱》《学生群体》等文章都暴露了地主阶级的罪恶以及作者自身正视“共产主义”时的尴尬与狼狈，同时也可以看到作者努力进行自我改造的全新姿态。

考入东京大学法文专业后，他积极投身于共产主义的实践运动，一度成为运动的基层领导。但终究因为无法与这种运动同步而放弃了共产主义信仰。信仰的放弃让太宰治自始至终都有一种负罪感，他先后因自杀未遂、酗酒、负债、药物中毒被送进精神病院，这种负罪感导致他的生活疮痍满目、颓废至极。

太宰治初期的创作，包括他的遗书《回忆》以及收集在作品集《晚年》中的诸作品，如《滑稽之最》《虚构的春天》《二十世纪旗手》等，都描写了恋爱与性、绝望与虚伪、自杀与罪恶感等主题，记录了他不断受挫的青春。

他的创作中期是其整个文学生涯中最为稳定和多产的时期，在《富岳百景》《津轻》等作品中可以清晰地看到作者力图弃旧图新、重新回归人生的世界观的变化。这一时期的创作也显示了他卓越的文学天赋和修养，是太宰文学自成体系的重要时期。

太宰的创作后期始于战后。对于太宰来说，战败即意味着解放，意味着新生活的开始，意味着文学创作新时代的到来。战败让太宰看到了理想社会实现的可能性，但这种期待昙花一现，因而太宰很快故态复萌，又重现了战前的颓废的反世俗的姿态，体现在他作品中的颓废倾向有增无减。他针对战后的巧妙追赶时势的文化风潮进行了抨击，特别是对于那些摇身一变、把自己装扮成文化运动先锋的文人提出了质疑。在他看来，共产主义在战前虽然是自由主义精神和破除旧秩序的革命思想的化身，但战后对共产主义的宣扬已然变质成“搭顺风车”的便利行为。他发表在仙台《河北新报》上的连载文章《潘多拉的匣子》，轻快明朗的笔调贯穿始终，极尽对时势的嘲弄和奚落。这一时期的太宰极力主张将天皇尊为伦理的模范，在战后激进的左翼分子主张声讨天皇的战争责任的一片呼声中，可谓逆流而上。也可以把太宰的这种“复古守旧”看作是与战后“搭便车”行为者在唱反调。在这篇作品中，作者再次使用了“无赖派”这一说法，日后成为这一派别的固定的代表性称呼。

在战后不久，太宰出版了短篇小说集《微明》。同名小说《微明》描写了作者自身的战争灾难体验。主人公因为将收入全部用于饮酒，而没有钱从东京逃难到其他地方去。彷徨之际，在战火中只得投奔到甲府的妻妹家。在甲府，孩子患上了结膜炎，对此作者详细地描写了自己的感受，他强烈地感觉到这一切都是他的责任，孩子的病患正是应验了“子承父过”的因果报应规律，是对他潦倒颓废的生活方式的惩罚。面对孩子的痛苦，他宁愿用文学、名誉等任何东西来换得孩子平安。在这篇小说中，多处描写了太宰对妻子、孩子的愧疚以及对自身的颓废行为的自省。

转年，他发表了《冬日的焰火》《春天的枯叶》两部戏剧作品，《冬日的焰火》再次对战后出现的文人巧妙利用时势的思想进行了批判。在《冬日的焰火》中，作者通过主人公数枝之语憧憬着无政府状态下的社会："无政府状态到底是怎样一种状态呢？我想那是要建设类似中国桃花源般的地方吧。只有情投意合的朋友们在一起耕田，栽种桃树、梨树和苹果树，既不听收音机也不看报，既无来信也无选举和演说，大家都因为对过去怀有负罪感而怯懦，……能否建成那样一种部落呢，我觉得现在正是可以建设的时期。"主人公数枝为避难带着在东京出生的女儿来到父亲家，在继母的关爱下，数枝下决心避开城市的喧闹，就此在故乡生活下去。主人公的思想正显示了作者理想中的无政治、无政府、自给自足的世外桃源般的境界。在这里，太宰所说的这种负罪感并非一定来自战争，而是隐藏在人的内心世界里的丑恶。在战后的两年间，太宰反复强调的就是这种无政府状态，这也表现出他对战败后在文坛上流行的那些迎合时局、假扮进步、摇身一变成为先锋文人的所谓"时尚"的一种反叛。

其后，他又发表了短篇《槌声》《维荣的妻子》《樱桃》和长篇《斜阳》《家庭幸福》《失去做人资格》等一系列作品。这些作品基本上保持了他一贯的自嘲和颓废的基调，描写人的苦恼与伤感，这种基调给那些在动乱中强烈地体验了传统与秩序之虚伪的人们以极大的心灵慰藉。在《槌声》中，作者描写了战后一个年轻人的困惑和苦恼，对这个年轻人来说，无论是恋爱还是运动，或是做其他任何事，都会在将要进行的瞬间，隐约听到从远处传来的槌声。这种幻觉使一切变得虚无而不复存在。《维荣的妻子》《樱桃》则体现了作者对传统道德的反抗以及对战后世态所持的否定态度。《维荣的妻子》描写了一个在惶惑与不安中终日酗酒滋事的无赖文人和他的妻子。因为丈夫欠债，妻子沦为债主酒廊的佣工，她与酒客相互调笑取闹，轻易委身于雨夜留宿的酒客，而这种轻松自在、无拘无束的背后隐藏着深深的悲哀和灰暗的绝望感。作者假借女主人公之口说道："活得不像人不是也挺好吗，我们只要活着就好了"。作者正是通过女主人公这种无所谓的人生观，来体现战后人们内心深处的虚无与孤独。无论是在《家庭的幸福》中作者所主张的"家庭的幸福是万恶之本"，还是在《斜阳》中描写的女主人公的道德革命，都是对传统伦理道德的一种叛逆，是对作者所理解的人性解放的一种追求。

《斜阳》以一个贵族之家的没落为背景，通过姐姐和子的日记和书信的形式，描写了四个人物——小说家、母亲、姐姐和弟弟。出身于贵族之家的和子在父亲去世后不得不变卖房产，远离战后的混乱，和母亲在伊豆山庄过着安静的日子。弟弟直治从南方平安复员归来，在东京拜颓废派作家上原为师，过着空虚颓放的生活。不久，母亲病重去世，和子前去拜访上原，并与其结下情缘。直治感到在这个社会里人与人之间只有相互竞争才能生存下去，遂对这种现状产生绝望而自杀。孑然一身的和子下决心要生下腹中上原的孩子，努力超越传统道德坚强地活下去。

> 革命到底正在什么地方进行呢？至少在我们身边，旧的道德依然毫无改变地阻塞着我们前进的道路。海面上纵然有波浪在喧嚣，海底的水却远离革命，纹丝不动地趴在那里假装安睡。但是我已在第一个回合中战胜了旧的道德，虽然是微小的胜利。今后我还要和即将出世的孩子一起打赢第二、第三个回合。生下心爱之人的孩子，把他抚养成人，这就是我即将完成的道德革命。

在这四个人物身上，重叠了不同时期的太宰的影子。颓废的直治是早期太宰的缩影，出身名门的母亲表现了太宰的贵族精神世界，上原喻指现实中的太宰，而和子则是太宰对未来寄托的希望。整部作品都体现了作者对战后社会的绝望和作者的伦理道德观念。作品的名字喻示着贵族的没落。

《失去做人资格》是太宰的最后一部作品。在这部作品中，作者突出描写了人的孤独性与社会性。作品围绕着“人世间”这一主题，描写了主人公大庭叶藏只有通过扮演滑稽角色才能与人交流，内心的苦恼致使他丧失了作为一个人活下去的自信。主人公一方面对“人世间”感到困惑恐惧，另一方面又希望能被接纳、融入其中。当叶藏发现“所谓‘人世间’就是每一个个体的人”，可以以个人意志支配行动时，却已时过境迁，叶藏已失去了自我，成了“废人”。《失去做人资格》可以说是太宰本人的自画像，是太宰文学的集大成者。作品中，主人公“和周围的人几乎不能交流，不知道要说什么、怎么说”。现实生活中，最为普通的人所做的最为普通的事，日常生活中的点点滴滴对于太宰来说都会令他感到惶恐不安。因此当他面对充斥着丑陋和卑鄙的现实社会时，或充当滑稽角色，或扮出孩童般的天真，以此来掩饰他的惶惑和不知所措。在完成这部作品后，太宰也失去了继续生活下去的勇气和力量，在他的下一部作品《再会》的创作中途，过度的劳累和长期困扰他的失眠，使他的健康受到了严重的损害。1948 年 6 月，他与情妇山崎富荣以情死的方式一起投水自杀。太宰的人生正如他在《如是我闻》中定义的那样，“所谓人生仅有一点我可以确信无疑——那是一个痛苦的地方，人的降生即是不幸的开始”。也如他在《书简》中所说：“自杀也好，长命百岁也罢，每个人都要走完他的人生之路，建好他的自我之塔，除此之外别无选择。”

织田作之助与田中英光

织田作之助与田中英光的作品有一个共同的倾向，即“走向破灭”。织田作之助生于大阪，学生时期由于醉心戏剧，开始走上文学之路，曾创作过几部戏剧作品，后转向小说创作。1938 年，在他与青山光二等共同创办的同人杂志《海风》上，他发表了自己的处女作《雨》，引起了作家武田麟太郎的关注。1940 年以《俗臭》获第十届芥川奖提名，同年，他以流畅的关西地区的说唱语言写就《夫妇善哉》，在文坛崭露头角。其后，他作为新锐作家又发表了《漂泊》《二十岁》《青春的反论》《劝善惩恶》《天衣无缝》和《路》等作品。战后则发表了《世态》《赛马》等小说。其中，《世态》的发表使织田作之助一跃成为战后的流行作家。《世态》和他之后未完成的长篇《星期六夫人》都写出了战后颓废的社会风气。他的作品生动地描绘出城市底层庶民百姓的生活状态，作品洋溢着的活泼的文风和他精炼的文笔使他受到了读者的欢迎。他的评论《可能性的文学》也是无赖派文学在理论上具有代表性的作品。在这篇评论中，他反对以往的小说观，对传统的现实主义和志贺直哉式的私小说的理念进行了批判。他主张通过偶然性的空想来展开虚构，这种创作思想在当时引起了争论。他的作品中常常出现“突然”之类的词句和描写，表现出他对自己所主张的小说情节中的“偶然”不免有过分依赖的倾向。最终，结核病、兴奋剂的滥用以及创作的疲劳过早熄灭了这个作家生命的火花。

田中英光生于东京。在早稻田大学政治经济学系就读期间，曾于1932年夏天作为学校赛艇部选手参加过洛杉矶奥运会。其间，受其兄的共产主义思想的影响曾中止学业，1934年脱离共产主义运动复学。转年拜太宰治为师。1940年，他以自己参加奥运会的经历为题材，发表了著名的青春小说《奥林匹斯山的果实》，获池谷信三郎奖。1946年他加入日本共产党，转年发表了《少女》等作品，后离党。他的其他代表作有《曙町》《桑名古庵》《来自地下室》《魔王》和《谎言》等。在战后又发表了《野狐》《再见》等较有影响的作品。作家正宗白鸟曾用“龌龊”一词来评价《野狐》这部作品。作者对主人公沉溺于酒精和催眠剂的迷乱的日常生活的描写，对主人公彷徨在妻子、儿女与情妇之间，最后颓然走向破灭的描写，无一不让读者产生“龌龊”之感，整篇作品的消极氛围，体现了无赖派作家共有的创作基调。但同时，作者将自己靡乱、颓废的私生活近于赤裸地呈现在读者面前，又表现出与其他无赖派作家不同的创作风格。

在《再见》一篇中，作者曾这样写道，“回想起来，在我说出‘再见’之前，在我走过这生命的三十七年中，有多少亲人和朋友竟先我而去”[①]。在作品中，作者叙述了与众多的亲人、友人离别的体验，回忆了战争中、革命运动中逝去的人。无论是作者发自内心的伤感，还是对于命运所生发的无奈，都毫无掩饰地暴露在外，并借此来披露人性。作品中，主人公自述道：“总之，在我的精神里，某种东西不知何时已然崩塌了。失去了活着的人必须具备的平衡或者统一的

① 田中英光．田中英光全集7．东京：芳贺书店，1965．

观念。”这也是作者田中英光的自白，他的行动缺乏秩序和理性，他认为每一个“个体”都不能逃脱做牺牲品的命运。本多秋五在《物语战后文学史》中这样评价田中英光：“后期的小说创作中体现出的田中英光是个任性、缺乏理性、自私自利、好战、撒娇的孩子。乐得接受赞美，讨厌逆耳忠言，丝毫不听从自身理智的召唤。在这一点上很像坂口安吾。”[1]本多秋五准确地指出了无赖派作家的共同特征，即都属于所谓的非理性的“破灭型”。对于终日沉溺于酒精、女人和催眠剂的田中英光来说，《野狐》和《再见》可以说是他的灵魂绝唱，1948 年恩师太宰治的自杀，给田中带来了巨大的打击，使他更沉溺于安眠药的使用。转年，田中英光在自己景仰的太宰治的墓前自杀，结束了短暂的人生之旅。

石川淳与伊藤整

学识渊博、精通东西方文化的石川淳生于东京，1935 年以《佳人》闯入文坛。战争时期，在军部当局的严控下，石川淳或是致力于神仙故事的创作，或是醉心于江户时代诙谐、滑稽的短歌。1938 年发表的《军神之歌》遭禁发，被当局冠以“厌战”之名。战后，他成为最早对小说进行前卫性实践、开始旺盛的创作活动的作家之一。他的代表作有《普贤》《鹰》《至福千年》《狂风记》和评论《文学大观》等等。

在被称为无赖派的作家中，石川淳和伊藤整与其他作家有着本质的区别。其区别在于作家对于艺术与现实生活之关系的处理。与太宰治、坂口安吾、织田作之助和田中英光等作家相比，石川淳和伊藤整把艺术在生活中的位置摆放得更加自如、得当。太宰、坂口、织田和田中等作家无法将艺术与他们自身的生活加以区别，他们的文学理念直接掌控了他们的日常生活，使他们无法左右自我，最终使人生走向破灭。而对于石川淳和伊藤整来说，“人生的虚无”只体现在他们的作品中，他们可以自觉地在生活与文学之间划出一道分

---

① 本多秋五．物语战后文学史．东京：岩波书店，2005．

界线，在与生活截然不同的另一番天地里营造他们的文学世界。

1946年，石川淳发表了他的代表作《黄金传说》。在这个短篇中，主人公在战败前后的三四个月里，走遍了北陆等地区，只为了却心中的三个愿望。其一是寻找能修好自己怀表的表匠，其二是找一顶类似鸭舌帽样的“正经人戴的帽子”，而不是战斗帽之类，其三是找到自己曾暗暗倾心过的、因战灾而逃难到异地的战争遗孀。主人公执着地为这三个在当时都极难实现的目标而奔走。终于，当他来到横滨，在临时搭建在废墟上的咖啡馆里遇到了那个遗孀时，她早已匆匆用自己的臂弯挎上了美国大兵。作品描写了在她离去后，主人公的心理：

> ……只是感到格外羞耻，大脑里一片空白，只知道朝着车站前广场中央的拥挤的人流方向奋力跑去。于是，体内的血液随着奔跑而鲜活起来，肌肉也生机勃勃，身体不再发冷，手脚有力，呼吸匀称，身体立刻恢复过来。而且，不知何时歪向一边的鸭舌帽也端正过来，怀中的表开始嘀嗒嘀嗒欢唱起来。

作品巧妙的结构和情节所彰显出的反秩序、反世俗的精神，以及对市井百态寓意深刻的描写，对美国占领军蜻蜓点水般的勾画，都赋予作品以深刻的含义。石川淳把他一贯的绝望与再生的主题在作品《黄金传说》中再现出来。他始终认为不描写实际存在的、而描写有可能存在的东西才是作家的本领，以这种独立的文学观为依据，他的作品中呈现的是与现实不在同一层面的另一片虚构的艺术天地。

他的另一部代表作《废墟上的耶稣》塑造了一个战后社会随处可见的流浪少年形象。背景是位于上野的充斥着恶臭、肮脏与喧嚣的盛夏里的黑市。少年浑身破烂、长着脓疮、举止奇特。主人公“我”被少年撞得跌倒在地，待“我”爬起来时，少年早已跑得无影无踪。在上野的山上，“我”被少年抢走了面包和钱夹。第二天，当“我”赶到黑市时，摊市一片狼藉，少年已全无踪影。待到再见少年时，作品有这样一段描写：

> 我与这个浑身破烂、长着脓疮、大概还有虱子的混合物纠裹在一起滚在地上。在无声的格斗中，我终于按住对方的手腕。这是一双有力的、动作敏捷的手腕。但意外的是皮肤却是细腻的，是一种在十岁到十五岁之间的润滑肌肤的触觉。我好歹拼命制服了对手。现在，这张充满脓水、泥汗和污垢的，扭曲的，痛苦地喘息着的脸就在我的眼底。此时，我一瞬间变得恍惚，有些战栗了。我眼前看到的不是少年的脸，不是狼的脸，也不是一般人的脸。那正是真切地画在画布上的充满着苦难的耶稣的活生生的脸。我痛感到少年就是耶稣，就是基督。

饥饿的流浪少年，战后的废墟和黑市，“我”从少年的脸幻觉出“耶稣基督”，作者创造了一个对照鲜明的虚构的世界。作者把这个流浪少年看作耶稣，表现出作者强烈的反叛思想和激进的姿态，同时也是对自身的一种否定。

作者的这种反体制的激进姿态在他战后的其他作品，如《寒露》中也有所体现，主人公“我”在作品中呼吁：“首先我们要去除禁锢着各位、禁锢着我、禁锢着我们的今日之制度。”对于石川淳来说，革命就意味着冲破所有的束缚，文学就意味着打破一切常规。在其后发表的随笔《夷斋俚言》中，作者也继续宣传他激进的思想，提倡总统制，否定天皇制。比如在《蜜蜂的冒险》等童话中，他极力塑造与强权相对抗的人物；在《鹰》《珊瑚》和《鸣神》等作品中，也描写了为追求新的未来而奋斗的进步人物。

提倡新心理主义文学的伊藤整，在战后致力于使私小说的文学传统和文学精神理论化、方法化，著有《小说的方法》《日本文坛史》和小说《鸣海仙吉》等。伊藤整在战后发表了长篇巨著《鸣海仙吉》，这部作品将诗歌、评论、戏曲等形式融入小说的叙述，在体裁形式上打破了以往小说的叙事模式。对人性的阴暗面的剖析，对传统秩序的独有见地的批判，都是这部长篇小说的特色。其中的某些章节如“遁入空门的志愿”，以接近“戏作”的文体细述了战败后知识分子个人主义的一个侧面。他在后来创作的《小说的方法》中，对近代日本文学的诸方面特性进行了独立的考察，通过对私小说的解析，得出结论：文学在日本不得不拥有逃亡奴隶般的性格，成为一种将生活作为艺术之手段的“艺”。这部作品在后来成为了较有影响的理论性论著。

文学评论家小田切秀雄认为，将无赖派或新戏作派改称为反秩序派更为恰当，他认为“对于这一作家群体来说，称为‘新戏作派’显得过于轻飘，称为‘无赖派’又只夸张了其一面，于是暂且考虑称其为‘反秩序派’。但是是否以此作为文学史上固定的称呼，还有必要再推敲。不称其为‘反体制派’，而是称其为‘反秩序派’，是根据他们自身活动的特点而定的”[①]。

无论是太宰治还是坂口安吾，他们的作品和他们的生活方式都与秩序无缘。他们的所作所为就是撕开现实中一般被公认为秩序的东西所具有的虚伪的一面。撇开将艺术与现实生活分割开来的石川淳和伊藤整不谈，其他无赖派作家都追寻着同一轨迹，那就是“走向毁灭”。在某种意义上，可以称这些作家为战后突显的秩序崩溃、世态混乱、心灵解放等种种社会现象的代言人。同时他们的文学带有超越近代现实主义、与现代接轨的特质与方向性。

在文坛上，无赖派作家大胆地对传统文学权威进行质疑和挑战。坂口安吾在《教祖的文学》中将文艺评论家小林秀雄讥讽为“古董鉴定人”“教祖”。同时他既讨厌夏目漱石的“智慧和道理”，又讨厌岛崎藤村的“严谨诚实”的姿态[②]。太宰治在《如是我闻》中，主张“文学最重要的是真心。……有这样一帮‘老作家’，我从来没有机会得到过其中任何一位的接见。他们过分的自信令人惊讶。他们的那种自信由何而来呢？他们所谓的神是什么呢？……”[③]。在这篇文章中，太宰治对志贺直哉的文学进行了猛烈的攻击。《如是我闻》可以说是太宰在生前最后一次向传统文坛宣战，志贺直哉的“自我”与“现实主义”是无赖派作家攻击的直接标靶。除太宰治之外，织

① 小田切秀雄．现代文学史 下卷．东京：集英社，1975．
② 坂口安吾．坂口安吾全集 5．东京：筑摩书房，1998．
③ 松原新一，等．战后日本文学史・年表．东京：讲谈社，1979．

田作之助也在他的《可能性的文学》中，试图通过对志贺文学的批判，来改变日本传统小说把持日本文坛的状况。“……可以毫无顾忌地断言志贺直哉的小说成为日本小说的正统派、主流是有罪过的，心境小说、私小说说到底属分支旁系，不过是小说这条长河中的支流。河中泛舟，相对于‘人的可能性’这条大船来说，这种小说不过是太小的一条河而已。……近代以前的日本传统小说在战败后依然保有其权威性，对于将给日本文学带来近代性的当今文学之要求来说，文坛的这种保守性是一种不可原谅的反动。”[①]

评论家山室静在《颓废的文学》中，这样评价无赖派作家的作品：“读某些作品，好似爬过了一片泥泞的沼泽，令人感到不安、战栗甚至令人作呕。与其期待借此来产生净化人性的力量，莫如将此期待寄予那些健康的、美的、让人感到理性的、给人以安慰和鼓励的和谐的作品”[②]。

在战后动荡不安、纷繁混乱的社会背景之下，在人们的道德观念、价值观念产生动摇之时，无赖派文学的流行成为一种客观的必然趋势。他们的文学体现出对传统观念、传统道德的反叛精神，给处于战后社会种种困惑之中的人们以启迪。无论是坂口、太宰，还是织田、田中，他们在绝望中自甘堕落、走向颓废与灭亡的最终命运，不啻是给社会的深刻警示。

二、新日本文学会和《近代文学》派

新日本文学会的创立

战败对于在战争中受到当局残酷镇压的众多无产阶级作家来说，无疑意味着一种彻底的解放。如前所述，日本共产党在战后取

① 织田作之助．织田作之助全集 8．东京：讲谈社，1970．

② 松原新一，等．战后日本文学史·年表．东京：讲谈社，1979．

得了合法地位，被监禁的宫本显治、春日庄次郎等共产主义者重新获得了自由。战争时期一度被停刊的日本共产党的机关报《赤旗》也得以复刊。在战败当年，在一派民主解放的氛围中，由秋田雨雀、江口涣、藏原惟人、窪川鹤次郎、壶井繁治、德永直、中野重治、藤森成吉、宫本百合子等无产阶级文学的代表作家和评论家们，于1945年12月发起创立了"新日本文学会"。这一组织的建立旨在继承无产阶级文学传统，同时形成更广泛而民主的文学统一阵线，创造和普及民主主义文学。新日本文学会同时得到了具有人道主义倾向的作家志贺直哉、野上弥生子和广津和郎的赞助。

在创立宗旨中，他们呼吁，当下日本的文学者作为日本人民大众的生活、文化需求的真实的代言人，必须立足于日本文学中已有的民主主义的传统，继承以往的日本文学遗产中富有价值的东西，向先进的民主主义各国学习，创造真正民主的、艺术的文学，为实现日本文学更好的、更进一步的发展而团结一致、全力以赴。在此基础之上，他们还提出了新日本文学会的五项纲领：1. 创造并普及民主主义文学。2. 调动和激发人民大众的文学创造力。3. 与反动的文学、文化做斗争。4. 使进步的文学活动获得完全彻底的自由。5. 与国内外进步的文学、文化运动协调发展。

新日本文学会的创刊杂志《新日本文学》的试刊号刊登了宫本百合子的文章《放声歌唱吧》。在这篇文章中，作者指出了战后文学应该肩负的重任，并对"民主的文学"这一概念进行了阐述。她认为："所谓民主的文学，即我们每一个人坚定地唱出的歌声。它是符合社会和个人的历史逻辑的发展的，它是反映世界历史的必然趋势的。这歌声开始很微弱，或是参与的人数也少，但不久就会激发出更多的全新的社会各阶层的心声，……必须成为新的来自日本民众的雄浑有力的合唱。"[①]新日本文学会以中野重治、宫本百合子等老资格的无产阶级作家为组织核心，呼吁那些向往民主、进步的文学者们广泛地团结在这一组织的周围。该组织实际上是直接建立在曾

① 红野敏郎，等. 近代文学史 3：昭和的文学. 东京：有斐阁，1972.

经受挫的无产阶级文学运动的基础之上，与刚刚取得合法地位、恢复正常活动的日本共产党有密切联系。成立之后，他们以《新日本文学》作为该组织的核心刊物，开展了民主主义文学运动。

《近代文学》的政治理念

在战后各类杂志纷纷创刊、复刊的大潮里，《近代文学》杂志于1946年1月创刊，创办人是山室静、平野谦、本多秋五、埴谷雄高、荒正人、佐佐木基一、小田切秀雄七人。这些文学评论家走过了自20世纪30年代中期一直持续到战败的文艺黑暗时代，经历了文坛上的风雨和波澜，都在不同程度上接受了马克思主义思想、受到左翼进步运动的强烈影响，宫本百合子、中野重治、藏原惟人等无产阶级文学的左翼作家是他们尊敬的前辈。《近代文学》派在当时属于文坛上的中坚力量，与无赖派不同的是，《近代文学》派从诞生伊始就有很强的纽带性。在战败前他们分别主持或从属于不同的期刊杂志，彼此已经有了连带关系。战败后共同的理想和愿望把他们联结在一起，组成了这一派别。埴谷雄高称这种契机为“天时”所造就。战争时期被压抑的文学热情，通过新杂志的创办得以释放。他们关注时代的发展和人性的矛盾，在战后日本社会的一片混乱中，率先主张人性的回归，打出了人道主义的旗帜，将“尊重人性”“总结历史”“艺术至上”作为杂志的创办宗旨。其主要内容如下：1. 艺术至上主义、精神贵族主义。2. 历史展望主义。3. 尊重人性主义。4. 保持不受政治党派影响的自由。5. 不带任何思想倾向性，追求文学的真实。6. 排除文学上的功利主义。7. 不被时事现象所局限，以长远未来为目标。8. 不辱作为三十岁这一代人的使命。[①]一年后，小田切秀雄退出了这一派别，但同年又有久保田正文、花田清辉、平田次三郎、大西巨、野间宏、福永武彦、加藤周一、中村真一郎八人加盟。1948年，寺田透、三岛由纪夫、安部公房、武田泰淳、岛尾敏雄、梅崎春生、椎名麟三、高桥义孝、原民喜等也加入到这

① 松原新一，等. 战后日本文学史・年表. 东京：讲谈社，1979.

一阵营中来。《近代文学》成为战后作家的一个强大的文学阵地。

本多秋五发表在《近代文学》创刊号上的评论《艺术、历史、人》体现了《近代文学》同人的共同理念。在文中，对于“政治”与“文学”这两个概念他这样论述道：“政治如果不能领会人的唯物主义的一面的话，就是失败的政治。文学如果不能领会人的唯心主义的一面的话，只有消亡。……政治最重要的首先是要打倒眼前的敌人，谬误可以逐步纠正。文学最重要的首先是要自立，在自立的文学面前，连文学上未来的敌人也会不攻自破。文学为何而战不得而知。但是政治常常围绕权力而争斗。权力在争夺激烈之时，仅一周，短至一夜之间就会更换其执掌者。围绕权力激烈争夺之时也是政治变得最为纯粹之时。”“……我认为即使左翼运动要继续开展下去，日本的无产阶级文学要进一步地成长，也有必要重新脚踏实地地弃旧图新、实现再生”[①]。以上的论述，隐含了作者对日本无产阶级文学运动的批评。与本多秋五同样质疑日本无产阶级文学运动，并强调“自我批评精神之重要”的，还有《近代文学》派的平野谦、荒正人等人。平野谦在同年发表了《一个反命题》《基准的确立》《政治和文学（一）》等三篇文章。在《一个反命题》中，他指出了日本无产阶级文学运动存在着种种“偏向和谬误”，并以左翼作家杉本良吉利用女演员冈田嘉子逃亡苏联的有名的“越境事件”为例，指出这是“无视健全的人性”，是为了达到目的而不择手段的政治。平野谦认为，无论杉本良吉拥有多么崇高的理想，为了实现这一理想而将一个活生生的女性作为踏板，仅在这一点上那种崇高的理想就必须受到严肃的批评。

由此也可以看出，在“政治”与“文学”等理念上，《近代文学》派和新日本文学会之间存在着认识上的根本差异。在平野谦看来，文学者的战争责任问题和马克思主义文学运动的功罪以及无产阶级作家的转向问题作为一个不可分割的整体，应该成为整个文坛进行自我批评的核心问题，必须首先对此全面反思而后才能达到自省的

① 松原新一，等．战后日本文学史·年表．东京：讲谈社，1979．

目的。他在《战后文艺评论》一书的后记中阐明了自己的观点，他认为他所提出的问题是至关重要的，关系到战后文学应该从哪里出发，无产阶级作家在积极倡导民主主义文学之前应该先进行自我反省。而荒正人在他的《第二青春》《民众是谁》和《末日》中更是直接强调了“确立近代之自我”的必要性和紧迫性。他主张“以人为本”才是“文学的思维方式”，即“人”才是万物之本。

无论是平野谦主张的文学“不应该服从政治”，还是荒正人倡导的文学“应该尊重自我”，二人一致强调的是文学应有的自立性和自律性，追求的是理想的文学境界。以此为契机，《近代文学》派掀起了对一系列文学问题的讨论，如“无产阶级作家的转向问题”“文学者的战争责任问题”“政治与文学之关系问题”等。关于这些问题的讨论在战后文坛上掀起了对文学进行反思的潮流。

“政治与文学”的争论

在前述文学争论中，关于“政治与文学之关系问题”的讨论引起了平野谦、荒正人与新日本文学会的中野重治之间的激烈的论战。在战争中遭到当局残酷镇压而经历了解体、转向的日本无产阶级文学运动，在战后没有经过自省和自我批评，就急于以民主主义文学运动的面目复兴，这种姿态受到了《近代文学》同人的批评。他们认为，新日本文学会标榜的“民主主义文学”，虽然意在建立更广泛的民主统一阵线，但是以藏原惟人、中野重治、宫本百合子等旧“战旗”派的文学者们为主的新日本文学会，实质上是在继承和发展旧有的无产阶级文学运动。

来自《近代文学》派的这种质疑给民主主义文学阵营带来了前所未有的震动。中野重治把平野谦和荒正人的批评视为“力图反方向推动在逆境中成长的民主主义文学运动。……向反革命文学势力暗送秋波”。他先后发表了《批评的人性（一）》《批评的人性（二）》《批评的人性（三）》等言辞激烈的文章来批驳对方。“他们是正确的吗？是美的吗？他们想要创造充满人性的文学或是充满人性地创造文学，但这种批评本身是人性的吗？在我看来正相反。他们不是正确的，而是错误的，他们不是美的，而是丑的。他们的批评本身就是非人性的。”[①]宫本显治也撰写了《政治和文学的立场》《新的政治与文学》和《如何看待无产阶级文化运动》等文章，在这些文章中，他以不容置疑的笔调将日本共产党的方针和政策的正确性加以绝对化。对于来自《近代文学》派的这些对无产阶级文学运动、革命运动的批评，新日本文学会将其定性为“反共产主义”“反动文学”，具有“通向反革命的、危险的小资产阶级的动向”。与此同时，平野谦继《政治和文学（一）》之后，又发表了《政治和文学（二）》《何为“政治的优越性”》等文，荒正人也在他的《中野重治论》《文学的形象》等文章中继续他的“自我即是民众”之理论。这些文章都使这场争论日趋白热化。

在这场“政治与文学”的争论中，双方的主要分歧点之一，就是“如何评价无产阶级作家小林多喜二和他的遗作《为党生活的人》”。平野谦认为小林多喜二是“为了达到目的而不择手段的政治”的热心追随者、实践者，是时代的牺牲品。同时他还偏激地认为《麦子与士兵》的作者火野苇平也是被战争洪流吞没的一个时代的牺牲品，在这一点上，二者可以说是表里一致的。在结论上将一个追求无产阶级革命的作家和一个为侵略战争涂脂抹粉的作家相提并论，以此来指称无产阶级文学运动存在着“种种偏向和谬误”，这一设问虽然在当时的文坛上被看作是一种大胆的、带有文学史观的观察问题的视点，但将两种不同性质的“牺牲”混为一谈，在今天看来未免有混淆问题实质之嫌。对于小林多喜二的遗作《为党生活的人》，平野认为在“笠原”这一女性人物的处理方法上，明显体现出政治对人性的蔑视。在作者的笔下，主人公为了实现自己的革命目标，而不惜牺牲“笠原”的幸福，这种对“人”的无视不只是小林多喜二个人的弱点，也是马克思主义文学运动整体的一大病根，与当时马克思主义文学运动的整体缺陷相关。

而宫本显治则在他的《新的政治与文学》中对《为党生活的人》

① 松原新一，等. 战后日本文学史・年表. 东京：讲谈社，1979.

给予了高度赞扬："当然并非说《为党生活的人》是一部完美无缺的作品。作者还仅仅是三十岁的正在成长的共产主义作家，有待他进一步完善写作技巧的地方很多。但是在众多文人陆续屈从于军国主义政治，成为御用文人，或是成为耍笔杆子的无赖，煽动人民卷入这场侵略战争之时，《为党生活的人》描写出为了劳苦大众而英勇战斗的无产阶级战士的生活，能将新的历史、真实的场景写进文学史，这就堪称日本文学的一份极具价值的遗产。"①

在这场论战中，同属《近代文学》派、同时也是日本共产党成员的小田切秀雄表现出不同的姿态。他一方面用有别于新日本文学会的观点，客观而冷静地正视无产阶级作家存在的弱点，另一方面也否定了平野谦偏激地将革命与文学、政治与文学从本质上加以对立的观点，主张应该彻底把革命运动、把政治提升到人性化的高度，在政治与文学两者之间建立起一种前所未有的、全新的、合理的关系。但是，这场争论并未因此而和缓，而是被新日本文学会扩大发展成一场对近代主义的大批判运动。小田切秀雄也在《近代文学》创刊一年后，宣布退出这一派别。这一行动也显示了当时这两个阵营尖锐对立的程度。

应该说，在政治倾向上，《近代文学》派和新日本文学会之间并无根本的分歧，《近代文学》派的同人在新日本文学会创立之初，曾全体加入该组织成为其会员，在追求社会革命这一点上二者是一致的。如前所述，《近代文学》派的作家们大多在青年时代接受了马克思主义思想的影响，可以说是无产阶级文学的后备力量。但是他们经历了无产阶级文学运动的整个发展过程，目睹了在法西斯强权之下无产阶级作家的转向、运动的解体和战争时期的文学悲剧，他们也亲身体验了强权政治对文学、文人的压制和对个性的束缚。在这样一种前提之下，无产阶级文学运动在战后不总结经验教训，不进行自我反思和自我改造，而是直接以民主主义文学的新面孔——新日本文学会出现，这种做法令《近代文学》派难以接受，二者无法

① 松原新一，等．战后日本文学史・年表．东京：讲谈社，1979．

步调一致。这场论战带来的两者间的决裂，对于民主主义文学阵营来说，也是一大不幸。新日本文学会缺乏冷静思维的、舞枪弄棒的激烈反击，使"文学与政治的关系"并没有通过这场论战得到彻底、透彻的探讨和解决。它的后遗症在进入20世纪50年代后凸显出来，民主主义文学阵营内部的"政治中心论"之争和"派性"之争愈演愈烈。但通过这场论战，《近代文学》派将一大批与他们有着同样体验、同样思想的"战后派"作家团结在自己的周围，成为一股推动战后文学发展的强大力量。

作家的战争责任

对于新日本文学会和《近代文学》派的作家们来说，在就"政治与文学"这一论题进行争论的过程中，还会触及他们共同关心的其他问题，那就是"追究作家的战争责任"问题及"近代自我意识的树立与'天皇制'"问题。其中，"追究作家的战争责任问题"也是在战后文坛上众人关注的主要问题之一。

《近代文学》派的荒正人、小田切秀雄、佐佐木基一联名在《文学时标》的发刊词中这样写道："日本法西斯强加于文学的暴行和凌辱留下了磨之不去的印记，至今还隐隐作痛。他们这些文学的敌人先是镇压无产阶级文学运动，其后又将沾满了血腥的手伸向了具有无产阶级倾向的、进步的自由主义作家，进而又抹杀了现实主义这个文学流派。《文学时标》将以纯粹的文学之名义，一个不剩地弹劾他们这些厚颜无耻的、亵渎文学的法西斯者，并追究他们的战争责任，和读者一起埋葬他们的文学生命。这是在文学领域建设民主主义的第一步。"[①]同时在此刊物上还设立了"文学检察"一栏，陆续刊出了那些参与战争的作家名字以及他们的种种罪状。高村光太郎、火野苇平、中河与一、吉川英治、芳贺檀、保田与重郎、龟井胜一郎、山本有三、杉山平助、斋藤茂吉、横光利一、岛木健作、石川达三、佐藤春夫、武者小路实笃、菊池宽、舟桥圣一、丹羽文

① 松原新一，等．战后日本文学史・年表．东京：讲谈社，1979．

雄、浅野晃、藤泽桓夫、青野季吉、中野好夫、谷川彻三、盐田良平、久米正雄、莲田善明、久松潜一、富安风生、岩田丰雄、神保光太郎等近四十名作家都“榜上有名”。这一曝光行为虽有过激之嫌，且有些作家被名列其中也被视为“无辜”或“不恰当”，但它由此明示了作为一个文学者比普通百姓更为重要的社会责任。

新日本文学会在成立之初，就自发地将这一组织的发起人资格限定为“不曾协助帝国主义战争并进行抵抗”的文人。以在战争期间的表现为标准，对文学家明确地加以划分，显示了新日本文学会意图清肃文坛的态度。受到新日本文学会弹劾的作家和被《近代文学》派弹劾的对象不尽一致，这也表明了双方对此问题看法的分歧。在中野重治等看来，追究文人的战争责任，必须和批判反动文学相结合，否则这种弹劾将会失去平衡而犯错误。他认为这种弹劾方法的错误会使得“理应被追究责任的文人在昂首阔步，理应通过自我批评重新鼓起勇气的作家们意志颓丧。受战争的压制被迫沉默的作家们在被解放的同时，反而陷入了心理上的消沉，而理应由于战败陷入消沉的战犯作家们却气焰嚣张”[①]。

战争期间，在法西斯强权政治的统治下，在日本文坛上，除部分作家艰苦反战，或以旁观或以沉默作为抵抗外，其他作家或积极助战、粉饰战争，或被迫违背良心、迎合当局，或媚骨尽现、趋炎附势，更有甚者趁机告发或出卖异己，借以铲除文坛上的对手。无产阶级文学运动遭遇挫折之时，部分无产阶级作家也曾宣布放弃信仰。在战后，除高村光太郎、火野苇平、林房雄、武者小路实笃等人成为被美国占领军公开追究责任的对象外，如前所述，未被追究的作家也大部分在良心上背负着沉重的十字架。经过十几年战争的血腥洗礼后，清肃队伍、追究文人的战争责任，是战后文坛的自然趋势。但是，正如本多秋五所言，追究的标准和“追究者自身的资格”问题自然也就摆在了首位。在《近代文学》派召开的主题为“文学者的职责”的座谈会上，本多秋五认为：“即使说我们在战争责任

---

① 松原新一，等. 战后日本文学史·年表. 东京：讲谈社，1979.

这一点上是毫无瑕疵的，这种说法源自何处呢，简单地说那是因为我们是无名之辈”，“长期以来，战争的歪风以强劲之势席卷文坛，不能说我们完全幸免于它的影响。因此，我们在对于文学界的战争责任问题发表意见时，不要把我们自身当成局外人……”[①]。本多秋五其后在他的《物语战后文学史》中将同一观点阐述得更为客观和直截了当:“对于文学者来说，是不允许无视文学者的战争责任问题的。但是追究起战争责任来，首先追究者本身的资格就成为问题。如果对追究者的资格严格审查下去的话，对战争毫无责任的人只是极个别存在的。”[②]

近代自我意识与天皇制

近代自我意识的树立与天皇制之间的关系问题也是新日本文学会和《近代文学》派共同关心的课题。《近代文学》派认为，很多作家之所以在战争期间表现为内心否定这场战争，行动上却没能持续地顽强抵抗，是因为没有建立起近代自我意识；并且“天皇制”阻碍着这种近代自我意识的树立，天皇制的存在是民主主义革命进程的最大障碍。这里的“天皇制”不仅指作为国家制度的“天皇制”，而且还特指个人意识里的“天皇制”。在荒正人和小田切秀雄看来，天皇制是一种国民情感，而国民情感实际上是人们在不知不觉中都会带有的;在天皇制下培养起来的国民情感具有非常浓厚的封建性，这种封建性以各种方式对人们产生着影响。因此，要和这种封建性做斗争，包括文学者个人思想上的封建性和广泛渗透到民众当中的封建性。这种斗争是非常必要的[③]。

同时，日本共产党也主张必须要追究天皇的战争责任，他们认为，在对待天皇的战争责任问题上，如果态度暧昧的话，就不可能实现日本的民主化。中野重治将每一个日本人的道义和“天皇制”结合起来考虑，他认为追究战争责任的问题与“天皇制”直接相关，

① 松原新一，等．战后日本文学史·年表．东京：讲谈社，1979．

② 本多秋五．物语战后文学史．东京：岩波书店，2005．

③ 松原新一，等．战后日本文学史·年表．东京：讲谈社，1979．

追究天皇的战争责任本身也是把天皇作为一个“人”来尊重，是把天皇作为一个“个体”来解放的道义行为[①]。一直以来，作为一种意识形态，“天皇制”已根深蒂固地被植入日本人的头脑里。宣传效忠天皇是军国主义者煽动战争的手段，对于一般民众来说，被神化了的天皇是至尊至上的，是被绝对化的，是所谓“日本精神”的源头。大部分知识分子在精神上赖以生存的“自由空间”也是被“天皇制”思想浸染的空间。因此，反思战争责任、建立近代自我意识等诸问题，若追根溯源，无一不归结到“天皇制”这个根本问题上。在君主面前的臣民意识，不仅反映出作家群体，甚至可以折射出全体日本国民长期以来的心态。明治初期以来，日本的国家体制是从绝对的天皇制慢慢转向天皇制下的法西斯体制。在这种体制下，日本加快了对亚洲各国的侵略扩张以及建立在这一基础之上的资本主义经济发展的步伐。这种长期以来的封建家长制式的家族模式与秩序随着战败而告崩溃，一直被禁闭在这种制度之下的人们对这种绝对的权威主义开始重新认识是非常自然的。

战后的文学批评

除上述新日本文学会和《近代文学》派之间的争论一时间引导着战后文坛的话题外，战后整个文学评论界也呈现出对日本近代文学进行回顾总结、批评反思的活跃氛围。其他一些评论家也积极展开了评论活动。

最早对日本近代文学提出批评的是福田恒存，他写的《近代日本文学宗谱》是一部以小林秀雄的《私小说论》为基础，对森鸥外和夏目漱石文学之外的日本近代文学发展史进行全面否定的文学史论。在诸如前述“政治与文学之关系”“文学者的战争责任”等问题上，福田恒存以二元论的方法将政治和文学截然分开，他认为用政治语言来表现文学是危险的，同样用文学语言来描述政治也是愚蠢的。这一时期他还写有《芥川龙之介论》等。

---

① 三好行雄、竹盛天雄．近代文学 7：战后的文学．东京：有斐阁，1977.

中村光夫将小林秀雄的《私小说论》做进一步的发展，写出了批判近代现实主义的《风俗小说论》。作者站在西方近代文学和个人主义的立场，对丹羽文雄的风俗小说展开了批判。他还从西方近代现实主义的观点出发，将私小说和西方文学进行对比，对日本私小说的现实主义偏向进行了否定，为战后文坛对日本文学传统和私小说的认识提供了成熟的理论工具。

加藤周一、中村真一郎、福永武彦三人在1947年出版了《1946·文学的考察》，这本评论集汇集了他们三个人的著述，他们从中学时代起就是文学上的盟友，在西方文学方面都有很深的造诣。在这本著作中，他们赞扬西方的合理主义，批判近代日本文学在社会现实面前的软弱无力，强调文学的革命，反对国家主义，开辟了战后评论界的新视角。

桑原武夫以实用主义方法来分析问题，他在《第二艺术论》中，对传统诗歌的典型——俳句所具有的前近代性进行了批判，在文坛上引起了一定的反响。

伊藤整在他的《小说的方法》中，通过独特的社会考察，分析了日本近代文学的特殊性，并将这种分析进一步上升到艺术理论这一更高层面。

一直从事鲁迅研究的竹内好在进入20世纪50年代之后，发表了《日本的意识形态》《国民文学论》等著述，重新提出了民族主义问题，将近代主义和民族问题并行思考，在战后有关近代化的讨论中独树一帜，引人瞩目。

这一时期还有本多秋五的《战争与和平论》、花田清辉的《复兴时期的精神》和平野谦的《岛崎藤村》《战后文艺评论》等。平野谦的评论一向富于尖锐的批判精神，特别是着眼于知识分子的自我改造，战后力图在文艺批评理论上“超越私小说”，展开了积极的评论活动。

在战败后的这一特殊时期，整个文学评论界充满着“战后”意识，涌动着各种对日本近代文学的批判思潮，一时呈现出一派繁荣景象。

三、民主主义文学运动的开展

美国占领军在战后实施的一系列民主改革措施使整个日本社会充满了空前的民主气息。前述的以中野重治和宫本百和子为首的新日本文学会率先掀起民主主义文学运动，站在了新时代的前列。日本共产党制定了新的目标，即打倒天皇制，建立从全体人民利益出发的人民共和国政府。在这种氛围中，民主主义文学运动形成了战后文学发展的一大潮流，众多进步作家参与其中，写出了脍炙人口的作品。新日本文学会的核心刊物《新日本文学》发刊伊始，除刊登了宫本百合子的《播州平原》和德永直的《吾妻安息》外，还有热田五郎的《寒窗》等。其后刊载的作品如宫本百合子的《路标》、中野重治的《五勺酒》、壶井荣的《妻子的位置》、佐多稻子的《我的东京地图》等也是当时的主要作品。

宫本百合子与佐多稻子

宫本百合子即使在众多无产阶级作家不堪承受日本法西斯的残酷镇压，纷纷宣布放弃共产主义信仰的艰难时刻，也不曾有过丝毫动摇。她将战败带给她的彻底解放感完全融入作品中，开始了她旺盛的创作生涯，并于 1947 年获得每日出版文化奖。她以纤细的笔触，在长篇小说《播州平原》中记录了日本的战败这一历史上令人震撼的时刻。

> 空气在 8 月正午的酷暑中燃烧着，农田和山林都被包围在灼热的空气里。但是整个村落悄无声息。这种感觉传遍广子全身。从 8 月 15 日的正午到下午 1 点，当整个日本沉浸在静谧之中时，历史无声地翻开了巨大的一页。……广子难以控制身体的颤抖。

这是主人公广子（也有版本译为“宏子”“寻子”）在乡下听到

日本投降消息时的场面描写。随后，广子准备即刻去探望还在狱中的丈夫，而此时却得知丈夫的两个弟弟一个受伤失踪，一个还远在南洋战场。广子立刻赶到丈夫的家乡去看望婆婆。在镇上，广子见到的是一个个在战争中失去丈夫的寡妇。在那里广子还遭遇了洪灾，并带着全家人躲过了灾难。在闻知丈夫出狱后，又一路穿过辽阔的播州平原，赶回东京与丈夫团聚。在这部具有纪实性质的作品中，战败后日本社会的众生相在作者笔下被活生生地展现出来。如列车里的军人们，那些在战场上失去了丈夫的妻子们，脸上又重见笑容的在日朝鲜裔青年等等。《播州平原》逼真地描写出战后日本的社会现实，成为战后日本文学中一部里程碑式的优秀作品。宫本百和子从1932年到战争结束这段时间里，曾三次被逮捕入狱。对于个体的自己和广大的日本民众来说，战争意味着什么，战败意味着什么，宫本将人们内心蓄积已久的痛苦与愤怒通过女主人公广子的经历表达了出来。作品同时对未来寄予了憧憬与希望。

与《播州平原》同时期发表的作者的其他小说，如《风知草》《两个庭院》和《路标》，也都是感人至深的作品。特别是《风知草》以动人的笔触，描写了女主人公积极投身到战后重新组建的共产党领导下的革命运动，宫本百合子在此将个人的影子融进自己创作的人物形象里。这几部作品都属于自传体小说。

和宫本百合子这种在战败后毫无精神负担感、毫无心理阴影的“轻快”与“明亮”相比，佐多稻子在《我的东京地图》中所表达的主题要沉重、灰暗得多。与众多的左翼作家一样，佐多经历了积极加入日共、运动受挫时被捕、被迫放弃共产主义信仰、战后进行反省等过程。她也曾在无产阶级文学运动的旋涡中左右摇摆，战争时期又曾赴中国等地对侵华日军进行过战地“慰问”，因此她虽然是在无产阶级文学运动中成长起来的民主主义文学的重要作家之一，却由于上述行为一度被新日本文学会拒之门外。佐多稻子作为战前的共产党员，在日共的革命活动和无产阶级文学运动极为困难的情况下，曾经和宫本百合子一道坚持过斗争。在战后，她诚实地面对自己在战争时期曾放弃过共产主义信仰的行为，对战争责任等问题进行了深刻的自省。她的作品和众多女作家的作品一样，大多带有自传性质。《泡沫》等作品即体现了作者苦涩的内心世界。在战争初期她曾发表过代表作《红》（1936—1938），描写了一对无产阶级作家夫妇的家庭生活。战后，她采用私小说的手法，以自身经历为题材创作了长篇小说《我的东京地图》（1949）。《我的东京地图》同样一边回顾了作者走过的人生道路，一边进行了自我审视。该作品成为作者在战后的新起点，体现了作者在文学创作上的成熟。《播州平原》和《我的东京地图》在格调上形成了强烈的对照。这种对照在民主主义文学作品中具有一定的代表性，佐多稻子的苦恼在民主主义文学作家中也具有一定的广泛性和普遍性。这些都体现出战后民主主义文学运动中存在的本质性的问题，使该运动后来的发展呈现了艰难和脆弱的一面。

中野重治、壶井荣与平林泰子

中野重治在《五勺酒》中阐述了他对天皇制的一贯主张，即要想让日本人民获得真正的作为“人”的解放，天皇也必须从天皇制下得以解放，作品同时还对日本共产党提出了尖锐的批评。中野重治在战前一度退出了日本共产党，在战败的当年再度加入日共。其后他赢得了第一次参议院议员选举，当选为议员并活跃于政坛。这期间他发表的《内心世界》，回顾了大学毕业以来自己参加革命运动的经历，这部作品所具有的自传性质在其后的《梨之花》中也得到了延续。进入 20 世纪 60 年代，中野重治在日本共产党内由于对某些问题提出了不同政治观点，被清除出党。60 年代末，他完成了规模宏大的巨著《甲乙丙丁》，试图从正反两方面把握以往的政治运动和文学革命的历史，作品还全面触及了近代日本的整个革命运动史，与作者一贯的批评风格大相径庭。

壶井荣在战后发表了一系列优秀作品，《有柿树的人家》《没有母亲的孩子和没有孩子的母亲》都是流传甚广的儿童文学作品，前者获得了第一届儿童文学奖，后者也获得了艺术奖励。她的反战小说《二十四只眼睛》通过描写到小豆岛任教的年轻女教师和十二个孩子的生活，刻画出平凡的、充满爱心的女教师形象，描绘出她与村里的孩子们之间相互信赖、相互依存的关系。作品体现了作者的反战思想，出版后的很长一段时间里都作为畅销书受到读者的欢迎。其后，该作品还被改编成电影连续上映，创下了当时最高的票房纪录。这部反战文学代表作品与战后派作家的其他反战作品相比，别有一番风格。

平林泰子在战争期间也曾有过被捕的经历，被释放后贫病交加，直至战败一直封笔多年。战后，被压制多年的创作欲望得以释放，她在《终战日记》中这样写道：

> 真想朝着天空上百遍地欢呼雀跃，体验被解放的感觉，但可能是因为被枷锁束缚久了的缘故，那种感觉竟没有即刻到来。

战后她陆续发表了以战争时期的生活为题材的《一人行》（1946）、《这样的女人》（1946）、《鬼子母神》（1946）、《我要活》（1947）和《人生实验》（1948）等。她的多部作品都体现了对当局压迫的不屈姿态和作为一个无产阶级作家的斗志。战后她一度加入过新日本文学会，主张重建无产阶级作家同盟。在民主主义文学运动发展的迂回曲折中，作者也曾表现出对共产主义认识上的起伏。1949 年她发表评论《对日本共产党的批判》，其后的长篇《沙漠之花》带有很强的自传色彩。

“原爆文学”作家

大田洋子和原民喜是最早以战败前的原子弹爆炸经历为题材进行创作的作家，他们目睹了广岛原子弹爆炸的全过程，因此他们的作品具有很强的纪实性，充满了事件的真实感。大田在时刻担心自己是否会患上辐射病的惴惴不安之中，写出了《横尸的街道》《半个人》，作品显现出作者细腻的观察能力和超强的写实能力。原民喜的《夏之花》逼真地描绘出广岛原子弹爆炸当时的场景和人们的内心感受。这两个作家开创了其后被称为“原爆文学”的先河。

原民喜 1905 年 11 月生于广岛市，自幼丧父的打击使他习惯于沉默寡言，而把内心的情感寄托在诗歌上。他受室生犀星的诗歌影响，加盟过同人杂志《少年诗人》。上学期间喜爱俄罗斯文学，并醉心于宇野浩二的作品。大学毕业后，曾自费出版过小说集《焰》，并在《三田文学》上发表过数篇短篇作品。1945 年，原子弹在广岛爆炸之际，正值原民喜自东京疏散至故乡广岛，偶然幸免于难。他带着披露“原爆”这一人间惨剧的使命感，把爆炸之时及之后的人间惨状在记事本上一一记录下来，1947 年发表了《夏之花》。作品以观察者的冷彻的目光和优美的文体唤起了读者的共鸣，被誉为现代日本文学史上最优美的散文，翌年该作品获第一届水上泷太郎奖。其后他致力于《三田文学》的编辑工作，扶植了远藤周作等文坛新人。他还创作有《镇魂歌》《原爆小景》《来自废墟》和《毁灭的序曲》等。他的作品大部分慨叹人类的悲哀并祈求和平。1951 年，原民喜卧轨自杀，留下遗作《心愿之国》和《永远的绿色》。

在“原爆文学”这一领域里，其后又涌现出了大量优秀作品，如大江健三郎的报告文学《广岛札记》、井伏鳟二的长篇《黑雨》等。

文学新人与朝鲜裔作家

战后的民主主义文学运动也极大地推进了工人文学和农民文学的发展，一些文坛新人，如小泽清、热田五郎、山代巴、西野辰吉、杉浦明平、大西巨人、霜多正次、足柄定之和小林胜等，都是战后走上文坛、并带有进步倾向的青年作者。战后，在全国范围内以工会为背景的工人文学组织陆续诞生，工人出身的无产阶级作家德永直是“工人文学”运动的积极倡导者和组织者。“工人文学”运动在民主主义文学的潮流中得以蓬勃发展。小泽清的短篇小说《街道工厂》是作者在战争时期创作的，是一篇描写朴素的工人生活的写实主义作品。山代巴、和田传、伊藤永之介等人则是农民文学的代表作家，他们在战后活跃于文坛，发表了不少颇有影响的作品。战后成立的日本农民文学会更使农民文学有了一个新的成长园地，其中木田实的《疯人部落周游记》刻画了生活在城市近郊的农民的种种样态，充满了黑色幽默的色彩。和田传的《鳞云》则描写了战后的土地改革。伊藤永之介作为农民作家，在战后也发表了《令人留恋的河山》等作品。山代巴的《初春的花穗》等也是这一时期的重要作品。

战败使生活在日本的朝鲜人获得了解放。在战后的文坛上，同时还活跃着一批朝鲜裔作家，张赫宙、金史良、许南麒、张斗植、李殷直、金达寿等都留下了颇具力度的作品。回顾朝鲜裔作家的文学创作历史，可以看到在昭和初年的无产阶级文学运动中就有着朝鲜裔作家和诗人们活跃的身影。战后，金达寿的《后裔的街道》《玄海滩》和《朴达的审判》等作品享誉文坛，起到了引领日本朝鲜裔文学发展的先锋作用。特别是《朴达的审判》成功地塑造了朝鲜殖民地时代的底层农民形象，主人公不屈服于日本殖民主义者的坚强意志和对民族解放运动的执著追求，都以独特的手法被描述出来。朝鲜裔作家的活跃可以说是具有多重色彩的战后文坛上独领风骚的一笔。

民主主义文学运动在战后的民主化空气里，一时间得以迅猛发展。民主主义文学运动建立在无产阶级文学运动的基础之上，由于无产阶级文学本身固有的“政治挂帅”原则难以完全改变，1950 年开始，民主主义文学运动内部发生内讧导致分裂。但是这场运动培养了井上光晴、金达寿、西野辰吉、山代巴等新一代作家，同时，这场运动的核心力量如小田切秀雄、佐佐木基一、花田清辉、大西巨人、中岛健藏、野间宏等人，也为战后文学的繁荣做出贡献。

四、战后派文学（第一次战后派作家）

如前所述，文学在战后的发展方向之一，便是出自战后派作家之手的“战后文学”。

所谓的战后派，即与前述的《近代文学》派同步发展，或者说在《近代文学》的支持下出现的战后文坛新人。这些文坛新人与《近代文学》派作家共同形成了一股新的文学势力，被称为“第一次战后派”。野间宏、椎名麟三、武田泰淳、梅崎春生、中村真一郎、埴谷雄高等都属于这一派别。第一次战后派作家中的大部分成员都有着共同的经历，那就是曾经参加过共产主义运动，有的被捕入狱后又被迫“放弃”信仰。他们都有过受挫的、痛苦的体验，他们的共同特点是都关心政治，努力找寻极限状态下人的生存答案，在更开阔的视野里追求新的现实主义。从严格意义上讲，“战后文学”的作品大都是出自这些战后派作家之手。

在战后，文坛上充斥着各种文艺思潮，在各种文学思想、文学主张并行发展的情况下，最早出现的、可称之为“战后文学”的作品当属野间宏的《灰暗的图画》。其实在此之前，在《近代文学》创刊号上开始连载的埴谷雄高的《死灵》，就已经在文坛上以其全新的风格而有别于之前的文学作品。不过因它的思辨性过强，加之文风晦涩而没有被当时的读者所接受，因此也就没有给文坛带来《灰暗的图画》般的震撼。继《灰暗的图画》之后，梅崎春生的《樱岛》、中村真一郎的《在死的笼罩下》、椎名麟三的《深夜的酒宴》、武田泰淳的《审判》、马渊量司的《不毛之墓地》、福永武彦的《塔》、田木繁的《我与众不同》、竹田敏行的《最后退场》、小田仁二郎的《触手》等作品相继问世。无论在主题思想上，还是在创作手法上，这些作品都与战前的作品有着本质的区别。它们超越了日本文学以往的写实主义传统，在内容和方法上赋予了文学全新的概念。每部作品都蕴含着作家深刻、独立的思考，而不仅仅是一般的、对现实生活的单纯写照。战后派的作家们虽有各自的不同经历和思想，作品风格也千差万别，但是，一种全新的划时代性是他们的作品共有的特征。

野间宏与《灰暗的图画》

野间宏出身于佛徒之家，他的父亲开创了在俗真宗的一个流派——实源派，自幼接受的佛家教诲与熏陶给他的早期创作以很深的影响。求学期间他接触到20世纪西方文学，受到西方哲学思想的启发后，开始认识马克思主义，积极参加反战学生运动。大学毕业后，在大阪市政厅的职员生涯使野间开始关心并在其后也一直关注着部落歧视问题。在战争结束前，他曾应征入伍参加过菲律宾战场的战斗。其间，他早年参加左翼运动的经历被宪兵追查，他本人作为“思想犯”曾在军队的拘留所被监禁改造。这些经历都为他日后的创作做了深厚的铺垫。特别是在京都大学上学期间，野间与当时尚属非法的左翼组织的那一段密切接触，奠定了《灰暗的图画》的创作基础。

《灰暗的图画》是野间宏登上文坛的处女作，发表于1946年。日本侵华战争全面爆发后的20世纪30年代后期，日本的革命运动处于近乎崩溃的低潮阶段。作品描写了在这样一个社会背景之下，主人公——有进步倾向的大学生深见进介，在校内非法左翼学生团体和其他合法反战组织之间的游移徘徊以及内心世界的苦恼。一方面，周围追求进步的伙伴们反战的坚定信念和革命行动在主人公内心引起强烈的共鸣，令他敬佩不已。但另一方面，他又感到在残酷的现实面前这些伙伴们充满正义的政治抉择是徒劳和无意义的，因此难以与之步调一致。事实上，在作品中主人公的伙伴们最后确实无一能逃脱在牢狱中死亡的命运，而主人公也经历了入狱、放弃信仰等一连串的磨难。作者描写了青春时代在政治、思想、金钱、性等各个方面受到的压抑和由此带来的烦恼。在小说的开篇，有大量的篇幅描写主人公对布鲁格尔（有“农民画家”之称的16世纪比利时画家）绘画作品的感受。那种灰色晦暗的色调，正是主人公那一代年轻人青春的写照，是战争状态下的日本人生存状况的底色，更是战后大部分日本人的心态映射。正如作品的名字，就是一幅“灰暗的图画”。这种描写给读者带来了一种前所未有的异样的感觉和冲击。作品的主人公和他的同伴们在拼命找寻人生前行的轨道，并在各自探索的过程中产生种种苦恼。而作者正试图找一个新的途径来解决这个问题，最终探索一条既不做革命的殉道者，又不与正义背道而驰的前所未有的新的道路。作者的愿望蕴藏在主人公表述的决心里，这同时也是作者对日本无产阶级运动的一种重新审视和对社会变革的期待。作品通过对人物的塑造，从生理、心理、社会三个方面来揭示人的“存在”。作者要表达的主题之一，即人的“利己主义”，在生命、金钱和性等方面体现出的“利己主义”，也是在社会变革这个背景之下的“利己主义”。同时作品还涉及了“个人与组织”“自我与革命”的关系等问题。这些都是战前的无产阶级文学所忽视的。他的观点与掀起了那场“政治与文学”之争的《近代文学》派不谋而合，因而作品得到了《近代文学》派评论家的赞赏，也受到了年轻读者们的狂热支持。与其他战后派作家一样，野间宏通过《灰暗的图画》将自身经历的那个时代以及当时的人们所处的极限心理状态用一种新的文学方法描写出来，进而对自身的道路选择和生存方式进行了有意义的探究。

继《灰暗的图画》之后，作者又发表了一系列不同凡响的作品。《灰暗的图画》反映出的“人的利己主义”和“肉体的困惑”等问题也出现在他之后的另一部杰作《脸上的红月亮》中。作品同样以战争年代为背景，描写了主人公曾为求生而对战友见死不救，战后，这段记忆一直困扰着他，使他难以成就与寡妇川仓子之间的爱。对此类问题的探讨还出现在《湿漉漉的身体》《两个身体》等作品中。《崩溃感觉》则描写了战争带来的人格崩溃，以及由此产生的不能承受之痛，深刻触及了性、人的颓废心理等敏感的主题。《真空地带》是一部反战、反军国主义的长篇杰作。它以朝鲜战争为背景，描写了在美军的后方基地——日本发生的抵抗这场战争的新的革命斗争。这部作品在日本反战、反军国主义文学的历史上具有重要地位，1952年获每日出版文化奖。《青年之环》是野间宏历时二十三年断断续续完成的鸿篇巨著。作品围绕着参加左翼运动继而放弃信仰的两个人物的纠葛，通过对照描写，从历史的角度对人的生存意义进行了探讨。这部作品获谷崎润一郎奖。野间的大部分作品都使用象征主义和20世纪的新型小说表现手法来突出政治和战争的主题。

野间在1947年就加入了日本共产党，并成为新日本文学会的成员。但在其后，他追求自我、探寻生存意义的作品倾向逐渐偏离了日共的文学主张，在战后日共批判“近代主义”的左倾潮流中，他的创作思想成为日共批评的靶标。其后，由于对日共官僚主义进行了批判，他和众多党员作家被一同清除出党。野间作为战后派作家，在战后文学史上占有不可替代的重要位置。他的作品，特别是《灰暗的图画》堪称战后文学影响深远的开篇之作。

椎名麟三与《深夜的酒宴》

椎名麟三经历了苦难的少年时期，家庭的不睦以及生活的贫困，使他历尽了磨练。小时候卖菜、送货、帮厨以及后来当列车员的经历让他深刻体会到底层劳动人民的生活之艰辛。他战前就曾参加过革命运动，昭和初年在刚刚年满二十岁时因共产党员这个“非法身份”而被捕入狱。一年半的狱中生活，唤醒了他对文学的兴趣。特别是在尼采哲学的影响下，他的个人意识逐步觉醒，为他后来的文学创作奠定了思想基础。

《深夜的酒宴》是椎名麟三在战后的代表作。它以战败为背景，以市井角落里的一个废旧仓库改造的公寓为舞台，描写了居住在这个公寓里的每一个在贫困的生死线上挣扎的人。主人公曾经因为是共产党员而被捕入狱，出狱后帮助身为公寓房主的伯父做些小生意来勉强糊口。令人绝望的命运使他在战后对汹涌澎湃的民主化运动采取了漠视旁观的态度。他的左邻是个做黑市买卖的快嘴多舌的中年妇人；右舍住着看货人的老婆，整日随处咳痰，不停地数落丈夫和儿子的不是。对面住着的是年仅二十岁却靠卖淫度日的女孩，而女孩的母亲曾做过主人公伯父的小妾。公寓里还住着营养失调、瘦骨嶙峋的少年。生活在这个群体当中，“我没有回忆，也没有美好的希望，只有难以忍受的现在。……我只是在忍受着难以忍受的现在”。作品的存在主义、虚无主义风格，在某种意义上，堪称众多战后派作家作品当中最具有战后派特色的。

日本战后文学的特征之一即是存在主义。源自西方的存在主义哲学在20世纪传入日本，在战前，受这股思潮的影响，文坛上一度出现过存在主义风格的作品，如村山知义的《白夜》、高见顺的《应忘旧友》等，都具有存在主义的特征。二战后，这股文艺思潮波及整个世界，同样也给日本文坛带来了新的悸动。存在主义以人为主体、强调人的自由与责任，认为存在即伴随着孤独、不安与绝望。这样的主张，特别是萨特的“通过文学、艺术来把握存在”的思想，与战后派作家观察战后日本社会的视角是一致的。战后派笔下的人们一边在贫困中求生存，一边又陷入对未来的不安与绝望中，而存在主义恰好为这些作家的创作提供了理论依据。在战后派作家中，除椎名麟三外，属第二次战后派的安部公房，以及其后的大江健三郎的作品都有明显的存在主义倾向。

椎名麟三前半生的人生阅历使他逼真地描绘出了城市贫民阶层的生活，《深夜的酒宴》就是映在作者眼中的底层百姓生活的一幅缩影。在战败后极度混乱、贫困的社会现实面前，曾经追求革命、思想激进的主人公陷入苦闷、绝望当中。在主人公身上，可以捕捉到作者的影子。在主人公看来，那些底层贫民是愚钝、无知和麻木的，同时也是孤独和不幸的。这种创作正源于作者长年的生活积淀，源于作者置身于社会底层的敏锐观察。《深夜的酒宴》在刊出后，它晦涩的文体和词句招致了褒贬不一的评价。因此，椎名麟三并未靠这部作品而一炮走红，成为战后文坛的宠儿。但是这部作品连同其后发表的《在重流之中》，奠定了他作为战后派作家的地位。他作品中出场的人物，展现的场景，表现出的对自由的追求及与之相伴相随的思想上的苦闷，都构成了椎名文学的一大特色。这种苦闷也最终使椎名在20世纪50年代初接受了基督教洗礼。椎名麟三也是受陀思妥耶夫斯基影响的又一个日本作家，曾著有《我的陀思妥耶夫斯基体验》。他曾经说过：“是陀思妥耶夫斯基打开了我的文学视野，可以说陀思妥耶夫斯基是我文学上的第一个老师。”[①] “……我感到一种新鲜的、未知的‘真正的自由’之光一下子照进我的心里。”[②]在陀思妥耶夫斯基那里，他领会了基督教的深刻教义，并最终成为忠实的信徒。其后，他又发表了《深尾正治的手记》《永远的序章》《自

① 椎名麟三．我的陀思妥耶夫斯基体验．东京：教文馆，1967．

② 椎名麟三．我的陀思妥耶夫斯基体验．东京：教文馆，1967．

由的远方》和《美丽女人》等十几部作品。1969年，他发表了最后一部长篇《服刑者的告发》。作品审视社会的角度虽然在渐次发生微妙的变化，但对“自由”的探索却贯穿始终。

埴谷雄高与《死灵》

埴谷雄高生于中国台湾，日本殖民者在当地的殖民统治留在埴谷雄高幼小时期的记忆中，使他怀有罪恶感。他二十岁时开始投身于革命，其后加入日本共产党，配合组织开展地下活动。1932年被逮捕入狱，度过一年多的牢狱生涯，在狱中宣布脱离日共。在回顾这段经历时，他认为，在仅有3平方米多的灰色牢房里，面对着自己，不断与自己交谈的那段时间才是“我的大学”岁月。他的思想在那里发生了决定性的变化。对康德辩证先验论的发现以及后来对陀思妥耶夫斯基理论的重新认识，奠定了他后来的文学创作的思想基础。

《死灵》是日本文学史上从未有过的涉及超自然的、思辨性极强的一部小说，也是一部未完成的作品。发表后，晦涩难解的作品风格并未吸引文坛与读者。这是一篇没有故事情节的作品，它的创作手法正如作者自己总结的那样，“极端化”“暧昧化”“神秘化”。小说背景设置在精神病院。在作者看来，选择这样一个舞台是选择了一个横跨在“梦与醒之间的狭窄地带”，一个远离现实的地方。《死灵》的构思就是一个狂想的实验，作者将自己置身于一个“思考的实验室”。作品围绕着主人公三轮与志的思考命题——“同一率的不快”，通过笔下的人物——思想激进的、在战前曾参加过或倾向于左翼运动的一群人之间的对话或思考，来分析主人公所谓的“不快”。主人公在以“我……”的形式开始说话后，却无论如何也不能以“……是我”来将语句继续下去。否则会感到难以名状的“不快”。在他看来，自我限制和来自外界的限制自我，对他来说都是“不快”的，而且这种“不快”不仅仅是个人的，还是宇宙的。作品的主题体现了埴谷雄高对西方存在主义的执着追求以及对“存在的革命”的渴望。这种“思考的实验”把握着埴谷文学的方向，深刻而敏锐的思考、对新的形而上学的追求，以及作品中无处不在的对现实的尖锐批判，都构成了埴谷文学的特色。作者的其他作品，如《黑暗中的黑马》也可以使读者领略到这种“观念的世界”。《死灵》的创作作为一种文学方法上的实验，对战后文坛具有一定的积极意义。

埴谷不仅是小说家，同时还是评论家。他的论文《沟渠与风车》、论文集《虚幻中的政治》在战后文坛上也颇具影响。

武田泰淳与《蝮蛇的后裔》

武田泰淳出自僧侣之家。从高中时代起就对中国文学产生了浓厚的兴趣，同时积极参加左翼组织。考入大学后，他进入中国文学系学习，但不久因参加反战运动被逮捕。出狱后退学进入寺庙修行。武田青年时代曾与竹内好等人一起创立中国文学研究会，创办了《中国文学月报》。日本侵华战争开始后，他作为辎重兵远赴中国战场，度过了两年的军旅生活。青年时代的挫折和随后的战争体验，对武田人生观的形成产生很大影响，也为他后来的创作生涯积累了丰富的素材。

战争后期，退役后的武田完成了被称为“武田文学的出发点”的杰作——《司马迁》。《司马迁》以历史记述为基点，将上自黄帝、下至汉武帝的中国两千多年历史上的帝王将相的权力争斗轨迹铺展开来。作者对司马迁虽身受宫刑之辱却仍然完成了巨著《史记》的不屈精神加以称颂，借以排遣自己曾身为僧侣却投身共产主义运动，内心反战却被迫加入侵略军行列等种种人生矛盾给他带来的苦闷。

战败后，武田发表了《才子佳人》《卢州风景》等几部作品，都反应平平。但同时期他以在中国上海迎接战败的自身体验为内容所写的《审判》《蝮蛇的后裔》《爱的形态》等作品，却无一不引起反响。革命、战争与爱的主题，以及主人公注定要在黑暗、浑沌的世界中不断求索的宿命观，赋予了作品一种独特的魅力。

《蝮蛇的后裔》是武田的成名作。作品对几个重要的出场人物进行了细致刻画。主人公在战败后失去了在上海的生存之路，开始了为人代笔写书信的营生。日本侵略军的头目将部下派往外地，趁机将其妻占为己有。丈夫患重病从远方归来，妻子靠侵略军头目的钱来救治丈夫。而丈夫在明知真相的情况下，无可奈何地被动接受着这一切。渐渐地主人公被这对夫妇所信赖，成为妻子的精神依靠，二人之间萌生爱意。主人公要为这个痛苦的家庭雪耻，最终拿起斧子去找那个强加于这个家庭以不幸的罪魁祸首清算。最后，在返回日本的船上，丈夫病故，临终前的饮恨一言“我死了，而你却若无其事地活着，这多奇妙”令主人公震动。作品通过几个人物间的纠葛，描绘出了人的本能、欲望、理想和追求，以及在这些感情的驱使下，人物理智的或盲目的行动。

他的另一篇作品《审判》讲述了一个“青年”的不幸。青年在战争期间射杀了一对无辜的中国老夫妇后，良心饱受折磨。战败后，沉重的心理负担使青年无法面对现实，最终他带着忏悔，放弃了美好的前途和漂亮的未婚妻，放弃了回国，选择留在自己犯下罪行的国度，以此来时时刻刻提醒自己是一个刽子手。在作品中，武田这样写道：“思考这个青年的不幸，感觉好像就是在思考我们所有人共有的某种不幸，至少作为我个人来说，他的黯淡的命运不是与我毫不相干的”[①]。

武田作品充满了对人性的探索，通过探索又赋予了对人性的重新认识和思考。在他的多部作品中，都蕴含着“犯罪人”的罪恶感和个人良心的裁决，体现出作者在精神上的自我缠斗。除以上作品之外，他的第一部长篇《风媒花》在战后文坛上也获得了极大成功。《风媒花》超越了日本以“私小说”为核心的文学传统，打破了只集中描写少数出场人物的陈旧单一的创作模式，将不同性格、思想、职业的多个人物，以错综复杂的关系背景为衬托，置于变幻多样的情节发展过程中描摹他们丰富的群像。继《风媒花》的成功之后，作者又陆续创作了《美貌的信徒》《在流放岛上》和《光苔》等脍炙人口的作品。除此之外，他的《森林与湖泊的节日》《贵族的阶梯》《快乐》《秋风秋雨愁煞人》《吾子耶稣》和《富士》等长篇也受到好评。

---

① 武田泰淳．武田泰淳集．东京：集英社，1962．

梅崎春生与《樱岛》

梅崎春生出生在一个军人家庭，父亲退役后做保险推销员来勉强维持一家生计。梅崎中学毕业后，在亲戚的资助下升入高中。在这个时期他开始了诗歌创作。其后在大学期间，不曾上过一节课的梅崎度过了一个文学青年多愁善感、苦恼不堪、潦倒不拘的青春时光。1939年他发表的《风宴》描写了大学生颓废、虚无、忧郁的青春，细腻和感伤的基调贯穿作品始终。1944年梅崎应征入伍，辗转九州各地直至战败。战后，梅崎来到东京，正式开始了他的文学创作生涯。

《樱岛》是梅崎春生正式登上文坛的处女作。作品以作者在战争末期作为一个海军暗号兵驻扎在鹿儿岛上的经历为题材，描写了主人公村上身处美军随时会攻占九州的恐惧中，对即将来临的“死亡”的思考。村上的兄弟已经战死，对他来说，死亡是无可幸免的。一方面，村上认为既然必死，就不能死得糊里糊涂，不能死得丑陋，要死得壮丽。但当哨兵的死真正地呈现在眼前时，他觉得自己的想法是那么的可笑和无奈，不得不感叹“死亡又怎么会是美的呢”。另一方面，当他想到自己年轻的生命还没有享受过爱情，青春就如此转瞬即逝，自己也将陈尸他乡，又生出无尽的感伤和愤慨。作品刻画出主人公直面死亡时精神上承受的压力和心理上的恐惧。主人公曾留宿的小镇妓院里的一个妓女，道出了主人公内心的迷惘——“会死的吧，怎样死？告诉我，是怎样的死法？”妓女的追问也正是主人公的自问。

> 我为了什么而活到现在呢。为了什么？我是什么呢。降生三十年，可以说就是想认清这个自己才活下来的。时而自视清高，时而自我蔑视，在一路走来的过程中就是这样悲悲喜喜。在逼近眼前的死的一瞬间，丢掉虚荣和逞强，我会怎样去面对它呢？……当冰冷的枪剑对准我身体的瞬间，我会逃跑吗？会匍匐在地乞求饶命吗？还是鼓起一身的骄傲去战斗呢。只有在

那一瞬间才会有答案。三十年的思索也会在那一瞬间得出结论。对我来说，比敌人更可怕的是那一瞬间的步步进逼。

死期将至，对主人公来说，“我还不能完全相信我的宿命。为什么我会来到这个只在小学地理课上学过，却与我毫无关系的南方的岛上，并且必须要死在这里呢？……我不想接受。这不是理应接受的”。这段描写表现出主人公对于被外力强加于自身的“死亡”，既感到难以接受又不得不接受的无奈和痛苦的心态。“宁为玉碎不为瓦全”是战争后期军国主义者灌输给那些年轻的生命们的迷魂汤，既然必死自当“美丽地去死”就成为那一代人的蚀骨之痛。

小说的结尾设计成让主人公与将临的“死神”擦肩而过，在死神到来之前就迎来了日本战败的这一天。听到战败的消息，突如其来的事实令时刻绷紧的神经即刻松弛下来，主人公禁不住泪流满面。作品中并没有任何反战的口号，但主人公对青春的哀叹，对生的渴望，都从侧面对这场战争进行了否定。作品中还出现了另外一个人物——主人公的上司吉良。吉良是一个被军旅生涯磨砺得没有了感情、丧失了人性的冷酷的职业军人，对属下残忍至极。通过这个人物的设定，作者也意在指出是战争扭曲了人性，使人麻木不仁，对生命无动于衷，从另一种角度体现出作者自身与当局和军队截然对立的反战思想。《樱岛》作为战争文学及战后文学的代表作获得了成功，奠定了梅崎春生战后派作家的地位。

在《樱岛》之后，梅崎又发表了《崖》《太阳之边》和《B岛风物志》等二十余篇以战争为题材的小说，成为第一次战后派中颇具影响的作家。在创作这些战争题材作品的同时，梅崎还发表了《伪造的季节》《面包的故事》《蚬》和《饥饿的季节》等市井题材的小说。这些作品以战后的乱世为背景，以现实主义的手法着重描写了废墟上随处可见的黑市里的庶民百姓的众生相。在战后派作家当中，创作思想和创作风格独树一帜、丝毫不受日本近代文学固有的流派和倾向影响的作家不乏其人。相比之下，梅崎春生的创作可以说更贴近日本近代文学的现实主义风格的一面。与众多战后派作家晦涩难懂的描写方法相反，他的作品大多文体简洁，结构明晰。特别是这些市井题材的小说都具有风俗小说的倾向，可谓通俗易懂。在战后社会进入相对稳定的时期后，梅崎春生又发表了《S的后背》《危房春秋》和《砂表》等寓意深刻、具有讽刺意味的小说。其中《危房春秋》（1954）还获得了第三十二届直木奖。

进入晚年后的创作后期，梅崎又发表了以客死蒙古的弟弟为原型的《风筝狂舞》。遗世之作《幻化》是梅崎春生毕生的创作结晶，讲述了在战争末期曾面对死神的士兵在二十年后故地重游，又来到那片土地上。作品再现了《樱岛》中的场景，表达了作者不安而复杂的心态。在小说的结尾处，从旅行伊始就一直和主人公纠缠在一起的另一出场人物，在火山的喷发口摇摇晃晃、步履蹒跚。这个醉汉的身影在主人公的望远镜里由远至近、由小到大。主人公冲着那个身影高喊："好好走，打起精神来走！"这也是作家对自己的激励，他将这部作品看成是毕生创作的一个终点。在完成这部作品之后，五十一岁的梅崎春生辞世。梅崎的战争小说里，没有对意识形态的激烈批判，也没有高亢的反战呼声，却好比在貌似平静的水面下，静静地流淌着悲伤和愤怒。

中村真一郎与《在死的阴影下》

战后派作家大多对日本的社会现实问题抱以强烈的关心。而中村真一郎关注更多的是日本文学自身的改革，特别强调对日本式的现实主义的否定。他主张以20世纪的欧洲文学为基础来确定20世纪日本文学的新模式，要在文学概念和技巧上都超越日本近代文学的写实传统。

中村真一郎与福永武彦、加藤周一曾在1947年共同创作了《1946·文学的考察》。这篇作品以近代文学为考察对象，内容从西方文学到日本古典文学，涉及范围甚广。他们把西方近代文学作为典范，对日本文学进行了重新审视。《1946·文学的考察》在战后文坛引起了诸多争议。作者之一的福永武彦在这部作品中对日本文学提出了质疑："在现代，明治以后的日本，'文学'果真存在过吗？"

“在‘日本’这个特殊环境里，平淡的描写是占主流的。描写对象就是处于‘日本式’的特殊风俗包围之中的这个特殊民族”。他断定：“纵观20世纪的世界文学，没有一国文学像日本文学这样远离普遍性，这样贫瘠。”[①]中村真一郎在接触了大量西方文学作品后，同样“感到日本文学的‘不壮观、不丰富’”，认为“创作些骨骼强劲的真正的小说才是未来作家应有的目标”。在他看来，战后文学的起步面临的是“革命的文学与文学的革命”这个大课题，而他们的目标正是“文学的革命”。中村试图把日本文学从自然主义、私小说式的现实主义中解救出来。

从战争时期就开始创作的《在死的阴影下》以及其后创作的《锡安山的姑娘》《与爱神、死神同步》《午夜灵魂》，直到20世纪50年代初最后完成的《长途旅行的结束》，这五部曲正是中村实践自己上述文学改革理论的实验性作品。五部曲的创作始于战败的前一年，前后历经了八年的时间。第一部《在死的阴影下》以回忆的形式，描写了主人公从幼年到青年的成长经历。作者将个人的生活经历也融入了作品中，比如与亲人的死别、生活的变故、不可抗拒的命运的拨弄等等。《锡安山的姑娘》主要描写临近毕业的主人公在社会现实面前产生的不安和疑惑。《与爱神、死神同步》描写了在战争走向败局的大趋势中知识分子精神的崩溃和资产阶级的堕落。最后一部《长途旅行的结束》描写了在1945年8月15日日本宣布投降的这个大背景下，在日本本土的主人公和远在中国的朋友之间发生的故事。在8月15日这一天，主人公觉得“第一次能够爱别人了。因为能够真正地爱自己了”。

五部曲规模宏大，“梦与人生”的主题贯穿始终。“黄色面孔的阿里巴巴意想不到地站在我尚幼的灵魂面前，大声喊‘芝麻开门’，于是顷刻间，一扇未知的大门敞开，我趁势跳入我自己的内心世界。”五部曲展现的就是这样一个梦与现实的世界。五部曲使中村成为战后文学的旗手。除了这五部曲，中村还创作了《夜半乐》《冷漠的天

---

① 加藤周一、中村真一郎、福永武彦．1946·文学的考察．东京：讲谈社，2006．

使》和《旋转木马》等十几部作品。对于这些作品中的主人公来说，战后的岁月无异于劫后余生。正如中村在总结《在死的阴影下》这部作品时回顾的那样，这部小说虽然是他的处女作，但却是打算作为遗作来写的。在严酷的战争现实面前，生死不是个人能够左右的。每一个生命如同草芥，顷刻就有可能化成炮灰，一如作品的名字，每一天都“在死的阴影下”。因此，中村文学的主题离不开“死”这个创作母题，这也是战后派文学的共同主题之一。在中村的创作后期，描写市井生活、市民道德的风俗小说占主导地位。

中村文学在延续堀辰雄创作方法的基础上，结合西方近代小说和普鲁斯特的手法，竭力表现意识的多层性，可以说是力图开拓日本文学边界的一种探索和实验。他终生致力于小说写作方法的探索，想借助 20 世纪的西方文学来对日本文学进行改造。虽然他的文学理念没有完全得以推广，但为其后的日本文学界留下了一个重要的课题。

五、战后派文学（第二次战后派作家）

继第一次战后派之后登上文坛的是大冈升平、堀田善卫、安部公房、岛尾敏雄、三岛由纪夫、井上光晴等作家。为便于区分两派作家走上战后文坛的先后次序，把这些作家统称为第二次战后派。第二次战后派与第一次战后派在创作思想和创作风格上具有同样的倾向，同时又拥有各自的特征，在两者之间可以看出明显的个性分化。

二战后，以世界永久性和平及国际合作为目标、由五十一个国家参加的联合国宣告成立，一时带来了国家与国家之间的团结协作的希望。但是好景不长，美苏两国在重建战后国际新秩序、划分新的势力范围上产生了根本对立，这种对立还缘于资本主义和共产主义在政治、经济和社会组织方面的本质差异。美国为阻止共产主义的发展开始推行支援欧洲经济的“马歇尔计划”。与此相应，苏联也开始联合东欧几个社会主义国家与美国抗衡，二者终于由于1948年的封锁柏林问题开始走向所谓的冷战阶段。在亚洲，局势也发生了急剧的变化。1949年10月，中华人民共和国成立。1950年1月，美韩签订了防卫互援协定。2月，中苏友好同盟互援条约签订。朝鲜半岛出现了新的紧张局势。朝鲜的南北对立剑拔弩张、一触即发。终于在同年6月，朝鲜军队跨过标志着朝韩分界的北纬38度线，朝鲜战争爆发。韩国在美军的支持下，朝鲜在中国人民志愿军的援助下，双方展开了持续三年之久的对战。1953年7月中、朝、“联合国军”三方在板门店签署了停战协定。中华人民共和国的成立和朝鲜战争的爆发，改变了美国的对日政策。1951年9月在旧金山，日本与48个国家签署了和平条约。第二年4月，以美国为主的联合国部队结束了对日占领，但同时缔结了《日美安全保障条约》，美国军队继续驻留日本，日本为其提供军事基地，成为美国在亚洲的一个军事据点。1956年12月日本加入联合国，实现了回归国际社会的愿望。进入50年代末期，自民党的岸信介内阁不断强化日本的军事力量，于1960年1月和美国正式签署了新安保条约。这个条约进一步加强了日本防卫力量和日美之间的经济协作关系，将日本置于美国的亚洲战略布局之下。此条约于同年5月在众议院被强行通过，由此爆发了著名的安保斗争。这场反对新安保条约的斗争从1959年到1960年在全国范围内展开，发展成为日本近代史上最大规模的群众运动。特别是1960年的5月到6月，数百万人参加了大游行并包围了国会，但遭警方镇压，东京大学女学生桦美智子死亡，另有千余示威者受伤，众多示威者被捕。安保斗争使战后的民主主义运动达到了顶峰。

20世纪50年代国际形势的变化也给日本经济的复苏带来了重大影响。1949年以来经济稳定政策的实施导致的经济低迷状况，也随着朝鲜战争的爆发、军需的刺激以及停战后美国的朝鲜复兴计划而好转。从50年代后期开始，日本经济持续发展，迎来了60年代的经济高速增长期。1964年高速铁路——新干线开通，奥运会在东京成功召开。全国范围内，从产业的配置到交通的整备，都以“改造日本列岛”为口号，这不仅改变了一般国民生活的质量和模式，也改变了家族的构成和城乡的社会结构。

上述国际局势及日本国内社会的变化也反映在第二次战后派作家的作品当中，堀田善卫通过《广场的孤独》表达了朝鲜战争时期日本知识分子的不安。

安部公房则着眼于20世纪五六十年代日本社会的急剧变化下，政治的急流和物质文明的进步给人们造成的精神上的失落。在《红色的蚕茧》和《墙壁——S·卡尔玛氏的犯罪》中，安部公房描写了人在现实世界中被非日常性的空间所围困，急于寻找突围之路的状况。

在战争文学的代表作品《俘虏记》和《野火》中，大冈升平描写了人处于生死之存亡边界时的极限状态。他的另一部代表作品《武藏野夫人》则细致入微地刻画了人的心理活动。

岛尾敏雄的作品则写出了战时和战后的混沌景象。作家特别将视角置于经历了战争和正在经历着“战后（状态）”的人们的精神世界。战争中因随时会降临的死神而绷紧的神经一旦在战后松弛下来，即刻由战时的“向死而生”转换成战后的“向生而死”，这种转变，即精神世界的解构所带给人们的无所适从感，被岛尾敏雄通过家庭主题的书写，真切地再现出来。

三岛由纪夫在战前就发表了《鲜花盛开的森林》，显示了其卓越的文学天赋。战后他开始了对崩溃的美的世界的追求，陆续发表了《假面的告白》《爱的饥渴》《禁色》等长篇，通过虚构的手法，在读者面前展现了反世俗的、特异的世界。除此之外，还写出了取材于真实事件的《金阁寺》《忧国》和牧歌式的作品《潮骚》。

井上光晴试图把握战争与人，特别是战争与平民百姓之间的关系问题。他的长篇《一岛战诗集》中的笔触令人震撼。

与第二次战后派作家同时期出现的还有长谷川四郎、石上玄一郎、杉浦明平和高杉一郎等。他们的作品也构成了战后文学的重要组成部分。经历了战争、战败、美军占领等各个动荡不安的历史时期后，作家们那些或直接或间接的体验，以及对社会的敏锐观察和洞悉，给日本文学带来了前所未有的新的内涵。

大冈升平与《野火》

大冈升平从中学时代起就喜欢夏目漱石、芥川龙之介、佐藤春夫等作家的作品。他受基督教的感化，曾下决心成为一名牧师，但教会内部的势力纷争等丑恶现实使他放弃了这一梦想。高中毕业后，他曾跟从当时的家庭教师小林秀雄学习法语。受其影响，大冈开始为法国文学所倾倒。通过小林秀雄的介绍，他结识了诗人中原中也，由此也与河上彻太郎、今日出海、中岛健藏、佐藤正影、三好达治等当时的文学青年相识、相熟，日后这些人在大学期间一起创办了杂志《白痴群》。

进入京都大学法文学科后，大冈开始醉心于司汤达的作品。在被征入伍前，他作为一名司汤达的研究者和翻译家已崭露头角。入伍后被送往菲律宾，转年被美军俘虏，后于年末复员回国。《俘虏记》记载的正是作家被俘的那一段特殊经历。这部短篇于1948年2月发表在《文学界》上，获得了第一届横光利一奖。《俘虏记》作为大冈文学的出发点，成为他登上战后文坛的成名作。作品讲述了主人公在太平洋战争末期被征入伍、来到菲律宾的岛上，被俘后进入收容所，不久重获自由的故事。作品着重描写了主人公在战场上，在杀人还是被杀的生死两难抉择下的心理状态，勾画出一系列俘虏群像。清新、流丽、规范的文体和细致的心理描写显示了作者深厚的文学功底。作品本身是作者自身战争体验的记载，同时也暗含作者富于寓意的、对日本社会战后体制的讥讽。战后，美军占领日本，掌控着日本的政治经济命脉。在作者看来，占领军统治下的日本无异于在收容所里被监禁的俘虏。作者曾说过，这篇作品的创作意图在于借俘虏收容所的事实，讽刺美军占领下的日本社会。其后，他又创作了近似私小说风格的《妻子》《武藏野夫人》等作品，进入了旺盛的创作时期。《武藏野夫人》以武藏野的风土人情为背景，描写了美貌、传统的少妇和表弟——复员兵勉之间的爱情以及围绕在其周围的人物之间的纠葛。主人公道子的表弟勉在战场上见证了残忍和不幸，从缅甸复员归来，精神消沉、言行叛逆。道子为使勉重新振作起来、回归正常生活而不惜牺牲自我。作品以心理主义的手法，成功地描绘出在战后错综复杂的社会形态下的一种恋爱形态——婚外情。《武藏野夫人》在很大程度上受到司汤达等法国心理小说家的影响。这部作品确立并巩固了大冈的作家地位。

《野火》（1952）是继《俘虏记》《武藏野夫人》之后创作的第三部卓有影响的作品，获得了当年的读卖文学奖。这部作品其后被翻译成多国文字，引起了巨大反响，同时还被改编成了电影。作品描写了在莱特岛（位于菲律宾中南部）患上肺病的主人公——日军士兵田村在配给口粮断绝的情况下，既不能归队也不能被医院接收，如困兽一般在孤独与绝望中徘徊在山里。由于意外的“事故”他射杀了比岛的女人，偷得了盐，才一命尚存。后来，他偶然遇到一个处于濒死状态的、发疯的军官指着自己的胳膊告诉他“我死后可以以我果腹”。但理智阻止了他吞食人肉的念头。但是后来当田村因饥饿而倒下，再次见到曾经的旧相识（两个士兵）——安田和永松时，还是吃了二人谎称是“猴肉”（实为人肉）的黑煎饼样的东西。而后，安田和永松二人互相提防、以死相拼，最终安田被永松击毙。望着永松利落地将安田的尸肉割下吞食，望着永松吃过人肉的猩红的嘴，田村把枪口下意识地对准了永松，精神完全崩溃。为了惩戒人类的罪恶行径，田村持枪向远处的篝火走去，正待举枪射杀时，他头部中弹，被美军俘虏。回国后的田村被送进了精神病院，在不断寻找业已失去的残缺记忆的过程中，他最终找回了自我。在“饥饿者和癫狂者”这一章节，作者描写了一个濒死的、精神进入癫狂状态的军官和簇拥在他身边的虎视眈眈的苍蝇、蚂蟥和主人公田村。在田村看来，自己虽然作为一个有别于动物的“人”，但在这里，饥饿至极的自己和蚂蟥们毫无分别，等待的同样是眼前这份生命之火渐渐熄灭的人的“血与肉”。《野火》触及了人类在极限状况下，为了求生而蚕食同类的动物的本能与回归兽性的主题。“人吃人”这一震撼的主题，揭示了“人”到底是怎样的一个存在；在战争时期超极限的生存环境里，“人性”暴露的又是怎样一种本来面目。同时作品也提出了“神”是否存在这一问题。作品多处都有“神”的出现，特别是每当人即将要僭越人类道德、自尊自律的防线，即将崩溃的瞬间，神便会出现在主人公面前。作者大胆触及了“信仰与文学”这一原始命题，突出了作者的原罪意识和对战争的清醒反思。作品虽然没有对战争、对军国主义进行正面的批判，却从侧面影射了造成“人吃人”这一人间地狱般惨剧的“罪魁祸首”。在前述的“饥饿者和癫狂者”这一章节中，濒死、发疯的军官数次叩头祈求，“尊敬的天皇陛下，尊敬的大日本帝国，请让我回家吧”。“尊敬的天皇陛下，尊敬的大日本帝国，我想回去，让我回去吧。停止战争吧。”作者借一狂人之口来讽刺、谴责发动这场战争的日本帝国主义者。《野火》是战后文学特别是战争文学中里程碑式的作品。作者选择了第一人称“我”——一个丧失了记忆的精神病人在东京郊外的一所精神病院里回忆的形式，形成了作品独特的手记体裁。

《莱特战记》是大冈文学的又一个升华点。也是战后文学特别是战争文学的一个规模宏大的总结性作品。作者曾就这部作品的创作意图说过，在《莱特战记》中尝试的是创作一幅大型的战争壁画。作品客观地记述了二战期间，日美两军在莱特岛上展开的激战。从《俘虏记》出发，经过《野火》，最后到《莱特战记》，三部作品反映了大冈升平战记文学的全貌。

作为一个小说家，大冈虽然属于“大器晚成”型，但很快就成为了文坛上的实力派作家，获得过文坛上的多数奖项。1972年他当选为艺术院会员，他本人却执意推辞不受，理由是“过去曾当过俘虏”，表现了他与权力对抗的勇气。他也因之成为文坛后辈尊敬的对象。大冈是一个多产作家，在他的作品里，既有战记系列，也有推理小说、历史小说，还有充满着古典美的浪漫作品。除了前述的《武藏野夫人》外，长篇小说《雌花》《花影》《化妆》《氧气》《哈姆雷特日记》，短篇小说《圣约瑟的圣母》《童花头》等都属于这类风格的作品。除此之外，大冈的创作还涉及随笔、评传、推理小说和翻译等诸多方面。评论集《在诗歌与小说之间》、评传《晨之歌——中原中也传》等也都是其代表作。

堀田善卫与《广场的孤独》

如前所述，进入20世纪50年代初期，朝鲜半岛局势的变化直接影响了美国的对日政策。中华人民共和国的成立改变了东西方的力量对比。美国对日政策的调整为日后冷战局面的持续做了铺垫。随着国际形势的变化，美国为对抗亚洲的社会主义阵营，急需将日本作为资本主义阵营的重要据点。处在动荡不安的国际政治旋涡中，日本部分有左翼倾向的知识分子以特有的敏感关注着日益紧张的国际关系和国际形势发展趋势。《广场的孤独》正描写了知识分子的这种不安和苦恼。作品的主人公木垣来到某报社的东亚部临时帮忙。木垣震惊于报道朝鲜战况的外电上一些词汇的翻译，比如“敌军”“犯罪”等字眼。作为一个正义青年，主人公对自己正在从事的翻译美方新闻、评论的这一工作本身怀有一种自责感。他感到自己目前的“助战”行为无异于“犯罪”，内心无时无刻不在“反省”。然而尽管在思想上倾向于共产党宣传的政治理念，却又不能下决心毅然加入这一组织。作品写出了国际政情的险恶和变幻莫测，同时也展现了被国际形势所左右的日本社会和生活在其中的共产党员们的抗争，以及被卷入政治洪流中的普通人的惶惶不安。这部1951年9月发表在《中央公论》上的中篇小说使作者的名字开始广为人知，并于1952年获得了第二十六届芥川奖。

堀田善卫是在上海迎来日本战败的。因此他的其他多数作品都取材于中国。比如，在创作《广场的孤独》之前，他以战败时自己曾在上海被国民党宣传部留用的经历为题材，创作了《失去祖国》和《齿轮》。在《广场的孤独》之后，又发表了同样以中国为背景的两部长篇小说——《历史》和《时间》。《历史》描写了1946年秋，在战后的上海，国民党与共产党之间的斗争，以及在这个斗争旋涡里的一个被留用的日本知识分子的思考。作品同时还刻画了中国的知识分子和革命家的形象。《时间》以一个中国知识分子手记的形式，记述了抗日战争初期，主人公在南京大屠杀前后留守在被日本进攻和占领的南京，为抗击日本而奋斗的日日夜夜。作品描绘出异国军队占领下的国度以及在这个国度里发生的故事，间接喻示了20世纪50年代美军占领下的日本的社会百态，并折射出生活在其中的日本知识分子的心态。

其后，堀田还创作了《纪念碑》和历史小说《来自海鸣深处》《桥上幻影》《方丈记私记》等作品，也引起极大反响。其中，《青春岁月里的诗人们的肖像》描写了战争时期的作者和作者身边的诗人们，显现出其创作方法的日趋成熟。以诗人身份登上文坛的堀田善卫崇尚艺术至上主义，曾希望作品保持艺术的独立性。但他的作品却有着很强的时代气息，全方位地涉及了政治、经济、社会等诸多方面。20世纪50年代中期开始，堀田善卫更是走出国门，将其视野投向了世界。作家的足迹遍及了亚洲、欧洲、非洲，写出了《印度随想》《发展中国家的未来》《在上海》等感想札记，是日本为数不多的具有国际意识的作家之一。

安部公房与《砂之女》

安部公房生于东京，父亲是“满州医科大学”（1948年11月后并入中国医科大学）的医生，因此他出生后不久就被带到了中国沈阳，在那里一直生活到中学毕业。在东京大学医学系毕业后，他放弃了临床实习当一名医生的机会，开始了作家的笔耕生涯。安部从大学时代起就开始了小说和诗歌的创作。在写作的同时，他还积极从事文学活动。他在加入《近代文学》的同时，还与野间宏、花田清辉等人创立了文学组织——“夜之会”。受花田清辉的影响，安部对超现实主义抱有强烈的兴趣。构成安部文学的一个重要组成部分即超现实、超日常性的幻想小说或寓言式故事。

1949年他发表了《变身为植物》，讲述了一个人变形为植物的故事。令人联想起存在主义文学的先驱——卡夫卡的《变形记》。在其后的《红色蚕茧》（1950）中，作者也以同样的超现实主义手法描写了一个无家可归的男人变成红色的蚕茧，拼命寻找自己的归宿，在终于找到自己“家”的同时，他也丧失了自我。这部精悍的短篇获得了第二届战后文学奖。

另一部中篇《墙——S卡尔玛式的犯罪》（1951）更是深受卡夫卡的影响，展现了一个非现实的世界。主人公清晨醒来，感到胸口空虚，还失去了自己的名字。在公司里，他发现自己的名片在代替自己上班。因为失去了名字，谁都对他不予理睬。在医院的候诊室里，他注视着杂志上刊登的照片时，竟不期将照片上的沙漠吸入胸口。在动物园里，骆驼因他胸中的沙漠而向他凑近。最终他因为没有名字将被起诉定罪。他被一个佝偻病男人告知要想躲过审判，只有走向世界尽头。所谓世界尽头就是公寓里的一个普通房间。在那里，室内的墙也在他的注视下，被他吸入胸口，最终他与墙成为一体。这部抽象前卫的作品获得了第二十五届芥川奖。在这类作品看上去似乎是异想天开的内容中，实际上蕴含的是对社会的思考和批判。

《墙——S卡尔玛式的犯罪》大胆地提出了一个被人们在日常中忽略却又随处可见的问题，即“名字有着怎样的社会意义”，“名字与人的生活究竟有着怎样密切的关联”。一个丧失了自我、胸中像沙漠般荒芜的男人为了求得解脱，最终只好去了“世界的尽头”，而“去世界的尽头”——主人公这唯一的出路，实际上却是回到了原点。结局就是将自己禁锢在“墙里”，即“社会现实像墙一样竖立在周围，包围着人们”，结果仍是无路可逃。

《红色蚕茧》表达了现代人急于回归内心深处的愿望。现代社会里，人们失去了心灵的家园，而当他们终于找到了自己的“归宿”时，自身已然“变形”，早已不再是从前的自我。在安部作品的“变形”系列中，无论是变成植物、墙、面具，还是化作蚕茧、幽灵和棍棒，都是通过“变形”向读者提示着隐藏在其背后的寓意。所以安部文学被称为“寓意文学”，他的作品若以常识性概念和日常的标准来衡量，很多东西难以理解和接受，对于不少读者来说，接受他作品的过程无异于进行一场意识上的革命。

其后，他又陆续创作了讽刺民主主义被形式化的《闯入者》、讽刺小镇上的体制拥护派与反体制组织的长篇《饥饿同盟》、以战后从中国东北返回日本的经历为背景的纪实体长篇《群兽奔故乡》

（1957）等。他的科幻小说精品《R62号的发明》（1953）、《第四季非冰河期》（1959）等也引起广泛瞩目。从50年代到70年代，是安部的丰产时期，大量佳作如《离世的女孩在歌唱》（1954）、《巴别塔的狐狸》《手》（1951）、《石之眼》（1960）、《砂之女》《旁人之脸》（1962）、《燃尽的地图》（1967）、《盒子里的男人》（1973）、《密会》（1977）等不断问世。其中，《砂之女》在发表当年获得了同年度的读卖文学奖。

《砂之女》同样是一部非现实的、寓言式的作品。

教师仁木顺平为采集昆虫标本向学校请假三天来到沙包地。当晚，他毫无戒备地被村里人带到位于深深的沙洞底部的人家借宿。第二天清晨，他发现进屋用的绳梯被撤走，才知中了圈套。在这里人们必须每天彻夜将不断流进来的沙土淘走，否则房屋甚至整个村落就有被流沙埋没的危险。这个家里只剩下被大风夺去了丈夫和女儿的女主人，仁木作为劳动力被禁闭在这个沙洞里。仁木在多次尝试了出逃却失败后，只得与顺从的女人过起了同居生活，但他仍梦想着有朝一日能逃脱出去。几个月后，女人由于宫外孕被运出沙洞，仁木发现人们离去后，绳梯还仍然垂挂在那里。但仁木最终放弃了自由，选择了留在那里。

作者用象征和暗喻的手法，形象地喻示出被围困在社会现实中的人们。安保斗争后，在20世纪60年代的日本，经济的繁荣带来的城市现代化，物质文明带来的精神空虚，都使人们产生了前所未有的焦虑和心理上的冲击。正如作品中的主人公每天必须和沙土奋战一样，人们每一天面对的同样也是需要抵御的社会现实，并且和主人公一样，每一天都梦想着从这个现实世界中逃将出去。这部采用了反现实主义手法的作品恰如其分地反映出60年代日本的社会现实。主人公的经历就是安保斗争后经受心理挫折、不断寻找出路的知识分子的真实写照。这部作品被翻译成多国文字，据此改编的电影也大获成功。《砂之女》的成功使这个前卫文学的旗手成为国际知名的作家。

除了小说的创作之外，安部还创作了大量脍炙人口的戏剧作品和电视剧、广播剧作品，获奖众多。这些剧本中不乏出自他小说原作的改编作品，这些作品也和他的小说一样是反现实主义的。无论是小说还是戏剧，安部作品表现出来的有对现实对战争的批判，也有对和平、对贫富问题的思考，内容丰富多彩、蕴涵深刻；其创作手法或是寓言童话式，或是科学幻想式，大胆多样、变幻自如。

安部在20世纪40年代中期曾加入日共，但他的创作思想与当时的日共主张已相去甚远，在《砂之女》发表的同年，他与花田清辉等一起被日共开除出党。

安部文学在第二次战后派作家的作品中始终闪耀着令人难忘的奇异色彩。

岛尾敏雄与《死之荆棘》

岛尾敏雄生于横滨，在九州帝国大学就读东洋史学专业。毕业后成为一名海军预备生。受训后，被任命为海军鱼雷艇特攻队的少尉指挥官，驻扎在奄美群岛中的加计吕麻岛。二战结束前夕，他所在的特攻队受命待发，进入临战状态。但最终等来的不是出击的命令，而是日本投降的消息。日后，他将这一段经历写进了《终未成行》（1962）等作品中。作为特攻队员的岛尾敏雄在一年半的时间里与死亡对视，随时准备着指挥绑上炸药的特攻艇奔向死亡。在加计吕麻岛的这一段极限状况下的经历，给日后岛尾的文学生涯乃至私生活都涂上了厚重的一笔。包括在岛上与他相恋的姑娘战后成了他的新娘，并成为多年之后他遍布“荆棘”的婚姻生活的主角。这场恋情和日后的婚姻生活都反映在他的重要作品《岛之边》（1948）、《死之荆棘》（1960）等作品中。经历过时刻逼近的死亡，再重新回到远离死亡的日常生活，岛尾的意识一时曾停留在生与死之间的交界地带。他的《单独旅行者》（1948）恰如其分地描写出战败后，作为特攻队长的他从“濒死”的世界回归至日常的“生”的世界的过程。复员后，他和庄野润三、林富士马等人一起创办了《光耀》杂志，同时加入了《近代文学》等组织。在《单独旅行者》之后又陆续发表了《纵横交叉点》（1949）、《伪装学生》（1950）、《出孤岛记》

（1950）等作品。其后，他又加入了《新日本文学会》，与吉行淳之介、安冈章太郎、小岛信夫、近藤纯孝、奥野健南、吉本隆明等一起积极开展了文学活动。这期间他还发表了《归巢者的忧郁》等作品。1955 年，他陪同患精神病的妻子住院治疗，开始了其后漫长的与病妻相守的充满磨难的岁月。对岛尾来说，这可以称为另外一种极限状况下的经历。其间他接受了天主教的洗礼。这一时期，他笔下又诞生了《梦中的每一天》（1956）、《岛之边》（1957）、《死之荆棘》（1960）、《非超现实主义的超现实主义备忘录》（1962）、《终未成行》（1964）和《追逐梦影——东欧纪行》等作品。

《死之荆棘》是岛尾文学的巅峰之作，获得了日本文学大奖、读卖文学奖、艺术选奖。这是集结数篇作品为一体，花费了十七年时间完成的作品。描写了作者将幼小的孩子寄养在亲戚家，与患病的妻子住进精神病院，出院后，二人移居到妻子的故乡开始日常生活的种种经历。作品描述了在精神病院里以及在家中发生的日常之事，特别写出了面对发病时的妻子和年幼孩子时，作者的种种心态和感触。

> 这期间因为火车一直没来，所以紧张感已松弛下来，我呆呆地、无力地对妻子说：“我不会跳下去了。”“真的吗？别骗我呀。”看到妻子反复询问，我又回答：“不骗你，我已经害怕了。”
>
> 两个人站起来掸掉身上的土，将散落的木屐和鞋拾起来穿上，拿起篮子准备回家。妻子使劲用右臂挎住我的左臂。我俩穿过铁道，沿着铁道边的路朝着可以看得见小岩车站的铁路桥的方向走去。途中我失声痛哭。不一会儿拖着七节车厢的火车——这个庞然大物——发出可怕的摩擦声从两人身边碾过。或许自己刚才差一点就被卷入它的轮下，但最终自己却不是一个有勇气自杀的人，如果是妻子的话，决定的事是一定要付诸行动的。归根结底，这越来越显示出自己是一个卑劣的人，连自己的行动也无法主宰。这样一想我不禁悲从中来，难以止住哭声。过路人和街边店铺的人都用好奇的目光看着我们，但是

妻子挽着我的臂腕，丝毫没有要松开的迹象，用哄孩子的语气反复说“不哭、不哭”。

我俩过了车站前的铁道，穿过人头攒动的商店街，来到车站附近影院边的小路。一路走来，一路悲声，即使有人特意停下脚步向这边观望，我也一直难以平复心中的悲哀，泪如泉涌。

这是《死之荆棘》的第三章“悬崖之边”中的一段描写。在这一段描写里，作者记述了主人公被病妻无休止的、怀疑丈夫不忠的纠问折磨得走投无路、求救无门时，在尝试了装疯卖傻之后打算卧轨自杀的部分情节。以死作为唯一的武器来寻求解脱，主人公令人哀怜同情的形象被作者刻画得淋漓尽致。以陪伴病妻的岁月为主题的作品在岛尾文学中占有相当的比重。与作者以战争时期的体验为内容的其他作品相比，这些近似“私小说”风格的作品表面上虽然没有直接触及战争，但实际上还是把整个事件放在了一个与战争相关的大背景之下，即在战争时期的极限状态下曾经相恋过的伴侣，回到和平年代的日常生活中后，如何完成这种精神上的转换并克服对“生存”的不安心理。回到岁月静好的和平环境中的人们，其实依然逃脱不掉战争带来的覆压在心头的阴霾，仍然经历着种种心灵的磨难。

三岛由纪夫与《假面的告白》

三岛由纪夫原名平冈公威，出生于东京的一个高级官吏家庭，父亲是农林部的高级官员。三岛本人经过在贵族子弟学校（学习院）中、高等学科的学习后，进入东京大学法学系学习。大学毕业后，在财政部任职不到一年即辞职，开始了专业作家的创作生涯。早在学习院学习期间，年仅十六岁的三岛就创作了《鲜花盛开的森林》，发表在由日本文学研究者斋藤清卫门下的弟子莲田善明、栗山理一、池田勉等日本浪漫派作家和学者主办的《文艺文化》杂志上，也由此被认为接受了日本浪漫派的影响，显示了其早熟的文才。

战后，在川端康成的力荐下，三岛登上文坛，以短篇《香烟》

崭露头角。其他如《发生在海角的故事》(1946)、《夜之准备》(1947)、《字头》(1948)、《群魔走过》(1949)等受到唯美主义影响的一系列短篇都发表在这一时期。由于这些作品充满着唯美的、浪漫主义的思想，华丽的辞藻和修饰性的文体充斥其中，使得作品整体仍拘泥于对美学的追求，并无特别的出彩之处。之后，他依仗长篇《假面的告白》(1949)得到了文坛的广泛认可。

《假面的告白》是确立三岛在文坛地位的一部作品，无论是写作方法还是作品的主题都堪称三岛文学的代表作。

作品描写了出身于上流社会的主人公自幼年时期到青年时期倒错的性爱——对同性的爱恋。主人公自幼便被同性健壮的体魄所吸引，在内心他对自己这种不同寻常的性取向感到疑惑、不安和自责、自卑，因为他已习惯在日常生活中扮演另外一个“正常”的自己，宛如戴着一副假面具。战争时期他虽然一度应征，但是不待入伍，因体检不合格当天即被遣返还乡。这使他心底暗藏的对死亡的期待与绝望交织在一起。与朋友的妹妹园子的相识使他第一次感到了女性之美，尽管如此，他依然感受不到那种对异性的渴望。在他如尽义务般吻过园子后他对自己彻底绝望了。在园子的爱面前，他退缩了。战争结束后，园子另嫁他人。与园子再次相遇时，他深知自己对园子的爱不过只是罩在假面之下的演技的一部分，虽然他想要把这种爱当作真实的爱，但在园子面前他感到无力。夏日的某一天，主人公与园子来到舞厅，当他因为看到一个青年男性半裸的、野性十足的魁伟身体而陶醉在幻想之中时，完全忘记了身边园子的存在。故事在这里结束。

这部作品中的主人公身上，很大程度重叠着作者的影子，二者的经历极其相似。三岛自幼便随祖母生活，祖母因担心瘦弱的三岛被淘气的男孩伤及，便把他的玩伴严厉限定在女孩以及女佣的范围之间，他不能随意外出与同年龄段的同性孩子玩耍。祖母因坐骨神经痛常年卧床，时常因剧烈疼痛而有间歇性歇斯底里发作。幼年的三岛被保护在厚厚的毫无同性色彩的城墙之内，形成了敏感纤细而过度压抑的性格。这段成长经历是否导致了青春期后的三岛在性别认知心理上发生异常不得而知，但确实让他缺失了男孩子本应享有的鸠车竹马、弄鬼掉猴的童年。这种缺失毋庸置疑改变了成年后三岛的人生走向，导致他半生都在厌恶自己固有的与生俱来的“个性”“感性”和“特殊性”，在痛苦中不遗余力地寻求与他人的“共性”“理性”和“普遍性”，并且只有当他千辛万苦寻得了那“共性”“理性”和“普遍性”时，他才倍感欣慰。因此《假面的告白》具有半自传的性质。三岛曾这样注释自己的这部作品：“这本书是一份遗书。我想把它留在我以前住过的那片死的领地里。对我来说，写这本书是一种倒过来的自杀。‘跳崖自杀’这个镜头在电影胶带上如果倒转的话，就是自杀者以飞快的速度从谷底跳上悬崖重新复活。通过写这本书，我想尝试的就是那种回生之术。”[①]作品从同性恋这个主题出发，描写了一个青年暗淡忧郁而又率真透明的青春时光。文中充满的警句箴言和华丽细腻的文体凸显了作者的创作风格。同时也可以看到作者抽象思维能力的发挥。“性”作为人性的一部分，在战后是备受关注的重要课题之一。三岛是第一个大胆触及“同性恋”题材的作家，为色彩斑斓的战后文学平添了一笔异色。不容忽视的是，虽然《假面的告白》问世时已是20世纪中叶，远非20世纪初的王尔德时代，但同性恋在社会普罗大众的一般认知里仍旧被视为“异端”。在这种暴露“异端”的背后，是作家不可多得的勇气。

其后三岛又陆续发表了同类作品《爱的饥渴》（1950）、社会题材小说《兰色时代》（1950）、同性恋题材的两部曲《禁欲》（1951）和《秘乐》（1952）、健康明快的恋爱故事《波涛声》（1954）等作品。三岛曾在1951年出发做环球旅行，在游历了北美、南美等地和巴黎、伦敦、希腊、罗马等城市后于转年回国。这次游历使作家在心中充满了对古希腊世界的憧憬和幻想。《波涛声》便是这样一部描写了作者心中理想的青春赞歌式的作品，其中充满着对大海、阳光和健康体魄的赞美，看不到现代人心中的苦恼与绝望。这部作品获得了第一届新潮社文学奖。

---

① http://www.shirakaba.ne.jp

体现作家崇尚的美学思想的代表作《金阁寺》(1956)就是在上述创作的积累之上写就的。《金阁寺》是以发生在1950年7月寺僧放火焚烧金阁寺的真实事件为题材创作的。作品采取了主人公(犯人)第一人称的独白形式。出生在寺院里的主人公自幼听父亲讲述金阁寺,在幼小的心底里就描绘着金阁的美丽画卷,并将幻梦寄托其上。口吃的缺陷将他与他内心以外的世界隔开,加之初恋的受挫等等都养成了他孤僻的性格。父亲死后,他入住金阁寺为僧。战争后期他曾盼望金阁在轰炸中着火烧掉,因为他相信自己的丑与金阁这个美的化身形成了鲜明的对照,二者只有在战火的毁灭中才会得到共生。金阁的毁灭对他来说将是一种解脱,但随着战败,这一幻想成为泡影。身份的卑微、自身的缺陷带给了主人公与生俱来的自卑感,金阁的美使主人公自惭形秽,这种相形见绌使他在试图体验人生时感到力不从心,金阁成为他心中挥之不去的巨大阴影。自幼在心中被理想化的金阁和现实中的金阁在他心中也形成了巨大的反差。对佛规的触犯使他被逐出金阁寺,金阁的存在反而使他对一切产生了幻灭感,于是他决意纵火焚烧,对金阁——这一心中"美的象征"进行报复。美到极致即是幻灭,这部作品表达了作者对美和人生抱有的虚无主义的观点,作品中也贯穿了作家本人的审美意识和由自身的性取向这一"缺陷"带来的自卑感。

《金阁寺》被称为战后文学中的纪念碑式的作品,1957年获得了读卖文学奖。以这部作品为开端,三岛的创作逐渐偏离了古典主义倾向,他的作品显示了绝对的美学风格。《镜子的家》(1959)和《宴之后》(1960)都是这个系列的代表作。《兽之嬉戏》(1961)、《美丽的星星》(1962)、《午后曳航》(1963)等作品也都引起了文坛的瞩目。其后,他的作品开始向国家主义、民族主义的倾向发展。短篇《忧国》(1961)和《英灵之声》(1966)都表现出了极端的民族主义。在《忧国》中,作者把参加1936年二二六事件的法西斯分子美化成英雄。1967年,三岛临时加入自卫队,体验了短期的军旅生活,并撰文《我的亡友希特勒》。1968年,他发表了鼓吹天皇独裁制的评论《文化防卫论》,同年他还与怀有相同思想的学生一起结成了右翼团体“盾之会”，主张振兴军队、强化国家防卫。1970年11月25日，在完成了由四部曲《春之雪》《奔马》《拂晓的寺院》和《天人五衰》组成的长篇巨著《丰饶之海》的创作之后，三岛与“盾之会”成员一起闯入自卫队驻地，在呼吁日本自卫队崛起、修改宪法，却没有得到响应的情形下，最终剖腹自杀。

有人称三岛为“日本文化的殉教者”，三岛最终以一种极端方式践行了他一直崇尚的日本传统文化中所提倡的英雄要自我牺牲的“武士道精神”，用16世纪的以日本刀剖腹的传统形式“大义赴死”。在自决之前三岛面对被集合起来的自卫队队员慷慨陈词，他对着乌压压喧嚣的人群，大声质问“你们也算武士吗”，然而回应他的除了怒吼声就是喝倒彩声。直到临终，三岛可能也不明白这是为什么，因为他始终活在自己的世界里，如果可以给那个世界冠以名称的话，应该借用他自己的作品名，那就是《中世》。

三岛除了是一个才华横溢的小说家之外，还是一个颇有影响的剧作家。从他的处女作《火宅》（1948）开始，他陆续创作了一系列脍炙人口的戏剧作品，如充满了悲剧色彩的《至高无上》（1952）、以巴西为背景的《白蚁之穴》、体现了爱与背叛的《鹿鸣馆》（1956）、美好浪漫的《蔷薇和海盗》（1958）、描写了感情纠葛的《热带树》、论证了人的性格与命运关系的《十日之菊》（1961）等等。其中，《白蚁之穴》于1955年获得了岸田戏剧奖。他的戏剧创作才华在《萨得侯爵夫人》（1965）中得到了淋漓尽致的发挥。将能乐与近代剧的创作手法加以统一的《近代能乐集》（1956）、歌舞伎《弓月奇谈》（1969）发挥了他在戏曲创作上的才能。

三岛是一个勤奋而多产的作家，一生共著有二十余部长篇小说，八十余部短篇小说，三十余部戏曲及戏剧作品，获得过各类文学奖项。他的很多作品或被改编成电影，或被搬上舞台。除此之外他还留下了大量的散文精品，如《太阳与铁》（1968）就是他的自白与思想之集大成。在日本作家中，三岛由纪夫当属在世界范围内卓有影响的作家之一，曾三次（亦说两次）被提名为诺贝尔文学奖候选人，其作品先后被翻译成三十多种语言和文字出版发行。《假面的告白》

和《金阁寺》等作品为三岛赢得了众多的海外读者，甚至被称为“日本的海明威”。他通贯古今的文学修养和独具一格的文学表现手法为三岛文学在世界范围的广泛传播奠定了坚实的基础。除了多次的海外漫游，成名后的三岛与西方世界也多有互动，曾多次应邀赴欧美演讲，由此可见东西方世界对其文学价值的认可。

在三岛文学的前期创作中始终贯穿着两大主题，即唯美的浪漫主义和古典的虚无主义。在他的早期创作中，对官能主义的追求和传统意义上的审美情趣令人联想到谷崎润一郎和川端康成的创作思想。性、肉体、美、青春、血、死亡等内容在这些作品中不断重复，尽管这些主题在其后期创作中逐渐被国家主义、民族主义所代替，但始终如一的是他独特的美学思想。按三岛的创作风格，将其归类为战后派作家似乎有些牵强，但他作为一个在战后文坛上成长起来的作家，他的作品中体现出来的内涵与战后社会是息息相关的。

作为战后派作家中的一个特例，三岛没有亲历战场的体验。但是因为在战争时期度过了青少年时代，所以在三岛的心中，对于死亡——这个与战争紧密相连的生命的最终归宿，始终怀有独特而执拗的观念。在他看来死亡是一种美丽的、必然的终点。在二十岁还没有经历这种“壮烈的死”就迎来了战败的三岛难以摆脱这种“挫折感”，战后自由民主时代的到来也丝毫没能影响他对现实社会的扭曲的审视，以及对所谓的旧有的日本精神风土的眷恋和追求，反而加重了战败带来的失落感。三岛将这种情结寄托于“天皇制”。这与他自幼的家庭环境和成长过程不无关系。武家风格的教育在他的性格中形成了武士的唯我独尊的一面，同时在贵族子弟的聚集地——学习院学习的初、高中时代培养起来的贵族趣味和天皇观，在日后都推动了他的思想朝着极端化的方向发展。《文学界》和《日本浪漫派》都曾是三岛在世界观形成时期最追捧的期刊，因此无论是前者的“国粹主义倾向”还是后者的“日本精神推广”，对三岛价值观的形成都带来了深远影响。来自日本浪漫派潜移默化的影响对三岛尤为深刻。三岛一方面接受了日本浪漫派唯美的、回归古典的浪漫主义特征的影响，另一方面也接受了其民族主义和国家主义思想的浸染。

1966年，他亲自将自己的作品《忧国》（1965）改编成同名电影，实为罕见地集原作、改编、导演、主演于一身。在片中他扮演的就是一个如若违背天皇的旨意毋宁去死的效忠天皇的军官。这部作品的内容也一直被认为是三岛为数年后煽动兵谏所做的计划书。虽然三岛一方面把天皇制的重要性提升到关乎日本传统文化能否存续的极致高度，但另一方面对裕仁天皇又进行了大胆的批判。他认为是裕仁天皇在战时默许了军部纳粹带领日本走上了极端的法西斯主义战争之路。为此，他的相关言行被视作对天皇的亵渎，多次遭到极右翼团体的警告，险些引来杀身之祸，不得不成为警察的保护对象。一边批判法西斯军国主义，一边诟病战后的和平宪法；一边是对战时群体性朝拜"太阳"的排斥、对战时谎言与虚伪的讥讽，一边又是对战后民主的抵触。如此，三岛作为一个聚集多种矛盾于一身的作家，其自身就是一个复杂的多面体。

三岛少年时期崇拜王尔德，三岛文学中呈现的生死、美丑、善恶、明暗、真伪、振奋与颓废、年轻与衰老等，诸如此类的观念性命题之间形成的强烈反差，恰似王尔德式的二律背反的矛盾冲突。而王尔德曾经这样说过，"生活里有两个悲剧：一个是没有得到我们想要的；另外一个是得到了"。这个典型的王尔德式的悖论验证了三岛短暂生涯的悲剧性所在。三岛的悲剧在于终归没有得到他想要的——狭隘的民族主义的传统复归；三岛的悲剧也在于终于得到了他想要的——倾其一生追求的美的极致——死亡。

在日本开始实现经济的高速增长、物质文明开始发达的20世纪60年代，在战后文化日渐风行的背景下，三岛作为一个逆社会潮流而上、反社会反现实、与时代发展相悖的极端的"精神主义者"，最终选择了以死来终了一生、完成他异于常人的美学理念——在生命被破坏，也即死亡的瞬间，"美"才达到了"最美"的至高境界。

井上光晴与《一岛战争诗集》

井上光晴生于中国旅顺。他自幼父母双亡，从少年时代起就在炼钢厂和煤矿等地做学徒工。早期的童工生涯为他日后的文学创作启迪了方向、奠定了基础。战后，他加入了日本共产党，当时还未满二十岁。入党后他在九州从事政治活动，在他自己编辑发行的《日本无产阶级诗集》上开始发表自己的诗作。作为一个职业革命家，他对日本共产党怀有满腔的革命热情。在工作中，他逐渐对当时日共组织内部的权威主义和官僚主义有了深刻的了解，并尝试将自己的思考与苦恼用小说的形式表现出来。1950 年，他发表了短篇处女作《写不得的一章》，揭露了党内激烈的派系斗争。在作品中，他一方面展现了党内部分成员充满野心、并为了实现这种野心而不择手段的严酷的政治现实，另一方面，他仍然追求人性化的、理想化的共产主义政治。作品发表后，日共针对此事展开了各种批判运动，并对作者予以开除党籍的处分。井上拒绝接受处分，并提出自动退党。翌年他又发表了同类题材的短篇《病灶》。《病灶》描写了党内的分裂斗争，坚持了对日共的批判立场。井上初期的这些描写党内斗争的小说，虽然未必具有很高的文学性，但作品触及了政治与文学的关系问题，作者试图通过自己的努力来开拓政治与文学的新局面。

其后，他的作品广泛涉及天皇制、战后苦闷的青年人和朝鲜劳工、部落民以及原子弹受害者等各个领域，陆续发表了《沉重的 S 港》（1952）和《长靴岛》（1953）等。前者描写了朝鲜战争时期，日本美军基地的严酷现实以及九州地区的抵抗运动，后者以他曾经在长崎海底煤矿做工的经历为背景，描写了日本社会底层劳动者受到的残酷压迫以及朝鲜劳工受到的严重歧视。

《一岛战诗集》（1958）是井上创作初期的代表作。讲述了在整个社会被战争时期狂热的军国主义潮流所裹胁的背景下，一个年轻人设法逃避征兵的故事。作者以此为中心，刻画了在战争时期沉重得令人窒息的氛围下，处于深深的矛盾之中的知识分子形象。其中最为震撼人心的，是主人公野泽英一采用自残的方法欲逃避征兵的一段描写。野泽英一为了躲过即将到来的兵役，不惜用铁锤击打自己的胸部造成肋膜炎。

> ……在英一的脑海里，“皇国思想”和“非皇国思想”在激烈地斗争着，前者在斥责着后者。与此同时英一的拇指用力地按了下去。于是铁锤朝正面砸去，又随着摆动的惯性反弹回来，击中病弱的胸部，撞击肉体后发出难以形容的闷声，铁锤以柳绳为轴心，像陀螺一样一圈又一圈地旋转。英一可能很快就会作为丙种兵被征召入伍的。但也许会因为这个肋膜部位受伤而被淘汰。

战争时被强加于每一个日本国民的“皇一统”思想就是一条通向死亡之路，一个个鲜活的生命在这条路的引领下被送到战场。在这条路上，对“生”的期待和愿望完全被践踏掉。作品中的主人公并不是一个积极的反战分子，但求生的本能使他做出了消极的抵抗行为。

一岛是位于南太平洋上索罗门诸岛东南部的火山岛，在太平洋战争中是日美交锋的激战地区。《一岛战诗集》本是一个名不见经传的士兵吉田嘉七的诗集。井上的同名小说引用了其中部分著名的诗篇。《一岛战诗集》稳固了井上在文坛的地位。

1960 年，一岛发表了第一部长篇小说《虚构的吊车》，描写了战争时期动荡的社会生活。他的代表作——长篇小说《地之群》（1963）则以原子弹受害者的实际生存状态为中心，描写了战后社会的混乱状态以及被各种纷繁复杂的社会关系所左右的人性。在这部作品中，作者深挖痼疾，揭示了日本社会存在的阶级矛盾与日渐显露的病态，体现了作家对社会改革的执着追求。其突出的真实性，使该作品在以原子弹轰炸为题材的众多作品中别具特色。在小说中，作家这样来描写被投掷了原子弹的长崎：

> 四月的长崎是花的城市，八月的长崎是灰烬的城市，在十月乌鸦死去。正月是木格拉门的破败，到了三月是母亲孤零零的坟墓。

《地之群》真正体现了作家在创作上的成熟。其他作品还有以现代苏联作家为主人公的、提出了社会主义与自由等问题的长篇小说《黑森林》（1966）、描写煤矿工人的《阶级》（1967）、运用了极为现代的素材和手法的《善良的叛逆者们》（1969）、《眼睛的皮肤》（1966）、《丸山兰水楼的女人们》（1975）等。其中，《眼睛的皮肤》展现了作家不同以往的全新创作风格。作品以20世纪50年代以来出现的日本城市居民新兴的住宅形式——公寓住宅社区的生活为素材，描写了人们生活在统一的格式空间里带来的空虚、倦怠以及不安。

六、第三新人的文学

继第一次、第二次战后派作家之后，从1952年到1955年，一批新作家陆续登上文坛。评论家山本健吉将这些作家冠以“第三新人”之名。这些作家与战后派作家们相比，无论在创作思想上还是创作风格上都截然不同。在创作思想上没有了战后派的社会性、政治性和伦理性，在创作风格上更趋于思考的简约化与缩小化。评论家服部达曾在《近代文学》上撰写长篇评论《新一代的作家们》，就这些作家的特征进行了详尽的分析：1. 具有简朴的实用主义样态的优势。2. 与战后派作家的对立。3. 追求朴素性和真实性观念。4. 因循私小说的创作传统。5. 批评性有所衰弱。6. 对政治缺乏关心。同时将其作品的特色归纳为以下诸条：日常性、生活性、传统性、抒情性、单纯性、单调性、私小说性、形式性、非伦理性、非理论性、反批评性，等等。服部将这些作家进行了较为准确的定位，他认为无论在手法上还是在素材上，这些作家的创作都应该被界定在“小市民性”的范畴内。

朝鲜战争带来了日本经济的提前复苏，伴随着经济的高速增长，人们对物质生活、大众文化的需求日益多样化、扩大化。西方文化的流入也对战后的日本社会产生了极大的影响。在这种社会背景下，战后的现实生活成了作家创作的基本素材。被称为“第三新人”

的作家们的创作理念与战后派文学体现出来的文学主张大相径庭，他们将目光投向了小市民的日常生活，大多采用传统的私小说的方法来描写日常生活的空虚。他们的作品几乎包揽了从1953年到1955年连续三年的芥川奖，从而得到了世人的瞩目。如安冈章太郎的《坏伙伴》《阴郁的快乐》获第二十九届芥川奖，吉行淳之介的《骤雨》获第三十一届芥川奖，小岛信夫的《美国学校》、庄野润三的《游泳池边的小景》获第三十二届芥川奖，远藤周作的《白种人》获第三十三届芥川奖，近藤启太郎的《渔舟》获第三十五届芥川奖。除以上作家外，同期作家还有三浦朱门、曾野绫子、阿川弘之、武田繁太郎、小沼丹等。在"第三新人"初登文坛之时，他们的文学所表现出来的色彩浓厚的"日常性""小市民性"，以及政治性、社会性的缺乏和视野的狭窄，曾引发了来自权威评论家的种种批评，有人曾形象地将战后派作家比做"左翼大学生"，而将第三新人作家比喻成"差等中学生"。这种直观上的比较在某种程度上已经对第三新人作家给予了否定。第三新人作家登上文坛是在朝鲜战争爆发的20世纪50年代。一方面，军需产业的繁荣带来了经济的高速发展，另一方面，随着新的战争的到来，在某种意义上，"战后"已经在人们心中结束。战后初期激进的政治氛围也由于社会的日趋稳定等因素开始走向平和。这些作家在战争年代度过了青少年时期，也是在战争年代逐渐形成了自己的世界观，他们大多服过兵役，与在战争时期业已成熟的、具有自我世界观和是非道德观的战后派作家相比，精神上蒙受的创伤更重、心灵上被投下的阴影更深。第三新人的代表作家——吉行淳之介在他的系列作品《火焰中》这样写道："我想战争终究是会结束的，但是在战争结束以后的日子里，应该已经不会再有我的存在。自己还活着，而且是在没有战争的日子里，……那对我来说过于虚幻，而且也过于灿烂了，即使稍做想象都会觉得心痛。所以我极力把自己的心阻断在那种想法之外。"[①]这些作家自幼就被笼罩在战争的阴影里，战争已经成为他们心里一道日常的风

① 吉行淳之介．吉行淳之介全集 第5卷．东京：新潮社，1998．

景线，侥幸躲过死神的他们在战争结束后唯一觉得可贵的、有价值的就是平凡的“日常”。因此可以从他们的作品中体会出作家在有意识地避开涉及政治、思想的领域，而沉湎于个人狭小的世界。当然，在作品中还依稀可以看到战争的色彩，只是与战后派作家取材的角度不同而已。随着“第三新人”作家的成长，他们的实力被重新认识，逐渐得到了文坛的肯定。

安冈章太郎与《海边的光景》

安冈章太郎生于一个军人家庭，父亲是日本陆军的兽医。他自幼随父亲辗转各地，自上学起就开始体验不断转学的滋味，遂产生厌学情绪。中学毕业后，安冈经过三年的补习考入庆应义塾大学预科。在校期间他在同人杂志上发表了历史题材的小说《斩首之事》(1941)。1944年安冈应征入伍，随部队开拔到中国东北，同年因患胸疾住院，转年退伍。其后安冈因长时间患慢性脊椎炎，不得不戴着脊柱支架卧床休养。40年代末，他开始了在病床上的旺盛的创作活动。1951年他发表了《水晶鞋》，获芥川奖提名。作品讲述了一个在猎枪店打工、负责值夜班的大学生和美军中校家的女佣悦子之间充满诗意幻想的爱情故事。整日无聊的主人公“我”在偶然中认识悦子，并被她的特别气质所吸引，正值暑期美国军医回国度假之机，二人度过了童话般的三个月。“我”已经习惯了悦子的奇思妙想，在店里值夜班时，悦子打来的电话成了“我”唯一的精神支柱。然而随着假期即将结束，这场爱情剧也将拉上帷幕，宛如穿着水晶鞋、被施了魔法的灰姑娘会在午夜敲钟之后突然消失一样。终于美军中校的归来使主人公的生活又回复到从前的平静与无趣。在作品的结尾处，“我”在夜半的黑暗中突然拿起安静的电话贴在耳边，久久不肯放手。作品通过描写男女主人公心理上的微妙差异，凸显了这份爱情的纯真。小说充满了抒情色彩。《水晶鞋》使安冈章太郎一举成名。

1953年安冈的《坏伙伴》和《阴郁的快乐》获芥川奖，他从此正式登上文坛。安冈作品的题材可谓多种多样，在他的作品中，有以幼时生活为题材的《作业》（1952）、《杂技团的马》（1955），有表现青春期内心彷徨的《枝繁叶茂》（1958）、《依旧》（1959）、《当铺的内当家》（1960）、《花祭》（1962），有取材于从入伍到战后的贫困时期生活的《欢乐铃声》（1951）、《住宅守卫》（1953）、《逃跑》（1956），还有描写与父母之间矛盾的《玩赏》（1952）、《海边的光景》（1959）等。在他的创作后期，还写出了体现私小说倾向的、以家庭解体为主题的长篇《幕落之后》（1967）、以道德伦理为主题的《月升东方》（1970）等等。《美国感情旅行》（1962）和《苏联感情旅行》（1963）则记录了作者短期留学美国和游历苏联的体验，充满着对文明的思考。文学评论《志贺直哉私论》（1968）和《小说家的小说论》（1970）是安冈的代表性论著。除此之外，他还发表了大量的杂文、随笔。其中，《幕落之后》获每日出版文化奖，1981 年出版的历史小说《流离谈》获新潮日本文学大奖。

中篇小说《海边的光景》是安冈的代表作，获得了艺术选奖和野间文艺奖。作品发表于安冈母亲去世的两年后，主要描写了主人公与母亲的死别前后复杂的心理。主人公信太郎与父亲信吉一起乘出租车赶赴母亲住的精神病院——永乐园，在这里陪母亲度过了她生命中的最后九天。在不断眨着小眼、年老力衰的父亲身边守护着患老年痴呆症并即将走向死亡的母亲，信太郎的心里闪过战前、战中直至战后度过的那些困苦岁月。作品穿插了主人公幼时的关于母亲的记忆，以及战后发生在这个家庭的种种旧事。通过对战败后的日本社会现实的把握，体现了作者的人生观。《海边的光景》巩固了作家在文坛的中坚地位。

作为“第三新人”中最具代表性的作家，安冈在作品中摈弃了一切思想与理论。与战后派文学的观念性、政治性相对立，安冈的作品体现出的是反观念性和突出“日常”的重要性，作品中潜在的非现实性的幻想和“差等生”的自卑意识，构成了安冈文学的一大特色。安冈的作品常常在明快中含着悲哀，孤寂中透着幽默，诙谐中带着自嘲。他在自己的短篇《青马馆》的后记中这样写到：

在我体内的某个地方似乎有着什么不好的虫子，我只能这样想。无论做什么，至今为止几乎从未有过成功的先例。上学时的成绩总是在倒数十名之内，入学考试和就职考试可以说更是必败无疑。其他诸如恋爱或是干一点小小的工作都无一不遭受失败。而且那些失败在过后想想都是些糊涂事，简直令人称奇，为什么在命运攸关的时刻自己总会做些连自己都莫名其妙的事呢？终于我明白了，在我的体内有一只虫子，我相信每当它作恶之时便会生事，诸如在关键时刻懈怠，或是促使我与原来的想法背道而驰，或是在大人物面前言不由衷地说一些蠢话，等等。

那是一只什么样的虫子我还不得而知，而且它何时以及为什么会爬进我的身体也不得而知。那大概是很早以前我开始懂事时发生的。我在小学五、六年级的时候，清楚地发现了那只虫子。而且自从上中学以后，它开始遍布全身，在经历几度的落榜和失恋后，它愈发嚣张，到参军后，它已然如入无人之境，到了无法收拾的地步。

复员后贫病交加，极大的不幸使我决定将自己所遭受的种种虫害记录下来。其间，我感觉到在这只虫子的行为里，似乎有一把开启的钥匙，不仅能够解明它给我带来的危害，还能够解释世上种种不能以常识来考量的事情——比如战争、恋爱以及其他目的或意义不明的种种事情。[①]

这段自白道出了安冈作品的真实性。

在长篇小说《逃跑》中，作者表面上讲述了一个做任何事情都因拙笨至极而屡屡失败的、在社会面前无所适从的主人公，实际上透过这个士兵遭遇失败、处处碰壁的经历，作者以机智、幽默的笔触揭露了军队这个非人性世界的真相。作品真实地描写出战争时期日本陆军内务班的生活。一方面对军队生活的描写细腻而形象，另一方面却对当时部队驻扎地中国东北及战争背景无意提及，与众多

① 安冈章太郎. 安冈章太郎集 2. 东京：岩波书店，1986.

战后派作家笔下描写军队生活的作品相比较，可以明显看出两者的重要区别。

吉行淳之介与《骤雨》

吉行淳之介被誉为第三新人中最具文人气质的作家。他是新兴艺术派作家吉行荣介之子，从高中时代起就对文学产生了浓厚的兴趣，受荻原朔太郎、梶井基次郎、英国诗人托马斯的影响，他开始尝试诗歌与小说的创作。考入东京大学英文系后，吉行正式开始涉足文学活动，曾参与创刊同人杂志《苇》。他于1949年秋退学，开始了六年的大众娱乐杂志的编辑生涯。其间，他创作了短篇小说《蔷薇贩子》（1950）、获芥川奖提名的作品《原色大街》（1951）、《峡谷》（1952）、《一次出逃》（1952）等。在吉行的早期创作中，多描写沉湎于性爱的人的内心郁闷。《原色大街》以娼妓为主人公，描写了女性的心理。1954年发表的《骤雨》获得第三十一届芥川奖，描写了一个流连于娼妓街而不能自拔的主人公——公司职员山村英夫和妓女道子之间在肉体关系之外微妙的精神交流。

在这部作品中，作者同样使用了在《原色大街》中尝试过的方法，即通过对娼妓的描写来表现主人公与娼妓之间微妙的精神接触。这种描写方法也被运用在其后的作品《娼妓的房间》（1958）中，后者发表后获得了好评。通过对性的描写来展现人与人之间的关系，以性爱来慰藉心灵的创伤，这是吉行作品固有的主题。这一主题在其后的长篇《星星和月亮是天上的洞口》（1966）、《暗室》（1969）中得到了进一步的深化，并在《黄昏之前》（1978）中达到了一定的高度。其中《星星和月亮是天上的洞口》获得了艺术选奖。其他如《飘动的房间》（1955）记录了作者因肺结核而住院的经历；表现父子感情的《风景里的关系》（1960），描写变态性心理的《沙上的植物群》（1963），以幻想的手法描写非日常感觉的《皮包里》（1974）和《点心节》（1979）都表现了吉行文学的多面性。

其中《沙上的植物群》比起以往娼妓题材的作品来说，虽然沿用了私小说的描写手法，但在其中添加了新的元素。作品描述了做过高中教师和推销员的男主人公与两个女人之间的故事。主人公一直想摆脱来自亡父的幻影的束缚，在主人公怀疑身边的女人是自己同父异母的胞妹时，由于伦理禁忌反而感到了异常的性的满足。而当获知两人没有这种亲缘关系时，主人公却感到了生理上的空虚，作品展现了现代社会中贫瘠的性的世界。在战后的日本社会，父性权威日渐削弱，"性"问题也是反映此种社会现象时所引出的众多命题之一，作者围绕这一命题进行了独到的思考。《沙上的植物群》显示的则是吉行文学在"性"的深渊里摸索潜行的又一轨迹。

"第三新人"和战后派作家的最大区别在于对战争及对战败的基本观照视角的不同。如前所述，战后派的大多数作家在战前就积极参加左翼运动，并受到当局的镇压，战败给他们带来的无疑是一个几近重生的新的出发点。而"第三新人"作家自少年时代起接受的就是战争时期的军国主义教育，他们中的大多数曾当过学生兵，被培养起来的不是反社会、反现实、反战争的意识与能力，因此他们在战后的文坛上，注定不会成为反思这场战争的主流。但这并不意味着他们缺乏对社会现实的关心，而是通过战争对社会有了不同侧面的认识。作为第三新人的代表作家，吉行淳之介对战争和对战败有着不同于常人的思考。他在《我的文学漂泊》中这样总结道："……战争结束的时候，我丝毫也不认为自己受到了欺骗，而且也不觉得因为战争心里受到了伤害，反而很庆幸，因为这场战争，自己看到了人性的最深处……"[①]因此，在吉行的作品中，读者看到的更多的是跳出战争框架的对人性的思考。《骤雨》也随时随处闪现着对人性的分析。主人公山村英夫对自己混迹于娼妓街的行为反复进行审视，对自己与娼妓之间的关系也处在爱欲与恋爱之间的欲进又退的矛盾之中。

> 在道子身边度过的那一夜，多梦难寐。其中的一个梦就是他爱上了道子。在那之前，道子的娼妓身份让他保持了精神上的"纯洁"，如今一旦变成了真爱便整个掉转了过来，道子是娼

① 松原新一，等. 战后日本文学史·年表. 东京：讲谈社，1979.

妓的这个事实开始折磨起他的内心。

在吉行以娼妓为题材的作品中，作者并非单纯地想要描写娼妓、描写性，而是通过描写主人公与娼妓的接触来表现主人公的内心感受，挖掘人性中更深层次的东西。在这些主人公身上往往重叠着作者的影子。

小岛信夫与《美国学校》

小岛信夫于1941年毕业于东京大学英文系，转年入伍，一直当兵到战败。小岛在“第三新人”中是最年长、同时也是较早登上文坛的作家，早在战败前就发表过《裸木》（1937）等作品。复员后他发表了《火车里》（1948）。50年代后，小岛进入了他的创作多产期，先后写出了《燕京大学部队》《枪》《口吃学院》《丹心寮教员宿舍》《马》《美国学校》等作品。长篇《岛》《裁判》和《夜与昼之锁》等也是这一时期的作品。60年代发表了《女性》《进入四十岁》《拥抱家族》等作品。他的《枪》《口吃学院》《美国学校》等作品引起文坛瞩目时，其他第三新人作家才刚开始活跃。他那幽默与自嘲的作品风格和安冈、吉行等人的作品有着共同之处，但同时又有着只属于小岛信夫的个性。

在短篇小说《枪》中，他描写了一个随部队开拔到中国前线的士兵——二十一岁的“我”爱上了年长的有夫之妇。主人公将自己的爱全部倾注到了随身携带的枪上，枪成了女人的化身。作为部队里的神枪手，不久他受命用这把枪面对无辜的中国人。这把枪使他成了刽子手，也使他的精神彻底崩溃。作品用象征的手法描写了作为一个“弱者”被压抑、被主宰的无奈和伤感，间接地对军队和战争进行了质疑和批判。小岛信夫的作品曾经三次获得过芥川奖的提名，《枪》就是其中的一部。

《美国学校》是小岛第四部获得提名并终于问鼎成功的作品，是他创作初期的代表作。战败意味着一个时代的结束，创建文明国家的要求被放在了新时代社会生活的首位。生活在美军占领之下，日本国民的情感是复杂的，《美国学校》正表达了这种复杂的感情。作品描写了一个由日本教师组成的英语教师参观团，在参观驻日美军基地里的某个美国示范学校时发生的种种可笑之事。

作品成功地塑造了三个人物，一个是身穿改制过的军服、怯懦的、不会说英语的英语教师伊佐，他怀着忐忑不安的心情拼命想保守自己的这个秘密；另一个是竭力想在人前显示自己英语实力的，服装整洁、气色红润、战争中曾做过中队长的体格健壮的山田；第三个是对伊佐怀有同情之心的、已然“美国化”了的女教师美智子。作品赋予每个人物以喜剧色彩，但在这些描写的背后都隐含着淡淡的悲哀。比如，为了这一天的参观，伊佐特意脱了不合时宜的军鞋，换上了向朋友借来的皮鞋，由于不合脚，一路上脚磨起了泡，闹出了种种笑话。与伊佐的被动相反，山田主动策划由伊佐和自己来上示范课，以便相形之下显出山高水低，进而令伊佐蒙羞。自卑的伊佐和自负的山田形成了鲜明的对照。另一个人物美智子为了这一天特意穿来了高跟鞋，不慎在走廊跌倒，从散落的纸包里露出了日本式的黑筷子，“美国化”的美智子和“日本式”的黑筷子也在这里形成了强烈的反差。

这种“对照”在作品当中随处可见。比如，距美国学校往返十二公里的漫长里程，浩浩荡荡的参观团一路徒步走来，身边不断有美军的吉普车扬尘而过。美军基地学校的宽阔漂亮、条件优越和战后日本一般学校的捉襟见肘等等，这些都客观地体现了美军占领下的日本当时的社会状态，同时也折射出人们在当政者面前怯懦与卑屈的心态，以及在外来文化——西方文化面前显现出的羞耻感、自卑感和压力感。讽刺性写作手法使作品充满了幽默，象征性使作品寓意深刻，作者敏锐的观察力使人物栩栩如生，读者可以从这些人物身上看到战后日本知识分子的缩影。同时作品也充满了对日本战后社会文明的困惑和批评。在“第三新人”作家初登文坛伊始，他们的作品曾被冠以“差等生”“残障者”和“小市民”的文学标签。小岛信夫的作品就常常以身体残障者为主人公，比如口吃或是小儿麻痹症患者。在《美国学校》中，作者仍然是把伊佐这个人物当作

“弱者”来处理的，通过喜剧的手法将他作品中一贯隐含的一种弱者意识、劣等意识表现出来。这种意识也是第三新人作家要表达的一种共通的元素。

在小岛的后期创作中，“家”是一个重要的主题。《拥抱家族》就是他根据自己妻死子散、家庭解体的个人经历创作的长篇小说。该作品反映了资本主义现代化给家庭造成的种种危机，以及战后悄然进入家庭的民主主义思想给每个成员带来的影响，体现了在战后的巨大社会变革当中家庭——这个人们赖以依靠的避风港发生蜕变时给人们带来的不安与困惑。作品的写作手法与初期的创作相比也发生了很大的变化，作者将私小说的文学传统，通过独特的象征手法放大到一个现代的视野当中，并直接触及了现代家庭的本质。该作品获得了第一届谷崎润一郎奖。进入20世纪70年代，小岛还从事戏剧创作，并发表了阐述个人独特见地的《我的作家评传》，获文部大臣奖。

庄野润三与《游泳池边的小景》

庄野润三毕业于九州大学文学部，大学时代专攻东洋史，同时开始了小说的创作。这期间，他执笔的第一部小说《雪·萤火虫》诞生。1943年他被征入伍，被任命为海军少尉；战败复员后，他一边做中学教师一边正式开始了文学创作。1946年和岛尾敏雄、林富士马等人一起创办了同人杂志《光耀》。

把家庭作为描写对象、对战后的家庭问题重新进行定位思考，是第三新人作家热衷的一个题目。如前述的岛尾敏雄、小岛信夫都在其作品中对此进行过探索和尝试。战后，旧的家族制度和它赖以凭依的战前的伦理道德观正逐渐在人们的意识中瓦解，通过媒妁之言来成就婚姻已经是昨日旧事；追求恋爱婚姻自由和个性解放成了时代的潮流，但是在琐碎的日常生活中维护这种自由带来的成果——婚姻，却使每一个自由受益者感到心灵上的疲劳。家庭成员拥有了前所未有的新思想，这本身就意味着新的危机的存在，新的危机对家庭又构成了新的威胁，家庭因此而变得脆弱异常、不堪一击。在庄野的作品中，“家庭”是一个重要的主题，他在创作初期发表的《爱抚》（1949）、《舞蹈》（1950）等都是反映危机四伏的家庭生活、捕捉战后人们的家庭观念发生变化的作品。在短篇小说《舞蹈》中，庄野这样分析：

> 家庭的危机就像趴在厨房天窗上的壁虎。
>
> 它始终待在那里，它的样子透着不祥，不容大意。但是它仿佛是房子里的一件日常用品一样待在那里，人们最终还是慢慢习惯了它的存在。并且无论是谁对讨厌的东西都想视而不见。

庄野的作品获奖颇多，其中获得芥川奖的短篇小说《游泳池边的小景》（1954）描写了男主人的失业给家庭带来的危机。故事的角色是因挪用公款被解雇而失业的丈夫、在游泳池边玩耍的孩子和在一边注视着这一切的妻子。这一波澜不惊、其乐融融的表象背后，实际上隐藏着一种安静的战栗。丈夫在被解雇十来天后，开始每天装做去上班的样子按时出门，为的是不使孩子感到不安，也为了不使周围邻居产生猜疑。作品通过夫妻之间微妙的心理错位，表达了深埋在日常生活表层下的痛苦和悲凉。

作者在《游泳池边的小景》中阐述的主题在其后的作品《静物》（1960）中继续得以深化，丈夫和妻子、一个女孩和两个男孩，一个极为普通的五口之家却时刻显露出深层的危机。这部作品获得了第七届新潮文学奖。其他如获得第十七届读卖文学奖的《昨夜之云》（1964）也是以家庭问题为主线，充满了对和谐、平静、传统的生活方式的向往。作品中主人公一家在人迹罕至、交通不便的多摩丘陵的山顶上安家，全家人享受着大自然带来的诗一般的田园生活。社会的变革浪潮开始波及这个远离喧嚣的家庭，现代化的发展即将打破荒山的寂静，一家人面临着新生活的考验。获得第二十届艺术选奖的《绀野纺织厂》（1969）、获得第二十四届野间文学奖的《绘画竞赛》（1971）、获得第二届赤鸟文学奖和第二十六届每日出版文化奖的《明夫和良二》（1972）以及获得第二十九届日本艺术院奖的《野鸭》《院子里的山树》（1973）等，都引起了极大的社会反响。短篇小说集《道路》（1962）、中篇小说《流藻》（1967）、《屋顶》（1970）和记录战时状况的日记体小说《前途》等，在庄野文学中也都占有重要的位置。

远藤周作与《沉默》

远藤周作在“第三新人”作家中略显另类，是在战后最先把宗教的主题带入文学的作家。远藤周作在三岁时随父母迁居中国大连，十岁时，因父母离异，随母亲回到日本。十二岁时，远藤周作受其伯母的影响与母亲一道接受了天主教的洗礼，成为天主教徒。幼小时期的经历对作家日后的创作产生了深远的影响。其后他离开母亲身边，拜堀辰雄为师。在庆应大学求学期间，他十分崇拜法国天主教哲学家马利丹和天主教作家莫里亚克，开始接触天主教文学。1950年，他为了研究法国现代天主教文学去法国里昂、巴黎等地留学，一年后回国，发表了著名的评论《天主教作家的问题》（1954）。他与评论家服部达等人一起倡导“形而上学的批评”，提出文学的语言和结构具有独立的审美价值。同时他开始专心于天主教文学的创作。1954年发表第一部小说《去亚丁路上》。1955年发表的短篇《白种人》和《黄种人》都涉及了宗教与种族的问题，前者获得芥川奖。翌年，他发表了中篇小说《小小蓝葡萄》。

1957年，他发表了长篇力作《海与毒药》和《火山》。其中《海与毒药》达到了他前期创作的一个顶峰，获得了新潮奖及每日出版文化奖。这部作品取材于二战时期发生的人体解剖事件。描写战争期间九州某医科大学受日本军部委托，用美军俘虏做活体解剖实验。主人公胜吕作为研究生受命参加实验，他虽然没有勇气拒绝，但良知却令他无法下手。他目睹了鲜活的生命在手术刀下被残酷地断送，肝脏被活剥下来供军官享用。这一暴虐的行径令人发指，他飞快逃离现场，内心痛苦万分。作品从人道主义的观点出发对日本军国主义加以批判，意在唤醒日本人的负罪意识。作品采用了倒叙的手法，虚实兼顾，触及了日本战后社会道德的空洞化和现代人内心的冷漠空虚等问题。其后他发表了短篇集《哀歌》（1965）和长篇代表作《沉默》（1966）。

《沉默》以江户幕府采用暴力手段胁迫天主教徒放弃信仰的事件为题材，探讨了天主教能否根植于日本人的精神土壤这一问题。在这部作品中，作者在提出信仰问题的同时也提出了与人的存在本身相关联的道德问题。作品以天主教受到严厉镇压的江户时代为背景，描写了殉教者与背教者的众生相。葡萄牙派来的传教士罗得里格为核实传教士菲雷易拉已放弃信仰的传言的真伪，在日本渔夫吉次郎的帮助下冒死潜入日本，秘密进行传教活动。因为吉次郎的背叛，罗得里格和日本教徒们被捕，面前的菲雷易拉向他讲述在日本传教的徒劳，罗得里格虽然斥责了这个离经叛道的人，但教徒们被拷打的呻吟声令他动摇。眼前的放在地上的刻有耶稣像的铜板，只要踩上去，他就将失去作为传教士的一切，表明他从此放弃信仰。

> 神甫（罗得里格）抬起了脚。感到了足部沉重的钝痛。这不只是一种形式。自己现在就要把自己一生中一直以来引以为美的东西、引以为神圣的东西、充满了人类的理想与梦的东西踩在脚下。这足部的疼痛啊！这时，铜板上的那个人对着神甫说："踩吧。踩吧。我最了解你足部的疼痛。踩吧。我就是为了被你们踩，才来到这个世上，为了了解你们的痛苦才背负着十字架的。"
>
> 如此，当神甫踏上了铜板的那一刻，天亮了。鸡在远处啼叫。

罗得里格不忍坐视无辜的百姓受苦，为拯救他人而抛出了自己的灵魂，这样的背叛是否可以得到原谅、获得救赎？作者提出了这样的问题并且让心中的神打破了沉默给予他回应。作品从信仰的角度剖析了人的内心世界。

此外，他还创作了短篇《架双拐的人》（1958）、《死海之滨》（1973）以及剧本《湄南河的日本人》（1973）、传记《耶稣的一生》（1973）、《基督的诞生》（1978）、《武士》（1980）、《丑闻》（1986）等作品，确立了作为一个现代作家在文坛的地位。除了小说之外，他还写有大量诸如《我·抛弃的·女人》（1964）、《狐狸庵闲话》（1965）这样具有独特幽默感的随笔，以及《神与恶魔》（1956）、《圣书中的女性》（1960）、《宗教和文学》（1963）、《人的未知数》（1978）、《站在外国人的角度》（1979）等探讨文学与人生之关系的杂文，涉及的题材范围甚广。由最初的文学评论转向文学创作，远藤文学不断寻求在日本这片无神的风土之上，在日本人的精神家园里，基督教信仰能够存续的最大可能性。文学与宗教、东方与西方、日本与欧洲、神与人、人的罪孽、人的善恶爱憎、神的沉默等等，都是远藤文学不懈探寻的主题。在日本文坛上，除了远藤周作，同属天主教作家的还有创作了《赛璐珞塔》（1959）的三浦朱门和创作了《远方来的客人们》的曾野绫子。

第四章　经济高速增长时期至昭和末期的文学

一、昭和三十年代（1955—1964）的文学

社会状况与文学发展脉络综述

20 世纪 50 年代到 60 年代，是战后日本的重要转换时期。50 年代国际形势的变化给日本经济的复兴带来了巨大的影响。1949 年以来实施的经济安定政策造成了经济的低迷。但如前所述，由于 1950 年朝鲜战争的爆发，大量军需物品的需求激活了日本的国内产业，矿业的产值几乎达到了战前的水平。朝鲜停战协议签署后，日本的国内经济又重新回到停滞不前的局面，美国自 1954 年开始向日本提供 M.S.A 援助（基于美国制订的以对外经济、军事、技术援助为目的的安全保障法案），力图刺激日本经济的逆转。从昭和三十年代后期开始，日本迎来了被称为有史以来少见的经济鼎盛时期——“神武景气”，到 50 年代末经济持续增长，迎来了更为空前的高速发展，出现了超过前者的“岩户景气”局面。1960 年，池田内阁颁布了“国民收入成倍增长计划”，对经济起飞更起到了推波助澜的作用。技术的进步和经济的发展也改变了国民生活，家用电器的普及一改以往的传统生活方式，报纸、杂志、电影、电视等大众传媒的发达推进了文学的大众化、都市化。日本走出了战败后的贫困。

在这一时期，作家们开始频频出现在大众传媒上，50 年代初以杂志《文学界》为阵地掀起的意在唤起被殖民地化的危机意识、重新思考民族问题、开拓近代文学新局面的“国民文学讨论”已然销声匿迹，代之以 60 年代初兴起的关于“纯文学的争论”。这场争论

以评论家平野谦关于“私小说”的发言为导火索，引发了文坛上的种种反对意见。一波未平一波又起，继“纯文学的争论”之后，《近代文学》派的佐佐木基一在杂志《群像》上撰写了题为《“战后文学”是一个幻影》的文章，继而本多秋五的《战后文学是幻影吗》、奥野健男的《“政治和文学”理论的破产》等评论在文坛上掀起了又一轮争论，论题就是“战后文学”。1964 年 8 月，杂志《近代文学》在发行了最后一期后废刊。这也标志着文学与“战后”渐行渐远，“战后文学”已拉上帷幕。此时，文坛上继第三新人之后，出现了以石原慎太郎、开高健、大江健三郎为代表的新的个性派作家。

50 年代中期也是日本共产党的运动处于转折关口的重要历史时期。1955 年，在日本共产党的机关杂志《赤旗》的元月号上刊登了日共进行自我批评的文章，批判党内的左倾冒险主义。同年 7 月，在日共的第六届全国协议会上，进一步确立了党内的民主化和改变运动路线的新政策，对以往党内极左的过激方针进行了反思。日共的自我批评在同时代的青年中引发了不同的反应。在战后成长起来的某些左翼青年知识分子的心目中，日共是完美、正确的化身，是被理想化的至高无上的组织，日共反省所引发的一种神话破灭的挫败感使很多青年茫然自失。

确立新的自我，成为同时代青年迫切的需求。石原慎太郎的《太阳的季节》正是在这种背景下诞生出来的，它通过描写年轻人无目标、无理想的盲目、放纵的行为，来体现战后年轻一代无视传统、崇尚合理主义的人生态度。《太阳的季节》象征着战后一个时代的转换。发表后，作品的新鲜感以及它与伦理道德相对抗的大胆在社会上引起极大反响。它虽然获得了第三十四届芥川奖，但人们对它的主题却褒贬不一。嗣后，开高健的《裸体皇帝》获得第三十八届芥川奖，大江健三郎的《饲育》获得第三十九届芥川奖。在战争时期度过幼年时代、在战后成长起来的这些年轻作家们，日本战败时他们正值少年时期，因此他们接受的基本是战后的民主主义教育，他们肆无忌惮地冲破传统的社会常识和道德，积极参与政治、关心时事。开高和大江的出现，虽然没有像石原登上文坛时在社会上引起的那种轰动一时的戏剧性效应，但与石原慎太郎追求“快乐”、物质享乐第一的虚无风格截然相反，后两者对资本主义高速发展之下，片面追求经济利益的经济支配体制和社会秩序都提出了尖锐的批评。大江文学提示的战后年轻一代的虚无，开高文学追求的人类心灵的返璞归真，都充满了深刻的社会反思意识。大江和开高都曾作为第三届日本作家代表团成员于1960年访问过中国，其后，大江又多次访问过中国。

这三个作家的共通之处在于他们的作品所体现出的强烈的个性，那就是都试图突破社会进入稳定时期后，随之而来的人们的空虚感和徒劳感。如前所述，相对于战后派的文学，第三新人的出现把文学的视线转移到日常生活中的个体。而正是大江和开高的文学把这种主题的倾斜重新拉回到作家参与现实的高度。因此，他们既有别于关注个人问题的第三新人，又和战后派的主题鲜明性截然不同。他们的出现标志着一个文学新生代的诞生。同时期出现的卓有影响的作家还有颇具反近代主义倾向的深泽七郎，他的《楢山节考》以流传于民间的弃老传说为素材，触及了现代人的内心深处。战后，日本的家庭结构由“大家庭”模式向“小家庭”模式过渡，传统家长制逐渐解体，在此过程中产生了老人的孤独与不安等社会问题。深泽的作品引发了人们对该现象的思考。

这一时期也是女作家活跃的时期。除了野上弥生子、宇野千代、圆地文子等老作家在这一时期继续着她们旺盛的创作活动之外，战后登上文坛的有吉佐和子、山崎丰子、仓桥由美子以及属于第三新人的曾野绫子等都是以女性特有的敏感来观察洞悉战后社会，成就了这一时期女性文学的繁荣。有吉佐和子以取材于古典艺术的《地歌》走上文坛，在发表了显示其雄厚创作实力的《纪川》等代表作之后，将目光投向了社会的多个领域，她的作品广泛涉及老人（《恍惚的人》）、和平（《非色》）、公害（《复合污染》）等诸多社会问题。山崎丰子以描写自家的历史——大阪海带商人家事的《门帘》引起了读者的关注后，也将笔触伸向了社会，暴露医学界问题的《白色巨塔》成为体现她实力的作品。曾野绫子的《远方来的客人们》以明快的笔调描写了美军军官们的样态。她的作品以独特的敬语文体给读者带来了新鲜感。在这些女作家当中，仓桥由美子一反女性作家常用的感性化描写，以抽象的、非现实主义的手法形成了独特的创作风格。作为一个学生作家，她以短篇《党派》脱颖而出，是继大江健三郎之后引起文坛瞩目的又一新人。

昭和三十年代也是“中间小说”和“大众小说”盛行的时期。所谓的中间小说是指介于纯文学和大众文学之间的半通俗性质的小说。20 世纪 50 年代后期，随着周刊杂志的大量发行，这类小说逐渐走进了千家万户，似乎有将纯文学吞噬之势，遂引发了前述的文坛上的“有关纯文学的争论”，这场争论的焦点之一即是如何评价中间小说。一些纯文学作家，如松本清张、井上靖、水上勉等人创作的推理小说或是大众小说在这一时期频频问世，文学也随着时代的发展越来越贴近社会和大众。

在评论界，还是一名大学生的江藤淳以《夏目漱石论》受到文坛瞩目，此后开始了活跃的评论生涯。他在《作家要行动》（1959）中，力推大江健三郎和石原慎太郎等年轻作家。其后的《小林秀雄》（1962）进一步巩固了他在评论界的坚实地位，《“战后”知识分子的破产》（1960）和《成熟与丧失——“母亲”的崩溃》（1967）都是他的实力之作。特别是后者对第三新人的文学进行了总结，就其中“母子关系”这一主题，他指出由于战败和社会的变化，“母亲”的影响变得脆弱，母子紧密的联结关系也随之松懈，“子”对“母”的依赖的“丧失”，虽然带来“子”的孤独，但同时也成为“子”成熟的契机。

吉本隆明也是这一时期评论界杀出的一匹黑马。他本是诗人出身，著有语言学论著《对语言来说美为何物》。吉本从昭和三十年代开始探讨战前的无产阶级作家和战后的民主主义作家的战争责任问题。他的代表作有《文学者的战争责任》《艺术的抵抗和挫折》《心的现象论》和《悲剧的解读》等。

加藤周一在评论集《杂种文化》（1956）中指出，如果把西欧文化看作“纯血种”的话，日本文化就是“杂种文化”。明治以来的日本思想史就是将这种混合物进行纯化的斗争史，斗争中的一方是完全无视传统文化，将西方文化在日本加以纯化的近代主义，另一方是抵制外来思想，维护日本国粹的国家主义。纵观历史，这两种思想互相碰撞，不分伯仲。但是“杂种”并不意味着低劣，日本传统文化和外来文化交融后产生的新文化具有其新的价值，应该予以发现和肯定。这种新的文化论充满了问题意识和敏锐的洞察力。

平野谦的《艺术与现实生活》(1958)是一部完整的私小说论集，在其中作者对“私小说的二律背反”进行解析，进而对私小说进行批判。

其他如中野好夫的《已经不是“战后”》(1956)，唐木顺三的《诗与哲学之间》(1957)、《无常》(1964)，河上彻太郎的《日本的局外者》(1958)，桥川文三的《日本浪漫派批判序说》(1957)和高桥义孝的《文学研究的诸问题》(1958)等都是这一时期重要的论集。特别是唐木顺三、河上彻太郎和山本健吉的古典论和文化论值得重视。

新的个性派作家——石原慎太郎、开高健和大江健三郎

1. 石原慎太郎与《太阳的季节》

石原慎太郎生于日本西部的一个经营船业的实业家家庭，毕业于一桥大学社会学系。在学期间曾经在大学的杂志《一桥文艺》上发表过处女作《灰色教室》(1954)。他首次在正式的文艺期刊《文学界》上发表的作品是《太阳的季节》(1955)，并因此获得了第一届文学界新人奖，同年又获得了芥川奖。

《太阳的季节》通过对战后年轻人挑战传统的伦理道德、对待“性”问题放纵不羁的生活状态的描写，探讨了年轻人在新时代的生活方式。作品的主人公是一个拥有别墅和帆船的富裕家庭出身的拳击手津川龙哉，除了热衷于拳击和帆船等运动外，他和他的伙伴们的主要生活内容就是追逐异性。作品以津川和资产阶级出身的英子的恋爱为主线，突出了追求“运动”和“性”的快乐主题。在主人公的日常生活中，充满着超出一般规范和准则的行为。

……对他来说，最重要的是是否做了自己最想做的事。没有必要问为什么。在行动过后即使会反省，也只是反省成功与否。关键是自己是否得到了满足，除此之外其他的感受都微不足道。因此他从未责怪过自己“做了坏事”。所以在他的词典里没有犯罪一词。

主人公和他的那些同伴们生活在一种自我肯定和自我满足当中，对待人、性、爱情、运动，他们的行为都充满了盲目性、即时性和对传统道德的叛逆和践踏。作者认为“他们在这片干涸的地面上，不知不觉亲手创造了新的情操和道德，而且一代新人将在其中成长起来”。

作品问世后，无论是在文坛上，还是在读者当中，都得到了毁誉参半的反应。赞成派推崇的是作者作为一个学生作家崭露的少年英才和整个作品洋溢的新鲜感。反对者将这部作品对性和暴力的大胆肯定看作是为社会上那些放任自流、胸无大志的当代青年做辩护。无论基于哪一方面的观点，也无论作者的创作初衷为何，都难以否定这样一个事实，即该作品是对生活在经济高速增长时期的当代青年，准确说是部分追赶时代潮流的年轻人的真实写照。在战后的和平年代里，失去了理想的年轻人表现自我的方式体现在性本能的自我释放和暴力上。

时势造英雄，石原慎太郎一时被舆论造就成了时代的弄潮儿，在社会上，在媒体报道的烘托下，《太阳的季节》已然成了畅销书，社会上那些行为、外表类似于书中主人公的青年们被冠名为“太阳族”，甚至作者石原慎太郎的运动员式的发型都被称为“慎太郎发型”而风靡一时。因为作品格外贴近时代，所以得到了同时代的年轻人的热烈回应。该作品还被作者本人搬上了银幕，由其弟——演员石原裕次郎主演，该电影也成了裕次郎的成名作。其后，作者本人也参演、导演电影，成为“偶像型”作家。“《太阳的季节》现象”成为媒体制造的将文学引向商品市场的一个开端，部分作家也开始走向“艺人化”。

作者其后的作品主题依然还是围绕着青年展开，《太阳的季节》之后他还创作了短篇小说《刑房》(1956)、《完全的游戏》(1957)，长篇小说《龟裂》(1956—1958)、《行为与死》(1964)、《星与舵》(1965)、《化石森林》(1970）等作品。《龟裂》和《行为与死》等作品对自我满足的极端追求仍然遭到了读者的质疑和批评。

在《化石森林》中，石原慎太郎展现的是与《太阳的季节》截然不同的世界，作品讴歌了母性之爱，探讨了母子之间纽带的重要性。作品主人公是医学院的学生绯本，他目睹了母亲的不检点行为之后愤然离家出走，偶遇高中时代的阿飞女孩井泽英子，厮混在一起的二人合谋将英子的店老板杀害。绯本不久爱上了另一个女性盐见菊江，为了不让英子泄露犯罪的秘密，绯本的母亲将英子杀害。通过与英子的相遇，绯本重新认识了自己，而与身为一个残疾儿母亲的菊江的相识，使绯本发现并体验了母爱，并由此找回了曾经被割断的母子之间的纽带。

在石原慎太郎的作品中，几乎看不到战争留下的任何阴影，战争似乎已成为一个历史概念，正像他作品中的那些年轻的主人公们那样，他们的生活已经与过去的战争相隔绝。《太阳的季节》为“战后文学”画上了句号，成为名副其实的“战后的文学”。

2. 开高健与《恐慌》

开高健 1953 年毕业于大阪市立大学法学系，上学期间为了生计，曾做过黑市买卖，从事过多种职业，这些体验为他毕业后成为一名作家打下了深厚的基础。大学期间他曾在同人杂志《铅笔》上发表过小说，毕业后在公司里负责撰写广告词，还创办了广告杂志《洋酒天国》。《恐慌》是他的成名作，自 1957 年在《新日本文学》上发表后，开高源源不断地迸发出他的创作激情，同一年他又陆续在《文学界》上发表了《巨人与玩具》《裸体皇帝》，其中《裸体皇帝》获得了昭和三十二年度的芥川奖。

《恐慌》讲述了一个奇妙的故事。某年初春，在大面积的土地上矮竹开花了，结出等同于小麦的营养价值的果实后全部枯死，这是一百二十年间都未曾发生的事。大批的老鼠立即被这些果实招引而来并迅速繁殖，在吃光了果实后，几千万只老鼠将会从山村向县政府所在地扩散。兵临城下，因为工作性质所致，常在山里步行而观察并预测到这一切的县政府山林科的职员俊介提出了有效的应对措施，但上自县政府、山林主，下至看山人、烧炭翁都对俊介的警告毫不在意，俊介还因此在县政府遭到了排挤。最终由于县政府的官僚主义和腐败以及山林主们的目光短浅，导致该地区受害严重。结果一如俊介所言，事态急转直下，人们以俊介为核心开始了补救行动。一心希望借此来出人头地的官僚与倾注全力救灾的俊介形成了强烈的反差。但无论是被排斥还是被视为英雄，俊介始终脸上挂着淡淡的微笑目视着这一切，当他面对来自腐败的县政府“金字塔”般的重压时，他感到的是孤立无援与绝望无助，发出了“只好回到人群当中去”的唉叹。作品意在暴露并批判组织机构的官僚腐败现象，具有积极的社会意义。机构组织的庞大与个人的渺小、前者的强悍与后者的弱小都形成了鲜明的对照，作品中对鼠群逃窜的场面以及对鼠群惊人魔力的描写都体现了作者丰富的想象力和文字的渲染力。

>……即使如此胆小而神经质的老鼠，一旦被汇入集体，性质就会完全发生改变。集团的能量黑暗而巨大，既疯狂又具有意想不到的突发性……
>
>……无数只老鼠争先恐后地跳入水中。从黎明中微暗的灌木林里，从草丛中，从芦苇丛中，老鼠从四处像地下水一般涌出来，不断地跳入河里……

在开高的作品中，“组织与个人”“集团与个体”是一个重要的主题。其后发表的《巨人与玩具》和《裸体皇帝》也突出了这样的核心思想，描写了作为个体的人是如何被组织的巨大力量所左右，同时在这个伪善的社会中，作为个体的人是如何被忽视的。

获奖作品《裸体皇帝》讲述了一个经营绘画颜料公司的富商之子——小学生大田太郎成为“我”的入室弟子，在我开的绘画班学习绘画。从此“我”挖掘他的天分，开始努力教导畏缩胆小的太郎。

某日，“我”萌发了一个让自己的学生们和丹麦的孩子们互相交换安徒生童话插图的想法。“我”的这个计划很快便超出了“我”自己的预想，在巨大的组织当中被不断地放大、变形。“我”把安徒生《皇帝的新衣》的故事梗概讲给孩子们听，并让他们作画。太郎画的是一个梳着江户时代发髻、腰下别着棍子、走在护城河边的裸体贵族老爷。“我”将这幅画拿到全国儿童绘画比赛的评审会上，在一堆泛形式化、毫无个性而言的绘画当中，太郎的画却受到了严厉批评。但当“我”宣布这幅画的作者是主办这场比赛的绘画颜料公司的经理之子时，评审员们顷刻间乱了方寸，脸色骤然改变，匆忙离去。“我”看着这群人，一腔憎恶化作一种冲动，终于禁不住捧腹大笑。

这部作品写出了具有真实性、纯真性的儿童画本身与格式化、虚伪化的大人世界之间的落差。同时也重复了开高文学的一贯主题，即“组织与人”。身处一个集团内部的人，当他朴素的“自我”与这个组织发生冲突时，这种“自我”会被无情地淹没在组织当中。

其后，作者发表了以万里长城的修建为素材的《流亡记》(1959)，借以喻示进入20世纪60年代后日本紧锣密鼓地建设经济大国的社会现实。长篇小说《日本轻歌剧》(1959)更是一部体现了集团之能量的脍炙人口之作。作品描写了一群拾荒者，他们在战后遗留下来的前大阪陆军工厂的废墟上，偷盗那些被丢弃的大炮、铁架等金属。战后的混乱凸显了庶民百姓顽强的生命力，他们身上释放出来的能量在作者的笔下气势恢弘。作品所描写的拾荒者集结起来向警察挑战的超乎寻常的集团性力量仍然没有离开作者一贯的主题，并且充满了庶民百姓式的幽默感。为了创作这部作品，作者专门潜入拾荒者人群当中进行过深入调查。开高的这种追求真实的创作态度也体现在其后的作品中。他曾特地追踪到北海道，实地调查了战后移住到该地区的移民的悲惨生活，创作出《鲁宾逊的后裔》(1960年)。

开高在进行文学创作的同时，还积极投身到社会政治运动当中，作为一名社会活动家活跃在国内外。他的足迹遍布海外，是日本作家中的一个特例。1960年5月开高随日本文学访华团访问中国，与野间宏、竹内好和大江健三朗等一起接受了毛泽东、周恩来等领导人的接见。同年9月受罗马尼亚和平委员会的邀请，出席了在布加勒斯特举行的“葛饰北斋[1]二百周年纪念”活动，并在东欧诸国旅行。翌年，又出访了以色列、苏联；在访问欧洲时会见了萨特，并和萨特一起参加了反对右翼的抗议游行。游历世界各国后，他发表了《过去和未来的国家——中国和东欧》（1961）、《声音的猎人》（1962）等一系列报告文学作品。

最值得称道的是，越战期间，他作为朝日新闻的特派员奔赴南越写出的报告文学《越南战记》（1965），并在此基础上发表的反战题材的长篇小说《闪光的黑暗》（1968）、《夏日的昏暗》（1971），前一部作品获得了每日出版文化奖。可以说开高健、堀田善卫和小田实对开拓战后文学中的报告文学这一新领域都做出了贡献。他们的作品直面社会，带有敏锐的观察力，并把视角扩展到了海外。为声援越南的反战运动，开高还和小田实等作家一起组织了呼吁越南和平的市民文化团体。1969年，开高再次作为朝日新闻的临时特派员奔赴海外，从北美到欧洲，从非洲、中东到东南亚，历访世界多国，考察了尼日利亚东部的内战和中东战争。1970年开高健和小田实、高桥和已等人以维护人的个性和尊严为宗旨，一起创办了季刊《作为人》。其他作品还有带有自传色彩的《蓝色星期一》（1965），战争文学的作家作品论《纸上的战争》（1972），报告文学《西贡的十字架》（1973）、《新的天体》（1974）等。他的作品主题寓意深刻、内容离奇多变。1979年，开高健缅怀中国作家老舍，写下了短篇《玉碎》。

3. 大江健三郎与《饲育》

大江健三郎毕业于东京大学法文学系。初登文坛时与石原慎太郎一样同属学生作家，高中时代喜欢读石川淳的作品。在大学学习期间受萨特的存在主义哲学思想的影响，阅读了存在主义先驱、法国哲学家帕斯卡尔和法国作家加缪的大量作品。大江从入学伊始就开始了文学创作，曾经创作过多部学生剧。1957年，他创作的《奇

① 葛饰北斋（1760—1849），江户中后期的浮世绘画师。

妙的工作》成为当年《东京大学新闻》“五月庆典奖”的获奖作品，受到了文坛的瞩目而崭露头角。评论家荒正人和平野谦给予该作品以很高的评价，荒正人作为评奖委员会的评委，认为作品巧妙地刻画出了当代年轻人共有的虚无感。平野谦也撰文评价《奇妙的工作》是一部难得的时代感强、艺术性高的作品。《奇妙的工作》以一个得到一份临时工作的大学生为主人公，他的临时工作就是帮助职业屠户把大学附属医院不再需要的实验用的一百五十条狗杀掉。最后因为中介的暗中操作，主人公没有得到任何报酬。这项工作既因其内容而“奇妙”，也因其徒劳而“奇妙”。

同年发表的另一篇《死者的奢侈》与《奇妙的工作》属同类作品。主人公“我”是法文系的学生，打工的内容是把大学医学系尸体处理室的尸体转移到新的药水槽。一起工作的还有想赚钱堕胎的女同学和在那里工作了三十年的管理人。浸泡在酒精槽里的是战时被枪杀的逃兵尸体，尸体引起“我”的种种联想，不禁在内心和死者开始对话。怀孕的女生不堪刺鼻的药水味而晕倒在地，被抬走抢救。在好不容易干完后，却得知因办公室的差错，这批尸体不能移至新槽，而应该统统烧掉。医学系的副教授下令在明天早上之前务必把尸体全部搬出来，否则不能为无效劳动支付酬金。作品反映了战后青年精神上的苦闷。作者曾在该作品的创作后记中对自己一贯的创作主题进行了定义，即思考被监禁的状态、思考生活在封闭的墙壁里的状态。两部作品共同的主题都是“徒劳无益”，在这个主标题之下，又交叉着几个副标题。即体现那个时代的青年难以从被监禁、被封闭的精神世界中挣脱出去，无论是被圈在栏中的狗也好，还是浸泡在酒精里的尸体也好，无一不叠映着这一代青年的影子。一方面“我用已经养成的不感到激愤的习惯”来面对《奇妙的工作》里的职业屠夫的卑劣行为，“我”的疲惫与麻木已成为日常状态；另一方面在《死者的奢侈》里，面对副教授的冷酷无情，悲愤的感情又在“我”胸中起伏，“一种膨胀而起的厚重的情感涌上喉头，每一次试图吞咽下去，又被执拗地反涌上来”。在这里，作者以职业屠夫和副教授来暗示这个社会的卑劣和冷漠。而生活在其中的当代人感到的只有徒劳和疲惫。《死者的奢侈》曾和开高健的《裸体皇帝》同时入围当年的芥川奖，最终仅以一票之差落选。转年，大江以其另一部力作终于问鼎了该奖项，这就是《饲养》。

《饲养》讲述的是二战末期，发生在一个远离前线的山村里的故事。梅雨季节，山洪暴发致使山体滑坡，阻断了山村和镇子之间的交通。美军飞机坠落，黑人士兵成了俘虏，在这个偏僻闭塞的山村被当作动物关在地下仓库"饲养"。不久，在黑人士兵和少年"我"以及村里的孩子们之间开始了朴素的人性的交流。但这种朝夕相处的田园牧歌般的日子却因县里下达的引渡命令而即将结束。对这一变化有所察觉的黑人士兵将主人公"我"攫为人质躲进地下仓库。一夜过去，村民们无视"我"的生死冲了进来，"我"因父亲用柴刀砍碎黑人士兵的脑袋而获救，并付出了被砍断左手的代价。在临近作品的结尾处，主人公自述"我再也不是孩子了"。作品提示了一个少年与纯真告别，从此走进大人们的灰色世界的主题。那股来自政治、时代、成人社会的强大力量摧毁了少年心中美好的梦幻。

《饲养》的主题和背景，在大江同年出版的第一部长篇小说《拔嫩芽打孩子》中仍然可以看到，主人公换成了战争时期集体疏散到山村的少年教养院的孩子。以他们遭遇的事情为主线，在众多少年不得不屈从于来自村民团体的威胁时，只有主人公——少年自己决心要面对村民团体这堵横在面前的"墙壁"。《拔嫩芽打孩子》在文坛上获得了很高的评价，确立了大江在文坛上的地位，达到了他初期创作的顶峰。他的初期创作多以都市里的学生或乡村里的孩子为主人公，这些初期作品批判现实的主题和新颖的文体将大江推上了日本现代文学旗手的位置。

大江的短篇《政治少年之死》（1961）反映了社会党委员长浅沼稻次郎的死亡事件，作者因此受到右翼团体的威胁。此外，他还发表了《我们的时代》（1959）、《孤独青年的假日》（1960）、《迟到的青年》（1960）和《日常生活的冒险》（1963）等作品。他的这些作品与初期相比，无论是主题还是作品风格都发生了变化，"性"和"政治"成为作者新的关注焦点。特别是出现了大胆的"性"描写，刻画了在战后停滞不前的社会发展状态下，内心压抑的青年形象。1963年，大江赴广岛调查原子弹爆炸的受害者情况，在此基础上创作了报告文学《广岛札记》（1964）。这篇作品和后来的《冲绳札记》（1969）站在广岛原子弹爆炸的受害者和生活在美军基地冲绳的当地居民的角度来审视现代社会。

这一年大江患有先天性头骨异常的长子出生，从这一时期开始，他的创作方向再次发生改变，"核问题"和"残疾儿"成为大江文学的新主题。同年出版的半自传性质的长篇小说《个人的体验》，获第十一届新潮文学奖。这部作品扩大了他的国际知名度。1967年创作的长篇《万延元年的足球》是大江文学的集大成之作，获第三届谷崎润一郎奖，作品以深山峡谷为舞台，穿插了万延元年的农民武装暴动，表现了核战争时代的恐怖与不安。作者将现在与过去相对照，将1960年的安保斗争和一百年前的起义相重叠，探讨了在日本百年近代化的历史中，人的生存与发展以及现实危机。作者在安保斗争以后的所谓太平盛世，继续追求人的存在价值、探讨现代人的行动和思想的应有表现。其后他还写下了大量的随笔。进入70年代后创作的《洪水淹没我灵魂》（1973）、《当代赌博》（1979）等作品探讨了当代人类面临的各种问题，前者获得第二十六届野间文艺奖。90年代初则完成了《燃烧的绿树》三部曲。

1994年，大江获得当年度的诺贝尔文学奖，成为继川端康成之后第二个获得诺贝尔文学奖的日本作家。在获奖仪式上，他发表了题目为《我在暧昧的日本》的演讲，提到"……就日本的现代文学而论，那些自觉而诚实的'战后文学者'，即在那场战争后一边背负着战争的创伤、一边向往着未来的作家们，……他们为日本军队的非人行径做出了痛苦的精神承担，并在此基础上，从内心祈愿和解。直到今天，我始终自愿地跟在显示这种姿态的作家们的身后，站在这个行列的最末尾"[①]。这个标题与川端康成当年的获奖感言《我在美丽的日本》恰好形成了鲜明的对照，时隔二十六年，由"美丽"

① 大江健三郎．我在暧昧的日本．东京：岩波书店，1995．

到“暧昧”，除了说明作家各自的思想理念和文学观察角度的差异外，也显示了日本文学无论在表面样态还是在本质内涵方面都发生了翻天覆地的变化，当然，世界看待日本文学的眼光也随之发生了改变。在这个自选题目的背后，可以看到作者对日本社会一贯的冷静而透彻的剖析。在日本，政府对诺贝尔奖获奖者都要颁发“文化勋章”，旨在奖励对文化有突出贡献者，且一向由天皇本人亲自授予该奖项。但是大江则拒绝接受这一荣誉，再一次表现出他那否定任何凌驾于民主主义之上的权威和价值观的诚实态度。作为战后的民主主义者，大江在日本国内拥有众多的读者，在他的读者群中善于思考的知识分子占绝大多数。同时也正是他对社会现实的尖锐犀利的观察和直言不讳的批评，招来右翼国家主义分子的攻击，被这些所谓的“爱国者”视为“卖国贼”。

进入21世纪以后，他还创作了《被偷换的孩子》《愁容童子》《两百年的孩子》《别了，我的书!》《水死》等多部作品。纵观大江文学，其题材涉猎广泛，同时又兼具社会批判精神。他的创作涉及政治、历史、核能安全等诸多领域，无一不洞察人性、透视生死。从他的作品中，我们既可以看到来自法国的存在主义包括萨特的印记，也能读出荒诞现实主义与巴赫金、叶芝、艾略特、布莱克等诗人以及拉伯雷、本雅明等作家的影响。近年来，大江在公开场合的演讲中，还表达了对鲁迅的敬意，由此也显露出大江文学的特质。作为一个始终忠于自己价值观的作家，大江在关乎日本国家主义是否抬头的问题上，始终坚持着自己的立场，在“钓鱼岛主权”归属上，大江认为，“要讨论领土问题，日本必须先反省历史”；而在近年来关于日本“修宪”的争论中，大江是“不允许战争千人委员会”团体的召集人之一。

大江曾先后在1960年、1984年、2000年、2002年、2006年、2009年多次访问中国。其中在2006年9月的访华活动中，他除了在中国社会科学院发表了《北京演讲 2006》，在北京西单图书大厦为其新书《别了，我的书》《愁容童子》、随笔集《我在暧昧的日本》举行签名售书外，还在9月12日至13日前往南京参观了侵华日军南京大屠杀遇难同胞纪念馆，并与大屠杀幸存者及研究南京大屠杀的学者进行了座谈。在2009年1月的访问中，他参观了位于北京的鲁迅故居和鲁迅博物馆。

女作家的活跃

1. 野上弥生子与网野菊

昭和三十年代，文坛上另一引人瞩目的现象就是女作家的活跃。其中既有多年的文坛宿将，也有初出茅庐的新人。她们中的大部分都是“女性文学奖”的获得者。

在老作家当中，明治时代生人、毕业于明治女子学校的野上弥生子早在20世纪20年代就以大正时期的《海神丸》（1922）和昭和初年的《真知子》（1928）享誉文坛，作为夏目漱石的门生——野上丰一郎的妻子，弥生子也间接受到了夏目漱石的影响，她的作品展现市民生活，触及社会问题，充满了智慧、伦理和人文主义的色彩。进入昭和三十年后，作家虽已七十高龄，但笔锋仍不减当年，完成了战前即开始创作并陆续发表的长篇巨著《迷路》（1936—1956），作品情节复杂，规模宏大。小说以日本近代史上最为黑暗的战前及战争时期为时代背景，描写了生活在那个军国主义独裁、法西斯专政时代下的青年们如何思考、如何行动、如何在痛苦中寻求抵抗的故事。出身于酿酒之家的主人公菅野省三因参加左翼运动被迫从大学退学，在无所事事间经人介绍到旧藩主阿藤家做编辑史料的工作，同时还担任其孩子的家庭教师。女主人三保子对菅野省三一见倾心，省三不堪三保子的诱惑，告别了阿藤家。不久日军在中国东北地区挑起战争，省三也被征入伍来到中国东北，在前线遇到了学生时代的友人、正在秘密开展东北解放运动的木津，在木津的影响下策划出逃，却在逃跑途中不幸中日军枪弹身亡。省三是那个时代部分进步青年的缩影。这部长篇可谓作者呕心沥血之作，其创作过程前后历经了二十年。作者在昭和三十年代后期创作的《秀吉和利休》（1962—1963）是其又一部力作，描写了日本战国时代的武将丰臣秀吉和茶道的一代宗师千利休之间的对立，通过展现权力与艺术之间的纠葛，刻画了因触怒秀吉而自杀的利休这一悲剧人物的形象。该作品秉承作家一贯的对社会正义的追求，成为其创作生涯中的代表作，获得女性文学奖。进入晚年后，弥生子仍然以九十岁高龄不辍笔耕，创作出了自传性质的小说《森林》（1972年）。

师从志贺直哉的网野菊毕业于东京女子大学英文系，在战前就发表过《家》（1925）、《光子》（1926）等短篇。后因结婚而辍笔多年，离婚以后又重新开始了创作。短篇小说《金棺》（1947）是她在战后创作的第一部作品。进入昭和三十年代，网野陆续发表了《樱花》（1961）、《冬花》（1962）和《一生一回》（1968）等作品，其中《樱花》获得了第一届女性文学奖，《一生一回》获读卖文学奖和日本艺术院奖。她的作品大多取材于日常生活中的点滴琐事，具有私小说的倾向。作品的主题常常首先围绕着“死”与“不幸”，然后以现实主义的手法刻画置身于复杂的家庭环境中的人物群像。作品的这种特征也来源于她自幼父母离异、曾与三任继母共同生活以及与亲人生离死别的经历。婚姻生活的不幸也在很大程度上决定了她作品的个人化风格。如《摇摆的芦苇》（1964）就是带有强烈自传色彩的系列作品。

2. 圆地文子

圆地文子作为日本著名语言学家、东京大学教授——上田万年博士之女，自幼受家境的熏陶，熟习日本古典文学。少女时代受小山内薰的影响，立志从事戏剧创作。圆地文子早在战前就开始发表戏剧作品，她的剧本《晚春骚夜》（1928）曾受到德田秋声的高度评价，并在剧场上演。其后开始转向小说创作。圆地初登文坛之时正是无产阶级文学发展的鼎盛时期，因此在一定程度上，她倾向于马克思主义，并对无产阶级文学抱有极大的热情。战后的代表作品有获得女性作家奖的《饥饿的岁月》（1953）、获得野间文学奖的《女坡》（1949—1957）等，后者描写了在家族制度压迫之下的一个女性屈辱的一生。进入昭和三十年代后，她创作了具有自传色彩的三部曲《失去红色的人》（1955）、《负伤的翅膀》（1960）和《虹和修罗》（1965），三部曲的创作历时十年，回顾了作者幼时的生活，少女时代与古典文学的交融，成长后对戏剧的热爱，以及对未来的憧憬和婚后理想的破灭等。这部长篇巨著获得了谷崎润一郎奖。其他如描写女性的执著和善恶行为的《妖》(1957)、描写发生在宫廷权贵之间的权力争夺之战的长篇小说《活神仙的故事》(1959) 都体现了作者极高的艺术成就。而《生神子物语》(1959—1961) 则再现了一条天皇的正宫定子皇后和叔父道长之间的争端。在尊重史实的同时，塑造了被架空的人物生神子，成功地探索了人物的内心深处，向读者展现了一个妖冶、魅幻的世界。其后该作品获得了女性文学奖。她的每一部作品都蕴含着作者深厚的古典文学素养。昭和四十年以后，她还完成了《源氏物语》(1972—1973) 的现代日语版的翻译，同时还著有《江户文学自谈》(1978) 等文学论集。圆地的作品将古典文学的传统和女性的内心世界有机地结合在一起，从而构筑了一片具有古典美的浪漫天地。除上述作品外，《彩雾》(1976) 等具有现代风格的小说则展现了圆地文学的另一个侧面。

3. 佐多稻子与平林泰子

关于无产阶级文学作家佐多稻子和平林泰子，前章已略有记述。

进入昭和三十年代后，佐多稻子陆续发表了《风从体内吹过》(1957) 以及带有自传性质的三部曲《齿轮》(1959)、《灰色的下午》(1960) 和《溪流》(1963)，展现了她的个人生活遭遇以及政治生涯，其中《灰色的下午》是 1936 年发表的《鲜红色》的续篇。作为一个革命作家，一个妻子和母亲，佐多以这三重角色度过了一个严峻的时代。最终，她在政治上命途多舛，被日共再次除名；生活上，她的婚姻也画上了休止符。1962 年发表的《女宿》获得了当年度的女性文学奖。在经历了一系列政治与生活的历练之后，她创作了长篇小说《树影》(1972)，描写的是一对原子弹爆炸的受害者——一个中国女性和一个拥有家室的日本画家的爱情悲剧。作品触及了原子弹爆炸问题和中国问题，一改以往的单纯突出政治主题的作品风格，加强了文学性。该作品获得了野间文学奖，使佐多的创作达到了顶峰。佐多的作品大多风格朴素，充满了政治色彩。

而平林泰子在战后经历了重大的思想转变，对新日本文学会抱有强烈不满。自 1949 年前后，开始站在批判日本共产党的鲜明立场上，从此潜心于创作。平林无论是在文学上还是在个人生活上都带有积极和炽烈的色彩。1955 年，在结束了二十八年婚姻生活之后，她发表了自传体长篇小说《沙漠之花》，回顾了自己走过的跌宕坎坷的一生。其他以个人生活，特别是婚姻生活为题材的作品还有《不毛》（1962）等。其后，她还写有长篇《秘密》（1967）和《铁的叹息》（1969）。

4. 大原富枝与畔柳二美

在战前就作为《文艺首都》杂志同人，偶有作品问世的大原富枝在战后开始了一边养病一边写作的生活。1956 年，她根据自身的患病体验创作了短篇《链霉素中毒性耳聋》，1960 年发表了实力之作《一个叫婉儿的女人》。后者以江户时代前期的著名儒士野中兼山之女婉儿为主人公，描写了因其父亲被诬陷入狱而身受株连，成为政治牺牲品的婉儿悲凉孤独的一生。该作品获得了野间文学奖，确立了大原在文坛的地位。同一时期的作品还有《正妻》（1961）、《臭名昭著的女人》（1962）和《女人塔》（1963）等。其后的作品如昭和四十年代的《土佐一条家的崩溃》、昭和五十年代的《建礼门院右京大夫》（1970）和《波涛不歌唱》（1974—1978）等都体现了作家在不同时期的创作风格和日臻成熟的文笔魅力。特别是《建礼门院右京大夫》塑造了为爱情而不得不以悲剧终其一生的古代女性。这部作品达到了大原创作的顶点。

畔柳二美毕业于札幌北海女子高等学校。上学时因读到佐多稻子的《写自牛奶糖工厂》而深受感动，曾给佐多稻子写信，由此开始了和佐多稻子的交往，并在佐多的推荐下，开始阅读无产阶级文化联盟发行的《劳动妇女》杂志。大学毕业后，她原本幸福的婚姻生活由于太平洋战争爆发而很快结束。1942 年其丈夫应征入伍，在战败的当年战死于菲律宾，直到 1948 年畔柳才接到讣告。在丈夫生死未卜期间，她开始以文学为精神寄托，并把自己的习作寄给佐多稻子恳请指导。受丧夫之痛的打击，畔柳早期的作品多描写战争给普通家庭带来的灾难，如《夫妇》（1949）、《无限的困惑》（1951）

和《川音》等，表达了对战争的愤慨和对战灾的绝望和悲哀。其中，佐多对《夫妇》评价甚高，后两篇作品则入围1951年度的芥川奖。《夫妇》以女性鲜有的锐利视角、讽刺的笔触再现了民主主义新宪法实施之下的一般夫妇生活的境况。《姐妹》（1954）具有自传性质，是体现作者少女时代生活的实力之作，作品以作者的故乡北海道为舞台，用活泼幽默的笔调回忆了童年，获每日出版文化奖。昭和三十年代，她的《在岁月的影子下》（1955）、《遥远的路》（1959）和《白色的路》（1960）在文坛上都具有一定影响。

5. 原田康子与芝木好子

原田康子曾做过新闻记者，为《北海文学》《札幌文学》杂志同人，并发表过短篇小说《沙比达的记忆》（1953）。自昭和三十年代起作者开始进入创作的旺盛时期。1955年创作的长篇连载小说《挽歌》，描写了少女兵藤怜子在一个偶然场合结识中年建筑师桂木，并爱上了这个有妇之夫。在目击了美丽的桂木夫人与医学系男生的地下恋情之后，怜子开始接近桂木。经历了太平洋战争、在战后过着失意生活的桂木陷入了这段纠葛当中，而怜子对冷淡的桂木是否真正爱着自己始终怀有疑问。这段感情最终导致桂木夫人自杀，这一令人震撼的结果最终也使二人分手。人的感情欲望和道德约束之间的冲突是现代社会凸显的问题，作品通过这一主题，触及并剖析了现代人的利己主义思想。《挽歌》描写了少女在恋爱中的纤细、多愁善感，文风细腻、纤巧。主人公怜子作为一个敢作敢为的性情女子，她率性大胆和自由随意的生活态度吸引了众多的读者，一时间甚至出现了"挽歌族""挽歌式"等新的词汇。同时，冲破传统价值观的主题使作品充满了时代的气息。该作品荣登1957年度畅销书榜首，据资料显示，共销售了70多万部，以当时一个无名作家取得的如此成绩来看，足见该作品的影响力之大。伊藤整等评论家也给该作品以极大的肯定。同年，作品还被搬上了银幕，加之媒体的推波助澜，一时间出现了空前的"《挽歌》效应"。特别是作品的背景地——北海道的小城钏路因该作品而红极一时，从一个原本是海雾笼罩、阴湿寒冷的港口小镇，发展成为北海道旅行的热门景点。由于《挽歌》对钏路的社会文化的振兴与发展做出了贡献，为了纪念它给这座小城带来的巨变，《挽歌》的众多爱好者在当地市民的协助下，在钏路竖起了《挽歌》纪念碑。这一时期作者的其他作品还有《害病的土丘》（1957）、《徒劳无益》（1960）、《杀人者》（1962）以及《望乡》（1961—1962）等。

芝木好子在战败前曾以短篇小说《青果市场》（1942）获得过第十四届芥川奖，其后还发表了《流逝的日子》（1946）、《六年的梦》（1948）、《妻》（1950）、《百日红》（1954）和《洲崎乐园》（1954）等作品。1960 年曾获女性文学奖。她的文笔秀丽，擅长细腻的感情描写，作品多以妇女生活为主题，塑造为生活和事业而奋斗的女性形象。昭和三十年代，她发表了《夜光之女》等作品，特别是自传体小说《汤叶》《隅田川》《丸内八号馆》等系列作品的连续问世，确立了独自的作品风格，其中《汤叶》获女性文学奖，引起了一定反响。作品通过对三代人不同生活的描写，从侧面展示了日本社会的急遽变化。其他作品还有长篇小说《面影》（1969）、《竹富岛》（1976）等。

6. 田边圣子与曾野绫子

田边圣子生于大阪，在接受中等教育之后参加工作，在批发商店的工作经历使她谙熟大阪商人的生活，丰富了她其后的创作。1956 年和 1958 年先后发表了中篇小说《虹》和长篇小说《采花》。后者巧妙运用大阪方言，活灵活现地刻画出大阪女性的样态举止和行为特征。1963 年创作的《感伤旅行》获得第五十届芥川奖。大阪方言的巧妙运用为她的作品增色不少，细腻幽默的描写手法也成为其作品的一大特色。昭和四十年代以后的代表作品传记小说《千根黑发——我所喜爱的与谢野晶子》、长篇小说《亲密的关系》《新源氏物语》等都是颇具影响的作品。

战后最早作为新人女作家登上文坛的曾野绫子也常被归类于第三新人派作家。她毕业于圣心女子大学英文系，素有才女之称，早在求学期间就发表过短篇小说《山麓下的原野》，还和同人共同创办第十五期《新思潮》杂志。她的《远方来客》（1954）细腻地描画出美国占领军和日本职员之间的关系，同年的《海的坟墓》和 1957 年发表的《牛骨》等短篇都一反日本小说常见的结构模糊、文体暧昧等不足，体现出曾野作品所具有的结构清晰、文体明快等特征。从昭和三十年代到昭和五十年代，她游历了世界多个国家，进一步开阔了观察生活的视野。她的长篇小说《里奥・格兰德》（1961）和《无名碑》（1969）都以生活在海外的日本人为描写对象，前者反映了移居南美后的日本人的生活样态，后者描写了生活在泰国的日本修路工的生活。昭和三十年代的《二十一岁的父亲》（1963）和昭和四十年代的《虚构之家》两部作品提出了战后逐步迈入现代化的日本社会的重大问题之一，即家庭解体问题。昭和四十年代创作的四部作品《只见川》《牺牲之岛》《一个神话的背景》和《春草之梦》都有一个共同的主题——反战，作品对日本军国主义进行了揭露和批判。其他作品如《奇迹》（1973）、《太郎物语》（1973）、《压伤的芦苇》（1974）和《不在之室》（1976）也都是触及社会问题、引发读者思考的作品。

7. 森茉莉与小堀杏奴

昭和三十年代的文坛上，同时还活跃着文学大家的后代们。她们自幼受家庭氛围的熏陶，在父辈的影响下走上了文学之路。在她们的创作中，随笔占有主导地位，其中大多以对父辈的回忆为素材。

森鸥外的两个女儿在昭和三十年代也活跃在文坛上。长女森茉莉在经历两次失败的婚姻后开始执笔写作。其中回忆其父森鸥外生平的随笔《父亲的帽子》（1957）和《脚步声》（1958）较有影响。其他如小说《深灰色的鱼》（1959）、《情人的森林》（1961）、《枯叶的床》（1962）等作品大多以个人经历为题材，唯美色彩浓厚，可以读出作品自然而然流露出的贵族气息。特别是《穷奢极侈》（1963）体现了作者对纯洁的美的世界的追求。次女小堀杏奴跟随做画家的丈夫旅居法国，回国之后开始文学创作。早期的创作大多是以父亲为题材的随笔，进入昭和三十年代后，写有《小恋人》（1955），并完成了长篇小说《春之涯》。

8. 幸田文与原叶子

幸田露伴之次女幸田文在其父去世后开始了文学创作，前期作品大部分为回忆父亲的随笔以及亲自整理、编纂的父亲手稿，后转向小说创作。《临终》（1947）、《送葬记》（1947）等记录了作者在露伴晚年陪伴其左右的岁月。昭和三十年代前后发表的短篇小说集《黑色的衣襟》（1954）和长篇小说《飘零》（1955）影响较大，特别是后者以妓院女佣人的生活为素材，文笔生动、细腻。同一时期还出版有随笔集《涟漪日记》（1954）、确立了其小说家地位的《流》（1955）、《弟弟》（1956—1957）、《浮云》（1956）和《笛》（1957）等。

原叶子是诗人原朔太郎之长女，由于其幼年时母亲与人私奔，一直生活在母亲丑闻的阴影下。原叶子曾就读于国学院大学，有着扎实的文学功底。她的《回忆父亲朔太郎》（1956）生动简洁、妙笔生花，获得了随笔家俱乐部奖。以此为出发点，她后来又创作了长篇小说《木马馆》（1964）和以其父友人为题材的《天上之花——三好达治》（1966），并获得了新潮文学奖和田村俊子奖。这两部纪实作品都映现出作者少女时代的经历。其他作品如短篇小说集《花儿笑》（1967）、《瞬间的午后》（1972）也基本以往日的生活经历为素材。

9. 仓桥由美子与有吉佐和子

在昭和三十年代登上文坛的具有代表性的新锐女作家不乏其人。她们的创作为文坛带来了前所未有的清新气息。

学生作家出身的仓桥由美子在这一时期备受文坛瞩目。在明治大学法国文学系硕士就读期间，她就发表了处女作《党派》（1960），作品以一女大学生为主人公，讲述了她为了寻求自由而脱离激进党并抛弃情人的故事。作者并没有明确作品中所指党派即日本共产党，主人公只是以一个党外知识分子的立场对激进党进行了批评。作品受存在主义影响，风格抽象，对“性”的描写进行了大胆的尝试，构筑了一个反现实主义的世界。《党派》受到了平野谦等评论家的好评，翌年获得了女性文学奖，并于 1962 年获得了田村俊子奖。1965 年，她发表了长篇小说《圣少女》。仓桥作为战后接受自由民主主义教育成长起来的新一代女作家，男女同权、平等的意识已根植于其创作理念当中，她的作品体现出女作家通常缺少的冷静和抽象，可以说打破了“女性文学”的固定程式。1969 年创作的《烧炭党员 Q 的冒险》，继续了《党派》以来对左翼组织的批评精神，内容荒诞，具有讽刺意味。这种特性在其后创作的《梦的浮桥》（1971）中也有所体现。《梦的浮桥》描写了一个即将和有可能是自己胞兄的男人成婚的年轻女性的心理。在仓桥的大部分作品中展现的完全是一个与日常相反的世界，小说的描写手法堪称前卫。

有吉佐和子 1956 年以《地歌》获文学界新人奖登上文坛。该作品通过父女二人的感情离合，揭示了艺术界新旧两代人之间的矛盾。同样反映艺人生活题材的作品，还有其后的《木偶净琉璃》（1958）、长篇小说《香华》（1959）等。《纪川》（1959）也是有吉颇具影响的一部作品，作品以作者的故乡纪州为背景，通过塑造分别代表着明治、大正、昭和年代的女性形象，记述了三个不同时代的女性的人生观，间接地反映了作者反战和反封建的思想。同样以纪州为舞台的《助左卫门四代记》（1962—1963）描写了一个老家庭的变迁。有吉的作品还广泛触及了一系列的社会问题，视角独特而尖锐，可以称其为社会派作家。1959 年，有吉赴美国留学。回国后，创作了反映种族歧视问题的小说《非色》（1963）。这部长篇讲述了一个嫁给美国黑人士兵的日本姑娘的遭遇。《恍惚的人》（1972）则揭示了日本现代社会日渐严重的老人问题，引起了社会的普遍关注。《综合污染》（1975）着眼于公害问题，提出了资本主义的高速发展带来的环境污染的危害，起到了警示社会的积极作用。有吉在 20 世纪 60 年代曾多次访问中国，并以中日友好为主题创作了长篇报告文学《中国报道》。其他作品如《华冈青州之妻》（1965）、《暖流》（1968）和《初云的阿国》（1967—1969）等都不失为脍炙人口的佳作。

10. 山崎丰子与濑户内晴美

与有吉佐和子同样倾向于暴露社会问题、具有社会意识的山崎丰子生于大阪，以取材于自身家庭背景的处女作《门帘》（1957）闯入文坛，作品塑造了一个经销海带的典型的大阪商人形象。其后的长篇《花门帘》讲述了经营曲艺剧场的女老板的故事，获得第三十九届直木奖。记者出身的山崎还将描写对象拓展到其他行业，长篇小说《白色的巨塔》（1965）暴露了医学界专横的权威主义及其给患者带来的伤害，同时展现了大学附属医院之间以及医院内部医生之间钩心斗角、尔虞我诈的阴暗面。1973 年她以银行界为背景，创作了长篇《华丽家族》，暴露了政界、财界的相互勾结利用，以及政客与资本家之间的幕后交易。这些作品很多都被改编成了电影和电视剧。1984 年创作的《两个祖国》再现了 1945 年东京国际法庭的审判实况。其他作品还有《女人的勋章》（1961）、《女世家》（1962—1963）、《不毛地带》（1973—1978）。

濑户内晴美是一个感情生活复杂而多变的女作家。二十一岁时通过媒妁之言嫁给年长的丈夫，随丈夫在中国北京生活。战后回到日本，与丈夫的学生产生恋情，并为此抛夫弃子、离家私奔。在感情世界的流转和彷徨使她开始以“三谷晴美”为笔名创作一些少女小说和童话来寄托情思。其间与已婚作家小田仁二郎的相遇，再一次改变了她的人生轨迹。最终，她人生中的这些旅伴都相继离她远去。丈夫离世，丈夫的学生因事业的失败而自缢身亡，作家小田病逝。她的作家生活也一直处于这样的感情波折起落之背景下，爱恨经历成为她创作的素材。1955 年，她发表了处女作《女大学生曲爱玲》并获得新潮同人杂志奖。其后的《花芯》因包含露骨的性描写而引起文坛的争论和批判。她的初期代表作《夏日的尾声》（1962）描写了一个与怀才不遇的作家陷入长达八年恋爱的女性欲斩断情愫的故事，作品带有私小说的性质。该作品获得了女性文学奖，确立了她在文坛上的地位。她的作品多以她自身的爱情体验以及失败的婚姻生活为题材，擅长对女性的心理进行分析和描写。她的《妒心》（1964）、《焚兰》（1969）等作品体现了作者对人生的独特见解。除此之外，她的传记小说也自成风格。以幸田露伴门下的小说家田村俊子生平为题材的《田村俊子》（1961）、取材于小说家冈本佳野子生活的《冈本加乃子的缭乱》（1965）、描写女性解放运动家伊藤野枝的《美在乱中》（1966）等作品都堪称佳作，充满了作者对生活的激情。其中，《田村俊子》获第一届田村俊子奖。1973年，五十一岁的她皈依佛门，法号寂听。在她看来，出家意味着死去，是活在死亡中。即使在成为寂庵庵主“寂听”之后，濑户内依然不能做到“六根清净”，她认为自己永远是一个有着无尽烦恼的凡夫俗子，只是看待往事的目光更加冷静、客观而超脱。在出家的翌年她发表了自传体小说《从何而言》《色德》《拥抱》等。即使在进入平成年代以后，她也仍旧活跃在文坛上，获得了谷崎润一朗奖等多数奖项，并获得直木奖的提名。

11. 河野多惠子

继承了谷崎润一郎的创作方法的河野多惠子也是在这一时期登上了文坛，她把异常的性爱作为主题，擅长描写处于复杂的男女关系中的女性的心理活动与幻想。继成名作《狩猎幼儿》（1961）之后，她1963年创作的《蟹》获得了当年的芥川奖。在这部作品中，作者以其敏锐的观察力透视了埋没在日常生活中的夫妇之爱。她的作品充满了奇特的幻想，作家对嗜虐以及被虐心理的分析与把握使其作品在女作家的作品中独树一帜。她的《意外的声音》（1968）、《草丛中的热气》（1969）、《旋转门》（1970）和《双梦》（1973）等作品都表达出作者对男女之间感情纠葛的独到见解。在《旋转门》中，她也保持了对“夫妇关系”这一主题一贯的探索。在她的笔下，夫妇关系的脆弱体现了生活在现代社会的人对生存感到的不安和孤独。继芥川奖之后，她获得了文坛上的多数重要奖项，并在1987年与大庭美奈子成为芥川奖评审委员会中第一批女性评审委员。其后还在谷崎文学的研究方面取得了不凡成果，创作了出色的文学评论《谷崎文学和肯定的欲望》《谷崎文学的愉悦》等。

女作家的活跃在昭和三十年代文坛上形成了一道亮丽的风景线。

中间小说和大众小说的流行

进入20世纪50年代末期，大众传媒也迎来了它发展的鼎盛时期。广播、电视、周刊杂志慢慢开始融入人们的日常生活。另一方面经济的增长使大量的劳动力涌入城市，加快了城市化的发展进程，使市民阶层迅速扩大。在大众传媒的引领下，越来越多的人，特别是市民阶层，随着60年代经济的高速增长开始走近“文学”，将看小说作为闲暇时消遣的一部分。文学开始渐渐突破纯文学的格局，朝着多元化的方向发展，这使纯文学与通俗文学之间的界限变得模糊和暧昧。文学不再只属于知识分子和文学青年，而是开始面向大众百姓，由此诞生了介于纯文学与大众文学之间的“中间小说”。随之而来的是在昭和三十年代的文坛上引发的关于如何给“纯文学”定义的争论，这场争论在评论家平野谦和作家大冈升平、高见顺等人之间展开。面对读者对大众小说、科幻小说和推理小说的需求，平野谦1961年9月在《朝日新闻》上撰文指出，纯文学的概念不过是一个历史性的概念，战后的所谓纯文学要独立于政治、媒体之外的文学理念在新的时代已经失去了其说服力。这种观点受到高见顺的强烈反对。其实早在同年1月，大冈升平就已经在《群像》杂志上撰文对井上靖的《苍狼》进行过批评，对其“历史小说”的属性以及对评论界给予中间小说的好评提出了质疑。这场争论体现了经济高速增长时代社会多元化的发展给文学领域带来的困惑。在此之前，在纯文学和通俗文学之间历来横亘着难以逾越的鸿沟；而后以井上靖、松本清张、水上勉等人为代表的中间小说作家，他们的创作既打破了所谓纯文学的局限性，又在通俗文学之上，为现代日本文学开拓了新的领域。他们的作品既具备故事性、通俗性，又拥有严肃性、文学性，这种双重特征同时决定了它的可读性和读者群的广泛性。井上靖的作品题材不拘一格，在现代与历史之间来去自如。松本清张的作品充满社会意识，通过对潜伏在日常生活中的大小事件和“犯罪”的描写以及对犯罪动机的追究，使推理小说除了情节的引人入胜之外，也引发了读者对社会的思考。水上勉则将推理小说和日本传统的私小说有机地结合在一起，他的创作也显示了作品题材的多样化。和松本清张一同被称为社会派推理小说作家的还有有马赖义等。

从大正年代末期就开始流行的大众小说在这一时期也呈现了新

的动向。大众小说是指相对于纯文学的通俗文学，是以迎合多数读者的喜好为目的的娱乐性读物。通常把传统题材的作品称为大众小说，把现代题材的作品称为通俗小说。

大众小说作家吉川英治的《新・平家物语》（1950—1957）、《私太平记》（1958—1961）所显现的故事情节的魅力和求道精神吸引了众多的读者，被称为“国民文学”“百万人的文学”。山本周五郎的大众小说多描写庶民百姓的悲欢世界，他的《枞树留了下来》（1954—1956）、《周游太空》（1961—1963）等作品以历史题材来表现现代社会的诸多矛盾和现代人的苦恼。创作了战国题材四部曲——《窃国之故事》《关原》《新史太阁记》和《城塞》（1963—1966）的司马辽太郎擅长塑造历史上的英雄人物形象，拥有广泛的读者群，他的作品具有自己独特的历史观，曾斩获多个文学奖。如他以安土桃山时代的武士复仇为题材创作的《枭之城》（1958—1959）获直木奖，描写江户时代末期的维新英雄坂本龙马的《龙马行》获菊池宽奖，等等。乡土作家深泽七郎的作品则充满了乡土气息和反近代主义的风格，向读者展现的是民间传承的世界。这些大众文学在20世纪30年代到40年代取得了飞跃性的发展，在某种意义上，这种发展一方面是与日益进步的电视、电影相抗衡的结果，而另一方面也是电视、电影的联动作用之下的产物。

1. 井上靖与《天平之甍》

井上靖在大学期间就开始了文学创作，曾发表过作品《明治之月》（1935）。京都大学毕业后就职于每日新闻社，1937年应征入伍，半年后因病退役，重新开始了记者生涯。战后曾致力于诗歌的创作。1949年他连续发表了《猎枪》和《斗牛》。后者获第二十二届芥川奖。《斗牛》真实地刻画了几个投机商的形象，揭示了战后日本社会的混乱与动荡。在发表这部作品之后，井上成为一个涉猎诸多题材领域的多产的职业作家。在他的作品中，一方面有捕捉社会问题的、以《冰壁》（1956—1957）为代表的现代题材的小说，如《黑蝶》《射程》《杨贵妃》等等；另一方面，以中国为背景的历史题材、西域题材的小说也占有相当的比重，如《天平之甍》（1957）、《楼兰》（1958）、

《敦煌》（1959）、《苍狼》（1959—1960）、《风涛》（1963）、《后白河院》（1972）等。他还曾任日中文化交流协会会长，为日中文化交流做出了贡献。他的作品故事性极强，拥有广泛的读者群。其他作品还有《夏草冬涛》（1965）、《化石》（1966）、《星和祭》（1971）以及诗集《北国》《地中海》等。

《天平之甍》是描写唐朝高僧鉴真东渡的长篇小说。天平五年（公元 733），日本僧人荣睿、普照等乘遣唐使船赴中国，请求高僧鉴真东渡，为日本建立授戒律宗。一行人在海上行舟数月，终于抵达扬州。在扬州大明寺，一行人恳请鉴真东渡。面对九死一生之险，鉴真慨然应允。自 743 年（唐天宝二年）起，历经十年苦难，先后五次出海，都因遭遇风暴等而未能抵达目的地。其间荣睿染病辞世，鉴真也已双目失明，但其东渡决心不改。终于在 753 年第六次渡海成功。鉴真在日本奈良东大寺，首次设戒坛，为日本圣武上皇以下授戒。759 年建造唐招提寺作为戒律道场，普照自唐土带来的鸱尾甍被装饰在寺殿的屋脊两端。鉴真在日十年，传播佛教文化，被赐大和上（大和尚）封号，被日本尊为律宗之祖。对鉴真的描写作为一条主线贯穿整个作品，对四个留学僧荣睿、普照、戒融、玄朗的描写，作者则施以重墨，包括四人各自胸怀的不同理想，各自走过的岁月和最后的命运。

2. 松本清张与《点与线》

松本清张小学毕业后，曾做过公司的后勤保障员、印刷工等工作。1942 年进入朝日新闻社，翌年应征入伍，在朝鲜迎来了日本战败的消息。战后开始了文学创作。1950 年发表处女作《西乡票》。1952 年发表的短篇《小仓日记传》获第二十八届芥川奖，自此在文坛崭露头角。1956 年，松本辞去报社工作，开始了职业作家的生涯。松本在这一时期开始涉及推理小说的领域，以推理小说的方法揭示社会诸矛盾。1957 年发表的长篇推理小说《点与线》引发了社会上的“松本清张热”，继而掀起了推理小说的热潮。他的推理小说否定了以往侦探小说的荒唐无稽，注重科学性、主张现实性、反对非现实性。通过一个个案例来揭示事件背后的社会根源之所在，从而达到暴露国家体制之弊端、社会组织之黑暗的目的。其作品所体现的正义感、文学性、严肃性是以往的侦探小说无法比拟的，开拓了社会派推理小说的新领域。其后陆续发表了《眼之壁》《零的焦点》《黑色画集》和《落差》等作品。60年代开始，松本纵览古今史料，对历史上遗留的一些案例和事件的疑点进行研究，写出了现代题材的长篇报告文学《日本的黑雾》(1960)、《挖掘昭和史》(1964—1971)，古代题材的《古代史疑》(1966—1967)、《游史疑考》(1971—1972)等。《日本的黑雾》聚焦二战后美军占领日本时期发生的著名案例和事件，如帝国银行职员中毒事件、松川地区客车出轨事件等，通过翔实的史料，揭露了政局的黑暗。

《点与线》讲述的是围绕一个殉情事件，如何透过表象侦破其内里的故事。经营机械器具的商人安田辰郎尽管准备了自己不在场的合理证据，没有遗留下任何蛛丝马迹，但警探认真展开调查，终于使案件水落石出，让安田落网，同时使隐藏在这起事件背后的贪污案真相大白。作品题目中的“点”与“线”分别喻示每一个个体的人和人与人之间的连带关系。

3. 水上勉与《雁之寺》

水上勉自幼经历坎坷，年少时曾多次入寺庙当学徒，最终都离寺出走。其间他还经历过一段流浪生活，并曾远行至中国东北。后因病回国，在故乡以教书为生。战后立志写作，在作家宇野浩二的关照下开始了小说的创作，不久失去热情。在尝试过多种职业后创作欲望重新被激发，写出了《雾与影》(1959)、《海之牙》(1960)等社会派推理小说，这两部作品都曾入围直木奖，后者还获得第十四届侦探作家俱乐部奖。1961年，他以少年时代的寺庙学徒生活为题材创作了《雁之寺》，获第四十五届直木奖，自此笔耕不辍。他的作品多取材于真实案例，如取自青函渡船事件的《饥饿海峡》(1962)、暴露京都寺院内讧纷争的《银之庭》等。以京都为背景的作品，如《京之川》《西阵女人》《五号街夕雾楼》等都是脍炙人口的名篇。除了推理小说，他创作的其他文学形式的作品也不乏力作，如传记作品《一休》(1975)、《宇野浩二传》等等，前者获第十一届谷崎润一郎奖，后者则获第十九届菊池宽奖。

《雁之寺》的故事背景依然是作者熟悉的寺院。作品讲述的是发生在两代僧人——寺院住持、小和尚和一个女人之间的故事。孤峰庵的小和尚慈念身世孤苦。曾来寺院画屏风的京都画坛的画家岸本南岳，在临终之际将自己年轻貌美的情人桐原里子托付给寺院住持慈海，慈海趁机将其占为己有。善良的里子在得知慈念的不幸身世后对慈念格外同情。慈念对里子心生爱慕而将师傅杀害，继而出走。临行前还剪走了寺院里屏风上画有大雁母子之情的画作。作者通过这一细节的描写来表现主人公内心的孤独和对亲情的向往。作品暴露了寺院僧人腐化堕落的生活。在《雁之寺》之后，作者又后续了《雁之村》《雁之森》和《雁之死》，合成了四部曲。

4. 深泽七郎的《楢山节考》

深泽七郎中学毕业后当过店员，做过生意，也曾四处流浪。他一度醉心于吉他演奏，随乐队巡回演出。虽然年过不惑才开始文学创作，但是1956年《楢山节考》一经发表即获第一届中央公论新人奖，引起文坛的瞩目。其后陆续发表《笛吹川》(1958)、《风流梦谭》(1960)、《阿熊婆谎言歌》(1962)、《甲州摇篮曲》(1964)等作品。长篇小说《笛吹川》从农民的角度，透视了战国时代作者故乡甲斐当地的武田氏族的内乱与消亡，描写了农民作为被支配者的悲惨命运。中篇小说《风流梦谭》讲述的是一个发生在梦境中的故事。在主人公的梦里，东京发生了骚乱，那些受压制的人们乘势而起，天皇家族遇难。作品对皇族被处刑的场面描写触犯了右翼分子的禁忌，诱发了右翼分子制造的恐怖事件，刊登这部作品的《中央公论》社的经理住宅遭人袭击，作者也因此四处漂泊隐居。深泽七郎作为一个民俗作家，他的小说相异于其他日本近现代文学作品，浓厚的乡土气息把读者引入民俗世界，并触及其中真实的人性。

《楢山节考》以流传于民间的弃老传说为题材，描写了生活在穷乡僻壤的农民的贫困和悲哀。主人公阿铃居住在信州的山村，按照当地的旧习，到了七十岁就会被遗弃到所谓神仙居住的山坳。上了年纪的阿铃一直耻于自己因牙齿齐全还能正常进食，于是故意在石臼上磕掉两颗门牙并告知儿子辰平自己进山的行期将至，最后辰平难掩心中悲痛背母亲进山。《楢山节考》的场面描写具有异常的震撼力，社会文化、传统陋习、乡村经济和母子关系等问题都容纳在这个故事中，该作品其后被两次搬上银幕。

二、昭和四十年代（1965—1974）的文学

社会状况与文学发展脉络综述

从20世纪60年代到70年代，日本经济依然保持着高速增长，1968年，日本的国民生产总值已紧跟美国之后，跃居世界第二。经济的高速增长带来了产业结构的变化，60年代，日本农林业人口锐减，所占产业人口的比例不足20%，而化学工业、重工业的产值占工业生产总值的三分之二以上，环境污染、农村的荒芜、城市人口的过度密集等问题随之出现。田中角荣内阁因此提出了日本列岛改造计划。在贸易方面，技术的进步加强了日本产品在国际市场上的竞争力，到了60年代末期，强劲的出口贸易使日本的外币储蓄额仅次于德国，位居世界第二。1973年，全球范围的石油危机使日本经济进入了停滞阶段，到1974年，国民生产总值在战后首次出现了负增长，从此日本经济从战后的高速增长转向平稳发展，日本开始以一个经济大国的姿态出现在国际社会。

国际上美苏两大阵营的对峙使冷战持续，这刺激了中美关系的改善，尼克松访华和新中国恢复联合国合法席位也促进了中日关系的调整。日本在外交上，特别是在亚洲，1965年和1972年分别实现了日韩和中日之间的邦交正常化。日本政坛也逐渐趋向多党化的政治。

1970年日本成功举办了世界博览会。科技的进步和经济的发展在不断地改变着人们的生活，人们的生活方式和生活意识都在悄悄地进行着一场新的“革命”。日本从50年代中期到70年代初期已经

完成了第一次消费革命，衣食住行等生活的基本需求已得到了满足。从 70 年代又开始了更高阶段的第二次消费革命，促进了人们对精神文化的追求。

但同时，持续了二十年之久的经济增长的突然停滞，石油危机带来的不安，加之 70 年代初日本国内的通货膨胀等等，又使人们对未来产生了前所未有的危机意识。1973 年，小松左京发表了科幻小说《日本沉没》，反映了那个时代日本国民的心理。小松左京和星新一、筒井康隆被称为日本科幻小说的“三大家”。《日本沉没》讲述了一个“末日”即将来临的故事。地球物理学家田所博士发现日本的海底结构发生了巨变，日本各地也不断发生地震和火山喷发事件，日本列岛将面临重大灾难。受到博士的警告，日本政府开始启动极密计划，暗中和世界各国交涉，准备转移资产，并把所有日本国民移居海外。然而，东京地区发生了史无前例的大地震，使整个城市陷入瘫痪状态。日本的末日比预期提前来临。日本列岛以及日本人的命运将归属何处？作品对民族、国家的概念进行了思考。该作品一时间畅销不衰，销量超过了 400 万部，成为当时出版商在广告词中宣传的“全民必读”之书，又随即被制作成电影、电视剧和广播剧，掀起了一场“预言热”“超能力热”和“日本末日论”。催生这一现象的是 70 年代思想领域的空洞化和经济奇迹背后的虚无化，以及 70 年代被石油危机和迅猛的工业化发展带来的环境污染等阴影所笼罩的日本当时的社会实态。

文学在这一时期也朝着多元化的方向发展，一方面是老作家们风格迥异的创作仍不乏读者，另一方面在昭和三十年代后期崭露头角、昭和四十年代活跃于文坛的新作家们的作品更为人所瞩目。《悲之器》的作者高桥和已、《鲨鱼》的作者真继伸彦、《现代史》的作者小田实、《然而，我们每一天……》的作者柴田翔等作家在这一时期以杂志《作为人》为创作阵地，直面现代社会的政治、经济、环保等问题，履行着作家的社会责任。同时，与这些作家的创作风格与作品取材都截然相反的、被称为“内向的一代”的新作家的出现也成为这一时期文坛的主要特色。

与“内向的一代”同期活跃在文坛上的还有那些年轻的评论家们。昭和四十年代以后，评论愈发朝着多样化的方向发展，评论家的视角不仅仅局限于文学，而且拓展到经济、文化和政治等几乎所有领域。秋山骏的《内部之人》（1967）、饗庭孝男的《反历史主义的文学》（1972）、川村二郎的《文学的局限》（1969）、入江隆则的《在幻想的彼岸》（1972）、山崎正和的《不快的时代》（1974）和吉本隆明的《共同幻想论》（1968）等在这一时期都是引人注目的文论佳篇。吉本隆明在《共同幻想论》中将人的观念命名为“三大幻想”，即共同的、相对的和自我的幻想。

杂志《作为人》的创办者

杂志《作为人》是由高桥和巳、真继伸彦、小田实、柴田翔、开高健等人创办的一份季刊。这份刊物从1970年到1972年共发行了十二期，后停刊。如其名称所示，杂志旨在提倡维护做人尊严、解放人的个性、追求人生真谛。20世纪50年代后期开始的经济高速发展只是暂时缓解了安保以来人们对政治的不满，在《作为人》创刊前夕，在日本全国各地“全共斗”[①]运动和反战运动正开展得轰轰烈烈，各大学竖起栅栏，筑起堡垒，游行队伍和警察防暴队之间不时发生街头巷战。新产生的各左翼组织主张批判现有社会体制和国家政权，和当权者进行着激烈的斗争。创刊《作为人》的这些作家在幼小时期亲历了战败，又在其后的成长过程中体验了日本在战后发生的翻天覆地的变化。60年代经历的安保斗争的失败，以及日共和苏共的内讧，也给当时包括这些作家在内的追求进步的知识分子带来了精神上的困惑。他们身处政治生活的动荡之中，无法回避“动乱”的社会去描写风花雪月或是日常生活中的家庭琐事，他们认为，逃避社会、关起门来搞创作，是逃亡奴隶的文学。因此，这些作家的作品都和时代、政治息息相关。

1. 高桥和巳与《悲器》

① “全共斗”，全学共斗会议的略称，是各大学结成的新的左翼或无党派的学生组织。

高桥和已在大学求学期间专攻中国古典文学，在从事中国文学研究的同时开始在同人杂志上发表小说和文学评论，他的文学思想深受第一次战后派作家埴谷雄高等人的影响。1958年他自费出版长篇小说《乞儿物语》，讲述了一个被遗弃的少年孤寂而死的故事。作者在翌年获文学博士学位，其后一直在大学任教。1962年发表的《悲器》和1965年连续创作的长篇《邪宗门》《忧郁的党派》成为高桥的代表作。《悲器》探讨了知识分子在良心与肉体、爱与理性等问题上的选择。《邪宗门》描写了被镇压的宗教团体如何屈服于当局权威的严酷现实。《忧郁的党派》则以作者大学时代、战败前后的经历为背景，描写了知识分子参加社会革命斗争受挫后的失败感。20世纪60年代后期高桥参加"全共斗"组织，开展学生运动，以自己苦闷的体验写就随笔集《我的解体》（1971）。作为一个小说家、评论家和一个反体制的社会活动家，高桥始终在探寻战后知识分子的出路。他的作品写出了一代人的忧郁和苦闷。这代人在少年时期遭逢战败，经历了战后社会的种种变迁，追求进步，与社会、当局对立却遭遇挫折，而后理想破灭、失去方向。在《我的解体》发表的同年，作家因病英年早逝，短暂却倾注了全部热情的一生让高桥成为60年代一个象征性的存在。他的作品和他的社会活动得到了年轻人的广泛支持。其他作品还有短篇《散花》（1967）、长篇《吾心非顽石》（1967）、评论集《日本的恶灵》（1966）和《文学的责任》等。

《悲器》的主人公正木典膳是一个五十多岁的东京某公立大学的法学系主任、知名刑法学者，他在学问上主张确立"正义"之法的体系，而在灵魂深处却保有截然相反的一面。妻子因患癌症离世，主人公与自家的女佣同居多年。后来，他与另一年轻貌美的女性订婚，欲将女佣抛弃，被告发后为明哲保身而欲盖弥彰，最后身败名裂，一切化为乌有。作品描写了主人公在野心、欲望和良知之间左右彷徨、摇摆不定的矛盾心理，进而揭示知识分子内在的软弱和悲哀的一面。该作品获出版社河出书房颁发的第一届"文艺奖"，得到了文学界的普遍认可。

2. 真继伸彦、柴田翔和小田实

真继伸彦的学生时代正值朝鲜战争时期，他曾积极投身学生运动，宣传反战。大学期间专攻德国文学，后成为大学教师。在20世纪六七十年代，积极支持左翼学生的革命运动。真继伸彦以《杉本克己之死》（1959）登上文坛。其后创作的《鲨鱼》（1963）获河出书房第二届文艺奖。《鲨鱼》这部作品取材于中世时期，主人公是处于社会最底层的“非人”之子，自幼被称为“鲨鱼”，在历尽兵乱、逃难和饥饿等种种磨难之后，皈依佛门。在作品中，作者描写了中世时期宗教、国家和民众的实态。其后创作了《闪光的声音》（1966），作品描写了匈牙利事件发生后，日本的革命组织内部的斗争，细述了这一事件给日本知识阶层带来的冲击和对意识形态领域的影响。1969年创作的中篇《无明》延续了《鲨鱼》所表达的宗教与政治的主题。1971年发表自传体长篇《苹果树下的脸》。其他作品还有长篇《树下的佛陀》（1970）、评论集《丧失未来者的行动》（1970）和《内心世界的自由》（1972）等。

柴田翔是一个从事德国文学，特别是歌德作品翻译与研究的学者，他有关歌德的硕士论文《亲和力之研究》曾获日本歌德协会颁发的歌德奖。在大学求学期间曾参与创刊同人杂志《象》，并在该杂志上发表了短篇小说《锁式管的故事》（1960），被选为同人杂志的优秀作品。1964年发表的《然而，我们每一天……》获第五十一届芥川奖，从此正式登上文坛。作品以20世纪50年代兴起的左翼学生运动为背景，描写了学生们在革命运动中受挫、信念产生动摇的苦恼，道出了安保斗争后年轻人的心声。这部作品成为描写一代年轻人的青春文学典范，引起了读者的共鸣。他的文学主题之一就是现代人在失去了“生存”的充实感之后，总是处于一种精神饥渴状态，最后剩下的是莫名的空虚。其后发表的作品《赠言》（1966）、《鸟影》（1971）、《永远站着的明天》（1971）等也基本延续这一主题。“哀莫大于心死”，这些作品中的主人公在波澜不惊的每一天里，心如止水，热情殆失，不起一丝涟漪。然而在其背后，却隐藏着随时打破这种平静的“疯狂”。

小田实曾师从中村真一郎，1956 年发表长篇小说《我的人生时刻》。备受文坛瞩目并受到广大读者喜爱的是 1961 年发表的《放眼一切》。这是作者以大学毕业后留学美国、游历印度等体验为素材完成的一篇游记，书中再现了作者在国外拮据的生活中，接触到的当地社会底层百姓的生活和作者身在其中的一些插曲。该书成为当时的畅销书。其后的小说《美国》（1961）、《泥的世界》（1965）、《蛾岛》（1973）和《现代史》（1968）都是小田的代表作。作为一个小说家和评论家，他的评论《开拓战后的思想》（1965）、《人间一个人的考察》（1968）和《改造社会的伦理和理论》（1972）体现了作者对体制的批判精神以及战后一代知识分子对社会、对国家的思考，他的小说和评论已超越了文学的范畴，具有一定的社会学视角。作为一个社会活动家，他领导的反对越战的市民运动团体“给越南和平”自 1965 年成立以后持续活动九年，是和平运动的有益探索和实践。

“内向的一代”的文学

20 世纪 60 年代经济的繁荣带来了物质生活的富足和市民社会的成熟与稳定。同时在超高速的城市化进程中，个体的人就像巨大机器上的一个小零件，每天都埋没在全速运转的轰鸣当中。70 年代登上文坛的一批作家、评论家，把这种随之而来的现代人的失落感和危机感细致入微地描写出来，他们的理念与前述的《作为人》的创办者们截然相反。《作为人》的创办者们以描写社会为文学创作的出发点，以改造社会为己任。而 70 年代新人的创作有一个共同的特征，即远离政治、思想、社会，更趋向关心自我、关注异化的人际关系带来的不安并探讨生存的内在含义。在文坛上这些作家被称为“内向的一代”。

这一代作家在少年时期经历了战争，成年时经历了战败后的动荡混乱以及经济崛起带来的社会结构的种种变化。因此，在创作理念上他们有别于直面社会现实的大江健三郎、开高健一代的作家，而在以“存在主义”感觉为依托的这一点上又接近战后派，同时，从他们作品潜在的日常性里又可以找到与第三新人的共通之处。这一流派包括古井由吉、黑井千次、阿部昭、小川国夫、后藤明生、柏原兵三等作家和川村二郎、秋山骏等评论家。在战后文坛上，自第一次战后派登上文坛以来，“内向的一代”是第六批出现的新作家群体。他们的创作思想和他们的作品风格引起了文坛的争议。起先，这些作家被质疑为“缺乏社会意识”“创作动机不明”和“作品的内容莫名其妙”，这是因为他们在作品中常常对事物进行冗长、细碎的描写，并把日常生活加以抽象化和碎片化，这些都被批评为毫无意义。在他们的作品中，作者设定的时间、地点、人物、背景都是极为普通的，普通得让读者感觉不到有任何典型意义，遂难免产生不解。而“内向的一代”作家也正是通过这些看似毫无价值的人的毫无意义的生活，来体现城市的各个角落里的现代人对“生存”的感受，试图用存在论的方法来解析现代人的“生存”。在创作风格上接近“内向的一代”的作家还有田久保英夫、日野启三、加贺乙彦等。

1. 古井由吉与《杳子》

古井在大学期间曾专攻德国文学，后走上作家之路。1968 年他发表了处女作《星期六》，随后陆续创作了《头兽的故事》（1968）、《围成圈的女人们》（1969）、《雪下面的螃蟹》（1969）、《安居乐业的男人们》（1970）等作品。1970 年，他发表了中篇小说《杳子》，获第六十四届芥川奖。作品以存在论的观点探讨了人的生存意义。作为“内向的一代”的代表作家，他的作品注重感性，常常捕捉日常生活中的某个片断或细节，找出人的幻想与疯狂之间的内在联系，借以表达处在精神疾患中的现代人的顾影自怜，以及对同病者内心深处的探求。在获奖的同年他还发表了短篇《隐妻》，之后有长篇《隐没》（1971）、《梳子之火》（1974）后，以及三部曲《圣人》《栖息》和《父母》。

《杳子》是一篇触及人的生存之原点的作品。主人公“他”独自一人登山时，在山谷中与坐在岩石上的美丽、孤寂的杳子相遇。三个月后，两个人偶然在火车站的站台上再次相见，自此开始约会。“他”了解到同为大学生的杳子父母双亡，目前与姐姐一家住在一起，她还患有恐高症。其实杳子还存在着精神上的认知障碍，比如不走同一条路就走不到目的地，如果在咖啡馆里两个人常坐的老座位被别人坐了，便不知坐在哪里、如何是好等。“他”在与杳子交往的过程中，常有这些奇异的发现，让“他”觉得距离杳子的心还很远。杳子的姐姐曾有同样的疾患，痊愈后已做了母亲。她力劝妹妹住院治疗，却得不到杳子的配合。对于杳子来说，从姐姐那种按部就班的“活”法中感受不到“活着”。杳子的自白中说：“……我总是待在交界线上，好像薄膜一样。（中略）……像薄膜一样震颤，于是才感觉到是在活着”。这种莫名其妙的感觉正是现代人在业已定型的巨大的社会结构中无所适从的一种表现。作品探寻的是人的唯一的一次“活着”所具有的意义，在青年读者中引起共鸣。

2. 黑井千次与《时间》

黑井千次在大学期间专攻经济，毕业后很长一段时间在大公司任职。他的作品与其经历有关，描写的大多是企业员工在劳动、工作时的场景，反映了现代社会密集的机械化劳动给人带来的惶惑和不安。作者将公司企业看成是现代社会的缩影，在这里工作的人们从劳动中感觉不到任何意义和乐趣，不断对自己的劳动产生疑问。他的短篇《蓝色的工厂》（1958）、中篇《冰冷的工厂》（1961）都属于上述题材。1969 年，他发表了短篇《时间》，获得了艺术选奖新人奖。继这部作品之后，作者的佳作不断问世，仅在同年就连续发表了《骑士哥达斯》《灰色的纪念碑》《给我们花》《没有星星的房间》等多部作品。翌年，黑井从工作了十五年的公司辞职，成为职业作家，随后发表了《红色树木》（1970）。在这部作品之后，作家真的成了企业外的“自由人”，创作题材由公司转向家庭。陆续创作了《奔跑的家人》（1970）、《陌生的回家之路》（1970）、《晃动的家》（1971）、《应失去的日子》（1971）、《五月巡礼》（1977）、《群》（1984）等等。

在“内向的一代”作家中，当属黑井作品的社会性最强。在他的代表作品中，主人公常常不满足于现实生活，在日复一日的重复性工作中迷失自我，没有充实感，找不到自己的定位，总是在求证生存的意义。在《给我们花》中，作者通过主人公之口发出诘问：

“公司的大楼看上去像什么？像个很大很大的花盆吗？还是骨灰盒？……我看上去像什么？”摆满花的房间看上去既像个花坛，又像个坟墓。在主人公看来，公司这个坟墓终将埋葬那些在里面进行着重复性劳动的人们。

《时间》的主人公是一个大学时代曾参加过学生运动的有志青年，毕业后在公司勤勤恳恳地工作十年，终于成为公司的重点培养对象，时间的流逝使他觉得现在的“自己”似乎背叛了当初那个充满政治理想的自己，他希望他的工作具有自己为之拼命的价值和理由，依然是为当初那个理想在奋斗。这个主题在其后的长篇《五月巡礼》中得到延续。

3. 阿部昭与《司令的休假》

以描写人物的内心世界和复杂的情感见长的阿部昭，习惯用私小说的素材进行自我认证，他的作品大多以回忆自己的少年及青年时代为主题，借以表现战后人们的思想意识。1962 年他发表了处女作《儿童房间》，这部中篇描写上中学的主人公由于哥哥的精神失常给他带来的心理上的影响。其后发表的《幼年诗篇》和短篇小说集《未成年》（1968）、短篇《重大的日子》（1969）等都回顾了自己幼年时代的生活，触及到“父子关系”这个阿部作品中经常出现的主题。

1971 年发表的中篇《司令官的休假》，再现了作者眼中面对日本战败后景况的父亲的形象。在少年阿部心中，曾让父亲引以为荣的莫名的自豪随着日本的战败消失得无影无踪。父亲作为一个复员军人在战后回归社会，在一个孩子的眼里，或者说在一般世人的眼里，这些战场上的“幸存者”其实就是战败的标志，是那场残酷战争的标志，他因此受到了儿子发自内心的排斥。而当儿子自己也成为一个父亲之后，特别是面对身患绝症、行将离世的父亲时，似乎一切都已在他心中化解。这一主题在其后发表的《父子之夜》（1972）中得到延续。其他作品还有以家庭为主题的《一天的劳苦》（1971）、主题系列短篇《自行车》（1973）、《无缘的生活》等等。

4. 柏原兵三与《德山道助回乡》

除了上述阿部昭的《司令的休假》之外，同样描写复员军人的作品还有柏原兵三的代表作《德山道助回乡》(1968)，这部作品获得了第五十八届芥川奖。

柏原兵三从高中时代起就立志当作家。在大学期间专攻德国文学，毕业后曾留学德国柏林。留学海外的经历成为他其后文学创作的一个重要素材。1967 年他发表了《兔子的结局》，获芥川奖提名。在《德山道助回乡》之后，他又陆续发表了《小石头的故事》(1968)和《长路》(1969)。柏原兵三的作品总是以清晰的文体、淡淡的笔触来展现不同的人生经历。进入 20 世纪 70 年代后，柏原以旅居柏林的那一段经历为题材，创作了两部长篇《临时巢穴》和《柏林漂泊》。这一时期他还有《蓝色的死之果实》《临时巢穴》《暑假的图画》和《单身者的忧郁》等新作问世。除了创作，柏原还发表过《不眠之夜的旅行》(1969) 和《告别父母》(1970) 等翻译作品。

《德山道助回乡》以作者的外祖父为原型，描写了明治时期一个老职业军人的生涯。主人公德山道助出身于九州农村，在陆军军官学校毕业后，被任命为炮兵少尉，曾随陆军大将乃木希典参加过日俄战争，在侵华战争中负伤回国。在战后，主人公作为一个退伍军人靠退伍津贴生活。战后不佳的境遇和并不美满的婚姻生活都使主人公郁郁寡欢。作者着重将主人公德山道助在现役时期的衣锦还乡和去世之前的最后一次回乡进行对照，尽现了一个老兵孤独凄凉的晚境。

5. 小川国夫与《阿波罗之岛》

作为《近代文学》同人的小川国夫有着漫长的创作历程，他在 20 世纪 50 年代自费赴法国留学，曾骑摩托车沿法国南部和地中海沿岸旅行，并以此经历创作出代表作《阿波罗之岛》(1967)。作品以简洁和清晰的文笔表现基督教、青春等主题，在看似简单的描写中，隐含着作者对人物内心挖掘的深度。这部作品受到岛尾敏雄的青睐，后者曾撰文在《朝日新闻》上对该作品加以赞赏。其后小川发表了《海之光》(1968)、《尝试之岸》(1972) 等作品。他在每一部作品中，都试图把握“生存”的动机和意义，并着力表现出主人公对于“生存”怀有的深深的恐惧感。他笔下的人物多为悲剧性的、忧郁的和被动的，笼罩在不安的阴影中。其后的《一本圣经》（1973）、《他的故乡》（1974）也表现出这一特点。

6. 后藤明生与《夹击》

后藤明生生于朝鲜并在那里度过了幼年时代，二战结束后回国。他在大学求学期间专攻俄罗斯文学，喜欢读果戈里的小说，曾以在朝鲜的生活经历为素材，创作了小说《红与黑的记忆》（1955），并入围当时的全国学生小说大赛。1962 年创作的《关系》是他早年的代表作。作品着眼于现代人对其所处的社会圈子的依附，揭示了现代社会中的每一个人都无法摆脱自己所从属的社会圈层以及附带的各种关系且每天必须生活于其中。作品的主题也是“内向的一代”共同关注的主题，即个人的存在在社会组织的“庞大”面前所表现出来的“渺小”，以及这种“渺小”不得不顺应“庞大”的无奈。这部作品获第一届文艺奖。其后的《私生活》（1968）、《笑的地狱》（1969）也突出了同样的主题。每一个人既是主动体也是被动体，自己每时每刻从外界被动接受的同时也是自己主动对别人的所为。在后藤的多部作品中还表现出另外一个特征，即经常使用设问句，并自问自答。比如在《谁？》《什么？》《啊、胸口痛》（1969）、《写不出的报告》（1970）等作品中，“这到底是怎么回事”？“这究竟意味着什么”？在不断的疑问中，主人公在不断地进行着思考。

他的代表作长篇小说《夹击》（1973），讲述了主人公“我”一整天到处寻找在二十年前去东京考大学时穿过的、后来不知何时遗落何处的一件草绿色的旧式陆军军服，最终徒劳而返的故事。该作品具有果戈里的风格。

昭和四十年代的其他作家

除上述作家外，昭和四十年代活跃在文坛上的还有大批富于个性的作家。其中多数作家都获得过芥川奖。

田久保英夫、日野启三和加贺乙彦的作品在创作风格上各具特色，但在通过作品探索现代生活的“日常性”以及现代人的生存状态上具有共通之处，即现代人生存的盲目性。

田久保英夫的代表作《解禁》（1961）展现了战争时期一个少年的精神世界，充满着伴随身心成长而来的烦恼和苦闷。另外一部《深深的河》（1969）获得第六十一届芥川奖。作品以朝鲜战争期间在美军基地打工的学生为观察对象，主人公对自己在美军基地打工这样间接地依附于战争的行为进行了自觉反省，作品具有极强的政治意义。因为田久保早期创作诗歌，因此他的小说也具有诗一般的感性和非凡的语言表现力。

日野启三曾作为《读卖新闻》记者被派驻越南，后发表通讯《越南采访记——一个特派记者的证词》。1974 年发表的《那片夕阳》获得第七十一届芥川奖，作品以个人体验为素材，表现了战争留下的创伤和战后人们庸碌的“日常”生活。1981 年发表了描写现代人因身居城市而使幻想空间受限的《带天窗的车库》。

精神医学专业出身的加贺乙彦曾留学法国，他的作品大多描写留法时期的生活和精神病人的心理活动。在代表作《弗兰德尔的冬天》（1966）中，借法国一家精神病院里的一个日本医师之口，道出了这个世界是一个巨大的牢狱，人们就像无期的囚徒一样生活在其中的感叹。他的《异乡》（1973）和《一去不返的夏天》（1973）都表现了映现在年少的孩子眼里的战争和战败。

在昭和二十年代就发表了长篇《草花》《风土》的福永武彦，20 世纪 60 年代创作的代表作《忘川》（1963）、《死之岛》（1971）依旧保持了一贯的探索人的真情实感的主题。在这些作品中，他探寻了现代人内心的孤独、爱情的可能性以及艺术家的命运。其他作品还有《废市》《海市》（1968）等等。

北杜夫曾以《在夜与雾的角落里》（1960）获得第四十三届芥川奖。医学出身的他以精神科医生为对象，描写了他们对纳粹的非人道行为进行的抵抗。作为诗人斋藤茂吉的次子，北杜夫把斋藤家从明治到大正再到昭和这三个时代的历史汇入长篇《榆树人家》（1964），这部作品以主人公榆基一郎创建的脑科医院为舞台，描写了时代变迁之下的榆家三代人和医院的兴衰过程。继这部作品之后，他还发表了《白色婀娜峰》（1966）、《晃荡的船》（1972）等作品。

丸谷才一1966年创作了长篇小说《露宿》，描述了主人公为逃脱兵役而离家出走，在外惶惶不可终日的故事。1968年，他创作的《残年》获得第五十九届芥川奖，作品细致地描写了人们千方百计保护自我、不让隐私外露的心态。丸谷的作品在创作方法上与传统的私小说相对峙，《惟有一个人的叛乱》（1972）巧妙地利用了通俗小说的形式，在通俗小说的转型上取得了成功。除了小说创作之外，丸谷还作为一个评论家活跃在文坛上。

辻邦生以《在回廊》（1963）登上文坛。作品描写了出生在俄国的日本女画家充满艺术追求的人生。其后的《夏天的城堡》（1966）、《安土往还记》（1968）、《叛教者尤利阿努斯》（1972）等作品都富于理性，故事性极强。

丸山健二1966年发表的中篇《夏天的河流》获第五十六届芥川奖时，年仅二十四岁，在当时作为最年轻的获奖者而轰动文坛。其后的《我们的假日》（1970）也表达了年轻人试图从日常生活中摆脱出来的愿望。他的作品贴近现代社会，独特的文体和叙事风格令作品具有极强的速度感和紧迫感。

高井有一创作的《北方的河》获第五十四届芥川奖，描写因空袭失去家园的少年和母亲被疏散至日本东北地区，战后，失去了一切的母亲投水自尽。作品从一个少年的角度重温了战争的残酷和战败后的苦难生活。他的其他作品如《久远的海》（1972）也都突出了一个主题，即人的孤独。

古山高丽雄的处女作《在墓地》（1969）以轻快的笔调描写了战争末期“怯懦”的主人公和同样无能的战友受命出发，中途在墓地宿营而经历的恐怖、饥饿和绝望。1970年发表的《八号院的黎明》获得第六十三届芥川奖，作品描写的是战俘收容所的生活。

清冈卓行生于中国大连并在那里度过了少年时光，这段人生经历对他以后的创作产生了深远的意义。他的《洋槐林立的大连》（1969）获得第六十二届芥川奖，作品回忆亡妻，描写1945年作者重返出生地并邂逅妻子的经历。

三木卓也在中国东北度过了他的幼年时代，日本战败后回国。他的系列小说《炮击过后》即描写了战败后从东北败退回国的作者当时作为一个少年的体验。这部系列之一的《黄雀》（1974）获得了第六十九届芥川奖。

三浦哲郎曾师从井伏鳟二，在写作技法上承袭私小说的传统，代表作《忍川》（1961）获第四十四届芥川奖，作品是以作者自身的婚姻经历为素材而创作的，因而真实感人。

除以上作家外，直木奖获得者野坂昭如、五木宽之、立原正秋、井上厦等作家都在文坛颇具影响。野坂昭如自称是“废墟上的黑市派”，他的作品以独特的讲述故事的文体和“性、生死、饥饿”等主题而备受瞩目。代表作有《色情师们》《萤火虫的坟墓》等。五木宽之的代表作《青春之门》和《戒严令之夜》也引起了青年读者的强烈共鸣。以幽默和讽刺著称的井上厦受江户时代的“戏作”文学的影响，将文字游戏带进作品中，他在《手锁情死》（1981）和《吉里吉里人》等作品中使用大量口语和方言，文笔诙谐。另外，前述的《日本沉没》的作者小松左京也是这一时期卓有成就的作家。他的《给大地和平》入围直木奖。他的作品以科幻题材探寻人类的发展，《日本的印地安一族》（1964）、《复活之日》（1964）等作品着眼于人类的未来和更广阔的宇宙空间，表述了作者本人关于人类文明的思想。

继战后在文坛上崭露头角的朝鲜裔作家金达寿之后，在这一时期文坛上还活跃着金鹤泳、李恢成、金石范等朝鲜裔作家，这些作家作为生活在日本的第二代朝鲜人，他们的视角是和政治、社会密切相关的。作品也大多以祖国的统一等问题为背景，描写生活在异国他乡所感受到的压抑和不安，从不同角度揭示着“民族”这一宏大的主题。同时他们的作品也折射出日本社会的矛盾。

继昭和三十年代女作家在文坛上的活跃，进入昭和四十年代后，女性文学仍然在文坛占据着不可忽视的位置。

和野上弥生子同为明治年代生人的宇野千代以第一人称的独特手法和秀丽的文风将处于恋爱中的女性的痴情描绘得淋漓尽致。在

20世纪30年代她创作了具有风俗小说性格的《色忏悔》（1933—1935）后，历经十年创作的《阿半》（1957）以记录传闻的形式向读者展示了古典之美，她擅长刻画女性心理，故事的讲述方式令人联想起江户时代流行的说唱艺术——净琉璃。作为一个女作家，她同时还是恋爱、人生的求道者。前述的这两部作品和其后创作的《风声》（1969）、《一个女人的故事》（1978）等自传性色彩都很强，特别是《阿半》被改编成电影后更是轰动一时。

津村节子也是活跃于这个时期的女作家，她在大学期间就开始了文学创作。曾与濑户内晴美等人一起创办文学杂志《Z》。短篇小说《玩具》（1965）获得了第五十二届芥川奖。其后的长篇《迟开的梅花》（1976—1978）在文坛上也颇有影响，成为作者的代表作。和众多女作家的作品一样，她的作品所表达的大多是女性对幸福人生的追求。

大庭美奈子曾师从野间宏，20世纪50年代末随丈夫留学美国。她创作的《三只蟹》（1968）获得了群像新人奖和第五十九届芥川奖。作品描写了旅居美国的日本人的家庭生活。主人公的丈夫执教于美国的一所大学，作为家庭主妇的主人公在空虚中偶然出轨，然而令主人公自己也备感惊异的是，她面对家庭却没有丝毫的负罪感。作品通篇充满了忧郁的情调。70年代，作者相继发表了以海外生活为素材的文集《鱼之泪》（1971），诗集《生了锈的话》（1971）、《乔木之梦》（1971），长篇《拉胡琴的鸟》（1972）和《浦岛草》（1977）等等。

永井路子的作品以历史题材见长，代表作《尖环》（1964）是一部描写镰仓幕府的初代将军、武家政治的创始人源赖朝的同父异母之妹保子的生涯的长篇小说，作品反映了镰仓初期的社会生活。该作品获第五十二届直木奖。永井另一部卓有影响的作品《北条政子》（1969）以历史上有“尼姑将军”之称的北条政子的生涯为题材，讲述了政子作为源赖朝之妻、镰仓幕府的实权人物北条时政的长女，在丈夫死后削发为尼，和其父时政、其弟义时共同辅佐幼子、击败政敌，其后亲自参与政务、掌握幕府实权的故事。其他作品还有描写安土桃山时代的武将山内一丰之妻生涯的《一丰之妻》（1971）和《新今昔物语》（1971）等等。

三、昭和五十年代（1975—1984）至昭和末期（1985—1989）的文学

社会状况与文学发展脉络综述

进入20世纪70年代中后期，一方面日本已作为一个经济大国，纺织、钢铁、造船、家电、汽车、半导体等产业席卷全球，随着经济实力的增长而提升了在国际社会的地位；七成的日本国民在昭和四十年代后期就已经具有了中产阶级意识，这一数字进入昭和五十年代已接近九成。然而另一方面，田中内阁推行的列岛改造等一系列经济政策和70年代初中东战争爆发引来的严重的石油危机给日本国民生活带来了负面影响，其直接结果就是通货膨胀、物价飞涨、罢工运动此起彼伏。在1974年年末，田中内阁终于引咎辞职。田中内阁的倒台造成了政局的动荡，其后，由于日本执政党党内的派系斗争，内阁政权频繁交替，经济政策和产业结构也不断被调整。到了70年代后期，日本经济才又重整旗鼓，走上正轨，开始了稳定增长，出现了以电子工业为主导的知识集约型的新技术革命，并稳步走出了70年代末出现的第二次石油危机。

自20世纪50年代日本生产出第一代电视机以来，二三十年间产品不断更新换代，电视的人均拥有率位居世界前列。看电视成为人们的主要休闲方式，逐渐有取代以往的听广播和读书看报的趋势。其后录像机也走进了普通家庭，影像视觉文化的发展使人们不必仅靠文字来获取精神食粮，文化的汲取方式逐渐变得简便而随意，纯文学遂有随之退潮的倾向。与此同时，一般民众对物质生活的满足也带来了文化的急遽发展。进入80年代，日本政府又积极推行技术立国方针并实施教育改革。在这种形势下，文学也不断地朝着多样

化的方向发展。纪实文学、报告文学空前盛行，战后出生的新一代作家在文坛上独领风骚，新的科技开始向文学领域渗透，录音作品（录在磁带里的文学作品）的出现和电子音像出版的普及都在慢慢改变着文学的固有形态。同时由此带来的年轻一代对社会的漠不关心和忽视文字阅读也成为新的社会问题。进入80年代后，“新人类”一词悄然诞生并从80年代后期开始流行。“新人类”是指具有全新的精神面貌和价值观的新一代年轻人。之所以称这些人为新人类是因为他们的思想行为不受正统观念的约束，追求个性，摒弃所谓的传统“美德”，缺乏远大目标和社会责任感，崇尚物质享受。他们开始改变日本人固有的勤俭耐劳的形象，漫画是他们的主要读物。这一时期文坛上相继出现的“村上春树现象”和“吉本芭娜娜现象”在昭和末年引起了回归纯文学的高潮。

在意识形态领域，“全共斗运动”早已偃旗息鼓，越南战争业已结束，整个社会朝着国际化和高度信息化发展。在这一时期，战后以及战败前夕出生的新一代作家开始陆续登上文坛，“战争”“战败”以及“战后”不再是他们作品的主题，在他们与之前的作家之间横亘着一道明显的分水岭，他们的创作倾向也趋于将民族性与世界性、传统性与现代性、本土化与全球化等融合起来。呈现了以下几个明显特征：

首先，工业化的发展带来的直接结果是，自20世纪70年代开始，大量劳动力向城市持续流动，在加快城市化进程的同时使市民社会日趋稳定成熟。很多青年在这种城市结构中，找不到心灵的归宿，与新构建的市民社会不相协调，于是部分青年漂流海外，追寻精神家园，并将这种置身于海外的种种体验浓缩成文字，形成独特的“海外”风格。青野聪和宫内胜典的作品都属于这一系列。

其次，在农村不断向城市过渡的进程中，亲人、血缘、地缘等问题浮出水面，成为人们关注的焦点。率先着眼于这个过渡带的是中上健次和立松和平。

村上龙、村上春树和岛田雅彦的作品则或反映都市里的年轻一代追求享乐的人生观、或表现城市青年生活在现代社会里的压抑感以及行为上的冷漠。

在评论界，泰斗小林秀雄历经十二年磨砺的巨作《本居宣长》也终于在这一时期完成（1977）。时代虽然已将“战后”远远地抛在后面，但本多秋五的《“无条件投降”的含义》（1978）再一次对“战败”以及“战后”进行了清算。

引领昭和五十年代评论潮流的是莲实重彦和柄谷行人，二者都主张排除作家中心主义。莲实重彦的《表层批评宣言》（1979）和《物语批判序说》（1985）等开辟了文学批评的新视角。柄谷行人则主张文学是一个制度，他的《日本近代文学的起源》和《战战兢兢的人》（1972）都卓有影响。特别是前者对以作家和作品为轴心的日本近代文学史重新进行了审视。加藤典洋试图解析日本人内心的“美国影子”，写出了《“美国”的影子》（1985）。江藤淳的《自由与禁忌》（1984）、吉本隆明的《大众·印象论》（1984）等均引起不同反响。

“海外派”的青野聪与宫内胜典

青野聪是日本无产阶级文学发展初期的著名文学理论家青野季吉之子。曾经浪迹海外十余年。他的代表作《愚者之夜》（1979）描写了漂泊海外的日本青年犀太和荷兰少女詹妮，二人浪迹欧亚各国后回到日本度过的滑稽悲哀而又充满爱的每一天。青野的其他作品还有《徘徊的日本人和橙色的海》（1978）、《母子契约》（1979）、《十八岁的跑道》（1983）、《来自女人的声音》（1984）等等。他的作品道出了战后成长起来的、找不到心灵归宿、漂泊不定的一代人的心声。

宫内胜典战败前夕生于中国哈尔滨，年轻时代曾游历海外。他的代表作《远离格林威治之光》（1980）描写了一个流离失所、在美国流浪的日本青年的故事。他的其他作品还有获得文艺奖的《南风》（1979）、获野间文艺新人奖的《金色之象》（1981）和《火焰降落之日》（1983）等等。宫内的作品大多表现年青人混沌而彷徨的内心世界，追求超越日本文学的世界性。

“乡土化”的中上健次与立松和平

中上健次是20世纪70年代中期成名的作家。中上1946年生于和歌山县，高中毕业来到东京后，开始接触文学圈。作家远藤周作、评论家柄谷直人和女作家津岛佑子都是他这一时期结识的、其后给他的生活带来重大影响的知己。这一时期他一边打工一边尝试写作。他的早期作品着重描写年轻人失去奋斗目标而选择的一种游戏人生的姿态。早期的代表作有《灰色的可口可乐》（1972）和《十九岁的地图》（1973）等等。后者获当年的芥川奖提名。其后的作品则以描写故乡纪州当地的风土人情见长。

1976年，他创作的《岬》（1975）获得第七十四届芥川奖，在战后出生的作家里，成为第一个获奖者。作品描写主人公竹原秋幸在家乡做土木工人，这片土地令主人公感到窒息。恶棍生父的放荡不羁使主人公陷入复杂的血缘关系中，异常痛苦。这部作品的续篇《枯木滩》（1977）更是一部悬念四伏、交织着复杂的血缘关系的作品。作品将神话性和民俗性二者有机地结合在一起，作者独特的文笔将人物和大自然融为一体，使作品充满了力度和生机。作品仍然以作者的故乡和歌山县一个贫困的小镇为舞台，讲述了发生在主人公竹原秋幸和他的恶棍父亲以及同父异母的兄弟姐妹之间的故事。文中人物的善恶情仇以及彼此之间复杂的血缘关系使这部作品的情节引人入胜、扣人心弦。该作品获得第三十一届每日出版文化奖、第二十八届艺术选奖、文部大臣奖新人奖。《枯木滩》是作者创作生涯中的巅峰之作。作为被歧视的“部落民”出身，中上在进行文学创作的同时，还积极致力于“部落解放运动”等社会活动。

中上的其他作品还有《天之涯 至上的时刻》（1983）、《太阳的翅膀》《赞歌》《水女》《凤仙花》（1980）、《千年的愉悦》（1982）等。

中上健次的作品因其提出的血缘、亲缘和地缘问题而在20世纪七八十年代的纯文学作品中独具一格。1992年，中上英年早逝。喜爱他的读者和作家甚至认为随着他的逝去，小说作为艺术的时代也结束了。

立松和平在早稻田大学上学期间就以《自行车》获早稻田文学新人奖，1980年创作的《远雷》获第二届野间文艺新人奖，作品以关东地区为背景，描写了城市近郊青年追求新的劳动方式与生活方式，不甘于平庸、空虚，与时代抗争的姿态。他的另一部作品《毒》更是一部具有广泛社会意义的佳作。立松的曾祖父曾是足尾矿区的矿工，《毒》以日本近代史上首次最大的公害污染事件——足尾矿毒事件为背景，描写了积极参加自由民权运动的政治家、社会活动家田中正造和农民们在矿毒中生存、并为之斗争的生与死之命运。宣传了田中正造终生致力于解决足尾铜山的污染问题，追求人权、自治、和平的精神以及超越时代的环境保护思想。该作品获得第五十一届每日出版文化奖。1986年获得“亚洲·非洲会议”颁发的奖励年轻作家的“水莲奖”。其他作品还有《母亲的乳房》《欢喜市》（1981）和《太阳王》（1982）等。

“都市风格”的村上龙、村上春树和岛田雅彦

1. 村上龙与《近乎无限透明的蓝色》

村山龙是继中上健次之后登上文坛的一个获得过多数奖项的作家。村上龙1952年生于长崎，他家所在地是日本的军事基地之一。后来他到东京闯荡，居住地仍在美军基地附近。所以他对基地周围的生活有着切身感受，这为他后来的创作奠定了基础。在武藏野大学求学期间他就发表了以基地生活为题材的处女作《近乎无限透明的蓝色》（1976），该作品获得了当年的群像新人奖和第七十五届芥川奖，在当时成为芥川奖最年轻的获奖者。《投币式存物柜里的婴儿》（1980）获野间文艺新人奖。《村上龙电影小说集》获平林泰子奖。《共生虫》获谷崎润一郎奖。《走出半岛》获每日出版文化奖、野间文艺奖。

中篇小说《近乎无限透明的蓝色》给文坛带来了前所未有的震动，在当时成为销量过百万的畅销书，甚至还由此产生了新的词汇“透明族”。作品以吸毒、乱性为主题描写了生活在东京近郊美军基地周围的年轻人的生活样态。以主人公龙为代表的浪荡青年与美国

大兵终日鬼混在一起，沉溺于吸毒、性交、酗酒当中。在荒唐行为掩饰之下的是空虚而冷漠的内心。在一次吸毒后的幻觉中，他用酒杯的碎片划伤手臂，抹去染在玻璃片上的鲜血，透过碎片，竟看见一片"近乎无限透明的蓝色"。

《近乎无限透明的蓝色》向我们展示了20世纪70年代的日本社会的时代特征之一，即摇滚乐、嬉皮士和性自由的时代。他的另一部作品《投币式存物柜里的婴儿》暴露的仍然是现代社会的问题。他的大部分作品都是通过现代人毫无理想的日常生活状态来体现西方现代文化，特别是美国文化对日本社会的渗透，强调这种文化的混同使世界日渐同一化。他的另一部代表作《彼岸的战争》（1977）也表达了同一观点。除了成名作《近乎无限透明的蓝色》，作者还亲自将自己的《放心，我的朋友》《黄玉》《KYOKO》等作品拍成电影。其他作品还有《69》《五分钟后的世界》《爱和流行音乐》《在大酱汤里》等。

2. 村上春树与《挪威的森林》

村上春树1949年生于京都。他在经历了一次高考落榜后于1968年考入早稻田大学戏剧系，七年之后毕业。上学期间成婚、开咖啡馆等丰富的人生阅历，为他日后的写作打下了基础。1979年，他以一部《且听风吟》崭露头角，获群像新人文学奖，作品以都市为背景，描写了生活在其中的都市青年男女的心态。主人公"我"是一个大学三年级学生，每次假期回到家乡都泡在酒吧里，用啤酒打发无聊的时光。身边的朋友是刚上大学时认识的"鼠"。一天晚上，"我"在酒吧的洗手间遇上了醉倒在地的"她"并送她回家。其后"我"在唱片店和她再次相遇并相熟，但她后来谎称出门旅行，在"我"的视野里消失。而"鼠"似乎有话要讲却欲言又止。再次见到"她"的当晚，"我"留宿在"她"家，但二人之间没有发生任何故事。此后"我"再也没见过"她"。

这部作品打破了以往传统的文学作品所要求的故事的完整性、叙述的连贯性以及描写的合理性，情节琐碎随意，格调倦怠散漫。作品中充斥着死亡、失落和怀旧，反映了那个时代的青年内心的孤独和空虚以及20世纪70年代日本的城市气息。主人公们的生活方式也折射出60年代的美国文化对日本青年的影响。作家本人喜爱美国当代文学，尤其喜欢菲茨杰拉德的作品。从这部处女作中，也不难看出二者在写作手法上的贴近。

这部处女作的销量使村上初登文坛就成为畅销书作家。随后的《一九七三年的弹子球》（1980）也销量不俗。两年后，村上开始专职写作。1982年创作的《寻羊历险记》获野间文艺新人奖。以上三部作品被称为村上的青春三部曲。1985年创作的《世界尽头与冷酷仙境》给读者展现的是一个奇妙的世界，忽而身处幻想之乡，忽而又回到现实之境，尽现村上作品一贯的都市风格。1987年，他发表了轰动文坛的纯情小说《挪威的森林》，自出版以来，已创下了总销量超过800万册的奇迹。该作品带来了文坛上的“村上春树现象”。在《挪威的森林》之后，他又创作了《舞！舞！舞!》。这部作品可以看作他的青春三部曲的续篇，主人公依旧是三部曲中共同的“我”，只是在这部作品中，“我”已人到中年。人物、情节都与三部曲有交叉衔接，描绘了一个现实的、同时又是非现实的世界。

《挪威的森林》以主人公渡边回忆的方式讲述了“我”在大学时代的一段感情经历。直子是“我”高中时代朋友的女友，朋友十七岁时因不明原因自杀，造成直子精神异常。上大学后“我”与直子偶然在东京相遇，二人的关系日渐亲密，但其后直子因精神疾患离开东京休学疗养。不久“我”与活泼的同班同学绿相识，在正视自己对绿的感情后，“我”在两个女孩间左右徘徊，不久传来直子自杀的消息。“我”难以承受如此打击而只身出行。在小说的结尾处，“我”给绿打电话，想要一切从头开始，而当被绿问及在什么地方时，“我”却茫然自失，不知身处何地。

《挪威的森林》向读者展示了一幅充满压抑、空虚和感伤的青春画卷，里面有无奈的生和孤独的死，附带着作者对生与死的思考。用作者的话说，这是一部“现实主义小说，完完全全的现实主义”。但如同村上的其他作品所显示出来的风格一样，在这部作品中现实和非现实也是并存的，同时是相互映照的。一边是将“我”领入非现实的精神世界的直子，另一边是充满活力的现实中的绿；一边是直子居住的“与世隔绝”的世界，另一边是绿生活的现代都市东京。而“我”就在现实与非现实中进退，与直子一起体验死和癫狂，与绿一起感受生和清醒。作品结尾处的设计也颇为意味深长，“我”最终选择了回到现实中来，却依旧感到茫然和失落。《挪威的森林》所表达出的现代人内心的孤独和自闭，以及对现实社会的恐惧唤起了众多年轻读者的共鸣。通过对作品中人物的刻画，概括了现代人的选择困境——生或死、进取或颓废、面对或逃避，读者在其中或多或少会找到自己的影子。从这一点来说，《挪威的森林》成功地抓住了众多读者的阅读心理。

进入平成年代之后，村上又陆续发表了《国境以南 太阳以西》（1992）、《奇鸟行状录》（1994—1995）、《地下》（1997）、《斯普特尼克恋人》（1999）、《神的孩子全跳舞》（2000）、《海边的卡夫卡》（2002）、《天黑以后》（2004）和《1Q84》（2009）等重要作品。村上作品的象征性描写手法、留给读者的极度自由的想象空间以及不同于一般日语表达的简洁幽默而又生动别致的语言，都使村上文学有别于以往的日本文学，在当今纯文学日渐衰落、“阅读”失宠的网络时代仍立于不败之地，成为文坛上罕见的常青树。他的大部分主要作品，总发行量都超过百万，在日本成为深受读者喜爱的纯文学作家之一。同时其作品被译成多国文字，在世界范围拥有广泛的读者。

3. 岛田雅彦与《给温和左派的嬉戏曲》

岛田雅彦的作品虽然没有像村上龙和村上春树那样引起轰动效应，但他本人却被人认为是文坛上的鬼才。岛田1961年生于东京，上中学时就立志当一名作家。1980年，他考入东京外国语大学俄语系，在学期间就发表了《给温和左派的嬉戏曲》（1983），入围当年的芥川奖，引起广泛瞩目。作品描写了一群左翼大学生为了共同的理想，一起参加社会主义民主化运动。主人公千鸟醉心于政治活动，思想倾向于苏联，成立了左翼社团，但他们的所作所为不同于“全共斗”一代，不采取任何过激行为。因而他的理念和行动不是激进的，而是温和的，比如借举办纪念萨哈罗夫[①]诞辰演讲会之机，发售萨哈罗夫纪念章。但最终大家各奔前程，运动无疾而终。在尽情释放了青春的热情之后主人公走向成熟。

同年创作的《逃亡旅行者大呼小叫》再次与芥川奖失之交臂。1984年的《给梦游王国的音乐》、1985年的《我是仿制品》、1986年的《什么样 那样》和《未确认尾随物体》也都在入围后与芥川奖擦肩而过。他的作品先后共六次入围该奖项却无一中选，最终无缘问鼎，成为获芥川奖提名次数最多的作家。有学者称由于村上春树和岛田雅彦未能获得芥川奖，芥川奖的历史意义已丧失殆尽。虽然笔者在此无意对这种论断的是非加以评判，但由此已足见村上与岛田在日本文学界举足轻重的位置。岛田本人自称是“左翼”，他的作品所体现出来的时代感、对社会的犀利审视以及不落俗套的描写手法，令他在文坛上独树一帜。而岛田的作品语言冷静明晰、幽默大胆，更是能给读者带来新鲜感。在《给温和左派的嬉戏曲》中，描写主人公千鸟姬彦与管弦乐团的乐手绿子偶然四目相遇，千鸟对绿子一见倾心的一瞬时，作者这样写道：

> 千鸟和她曾有五秒钟目光融合在一起。她坐在对面的长椅上望着空气，他将视线从书本移开偶然朝向她，她游动的目光在那一刻也瞄准了他。这五秒钟的对视具有深远意义，不亚于夫妇相伴的感觉。在第六秒来临时二人的目光便分道扬镳了。

此后岛田的《献给梦游王国的音乐》获第六届野间文艺新人奖，1992年创作的《彼岸先生》获第二十届泉镜花文学奖。2005年创作的《颓废姊妹》获第十七届伊藤整文学奖。其他重要作品还有《天国降临》（1985）、《病毒奇迹》（1987）、《被忘却的帝国》（1995）、《彗星住人》（2000）和《美丽的灵魂》（2003）等。

岛田是一个多产的作家，每年都有多部新作问世，他的笔触伸

---

① 萨哈罗夫，苏联的物理学者，被称为苏联的“氢弹之父”。1975年被授予诺贝尔和平奖。

向各个领域，涉及宗教、天皇、音乐甚至于料理，这和他本人的兴趣爱好密不可分。同时岛田还是一个多面体作家，除了小说，他还创作诗歌、戏剧和随笔等，并曾亲自出演过五部电影，包括村上龙导演的改编自村上龙作品的《黄玉》。1994年他开始在大学任教，现在是法政大学国际文化学部教授。近年来他创作的爱情三部曲《无尽的卡农》（包括《彗星住人》《美丽的灵魂》《择捉岛之恋》）再一次引发了“岛田热”，这一系列作品讲述的是一个家族四代人的命运，贯穿于其中的爱情故事令人荡气回肠，被称为岛田的集大成之作。

女作家的活跃

进入昭和五十年代以后，以争取妇女权利、反对性别歧视为主旨的女权运动蓬勃兴起。在这样的背景下，女作家的创作活动也格外引人注目。女性文学也超越了以往的感性局限，拓展了更为开阔的文学视野。津岛佑子、增田瑞子、干刈县、高树伸子、山田咏美、吉本芭娜娜等都是这一时期活跃于文坛的女作家。她们大多以女性为主人公，以家人及夫妇关系或是恋爱、感情等为素材，试图解析人与人之间日渐松弛的纽带关系，探察现代人孤寂的内心世界。她们的作品都获得过多数文学奖项，拥有众多的读者，在文坛上和读者中都得到了肯定。

1. 津岛佑子与《宠儿》

津岛佑子1947年生于东京，原名里子。父亲太宰治自杀时，津岛佑子只有一岁。她上小学时在人名词典中查到父亲的名字，首次得知父亲的死因。十三岁时，患有智障的哥哥因肺炎死去。没有父爱的家庭、亲人的离世，这些经历让她有了对“生”的思考，在津岛后来的作品中，“哥哥”这一形象经常出现。津岛在教会女子学校接受了从中学到大学的教育，大学期间就开始尝试写作。她在大学四年级时创作的短篇《安魂曲——为了狗和大人》在《三田文学》上发表，引起广泛关注。这是她第一次以津岛佑子为笔名创作的一篇里程碑式的作品。这篇作品的主题是津岛文学的一个永恒主题之一，即再现与先天智障的哥哥一起度过的幼年时光。在这篇作品中，作者重温了兄妹俩幼时为了埋葬死去的狗——小白，在附近的寺庙挖土坑、立墓标的生动情景，作品多处通过兄妹的对话来体现智障的哥哥纯洁无瑕的心灵世界。作者本人对此曾这样说过："对于智障的哥哥来说，语言绝不是没有意义的。……语言对哥哥来说是一个个充满爱的美丽的活生生的东西，是和他爱的人相互给予的宝贵、闪光的东西。在哥哥那里不存在无意义的寒暄、奉承和玩笑，有的只是作为人的纯粹的对话。"读者能从字里行间体会出兄妹之爱。

1972年，津岛在妊娠期间创作的《孕狐》入围芥川奖，翌年，她的《瓶中的孩子》和《火屋》再次连续获第六十九届、第七十届芥川奖提名，此后不断有佳作问世，获得过多项文学奖。如《杂草之母》（1976）获第十六届田村俊子奖，《草的卧房》（1977）获泉镜花奖，《宠儿》（1978）获女性文学奖，《光的领地》（1979）获野间文艺新人奖，《默市》（1983）获川端文学奖，《被夜光追赶》（1987）获读卖文学奖，进入平成年代后，她的《正午》（1989）又获得平林泰子文学奖，《风，劲吹的风》（1995）获伊藤整文学奖，近年来创作的长篇《笑狼》获得大佛次郎奖。除了小说，津岛还出版了大量的随笔集。

津岛本人在经历了离婚、丧子等人生跌宕之后，作为一个作家的视角也日趋从容、平和。

《宠儿》所表达的是津岛文学的另一个重要主题，即对"母性"的解读。作品虚构了一个假想妊娠的故事。主人公——钢琴教师高子离婚后和女儿一起生活，女儿借口考试要寄宿在姨母家，欲从母亲身边离去。由于身体的些微变化，某日高子确信自己怀孕，在不知所措中，她回想起自己和几个男人的过去，决意一个人坚强地面对一切。当高子在接受诊断后被告知妊娠只是想象时，主人公精神上受到打击。作品生动地表现了一个离婚女人对爱的渴望和内心的孤独，同时也描绘出了女人自立自强的背后有着怎样的精神世界。

津岛的作品除了有着女性作家特有的敏感而细腻的笔触外，还具有丰富的想象力，常常将读者也引进作品人物的幻觉中去。她的其他作品还有《在火河岸边》（1983）等。

2. 增田瑞子与《单体细胞》

增田瑞子1948年生于东京，从东京农工大学农学系毕业后在日本医科大学做助教。1977年发表的《死后的关系》入围第九届新潮新人奖，自此她开始走进文学创作领域。三年后增田辞职，开始了专职写作的生涯。她的作品《单间钥匙》（1978）、《樱寮》（1978）、《两个春天》（1979）和《一直到追悼会》（1980）连续获四届芥川奖提名，使她成为文坛上的后起之秀。1984年发表的《自由时间》获第七届野间文艺新人奖，1986年创作的《单体细胞》获第十四届泉镜花文学奖，进入平成年代后，她的《梦虫》（1991）又获得第四十二届艺术选奖文部大臣新人奖，《月神》（2001）获第十二届伊藤整文学奖。增田作品中的主人公常常会出现逃避行为，比如逃离都市，远离人群。这表明作者一直在尝试从更深的层面剖析人性的孤独，而她的代表作《单体细胞》正体现了增田作品的这一重要主题。

在《单体细胞》中，作者为主人公——农学系的研究生起了一个令人联想到植物的名字——椎叶干央。他自幼丧母，没享受过母爱的温暖；少年时期又失去了难以亲近的父亲，一直在孤独中成长。在学校每天专心于单体细胞的生物学研究，过着单调的生活。因为一个偶然的机会，椎叶和女大学生竹泽绫子相识，两人开始了同居生活。但二人却都处于“单体细胞”状态，各自将自己封闭在细胞壁中，最终分手。作者对人的这种类似单体细胞的、植物性的生存形态加以分析，揭示现代人的永远的孤独。这种孤独正是在日本进入后工业化社会后，城市人挥之不去的感觉。

她的其他作品，如《麦笛》（1981）、《自由时间》（1984）、《家的味道》（1985）和《火夜》（1998）等作品都流露着这种深深的孤独感。

3. 山田咏美与《做爱时的眼神》

山田咏美1959年生于东京，原名双叶。她在明治大学读书期间痴迷于漫画，以致中途退学专心于漫画创作。但不久她找到了比漫画更能表达内心的形式，那就是文学创作。处女作《做爱时的眼神》

（1985）获第二十二届文艺奖，使她一举成名。从自传性作品《跪下来舔我的脚》开始，她的作品以年轻女性独特的口语体形成了个人的文体风格。其后，她的作品也陆续获得各类文学奖。如1987年的《唯有灵魂·音乐·恋人》获第九十七届直木奖，1989年以《风葬的教室》获第十七届平林泰子奖，1991年又以《垃圾》获第三十届女性文学奖，1996年的《动物逻辑》获第二十四届泉镜花文学奖，21世纪以来的《A2Z》（2000）和《风味绝佳》（2005）又分别获得读卖文学奖和谷崎润一郎奖。在山田的作品特别是早期作品中，描写成年人的情爱、性爱是一个重要主题。除此之外，也有部分作品表现处于青春期的少男少女的心态，如《我不会学习》（1993）、《蝴蝶的缠足》（1987）、《放学后的音符》（1989）等。近年来的创作主题开始向更广阔的领域扩展，从中可以看到作者人生阅历的日渐丰富和岁月带来的更为厚重的积淀。

在文学界，一般认为山田咏美初登文坛时是比较另类的。她的成名作《做爱时的眼神》一经发表，就引起褒贬不一的评价，其中赤裸裸的性爱描写引起不小的争议，有人斥之为下流，也有人奉之为唯美。但也正是这种大胆鲜活的语言表达，使它在文艺奖的众多候选作品中脱颖而出。作品讲述了一个美国黑人逃兵斯彭和日本少女、酒吧歌手纪梦的情爱故事。二人之间的关系实际上是陌生的，纪梦甚至不知斯彭的真实姓名。他们相互熟悉的只是彼此的身体，是本能地相互吸引。这也表明，对他们来说性爱就是一切，不需要其他的交流。在故事的结尾处，斯彭将以出卖美军机密罪被逮捕，这时纪梦第一次想要了解眼前的这个男人，在逮捕前的片刻，纪梦大喊“没有时间了”。在这一刻，纪梦对斯彭的感情发生了变化，两人的心似乎第一次开始靠近，在突然降临的分离面前，性爱升华成了情爱。

在这部作品之后，山田又创作了《手指的嬉戏》（1986）和《杰西的脊梁骨》（1986）。前者讲述了主人公和黑人钢琴家的爱恨情仇，后者描写一位东方女子爱上一个中年黑人后，被他的孩子捉弄得由恨生爱的过程。这三部作品的统一基调构成了山田初期创作的三部曲。其后的获奖作品《垃圾》可以看作是《杰西的脊梁骨》的续篇，她在这部作品中提出了种族歧视等社会问题。1990年，她发表了取材于自身婚姻生活的《口香糖》，再现了自己和黑人丈夫的婚姻生活的日常情景。她的作品语言精巧简洁，浅显易懂，文体优美流畅。除了小说之外，山田还写有大量随笔。自2003年开始，山田担任芥川奖的评委，由此可窥见她在日本文学界不可动摇的地位。

4. 吉本芭娜娜与《厨房》

继“村上春树现象”之后，在文坛上又一个引起轰动并被称为“现象”的是女作家吉本芭娜娜。吉本芭娜娜1964年生于京都，原名吉本真秀子，因为她本人喜爱香蕉花，所以为自己起了这个特殊的笔名（“芭娜娜”是英语“香蕉”的音译）。据说作者还在身上文上香蕉图案，“芭娜娜”——香蕉，名副其实地成了作家的标志。芭娜娜的父亲是诗人、评论家吉本隆明。受父亲职业的影响，芭娜娜自幼酷爱写作，性格奔放开朗。考大学时选择了自己喜欢的文艺专业，上学期间痴迷于写作，常常熬夜笔耕。这种积累使她在临近毕业时能创作出短篇《月影》（1987）作为毕业论文，这篇作品其后被收入小说集出版。紧接着，她发表了成名作《厨房》（1987）和续篇《满月》。作品的情节虽然写得波澜不惊，但问世后却似巨石激浪，旋即引发了“吉本芭娜娜现象”。

作品描写自幼失去双亲的樱井美影一直和祖母相依为命，祖母去世了，从葬礼归来的美影在家里突然变得形单影只，无所适从，每日在厨房昏昏沉睡。祖母的旧识——大学生田边雄一邀请美影和他们一家一起生活。所谓田边一家只有雄一和他的“母亲”（实为父亲，为忠实于和亡妻的爱而男扮女装）惠理子，这个陌生的家庭让美影感到温暖。但不久惠理子的死使这个家庭也遭突变，雄一为疗心灵创痛只身出行，美影再次陷入孤独。在作品的结尾，美影找到了雄一，一种亲情将两颗孤独的心联结在一起。

《厨房》对人物的设计别具一格，不落俗套。作者一反读者眼中爱情小说的俗套，没有把美影和雄一之间的关系作为一对恋人而是作为特殊的家庭成员来定位，二人之间朦胧的感觉为读者留下了想象空间，并在续篇《满月》中被加以诠释。在作品中，作者紧扣“厨房”这个主题，用了大量的笔墨描写现实中的厨房和主人公理想中的厨房，把厨房描写成美影心灵的避风港。对美影来说，厨房意味着家庭、亲情和团聚，自幼孤独的美影对“厨房”的情有独钟，其实就是希冀对缺失的感情进行一种弥补。在这部作品中，作者写到了死及其带给人的悲戚，以及人与人之间的心灵交融。作家通俗易读而又细腻的文笔以及作品整体体现出的静谧感觉赢得了大量读者，《厨房》在发表的当年即获得了第六届海燕新人文学奖，翌年又获得了泉镜花文学奖，被翻译成数十种文字，并在日本国内和海外（中国香港）两次被搬上银幕。

继《厨房》之后，芭娜娜又发表了大量受年轻人欢迎的作品，以短篇集居多。其中，《泡沫/安全地带》（1988）获第三十九届艺术选奖文部大臣新人奖，《泡沫》和《安全地带》两个短篇其后还分别入围第九十九届和第一百届芥川奖。进入平成年代后，她的《斑鸫》（1989）获第二届山本周五郎奖，《N・P》（1993）获意大利“SCANO外国文学奖”，《甘露》（1995）获第五届紫式部奖，《乱伦与南美》（2000）获第十届多玛戈文学奖等国内外多个奖项。她的作品在海外三十多个国家被翻译出版，在年轻读者中享有盛名。芭娜娜作品的主人公多为青年女性，作品主题也多涉及现代人普遍关心的问题，如离异、婚外恋、同性恋、宗教、宿命论和特异功能等等，近年来她把笔名“芭娜娜”由汉字改成用假名书写，据说是受了测字先生的启发。她的其他主要作品还有《哀伤的预感》（1988）、《白河夜船》（1989）、《狗公的最后恋人》（1996）、《月影》（2003）等。

5. 干刈县与《咳咳探险队》

干刈县1943年生于东京，她自幼体弱，但喜爱读书，成绩优异。高中阶段适逢安保斗争，她积极参加游行集会，翌年高考失败。一年后考入早稻田大学新闻专业学习。大学期间，因为终日忙于打工自筹学费而疏于学业，但喜欢读海明威和萨特。最终因经济窘迫而中途辍学，退学后，她曾学习做一名撰稿人。在经历了结婚、生子并步入中年之后，她开始了文学创作。1982年，她的处女作《树下的家族》获首届海燕新人文学奖。在这部作品中，作者第一次使用了干刈县这一笔名。对于这个不带性别色彩的特异的名字，作家本人认为，小说就像穿街走巷的小贩讲的故事一样，把这条街的故事讲给那条街听，所以不需要辨别作家的性别和真实身份。“县”是指相对于中央而言的外地或周边地区，在某种意义上，男权社会中的女人即“周边”而不是“中央”。女人具有不同于男人的感性，干刈在日语中又是收获的意思，由此可推测捕捉女人的感性大概是作者起这个笔名的初衷。干刈县的作品大多取材于她自身的婚姻生活，确实充满了女人敏锐而善感的特性。在处女作发表的当年，作家离婚，与两个儿子组成了单亲家庭。

中篇《树下的家族》描写的就是步入中年、膝下有两个幼子的家庭主妇与忙碌的丈夫之间的隔膜。37 岁的“我”与二十岁的冲绳青年在新宿相遇。在与青年的对话中，主人公的思绪回到了 20 世纪 60 年代安保斗争的岁月。作者将现实中主人公不安定的感情生活和 60 年代经历的青春时光重叠起来，希望在“过去”中找到支撑“现在”的力量。其后的作品，如短篇《天象仪》（1983），中篇《咳咳探险队》（1983）、《星期一的兄弟们》（1984）、《职业摔跤手的特号靴》（1984）、《裸》（1985）和《窗下面的天河》（1989）等，都描写了单亲家庭中的母亲和孩子，特别是早期作品中流露着母子相依为命、孑然凄清的辛酸。作品中作者的身影无处不在，或低落茫然，沉浸在孤独不安中；或重整旗鼓，欲走出生活的阴影，表现了作者在离婚之后每一阶段的心态，作品的色调也随之或灰暗或明亮。

《咳咳探险队》围绕刚刚离异的母亲和太郎、次郎两兄弟的生活以及与父亲之间的关系，以一个母亲和妻子的视角将单亲生活娓娓道来。作品中有一段对话解释作品奇特的名字：

“我们就像探险队呀。为了探索‘离婚’这个在日本还属于未知的领域，扮演着各自的角色。”

“爸爸进家门的时候，总是先咳嗽两声，就叫咳咳探险队吧。”

“咳咳探险队。太棒了。”

主人公在孩子面前，将离婚这个沉重的话题渲染得轻快而幽默。

作品发表的当年即获第九十届芥川奖提名，其后还在广播电台播送；1986年被改编成电影搬上银幕，该电影在同年获第二十九届蓝丝带奖。

家庭的解体和再建是干刈县作品的一大主题。除此之外，她的其他作品也大都以作者的自身经历为题材，在作品中回忆她幼年、中学以及大学不同成长过程中的人和事。因为是作者的亲身体验，加之文笔朴素、感情真切，读来真实自然。在抚育孩子的过程中，干刈还将目光投向了青少年，有些作品触及了社会问题。如长篇《黄头发》（1987）就分析了少年的逃学、学生之间的霸凌问题。为了创作，她亲自到东京的原宿——青少年的聚集地取得第一手资料，并访问那些逃学孩子的家长。1988年，该作品入围第一届山本周五郎奖，1989年被改编成电视剧。

她的另一部中长篇《慢一点，东京女子马拉松》（1984）仍然涉及了孩子的问题，围绕小学生的教育，以孩子们的母亲为中心，描写了母亲们、孩子们之间的纠葛。作品所描写的离婚、育儿的烦恼、自杀、校园霸凌、学校和家长之间的对立等等，都是社会关注的焦点问题。这部作品（和另一部《峡湾之宴》同时）获第九十一届芥川奖提名，第二年获艺术选奖新人奖。在发表的当年还被改编成电视剧。

干刈后期的创作形式主要为随笔，大部分集中了作者对家庭、离异、育儿、孩子教育和女性自身的思考。1992年干刈因病早逝。在短暂的创作生涯中她成果甚丰，多部作品被改编成电视剧或广播剧，深受大众喜爱。1986年她的《静静地递过金戒指》获野间文艺新人奖，作品塑造了丰富的女性群像。

20世纪七八十年代活跃在文坛上的其他作家还有《我是什么》（1977）的作者三田诚广、《泥之河》（1977）的作者宫本辉、《九月的天空》（1978）的作者高桥三千纲、《父亲不见了》（1981）的作者尾辻克彦以及女作家宫尾登美子、木崎里子、高树伸子、中泽慧等。

第五章　平成文学的特征

一、20 世纪 90 年代前期的平成文学

泡沫经济的崩溃与文学的多样化

比起漫长（1926—1989）而惊心动魄的昭和年代，刚刚跨入第三十一个年头就落下帷幕的“平成”年代似乎乏善可陈，缺少了些许存在感。然而，对于文学来说，三十年已足以使其完成定型并明晰脉络走向。

1989 年，昭和天皇离世，日本改年号为平成，取自中国的五经之一《书经》中的“地平天成”和《史记》中的“内平外成”。然而日本的国内外形势却不如新年号所愿。在国际上，美苏冷战虽然已经结束，但海湾战争、苏联解体、柏林墙的坍塌带来了世界局势的动荡不安。在日本国内，泡沫经济的降温以至崩溃留下了难以自愈的后遗症；由总选举造成的“五五年体制”[①]的解体带来了政局的不稳。另外，阪神大地震、亚洲金融危机、邪教的泛滥、地铁毒气事件以及人口的老龄化带来的种种社会问题都使日本危机四伏。

造成日本经济泡沫化的原因有多种。首先，是由于日本政府采取的过于积极和过热的经济财政政策，其目的在于走出 20 世纪 70 年代石油危机造成的战后以来最严重的经济低迷。其次，是 70 年代初开始的国际金融、通货体制的无政府状态带来的国际经济整体的泡沫化。如前所述，在世界经济强国中，日本最先走出了 70 年代

---

① 指 1955 年建立的由执政党自民党和在野党社会党共同执政的制度。这一制度一直持续到 1993 年。

石油危机的阴影。80 年代日元的被迫急遽升值，以及 80 年代初中曾根政权提出的“战后政治总清算”的施政纲领，使日本开始觊觎所谓与其经济实力相当的、更高的国际政治地位。进入 80 年代后，日本的汽车生产总量一直排在世界第一位，其经济总量在国际经济中所占比重日益增大。“日本第一”成为 80 年代大部分日本国民的心理。在这种膨胀的“大国意识”背后，已经暗藏着泡沫经济破灭的隐患。融资的活性化和房地产的增值，造成了房地产投资的非理性过热。日本全岛的投资热让众多的人为“赚钱”而奔忙，巨大的资金流通带来了前所未有的经济盛况。随着进入平成年代后泡沫经济的解体，日本经济进入了漫长的萎靡时期，并给国际经济整体带来了影响。

企业在泡沫时期转嫁给劳动者的超时劳动，在经济神话破灭后变成了强制性的裁员。在平成年代初期，因破产或失业而自杀，一时间成为司空见惯的新闻。

90 年代中后期开始，日本加大了在海外特别是在东南亚的投资，金融业也强化了处理呆账、坏账的力度，日本经济开始慢慢走出了泡沫崩溃后的低谷，露出复苏的征兆。

社会经济的变化直接影响的是人们的意识形态领域。经过泡沫经济的蛊惑和打击，大部分人变得自慎自戒，甚至失去了方向，开始发出“到底为了什么而奔忙、工作？”的疑问。随着整个社会价值体系的改变，新一代的日本人开始颠覆他们的价值观和生活方式。工作不再是生活的全部，公司也不再是需要投入全部精力的、老有所依的唯一归宿。很多人的择业观发生了改变，越来越多的人选择了能够发挥自己特长和个性的自由职业。当然，由于经济的不景气，进大公司谋求一个终身职位也变得越来越难。工薪族的消费观也趋向享乐主义，80 年代起被日元升值所驱动的海外旅行热、购物热在平成年代初期依然热度不减，世界各地都能看到日本游客的身影。

科技的发展从来没有停止过脚步。从 20 世纪末到 21 世纪初，随着通信和计算机技术的发展，全球已进入了信息化时代。一直以来作为人们主要休闲工具的电视也日新月异，液晶、等离子、超薄、平板、移动数码等等各种新生代产品令人目不暇接。VCD 和 DVD 早已取代了录像机，MP3 甚至 MP4 已使随身听闲置一边。数码相机和体积小巧的 DV 数码摄像机，让传统的摄像机显得不合时宜。手机的方便与多功能赋予了电话新的含义。电影院里的好莱坞大片轻易就赚走了人们的感动。网络的发达造就了大批的网民，使很多人工作之余在网上流连忘返。日本是一个出版业异常发达的国家，图书报刊种类繁多、制作精良，这和它的国民喜爱读书看报密切相关。但是在这个追求速度的时代，“快餐化阅读”“浅阅读”和“在阅读中追求感官愉悦”已然成为新的趋势。甚至有人认为 90 年代的到来是“读图时代”的到来，在每年大量的出版物中，漫画成为其中的重要组成部分，日本人的阅读倾向由此可窥见一斑。

文学在 20 世纪 90 年代表现出的最大特点就是多样化。尽管网络小说的作者被称为写手而不是作家，但网络文学已经铺天盖地，“网”住了大批年轻的读者。电视也开始和文学“接轨”，日本国家电视台 NHK 开创了电视连续小说，拥有不俗的收视率，观众就是读者，读者也是观众，文学带来了实现文化增值的绝好的商业契机。除了忠实的纯文学爱好者和专业人士之外，纯文学作品已无缘摆上一般人的案头。在这个信息爆炸、瞬息万变的时代，休闲方式的多样化和现代社会的喧嚣、浮躁，使得文学，特别是纯文学显得更加“曲高和寡”，它似乎已经从这个时代的舞台中央退居幕后，它已不再是人们必需的精神食粮，因为文学承载的社会意义已不像以往那样重了，只靠语言和铅字来创造艺术的时代已经结束了。

纯文学即将消亡的声音传闻日久，人们认为理所当然也好，为此忧心忡忡也罢，都属于一种感受。其实文学一直都在顺应着这个超速发展的时代，通过不断调整自身来寻找生存的空间。在平成时期，文学看上去虽然显得柔弱、不堪一击，但在观念、主题、文体和语言等各个方面一直力求突破传统，超越固定模式，开拓着全新的一片天地。

在全球化的大环境里，文学首先表现出的是它的国际化特征。作品的作者、背景、内容和语言等诸要素都体现出了文学的无国界化。如芥川奖获奖作家里面就有朝鲜血统的女作家柳美里、欧洲血统的荻野安奈等等。异国归来的“海归”作家，如久居德国的多和田叶子、在美国成长并接受了美国教育的水村美苗等，都在文坛上卓有成就。因她们的加入，“土生土长”的文坛不再单一。此外，平成时期女作家在文坛的表现值得注目，从平成元年开始，连续四年的芥川奖，女作家都榜上有名。

其次，作品的内容、人物也变得超越民族与国界，让读者感受到全球一体化的快速脚步。从作品的内容来看，荒诞的、幻想的、超现实的、超能力的和灵异世界的因素是不容忽视的一大特色。如池泽夏树、笙野赖子的很多作品即如此。继20世纪80年代成名的女作家山田咏美之后，对两性问题的探索也是不少女作家追求的主题，性描写的大胆和开放的性观念以及作品赤裸裸的主题，都有别于上个世代。如松浦理英子将“性”与幻想结合在一起，作品内容荒诞滑稽。同时不少作品也触及了同性恋之类的话题。现代社会的家庭解体、日本社会的日益老龄化带来的老人问题等等也都成为平成作家的关注点。

语言方面更是体现了这种趋势。如果说80年代的山田咏美在她有外国异性出场的作品中使用的英语只能算是只言片语的话，在水村美苗的《私小说》中英语已“泛滥”到和日语的表达等量的程度，当然这是一部以“归国子女”为主人公的作品，有其特殊性和必要性。同时，外来语的大量使用反映了80年代以来日本社会语言的全貌。这种语言现象在进入平成年代以后也有增无减，单从作品的题目看，外来语的使用已到了无以复加的程度。作家们同时还在尽量减少汉字的使用，比如作品中的人名，常常使用假名。因为汉字是象形文字，有表意作用；而假名只是表音文字，假名的使用所带来的含糊、暧昧、莫衷一是等不清晰感给读者留下的想象空间正是作者所希望的。当然这种现象并不是平成文学的独特之处，早在“村上春树现象”出现时已然成型，只不过到了平成时期愈演愈烈而已。文学是时代的缩影，文学语言更是如此。这样的文字使读者在字里行间体会着时代感，即使没有出版年月、背景资料，也没有人会把这样的作品内容误认为是明治、大正时代的产物，反之亦然。但近年来，有的作家评传，如宫泽贤治的评传，他的名字在书名中用假名标记，这种创意或者来自作者的创作思想，或者意在取悦排斥汉字的年轻一代，不免给人以哗众取宠之感。有些作品的题目甚至不用文字，而代之以符号，例如性别符号♂或♀。除了体现这个时代的无奇不有之外，文学的商品化、市场化也是不可忽视的一个要因。

现实中的日语在蜕变、在衰落、在解体，这是语言学家、甚至普通人士一直在担心和关注的问题，有的作家甚至喊出了“保卫日语”的口号。文学恰好如一面镜子，文学语言具有折射整个社会语言的功能。前述女作家水村美苗在日本某大学举办的一次“铅字文化公开讲座”中，就指出了日语所处的尴尬境地，进而从语言的角度指出了日本文学面临的危机。在美国居住了二十年，读着日本小说长大的水村在 1990 年回国后，惊异于日语天翻地覆的变化，过去的日语消失了，看到听到的是构建在外来语之上的肤浅的日语。在全球化大背景下，英语变成了世界通用语言。而当今的日语变成了夹在传统日语与英语双重构造之间的夹缝语言，目之所及充斥的都是夹缝日语写就的作品。水村认为读者应该期待日语成为更有深度、高度和乐趣的语言。还认为读者的这种期待可以遏制当前的这种夹缝日语泛滥的现象，进而才有可能拯救日本文学。水村毕业于美国耶鲁大学，并执教于美国普林斯顿大学、斯坦福大学等高校，讲授日本近代文学。她曾经模仿夏目漱石的文体，续写了夏目漱石未完成的作品《明暗》，取名《续明暗》，获艺术选奖新人奖。作家本人对蜕变前的日语情有独钟，她的观点也代表了大部分有识之士的见解。

平成文学体现出的另一特点就是纯文学与通俗文学之间的界限日渐模糊。什么是纯文学？答案莫衷一是。1998 年第一百一十九届芥川奖的获得者花村万月和同年同期获直木奖的车谷长吉更证明了这两个文学领域的交叉互通。花村万月一向被归类为推理小说作家，他的作品血腥暴力，性爱场面很多；而车谷长吉是作家兼俳句诗人，其大部分作品都被称为私小说，作品也曾经入围过芥川奖。

有人因此而对芥川奖提出了质疑，但无论如何纯文学与大众文学之间的沟壑已不再是难以逾越的。很多纯文学作家同时也以推理小说或科幻小说而知名，如池泽夏树、奥泉光、筒井康隆等。

另外，在平成时期的文学作品中，经常可以看到漫画的因素。如高桥源一郎就把人气漫画中的人物，在中国也家喻户晓的“哆啦A梦”引入他的《日落企鹅村》，把小说和漫画加以联动。

与此同时，发生改变的还有修辞。平成的作品一反纯文学带给人的晦暗、严肃、沉重和无病呻吟的印象，将当代日本年轻人惯用的俚语、口头语和流行语信手拈来，用语大胆、轻快随意。描写手法注重语言对白和场面化，读来轻松易懂。

最后是主题的多样化和个性化，进入平成年代后的文学体现出了现代社会的流动性和复杂性以及现代人生存的盲目性和随意性，川端康成笔下的《雪国》那样的、日本特有的静谧古雅之美已无处可寻。有的是“动感”的城市和身居其中的浮躁而孤独的现代人。

在评论界，可以看到竹田青嗣、池田晶子、川村湊、加藤典洋和吉本隆明等新老评论家的力作。当评论也随着小说的变化趋势而朝着多元化的方向发展之时，同一阶段的作家论和人物评传格外引人注目。其中大冈信的《诗人・菅原道真①》（1989）、中村真一郎的《蛎崎波响②的生涯》（1989）、村松刚的《三岛由纪夫的世界》（1990）、菅野昭正的《横光利一》（1991）和古泽永一的《回想・开高健》（1992）等都堪称这一时期的代表。

进入平成后，震动文坛的一件大事就是1994年大江健三郎继川端康成之后，成为日本第二个诺贝尔文学奖得主，日本文学再一次引起世界瞩目。如果说川端文学使世界认识了日本文学的“个性”，那么大江的获奖则昭示着日本文学无论在主题上还是思想上都具备了与世界文学接轨的“共性”，做到了与世界文学同步，同时在某种意义上，也标志着战后的日本文学得到了更大范围的肯定。同年，

---

① 菅原道真，平安前期的贵族、学者，在日本被敬为“学问之神”。其诗作被收录在《菅家文草》《菅家后集》里。

② 蛎崎波响，江户后期的画家，擅长花鸟画。

作为反体制作家，大江拒绝接受日本政府欲授予他的、为奖励推动科技文化发展的有功之臣而颁发的文化勋章，这也成为文坛内外轰动一时的话题。如果把川端康成的获奖看作日本文学与世界之间的初始纽带，大江的获奖则再一次在日本文学与世界之间架起了桥梁。

高桥源一郎与《日落企鹅村》

高桥源一郎 1951 年生于广岛。高中时代曾梦想做一名大学教授，以便利用空余时间搞文学创作。报考京都大学文学系落榜后，他考上横滨国立大学经济系，却无心听课，最终离开学校，选择了去做自己喜欢做的事。在成名之前，一边从事体力劳动一边每天笔耕不辍。高桥初登文坛是在 1981 年，以一部取材于自身经历的《再见吧，暴徒们》获第四届群像新人长篇小说优秀奖。其后也陆续发表过一些作品，如《约翰·列侬对火星人》（1985）等。但其真正走向创作的鼎盛时期的代表作是在进入平成的前一年，发表的《优雅而感伤的日本棒球》（1988）。这个直白的作品名，容易使人误以为其是一部体育小说，但是作者在该作品中不仅对棒球运动进行了深刻的解析，还从各个角度赋予棒球以种种含义，同时使棒球充满诗意。二战后受美国影响，棒球在日本成为一项全民关注的运动，可以称为“国球”。作品通过对这项运动全方位的深层思考，在解析这项运动的本质的同时，刻画了日本人的心理。这部作品获得了第一届三岛由纪夫奖。从这部作品开始至平成以后的创作，高桥的作品风格与他的初期作品相比，显得更加冷静和理智。

平成元年，高桥完成了《日落企鹅村》，这部作品将日本 20 世纪 80 年代的人气漫画《斯朗普博士》中的人物以及哆啦 A 梦等备受欢迎的卡通人物纳入其中，做了有趣的结合。《斯朗普博士》讲述的是天才博士制作了一个女孩儿外形的机器人，名叫阿拉蕾。她力大无比、戴着近视眼镜，有自己的独特用语。博士隐瞒了阿拉蕾的机器人身份，把天真无邪、喜好恶作剧却充满正义感的阿拉蕾当作自己的妹妹，在二人与安乐之乡企鹅村村人的交往中上演了一幕幕喜剧。高桥把漫画中的企鹅村搬到了他的《日落企鹅村》，这是一个充满着希望和快乐的地方，但是某一天，一切都发生了改变。天才发明家千兵卫丧失了发明的才能；山吹绿老师学校里的学生不见了；而且栗头老师不住地丢三落四，在他那硕大的脑袋里每天不断地有什么在失落，似乎总是回想不起某些东西，但又不知道回想不起来的究竟是什么。作品运用了想象的手法和大量漫画式的语言，营造了快乐的阅读氛围，使读者乐在其中的同时又留下寂寞的回味。

高桥的其他主要作品还有《行星 P38 的秘密》（2005）、《官能小说家》（2005）等等。除了小说之外，他还有大量评论、翻译和随笔。他的评论和随笔涉猎广泛，除了文学之外，还涉足音乐、电影、漫画甚至赛马等领域。2002 年完成的《日本文学盛衰史》获第十三届伊藤整文学奖。高桥作品写作方法的独特、题材涉及领域的广泛和语言的感觉使他成为平成日本文坛上流行文学的领军人物。2006 年，高桥实现了自己的理想，就任明治学院大学国际学部教授。

荻野安娜与《负水》

荻野安娜 1956 年生于横滨。父亲是法裔美国人，作为船长周游过上百个国家。荻野在文坛成名以后，曾以年轻时代的父亲为模型创作了《吹牛大王安利的冒险》（2001），为此，她曾沿着父亲的成长轨迹出行法国和美国。荻野毕业于巴黎第四大学，曾在庆应大学读博士课程，后在巴黎大学取得博士学位。20 世纪 80 年代后期回国后开始了创作活动。从处女作《妈妈喝茶》（1989）到 1990 年发表的《别关门》《西班牙的城堡》都连续入围芥川奖，1991 年最终以《负水》问鼎第一百零五届芥川奖。留学法国期间，荻野以 16 世纪法国文艺复兴时期的代表作家拉伯雷和日本昭和时代作家坂口安吾为研究课题，回国后，出版有《拉伯雷出航》（1994）、《我爱安吾》（1995）等专业著述。其他作品还有《麦当娜失去变身资格》（1993）、《食女》（1994）、《半生半死》（1996）、《猪在天上飞》（1999）和《敢闯》（2002）等。2003 年发表了批判传统作家的小说《我的爱毒书》。

有人评价荻野的作品过于理性，罕有女作家特有的浪漫、热情和细腻，文风趋于男性化。《负水》虽然描写的是中年女性的爱情故事，触及同居、同性恋等话题，但笔调冷静、成熟。在《负水》中有这样一段有趣的描写来解释这个奇特的作品名。

> 在日本的什么地方流传着“负水”的说法。就是说人生来都背负着一生要喝的水，这就叫负水。……一旦喝光便没有了未来。

“在日本……”这种表述方式所体现的与日本的距离感似乎在本土作家的作品中是难得一见的。与前一时代的作家相比，把“日本”从身边推开，置之于世界的大范围内去审视，成了平成的作家们惯常的创作手法。透过这段话，似乎也表达着作者的某种人生观。

池泽夏树与《马西阿斯基里的下台》

池泽夏树1945年生于北海道，是作家福永武彦之子，母亲是诗人原条明子。1968年他从埼玉大学物理系退学后从事写作，最早是以诗歌登上文坛，其后开始尝试小说创作。1987年以《静物》获中央公论新人奖，转年该作品又获得第九十八届芥川奖。作品的景物描写恰如作品的名字，像油画中的静物一般静谧而美丽，诗一样的文体把作者的诗人天赋发挥到了极致。

> 看着无声落下的雪，我发现并不是雪在降落。这种感觉一瞬间左右了我的意识，仿佛眼前一亮，我明白了。
>
> 不是在下雪。是载着飘满了雪片的宇宙和我的整个世界在不断地上升。静静地、顺滑地、真实地。世界在不断上升。

20世纪70年代中期，池泽曾在希腊生活过三年，大概受他的这段经历影响，在他其后的作品中常常出现的一个重要场景就是海岛。如《南边岛屿上的缇欧》（1992）就描写了居住在南边小岛上的少年缇欧与周围人之间发生的奇异之事，描写了作者熟悉的海岛生活。该作品获得了小学馆的文学奖。

《真理子/马里希特》（1994）描写身为人类学者的“我”在南国的小岛上偶然结识了像风一样自由奔放、谜一样神秘莫测的真理子

（当地人称她为马里希特），真理子和当地的孩子们快乐地生活在一起。健康的肤色、闪亮的眼睛和洒脱的举止无一不吸引着循规蹈矩的“我”，但二人之间却似横亘着不可逾越的障碍，令我止步不前。其后，“我”为了追寻心中的爱离开日本，再次来到海岛。

《卡伊马纳比拉的家》（2001）以夏威夷为场景，描写了迷恋上冲浪的“我”在夏威夷临时居住的“家”里接触到的人们，光阴流转，不同的人生、不同的梦都汇聚在此，诞生出一个美丽的海岛故事。

长篇小说《运花的妹妹》（2003）描写的是画家哲郎陷入毒品的圈套，被逮捕入狱，即将被判处死刑。从巴黎回国的妹妹为了救哥哥，只身闯荡异国。这交错着生与死的故事是以美丽的巴厘岛为场景的。该作品获得了每日出版文化奖。

1994年池泽移居远离日本本土的冲绳岛，由此也可以看出池泽的海岛情结。海岛上发生的故事成为池泽作品的一个重要主题。其中最有代表性的当属谷崎润一郎奖获奖作品《马西阿斯基里的下台》（1993）。故事依然以海岛为背景，主人公是南太平洋上悠闲安静的热带小国（虚构的国家）的总统马西阿斯基里。作品描写了一个偶然的事件——前来扫墓的日本人乘坐的汽车消逝得无影无踪，岛国总统被岛民的传言、亡灵和巫婆的法力等不可思议的神奇力量所掌控，最终被迫下台。通过描写事件的全过程，隐喻当今的社会、政治实态。作品采用了幻想与现实相结合的手法，笔下的灵异世界充满了作者丰富的想象力。对海岛的风俗人情的入微描写也具有一定的可读性。

在池泽的小说中，除了以上这种虚实结合的作品外，完全可以被称为科幻小说或未来小说的有《通讯电路》（1988）、《回来的男人》（1990）和《不久，终点将至》（1996）等。对未来世界的假想、对人类超能力的憧憬和对灵异世界的好奇是池泽作品的另一特色。

21世纪以来池泽还完成了构思十年的历史小说《寂静的大地》（2003），以度过孩童时期的故乡北海道为背景，讲述了祖辈在明治初期移居北海道拓荒的历史。作品触及了阿伊努族与大和族共存的时代，勾勒出了阿伊努族的精神、文化以及衬托在这种背景之下的一百年前这片丰饶大地的全貌，同时指出日本现今已经缺失了多民族和多文化可共生的土壤，从多个角度分析了日本在近代丢掉的价值观。

除了小说，池泽还写有大量随笔、游记和译作等，作品颇丰。1993 年他的《自然母亲的乳房》（1993）获读卖文学奖，翌年创作的《快乐的结局》（1994）获伊藤整奖，《美好的新世界》（2001）获艺术选奖，《语言的流星群》（2003）获宫泽贤治奖等。

笙野赖子与《穿越时空·工业地带》

笙野被称为前卫作家。她 1956 年生于三重县，高中时代经常逃学，从那时起养成了记日记的习惯。从立命馆大学法学系毕业后她开始了文学创作。1981 年发表的短篇《极乐》获第二十四届群像新人文学奖，自此崭露头角。其后虽有作品间隔问世，却并无力作。在成名十年后，1991 年出版的《现在什么也不干》获第十三届野间文艺新人奖，此后开始了笙野的收获时代。1994 年《二百次忌日》获第七届三岛由纪夫奖，同年，《穿越时空·工业地带》获第一百一十一届芥川奖，2001 年《幽界森茉莉异闻》获第二十九届泉镜花文学奖，2005 年《金毗罗》获第十六届伊藤整文学奖。笙野作品的主题包括对现实世界的反叛、梦境、女性解放，另外还有作者钟爱的猫等等。笙野的作品情节离奇荒诞，充满了奇思怪想和魔幻色彩，在她的作品中经常出现游离现实的情节，比如能打电话的鱼，人面猫身的怪物等等。作品的主人公多为孤独的单身女作家，在半梦半醒中，在现实与虚妄中，用与现实社会不相容的目光批判地看待这个世界、意图颠覆这个世界并欲创造自己的世界。

在代表作《穿越时空·工业地带》中，主人公总是接到专门用于恋爱的“鱼”打来的电话，然后不得不去一个名叫“海芝浦”的临海的车站。

> 这是去年夏天的事。我因为做了一个和鱼恋爱的梦而烦恼着。一天，不知是那条鱼还是什么超级杰特打来了电话，总之是絮絮叨叨地要我出门去个什么地方，结果不得不去了一个叫

“海芝浦”的车站。

作品在这个离奇的开头之后，开始叙述在行程中，主人公看着似曾相识的景色，望着京滨工业区而沉浸在怀旧的氛围中。在作品中，孩童时代居住过的城市和眼前的景物交替出现，时间与空间发生倒错。作品中常用一些同音词来意会其他意思，用这种诙谐将过去拉到现在，又将现实推向妄想。《穿越时空·工业地带》具有一定的自传性质。

在另一部代表作《不安的梦》（1993）中，作者借用在梦中玩电脑游戏的形式，对日语中的性别歧视等封建残余发起挑战，进而提倡女性解放。游戏中的反面角色桃木跳蛇将世界毁坏，成为废墟的女王。她的敌人是起死回生的尸体、灵魂、大寺院、王子等等，不断有强敌出现。将最大敌人王子打败后，建立新世界的模拟游戏就可以开始了。玩家要把从尸体中出现的语言使用固定的方法进行变换，比如把“女”字变换成“类人猿”或“部下”；把“爱”字变换成“去死”或“大便”；把“母亲”变换成“傻瓜”；把“男”字变换成“主人”“王子”等。其他的词也尽量变换成莫名其妙、乱七八糟的词，如果使用了怪兽、怪物的名字，会给对方造成沉重打击。在这个恐怖的舞台上厮杀的桃木跳蛇不断取胜。敌方向跳蛇发出的都是“女人这种东西”之类的歧视性、攻击性语言。玩家通过桃木跳蛇在噩梦之都与敌人的酣战，最终到达魔窟曼陀罗，破坏噩梦之都。作品借梦想中的游戏来影射男权社会中处于从属地位的女性的悲哀。

笙野作品时常给人以晦暗、恐怖、荒诞、压抑、自闭的感觉，她在作品中，也常常以独特的角度对女性解放这个主题进行诠释，充满反叛和抗争的意识。如在她近年创作的《水晶内制度》（2003）里，就描写了一个没有自由、伦理，也没有性爱的女人国，大胆的思想和离奇的想象使该作品获第三届性别意识奖（Sense of Gender）。该奖是授给对性别主题进行探索的科幻或幻想小说的。

除以上作家外，在平成文坛上还活跃着众多个性鲜明的作家，松浦理英子的《拇指 P 的修行时代》（1993）站在超越男女两性差别的高度对“性”问题进行了挑战，发表后一时成为街谈巷议的话题。多和田叶子的《狗女婿》则把民间传说融入了现代作品。《石头的来历》的作者奥泉光、《妊娠日记》的作者小川洋子、《家庭电影》的作者柳美里、《寂寥郊野》的作者吉目木晴彦等作家都是芥川奖获得者，他（她）们敏锐的洞察力将平成时代的诸多社会问题反映在文学作品里，记录了现代社会以及现代人对传统文化和伦理道德的反叛和颠覆。

除了这些新作家，20 世纪 80 年代流行文学的代表作家如村上春树、村上隆等作为文坛上的常青树仍然代表着纯文学的主旋律之一。

此外，老作家虽然已不是文坛的主流，但他们的新作品在纯文学读者心中依然占据着重要位置。如，古井由吉的《假往生传试文》、辻邦生的《西行花传》、井上靖的《活着》、高井有一的《夜之蚁》、林京子的《街道》等作品都有一定影响力。

二、20 世纪 90 年代后期至 21 世纪以来的平成文学

关于“J 文学”的定义

进入 20 世纪 90 年代后期，平成文学仍在不断刷新着人们对文学的认识。1994 年，评论家沼野充义写了一篇题为《有点怪，啊，太怪了！》的评论文章，对平成作品的“稀奇”和“出格”在感到讶异的同时，又给予了肯定。这些新人作家的作品常常令读者怀疑自己是不是在读“小说”，但又被其莫名的魅力所吸引。

自平成以来，文坛上存在已久的由共同的思想和文学理念将作家集结在某一个文学组织之下的所谓“派别”现象不再出现，也很难以作品的创作特征抽象地将作家加以归类并冠以“××流”。文学倾向愈发难以把握。但是 90 年代后期以来，有关文学的语汇又多了一个新名词，即“J 文学”。何谓 J 文学？这里的“J”一般被解释为

日本 JAPAN 的“J”。有人说 80 年代的日本文学是“后现代文学”或“脱近代文学”，90 年代以后的日本文学是“J 文学”，90 年代的日本文化是一种寻求回归的文化。如前所述，90 年代日本泡沫经济崩溃，在资本主义经济大潮中的这次沉浮，使很多人向往回归文化精神的故乡。将这种回归的特征用“J”来体现，表示回归到“日本式”。这里的日本式和我们在字面上理解的日本传统是截然不同的两码事，这里指的是现代日本式。因此，J 文学不能等同于日本文学，其内涵是不同的。J 文学的作家都是 90 年代以后登上文坛的新生代作家，最早以杂志《文艺》（河出书房新社）为园地活跃起来，他们的文学被冠以“J”，很难说含有将其划为日本现代文学主流的含义。关于 J 文学的定义见仁见智，有人认为它只是对 90 年代流行文学的一种便捷的说法，类似音乐词汇 J-POP 一样。90 年代以来，在日本兴起了一股“J”风潮，像 J-league[①]、J-art[②]或 J 短歌、J 演剧等等，五花八门、应有尽有。也有人认为那些描写在涩谷、新宿（都是东京的繁华地带，是时尚青年的聚集地）文化中长大的年轻人的生活的文学才算是 J 文学。很多人还会把它理解为迎合时尚、只在短期内流行的时髦文学，不仅是作品，甚至 J 文学的作家本身也应具有时尚的思想与个性的外表。这个名词也招致了很多人的反感，得不到认同。持这种观点的人则将“J”解释为 JUNK[③]的“J”，因为 J 文学反映的是现代社会，其中也必然会出现暴力、毒品等现代社会的衍生物，因此也有人认为 J 文学不能等同于纯文学，它的出现本身就意味着纯文学已经不纯。J 文学作家的出现，随之引来的是 J 文学评论家的活跃，如神山修一、石川忠司等。

在说到 J 文学作家时，首先会想到阿部和重、赤坂真理、藤泽周、町田康、平野启一郎等人的名字。对 J 文学作家的定位也和对 J 文学的定义一样见仁见智，也有人认为前述女作家笙野赖子可以称为 J 文学的代表作家。

---

① 指日本竞技联盟。

② 指日本艺术。

③ 指废弃物、破烂物。

阿部和重与町田康

追溯J文学这个新名词的起源，要提到阿部和重和他的一部作品。

阿部和重1968年生于山形县。从日本映画学校（现日本映画大学）毕业后，开始文学创作。1994年创作的《美国之夜》获第三十七届群像新人文学奖，从此走上文坛。该作品还入围了第一百一十届芥川奖。翌年发表的《ABC战争》也得到评论家的好评。

1997年他在杂志《新潮》上发表了长篇《个人投影》。作品以东京的涩谷为场景，描写了曾受过谍报训练的电影放映员尾沼在参与一次暴力事件后，被卷入一起重大的危险案件中。主人公与流氓、旧友展开了一场心理战和肉搏战。作品被称为跨越了现代文学临界点的超现代作品，一时成为媒体和文坛的热门话题。在这部作品之后，出乎作者的意料，诞生了“涩谷派文学”“J文学”等新名词。阿部也由一个文坛新人成为文坛名人。

1999年发表的《无情的世界》获第二十一届野间文艺新人奖，此后的《朱鹭》（2001）入围第一百二十五届芥川奖。2004年创作的《罪—semilla》更是获得了第十五届伊藤整文学奖和第五十八届每日出版文化奖的双重奖项。这是一部由上下两卷构成的超长篇作品，作者以故乡山形县为故事的舞台，通过众多人物和事件讲述了20世纪的最后一个夏天在这里发生的关于阴谋和欲望的故事。作品的出场人物超过六十人，人物关系、情节都纷繁复杂，体现了作者非凡的构思能力。被称为作者“入行”十年以来的最高杰作。2005年《伟大的最后乐章》终于获得第一百三十二届芥川奖。阿部也因此被称为站在现代日本文学最前沿的作家。

如果说由于阿部和重的成功所带来的文坛内外对J文学的关注，使我们能称他为J文学鼻祖的话，町田康的乐手、演员、诗人兼作家的身份可以使我们从另一角度来解读J文学。町田康1962年生于大阪，高中毕业后与同伴组成乐队，开展音乐活动。其间经历了反复多次的乐队解散和重组，出过多张唱片，也参演过多部电影。1992年出版诗集《供花》崭露头角。翌年，诗集《坏色》出版。1996年发表的《大黑》入围芥川奖，翌年，该作品获第七届多玛格文学奖和第十九届野间文艺新人奖。2000年《断断续续》问鼎第一百二十三届芥川奖。同时获奖的还有东京大学教授松浦寿辉，松浦寿辉是研究法国现代思想史的学者兼诗人。在纯文学桂冠的角逐中，乐手与学者同时折桂，也从侧面说明了J文学在文坛的影响力。传统的纯文学素来给人展示的是一个暗淡、沉重和郁闷的"三重苦"的世界，而J文学更突出了平成文学的多面性，文学不仅是严肃的、沉重的，还是活泼的、轻松的，正统与非正统同在。町田康的其他作品还有《夫妇茶碗》（1998）和一些随笔集等。町田在作品中大量使用了大阪方言，饶舌的口语文体幽默诙谐，有人说他是在用相声语言来表现现代文学。跨演艺圈和文学界的双栖角色让人可以感受到J文学的代表作家所具有的时代特征。

赤坂真理与平野启一郎

赤坂真理被认为是继山田咏美和松浦理英子之后，在作品中大胆触及"性"问题的女作家，也是引导平成文坛潮流的J文学的领军人物。她1964年生于东京，在庆应大学政治学系毕业后，做过杂志编辑。1995年以《引爆者》登上文坛。

1997年发表的《蝴蝶的皮肤下面》讲述了一个奇特的故事。在宾馆工作的梨花认识了原世界级拳击手航，现在的航患上了不断重复对方记忆的不可思议的怪病，梨花积极地和医生吉冈一起给航治疗，也想借此开始自己的新生活，但最终精神陷入狂乱的却是梨花本人。赤坂的作品大多通过身体的感觉来表达主人公的内心感受，这部作品就多处触及主人公的皮肤感觉，用语异常巧妙。

1999年创作的《震动器》的主人公玲是一个年过三十的女作家，长久以来苦恼于脑子里回响的一种声音，寝食难安。靠酒精和过量饮食来麻醉自己。某夜玲偶然在便利店与一个卡车司机相识，成为他的旅伴，坐上他的卡车一同出行开始了四天的旅程，这次邂逅改变了主人公的生活轨迹。这部作品后来还被改编成同名电影。

2000年，赤坂的《缪司》获第二十二届野间文艺新人奖。作品描写了瞒着父母做模特的高中生美绪遭到沉迷于新兴宗教的母亲的漠视。她诱惑并爱上住在高级住宅区的牙科医生，二人开始幽会。但美绪内心却有着以往的伤痛。作者将主人公断裂的记忆和心灵的伤痕以独特的文笔表现出来。

赤坂真理的作品多以描写现代女性的苦恼和期待重生为主题，语言风格独特。

至于平野启一郎，是否可以把他归类为J文学作家，要根据前述的对J文学的定义。作为芥川奖获得者，平野获奖时出现在媒体面前的戴着耳环染着发的形象也曾引发众议，使人感受到纯文学无论在哪个层面上都散发着时代的气息。平野1975年生于爱知县。1998年，他还是京都大学法学系的一名学生时创作的《日蚀》就引起了文坛瞩目，获得了“三岛由纪夫再现”“神童出世”等赞誉，翌年这部成名作获第一百二十届芥川奖，平野成为当时最年轻的获奖者而与石原慎太郎、大江健三郎、村上龙和丸山健次齐名，他也是继石原、村上之后第三个以学生身份获奖的人。

《日蚀》用第一人称以回忆的方式讲述了15世纪末一位法国年轻修道士不可思议的经历。主人公对异端思想充满兴趣，期待着将基督教和异端哲学结合起来，带着这种期待他开始了行程。在法国南部的村子里他结识了炼金术士，炼金术士的清贫和贞洁对照出神甫的贪欲、懒惰。何为异端？何为信仰？主人公陷入苦苦的思考中。另一边，在对异端邪说的镇压中阴阳人将被处以火刑。作品的仿古文体与作者二十出头的年纪构成鲜明的时代反差，因而更是受到了格外的关注。

平野在获奖当年创作的另一部小说《一月的故事》其后也成为畅销书，其他作品还有《清水》（1999）、《葬送》（2000）、《文明的忧郁》（2002）和《高濑川》（2003）等。

三、跨越边界的平成文学

“跨越国界”——从本土化走向全球化的平成文学

随着昭和末期相继出现的“村上春树现象”和“吉本芭娜娜现象”，日本文学开始了由“内”向“外”的“外在变化”。村上春树和吉本芭娜娜的作品被译成多国语言，在世界范围内拥有众多的读者。“现象”之外的岛田雅彦、辻仁成、江国香织、桐野夏生、东野圭吾等小说家的作品，在世界范围内也都受众广泛。除了英译本之外，法文、韩文、中文等多语种译本亦不鲜见。甚至当村上春树这些高人气作家有新作发表时，在远离日本的异国都会掀起一阵短暂的“日本文学热”。

然而比起日本文学的这种“外在国际化”，更值得注意的是日本文学的“内在国际化”。如前所述，早在昭和后期，文坛就已经出现了以青野聪和宫内胜典为代表的“海外派”，他们的作品从作者到作品人物和创作背景都已经脱离了本土化。

进入平成年代以后，作家背景、作品背景以及内容和语言等诸要素都体现出了文学的无国界化。

如果说上述这些带有外国血统的或从海外归来的作家，她们的母语创作为平成文学平添了“异国情调”的话，那么非母语创作的作家们则使平成文学从根本上具有了“世界性”。美国人利比英雄（日文名：リービ英雄，英文名：Ian Hideo Levy）、瑞士人 David Zoppetti（大卫·佐佩蒂，日文名：デビット・ゾペティ）、中国人杨逸的日语写作，在令读者对这些作家的日文功底刮目相看的同时，也刷新了对平成文学“无国界”的认识。

利比英雄 1950 年出生于美国加利福尼亚州，毕业于普林斯顿大学东洋学专业并完成了博士课程。后在斯坦福大学教授日本文学。四十岁那年他辞去教职，用日语创作了小说《听不到星条旗的房间》。

利比英雄热爱日本古典文学，对日本古典诗集《万叶集》情有独钟。因此，在他的创作中，有意避免使用日语中的“汉语词汇”，而竭力使用“日语原生词汇”，即大量使用“假名”，避开“汉字”。据说还因此被已故作家中上健次责怪“过于拘泥于假名文体”。在利比英雄这个“外国人”看来，他偏爱的假名才是原汁原味的日语。更加令人惊叹的是他的获奖履历。1992年《听不到星条旗的房间》获第十四届野间文艺新人奖，1996年《天安门》入围第一百一十五届芥川奖，1997年《国民之歌》入围第十一届三岛由纪夫奖，2005年《粉碎》获第三十二届大佛次郎奖，2009年《假水》获第二十届伊藤整文学奖，同年《我是》入围第三十五届川端康成文学奖，2016年《模范乡》获第六十八届读卖文学奖。成名作《听不到星条旗的房间》以20世纪60年代末的日本为舞台，其中一段描写美国少年本·埃扎克跟着做外交官的父亲傍晚从领事馆溜出来，在去新宿的电车里，一边望着车窗外匆匆掠过的汉字，一边任思绪驰骋，回忆起幼年时的生活片断。

> 本·埃扎克早已习惯了沐浴在众多目光的注视当中。从20世纪50年代开始，作为美国外交官的儿子，他自幼就跟着父亲辗转香港、金边、台北……，每隔几年或几个月就变换不同的地方。他是白人的孩子，但是住在亚洲，并在那里长大。
>
> 住在亚洲的金发的孩子势必要在众人的注视下成长。每当走过市场狭窄的巷道，与他同龄的赤足少年总会跟上来纠缠，或者赞美他是“美国”来的，或者嘲讽他为“白鬼”。
>
> 在台湾海峡那抹鲜艳的橙黄色的夕阳下，大家都沉默着。透过挡风玻璃射入的阳光异常刺眼。本注意到坐在驾驶席上的父亲被汗水浸湿后的头发显得更加稀疏。
>
> 父亲用本听不懂的语言在小声嘟哝着什么，大概是中国的方言吧。伴随着陌生的音节和声调的抑扬，父亲的手开始温柔地移向坐在副驾驶的女人的肩膀上。好似热带植物巨大的叶片一样，缓慢而真切地在动。

> 本是知道这个女人的。父亲让他用北京话称她为“姐姐”。现在那个“姐姐”稍稍扭过头朝本的方向看了看，不知是否是那句本听不懂的话使她放下心来，此后便不再看本了。

细腻的文字描绘出一个少年的异国感怀。精准的用词在传达文字力量的同时，也令读者难以想象这是一个外国人在用日语创作。作者结合他幼年时的自身体验，创作了多部作品，包括其后的《国民之歌》等。1996 年，利比英雄的《天安门》止步于第一百一十五届芥川奖的提名。

止步于下一届芥川奖提名的是另一位用日语写作的外国人 David Zoppetti。他 1962 年出生在瑞士，是意大利裔瑞士人。在日内瓦大学日语系中途退学赴日本留学。毕业于日本同志社大学文学部，其后进入朝日电视台工作。他创作的《生客》1996 年获第二十届昴文学奖，同年该作品获第一百一十六届芥川奖提名。虽然没有获奖，但评委对 David Zoppetti 的日语表现力给予了极高的评价。作为评审委员，著名作家宫本辉表示“虽然作品竞选芥川奖有些示弱，但语言的出色是非同寻常的”。黑井千次同样“惊异于一个外国人写的日语，文风竟如此漂亮而老练”。三浦哲郎更是被他笔触的鲜活所触动。1999 年他的《喜悦》入围第十三届三岛由纪夫奖。2002 年《旅行日记》获第五十届随笔作家俱乐部奖。

在两个西方人止步于芥川奖门前多年之后，作为外国人首次问鼎这个奖项的是来自中国的杨逸。杨逸（原名刘莜）1964 年出生于哈尔滨，1987 年赴日，曾与日本人有过一段跨国婚姻。后毕业于日本御茶水女子大学的地理学专业。2007 年，她的处女作《小王》获第一百零五届文学界新人奖。这篇以中日跨国婚姻为主题的小说披露了那个时代的国际婚姻的一个侧面，引发了读者的关心和思考。2008 年《时光渗透的清晨》获第一百三十九届芥川奖。对她的获奖，在当年的评委和读者当中出现过不同声音。除了对内容主题评判的分歧，更多的是对作者日语水平的争议。与瑞士人 David Zoppetti 的日语备受好评相比，杨逸的日语则饱受诟病。但无论如何，作为外国人摘得日本文学大奖的桂冠，对平成文学都是具有划时代意义的。也显现出平成文学的兼容并包。获奖之后的杨逸又创作了《老处女》《金鱼生活》《金字塔的忧郁》《狮子头》《流浪的魔女》《唱给你的歌》《蚕食鲸吞》《爱琴海的伤痕》等作品。除《时光渗透的清晨》之外，她的作品主题大部分涉及在日华人在跨国婚恋生活中以及与异文化的碰撞过程中所做的艰难挣扎。

"跨越定位"——纯文学与通俗文学相互越界的平成文学

如前所述，平成文学体现出的另一特点就是纯文学与通俗文学之间的界限日渐模糊。1992 年，在平成进入第四个年头时，作家中上健次离世，与他同时代的评论家柄谷行人在三年后出版了《近代文学的告终》一书，以此纪念这个日本纯文学旗手。在书中柄谷悲观地认为日本的纯文学小说已经结束了历史使命，从此以后，作为娱乐，只有大众通俗小说才是读者所需要的。1998—1999 年期间，在评论家与作家之间展开了一场关于纯文学的论战。著名女作家笙野赖子在多家报刊上撰文批评以大塚英志为首的评论家关于纯文学的偏见，针对大塚英志所谓"不畅销的纯文学作为商品是劣质的"言论，笙野发起了反击，最终结集出版了《唐吉诃德的"论战"》（1999）一书。笙野赖子被称为日本文坛上的前卫作家，先后获得第十三届野间文艺新人奖（1991）、第七届三岛由纪夫奖（1994）及同年的第一百一十一届芥川奖。囊括这三项大奖，使笙野被称为"三冠王"。也因此，笙野的发声在文坛内外引起了不小的波澜。时隔三年，大塚英志在杂志《群像》（2002 年 6 月号）上发表了《作为呆账坏账的"文学"》一文，将笙野赖子的声讨内容概括为两点，其一是外行不得妄议文学，其二是勿将销量作为评价文学的基准。在进行反论的同时，大塚站在出版社经营与盈利的角度，甚至提出了四个让纯文学存活的手段。如此这般，在纯文学濒临危机的警觉声中，文学的商业化已势不可挡，曾经处于文化核心地位的文学，开始慢慢发生蜕变。女作家角田光代的《对岸的她》2004 年获得了第一百三十二届直木奖。而角田本身是因获得纯文学杂志《海燕》颁发的新人奖跻身文坛的，她的《昨夜之神》也曾入围芥川奖。

即便是大众文学，边界也在不断扩大，除了原有的科幻、恐怖、推理作品及幻想小说、网络文学之外，还出现了类似“轻小说”这种新的小说类型。轻小说是由 light 和 novel 两个英语单词组成的所谓日式英语。目前是小说分类的一种。轻小说并没有明确的定义基准。因为其中也有一些是对人气游戏、电影、动漫的文字化，是面向年轻读者的娱乐小说。轻小说基本属于大众小说范畴，轻小说作家中有名的樱庭一树在 2008 年就获得过直木奖。轻小说的内容大部分是非日常化的，常常以异界、魔法、超能为主题。文体简洁易懂并配有可爱的插图。题目几乎都长过一般小说。自 2008 年《我的妹妹不可能这么可爱》出版以来，轻小说的题目越来越长。2009 年甚至出现过《如果高中棒球队的女干事读了德鲁克的〈现代经营学〉》这样冗长的题目。如此，与昭和时代相比，大众小说的受众群体也逐渐年轻化了。

“跨越流派”——从流派化走向多样化的平成文学

平成以来，战后派作家已多半离世，20 世纪 50 年代出现的“第三新人”和 60 年代活跃的“内向的一代”作家也过了创作的鼎盛时期。平成年代活跃在文坛上的既有在昭和时期就已卓有成就的老作家，也有平成后初登文坛的新人。不同年代的作家汇集文坛，各领风骚，用某种特定的文艺思潮抑或流派对作家或作品进行界定已经变得很难。由平成年代以后新生代作家带来的“J 文学”的概念，早已成为 90 年代流行文学的一个符号，很快便销声匿迹，被各种“文学”所替代。“J 文学”虽已过气，但“J 文学”的作家们，如阿部和重、赤坂真理、藤泽周、町田康、平野启一郎等已经成为文坛的中坚力量。

平成初年，随着泡沫经济的崩溃，昭和末期的一切喧嚣都随着经济的低迷沉寂下来。一方面，1995 年发生的阪神大地震和奥姆真理教邪教组织蓄意制造的地铁沙林毒气事件以及 2011 年的东日本大地震和核电站事故，令人感觉平成年代天灾人祸不断。持续的少子化和高龄化也平添了社会的暮气。而另一方面，经济全球化的推进、人工智能以及医疗科技的进步又引领着社会不断向前发展，特别是网络的发达也彻底改变了人们的生活方式。而这一切都反映在了平成作家的笔下。直面日本社会，成了平成时代作家创作的主题。

1997年，村上春树在采访了六十二名地铁沙林毒气事件受害者的基础上，创作了报告文学《地下》；随后，作家又采访了奥姆真理教的信徒，创作了《在约定的地点》作为续集。而对于读者来说，村上之前的作品是历来不从正面与社会发生碰撞的。这一碰撞使后来村上春树的创作迸发出更大的火花，近年出版的《刺杀骑士团长》（2017）再一次直面“暧昧”的日本社会现实，触及了南京大屠杀的话题，引发了日本海内外的热议。

前述曾被视为“J文学”作家的赤坂真理创作的《东京刑务所》（2012）就被学者松浦寿辉称为“向现代史深层发起挑战的力作”。作品描写 1980 年在日本初中毕业的少女来到美国一个小镇的高中留学，身边的人都把日本视为“曾经的敌国”。她难以应对“天皇的战争责任”这样的课堂讨论命题。作品开篇就通过这样一个插曲直击日本人不愿面对的那段历史。孤立无援的少女无奈之下给日本打国际长途电话，电话那一端的场景突然转换到2009年的日本，接电话的竟然是已到母亲年龄的自己。作品把日本战后将战争责任暧昧化和经济泡沫化以至破裂、大地震的来临等平成时期发生的事都放在同一个交错的时空里。把“天皇的战争责任”这个禁忌话题巧妙地融入一个日本年轻人参与的美国的课堂讨论。以一个少女的眼光谛视日本的历史。该作品获得了第十六届司马辽太郎奖、第六十六届每日出版文化奖、第二十三届紫式部文学奖。

进入平成年代之后，一边是文坛大家笔耕不辍，另一边是新锐作家锋芒毕露。

在笔者看来，“跨界”似乎就是平成文学的自带符号。除以上列举的种种“跨界”之外，作家身份的“跨界”也成为平成文学的一大特色。在明治维新开启的长达一百五十年的日本“近现代”历史长河中，日本作家基本上都是出自知识阶层的精英分子，名校学历比比皆是。然而平成以后，这一特色发生了改变。除了前述乐手兼演员出身的作家町田康之外，类似的还有又吉直树。又吉是一个负责捧哏的相声演员，他的作品《火花》摘取了第一百五十三届芥川奖。

值得关注的还有“文坛性别的跨界”。女作家在平成文坛上成为不可或缺的重要构成。川上弘美、多和田叶子、小川洋子、角田光代、村田沙耶香、山田咏美、江国香织、井上荒野、高村薰、桐野夏生、小池真理子等女作家都活跃在平成文坛上。在平成时代的芥川奖评选中，女作家的获奖早已司空见惯。在平成以来的获奖女作家中，最年少的绵矢理沙在获奖当年（2004 年）不到二十岁，最年长的是黑田夏子，2013 年以七十五岁高龄获奖。2018 年六十三岁的若竹千佐子以初登文坛的作品《我一个人活下去》获第一百五十八届芥川奖。女作家的活跃也使日本文学跨越了近代以来以男性为主的日本文坛的那道“清一色的边界”。

现代人的内心是孤独和自闭的，日本平成文学体现出的现代人对现实社会的恐惧和思考唤起了众多读者的共鸣。也正因此，平成年代虽已谢幕，但平成文学还在幕前。因为文学不仅具有“先进性”，它所兼具的“后进性”注定会使令和时代的文学继续去追忆平成。

20 世纪 90 年代后期和进入 21 世纪后活跃在文坛上的作家还有保坂和志、堀江敏幸、吉田修一、星野智幸、黑田晶、川上弘美、江国香织、藤泽周和铃木清刚等。他们造就的文坛的繁荣格局，使人看到了纯文学领域后继有人。但同时开高健、井上靖、芝木好子、中上健次、远藤周作、埴谷雄高和井伏鳟二等一批老作家也在平成时期相继离世。日本文坛的新旧交替也提示着世人：日本文学已结束了从昭和向平成的过渡。

如前所述，平成文学呈现出了与昭和时代完全不同的走向，虽然纯文学在当代社会处于日渐被边缘化的尴尬境地，但纯文学的发展变化始终离不开它背后的大环境，文学的价值取向和审美在一定意义上就是社会生活的反映。在全球化浪潮席卷下的今天，文学总是处于不断变化的背景和语境之中，平成文学也就成了我们了解现代日本社会的一个窗口。

参考书目

安冈章太郎．安冈章太郎集 2．东京：岩波书店，1986．

坂口安吾．坂口安吾全集 14．东京：筑摩书房，1990．

坂口安吾．坂口安吾全集 3．东京：筑摩书房，1999．

坂口安吾．坂口安吾全集 5．东京：筑摩书房，1998．

本多秋五．物语战后文学史．东京：岩波书店，2005．

川端康成．哀愁．东京：细川书店，1949．

川端康成．川端康成全集：第 13 卷．东京：新潮社，1970．

川端康成．川端康成全集：第 28 卷．东京：新潮社，1977．

川端康成．日本文学全集：川端康成集（二）．东京：集英社，1967．

川西政明．昭和文学史 上卷．东京：讲谈社，2001．

大江健三郎．我在暧昧的日本．东京：岩波书店，1995．

大久保典夫、高桥春雄．现代文学研究事典．东京：东京堂，1983．

第一学习社编集部．日本文学史的研究．东京：第一学习社，1973．

高见顺．昭和文学盛衰史．东京：讲谈社，1965．

红野敏郎，等．近代文学史 3：昭和的文学．东京：有斐阁，1972．

吉行淳之介．吉行淳之介全集 第 5 卷．东京：新潮社，1998．

加藤周一、中村真一郎、福永武彦．1946・文学的考察．东京：讲谈社，2006．

芥川龙之介．现代日本文学大系 43：芥川龙之介集．东京：筑摩书房，1968．

堀辰雄．日本文学全集 50：堀辰雄集．东京：集英社，1972．
栗坪良树．现代文学鉴赏辞典．东京：东京堂，2002．
林和利、小林幸夫．精选日本文学史：整理和鉴赏．东京：桐原书店，1994．
麻生矶次．日本文学史概论．东京：明治书院，1991．
浅井清．研究资料现代日本文学．东京：明治书院，1980．
秋山虔，三好行雄．原色新日本文学史．东京：文英堂，2000．
犬养廉、神保五弥、浅井清．详解日本文学史．东京：桐原书店，1993．
日本近代文学馆．日本近代文学大事典．东京：讲谈社，1977．
日本文学研究资料刊行会．横光利一和新感觉派．东京：有精堂，1980．
日本文学研究资料刊行会．无产阶级文学．东京：有精堂，1986．
日本文学研究资料刊行会．昭和的文学．东京：有精堂，1981．
三好行雄，等．日本现代文学大事典．东京：明治书院，1994．
三好行雄、竹盛天雄．近代文学 6：昭和文学的实质．东京：有斐阁，1977．
三好行雄、竹盛天雄．近代文学 7：战后的文学．东京：有斐阁，1977．
三好行雄．近代日本文学史．东京：有斐阁，1975．
三好行雄．日本文学全史 6．东京：学灯社，1979．
市古贞次，等．精选日本文学史．东京：明治书院，1998．
松原新一，等．战后日本文学史·年表．东京：讲谈社，1979．
田中英光．田中英光全集 7．东京：芳贺书店，1965．
武田泰淳．武田泰淳集．东京：集英社，1962．
现代文学研究会．现代的小说．东京：九州大学出版会，1981．
小田切进．日本近代文学年表．东京：小学馆，1993．
小田切秀雄．现代文学史 下卷．东京：集英社，1975．
伊藤整，等．日本现代文学全集．东京：讲谈社，1978—1981．
伊藤整，等．日本现代文学史（二）．东京：讲谈社，1979．

远藤嘉基、池垣武郎. 注解日本文学史. 东京：中央图书，1975.
长谷川泉. 近代日本文学思潮史. 东京：至文堂，1961.
织田作之助. 织田作之助 8. 东京：讲谈社，1970.
中村光夫、臼井吉见、平野谦. 现代日本文学史. 东京：筑摩书房，1959.
椎名麟三. 我的陀思妥耶夫斯基体验. 东京：教文馆，1967.
佐野学. 佐野学著作集（第 1 卷）. 东京：佐野学著作集刊行会，1957.